庹政 著

大商人 ① 崛起

大商人需要大智慧

南方出版传媒
花城出版社
中国·广州

图书在版编目（CIP）数据

大商人. 1，崛起 / 庹政著. -- 广州：花城出版社，2021.10

ISBN 978-7-5360-9305-8

Ⅰ. ①大… Ⅱ. ①庹… Ⅲ. ①长篇小说－中国－当代 Ⅳ. ①I247.5

中国版本图书馆CIP数据核字(2021)第137179号

出 版 人：肖延兵
责任编辑：陈宾杰　李嘉平
技术编辑：凌春梅
封面设计：拼棘设计

书　　名	大商人 . 1, 崛起
	DA SHANGREN 1 JUEQI
出版发行	花城出版社
	（广州市环市东路水荫路11号）
经　　销	全国新华书店
印　　刷	佛山市浩文彩色印刷有限公司
	（广东省佛山市南海区狮山科技工业园A区）
开　　本	787 毫米 × 1092 毫米　16 开
印　　张	20.25　1 插页
字　　数	347,000 字
版　　次	2021 年 10 月第 1 版　2021 年 10 月第 1 次印刷
定　　价	59.80 元

如发现印装质量问题，请直接与印刷厂联系调换。
购书热线：020-37604658　37602954
花城出版社网站：http://www.fcph.com.cn

目录

001	楔　子	
016	第一章	匿名信件
033	第二章	借刀
047	第三章	现场办公
062	第四章	官场人士
076	第五章	您的朋友钟守信
087	第六章	企划部经理
109	第七章	虚拟产业
128	第八章	佛祖座前
145	第九章	晶体管厂
158	第十章	同窗之谊
173	第十一章	领导指示
183	第十二章	兄弟金钱
192	第十三章	零售商
205	第十四章	烧鸡公配豆瓣
217	第十五章	段总之风雅
229	第十六章	叔侄情深

238	第十七章	有钱人
255	第十八章	明山同志
264	第十九章	驱虎吞狼
277	第二十章	合伙人制度
289	第二十一章	领导英明
299	第二十二章	资本大鳄
306	第二十三章	三人成虎

楔　子

这个世界，没有什么是偶然。

尤其，对于一位商人来说。

叶山河坐在宽大的办公桌后，把玩着手中的签字笔，再一次想起了爷爷这句话。他进入商场多年后，看到J.P.摩根说，他在自己的一生当中，从未遇到过一位莫名其妙的富人。从某种意义上，这两句话具有完全相同的意思。

窗外灿烂的阳光，被整幅的落地窗隔断，因为冷气充足，室内是一个清凉、静谧的世界，但是整整一个小时，叶山河思潮起伏翻腾，难以压抑。他放下手中的签字笔，两手用力地按在办公桌上，看向前方。对面的墙壁不像很多商人布置得花开锦绣或者福寿图画，他挂的是一幅梅老的字，四尺立轴：九万狂花如梦寐，一片冰心在玉壶。

梅老以画著名，向他求画的人多，求字的人少，七年前叶山河并购省城第一棉纺厂，通过一棉当时的办公室主任，梅老的二儿子梅本直专门请梅老写了这幅字。

这是一副集句对联，上联"九万狂花如梦寐"，原诗是"十万狂花如梦寐"，因为音律，改了一下，正好，他喜欢"九"这数字胜过"十"。他爷爷叶盛高总是说，人生的事，做到八九分就行了，满十则险。这跟"月盈则亏，水满则溢"的道理相差不多。

这些年，他的办公室里来来去去的人成百上千，除了晓可和段万年，没有人问过这幅字的意思，问他为什么要挂这样一幅字在办公室。即使是晓可和段万年，对它们的解释也仅仅流于字面，当年叶家祠堂里一直挂着一副对联：安忍不动如大地，静虑深密似秘藏。陆承轩说是当年爷爷用二十块大洋请一位书法名家写的，历经几十年变乱居然能够保存下来,也是一个奇迹。陆承轩是爷爷的养子,从小一直住在叶家,1978年参加高考,现在是上海一所著名大学教授,全国著名的经济学家。

叶山河一直觉得,这两副对联,多少体现了他和爷爷两辈人在商业经营认知上的微妙区别。他现在看着这幅字,想象自己站在漫天狂风暴雪中,而爷爷,则像一头低伏的猛兽,身上压着厚实严密的伪装,一动不动,坚忍不拔地等待着。

他发了会儿呆,摇头失笑。

爷爷是对他这一生影响最大的人——排在第二位的是陆承轩——即使去世多年,他的影响依然没有消减。每当需要重大决策的时候,他都会情不自禁地想起爷爷,想象爷爷这种时候会怎么考虑,怎么判断,最后做出怎样的选择。而现在,他就再次面临这样的时刻,跟他投身商海一路走来几次重大的转折一样,这一次,依然是"惊险的一跳"。

两周前,他前往北京参加一个晚辈的婚礼,在机场的贵宾候机室,感觉一位壮实的矮个中年男人有些面熟。然后,他想起这个人可能是谁,但是他不动声色,什么表示也没有,不仅因为过了追星的年龄,也因为作为一个商人需要的矜持。后来在飞机上,他们坐到了一起,飞机上升到一万米的高空,空姐做完例行的服务离开后,他微笑着问:"您好,您是李安?"

李安点点头:"您好。"

他脸上那种淡漠的表情有种拒人于千里之外的味道,叶山河知道这不是专门针对他,而是因为他作为名人,早已司空见惯。叶山河微笑着递上自己的名片,简短地自我介绍,态度不卑不亢。

叶山河不会对任何人都一见如故,也不会把任何人都拒之于门外,作为一个商人,必须把自己变成社交动物,他需要做的是广泛接触,同时冷静地判断和甄别,就像他那副集句对联表达的意思一样,无论外部世界如何绚烂疯狂,内心必须保持安宁镇定。

李安用了几秒来审视他,他清澈的目光下有股刚强、明白、冷静的意志,毫不客气地搜索叶山河的内心。叶山河镇定地回看对方,既不畏缩,也不露出自己的锋芒。叶山河理解他,李安虽是毫不客气,可是并无恶意,只是一个商业强人的习惯。很多时候,叶山河也这样审视别人。

然后,他们开始聊天,开始的时候,更多的是出于一种礼貌而应酬,但是十分钟后,他们意外地发现彼此非常投契,在一些问题的看法上惊人一致,尤其是对于目前经济领域的一些问题，无论宏观还是微观层面，大方向还是细节。李安觉得小瞧了眼前这个"小商人"，叶山河也改变了原先的看法：李安思维敏捷，见解深刻独特，说话简短但有力，能够击中人心，完全想象不到他以前会是一个运动员。

旅途进行到一半的时候，他们用了简单的飞机餐，然后各自要了一杯咖啡。叶山河提到了不久前某篇中央媒体的报道，以李安名字命名的体育用品公司遭遇巨大的危机。李安古板的脸上第一次有了表情，他微笑，承认是公司战略、资金和管理都出了些问题。然后说既然是危机，也就是说从某种角度去看也是一种机遇，正好他可以借机调整公司的战略和结构。似乎是在调侃，他说，他最近到处寻找融资和合作，欢迎叶总加盟李安，现在正是时机。

叶山河心中一跳，笑着说："李总您说笑了。我这种级别，相比李安公司，就像蚂蚁与大象，砸锅卖铁拼凑全部身家，对您来说也不过杯水车薪。"李安看着他说："叶总您现在做房产，这个行业利润丰厚，但是，没有任何一个行业能够永远这样。李安公司前几年还是广受追捧的明星公司，我大部分时间都待在香港，高尔夫和游艇就是我生活的大部分，可是现在，突然间就面临巨大的库存压力，资金枯竭。用我们这个行业一位竞争对手的话来说，闭着眼也能挣钱的时代结束了。资本总是涌入利润高的行业，房产行业这几年将面临愈来愈激烈的竞争，而且，当那些恐龙级的资金流向这个行业后，会越来越讲究规模效应。在这些超级企业面前，小企业的生存空间会不断被压缩，首当其冲的就是你们这种规模的公司，上去很难，下去又不可能。还有一点，叶总您应该不是一个守住一亩三分地就心满意足的人，应该有更大的舞台。简单点来说，继续待在现在这个行业，您可能是您所在城市人人敬重的大人物，但是现在加盟李安公司，将来可能成为全国知名的富豪，名字可能登上年度富豪榜。叶总，您看过那些模仿秀吧，该不会满足于做一个地区性的明星，比如西川李嘉诚、河南刘德华吧。"

这句俏皮话把他们都逗得笑了起来，叶山河再次惊奇李安的口才，也惊奇自己竟然非常动心。

飞机降落时，李安掏出名片双手递给叶山河，温和地微笑着对他说："有时间约一下，一起吃个饭。北京我算半个地主。"李安的表情看得出不是普通的客套，这是弥补他刚才没有交换名片的失礼，叶山河心情大好地把名片慎重地收好，说电话联系，他一定给李安打电话。

叶山河要参加的这个婚礼是生意上一个合作伙伴的女儿。

这个合作伙伴是商务部一位副司长，山河集团下属纺织品公司的出口业务一直受他关照，他提前一周给叶山河打了电话，叶山河自然要提前把其他工作安排好，抽出时间飞去捧场。虽然，在那样的场合，他这个级别的商人肯定不会受到特别重视。

不到下午两点，他就离开了酒店，考虑是否去看望二伯。

叶盛高一共有三个儿子：叶中国，叶中强，叶中民。看样子叶盛高准备按照"国强民富"的顺序排下去，可是第二任妻子的去世打乱和中止了他的计划。大伯叶中国1949年去了台湾，爷爷去世前几年才联系上，回来过两次，去年去世。二伯叶中强是政府官员，官至国家发改委司长，位高权重，虽然退休多年，在京城各个机关还有一些人脉。

叶中国和叶中强是叶盛高第一任妻子所生，在那个风云变幻的大时代，都是年轻时就离家远行，投身自己选择的人生道路。叶山河的父亲叶中民是叶盛高第二任妻子所生，在叶山河七岁时自杀。二伯关心叶山河，有时会过问他的生意，向他提供一些帮助，但是叶山河不喜欢二伯的儿子，他的堂兄叶山红。

叶山红继续了他父亲的道路，在仕途上稳步前进，刚刚外调南方某省任副省长，前途无量。每次两位堂兄弟见面，他都能够感受到叶山红客气表情下的疏远和轻蔑，虽然，商务部那位副司长，就是叶山红介绍给他的。今天是周末，叶山红有可能在北京，他不想碰上，迟疑中鬼使神差地拨打了李安的电话。

李安说他马上有一个谈判，约在新天地，他可以去那里跟他见面，然后把具体地点发给了他。叶山河过去，他以为是一家豪华酒店，结果却是一家普通的中式茶馆，更加出乎意料的是，那天下午，李安在那里进行的是一场关乎公司命运的重要谈判。

对方是一位跟叶山河差不多年纪的中年男人，身材矮胖，脸带微笑，李安介绍说是大商集团的王成王总，互相递了名片，叶山河远远地找了一个座位喝茶等候。

一个多小时后，王成跟李安握手告别，李安走过来，脸上有种抑制不住的兴奋，对他这种人来说，这是非常罕见的情况。

叶山河问："谈成了？"李安点点头，说："差不多。他们投入现金占股。"停了一停，加上一句，"还有公司的运营权。"叶山河努力控制自己的震惊表情，说恭喜。

他刚才发了短信给他的秘书徐朵朵，让她按照王成的名片查了大商集团和王成,徐朵朵马上发了短信回来,大商集团是世界最大的私募股权投资机构之一,通过旗下一系列私募投资基金管理规模超过500亿美元的资金,王成是大商集团的合伙人及大中华区负责人,担任多个投资公司的董事职务,包括一个著名的汽车公司和一个著名的女鞋品牌,资历显赫。

  李安说,还有一些细节需要完善,然后签订合约。今天是第一次跟他们正式面对面地接触。

  叶山河更加震惊,无论如何,他都觉得有些无法想象,不可思议。像这样重要的谈判,而且双方以前没有见过面,仅仅第一次正式谈判,就谈成这样,相当于已经拍板,是不是有些草率?

  他怔了一下,回过神来,想到自己现在跟人谈判,几百上千万的生意有时也是弹指转念间,几句话就定了下来,或者,这对普通人来说,无法理解,但是对于一个身家上亿的人来说,也不算什么。同样的道理,这种数量级的谈判对于自己来说肯定要慎之又慎,对李安这种级别的人物,虽然重要,却未必就会重要到如同指挥一场倾国之战。而且,大商集团和李安都是各自领域重量级的人物,可以互相信任,大商集团这些年在大陆的投资有例可鉴,都是精彩漂亮的成功案例——这也是李安选择大商集团的原因,他们以前,也肯定有过很多公文往来和试探性的报价。或者,正如爷爷说过,真正的大生意,基本上取决于合作双方的实力,不会像写文章那样需要一波三折,更多的时候来得平淡,波澜不惊,像机器般平庸、冰冷。

  心中释然一些,另外一个疑问又涌了出来,可是李安为什么要对他说这些呢?

  似乎知道他心中在疑惑什么,李安笑笑,说:"你知道我刚才如何对王成介绍你吗?"叶山河摇头,李安说:"我说你是我的合伙人。"

  他伸手示意服务生,要了两听啤酒,说:"我这些年几乎不喝酒了,但是今天你陪我小小庆祝一下如何?"叶山河说:"乐意奉陪。不用香槟?"李安说:"正式签约时考虑喝。希望你到时也在。"

  这是明明白白的邀请。

  再加上刚才李安说的向王成介绍叶山河是公司的合作伙伴,叶山河不得不严肃起来,问:"李总,您真的需要我加入吗?"李安认真地点点头。叶山河说:"可是我对于您这个行业……"李安打断了他:"不需要你参与管理。刚才我不是说了吗?大商集团加盟的条件之一是拿走公司的运营权。就是王成和他的团队将入主李安公司,全权操盘。所以经营管理上你不需要费心。我不要你的人,只要你的钱。"

叶山河尴尬地笑笑，说："我那点小钱。"李安说："几个亿可不是小钱。叶总，大商集团只带来几个亿现金，我们的规划中，陆续使用的资金需要40到50亿。首先是赞助CBA，我跟篮管中心的主任谈过，以五年一期大约要投20亿；然后准备签下NBA的韦德，合同金额预计10年1亿美元；还有马上开展的'渠道复兴计划'，预计所需费用约14到18亿，所以我期望叶总您能够投入5到7亿现金，如何？"

听到李安报出的数字，叶山河忍不住笑了。

三个月前开盘的山河广场销售旺盛，资金迅速回笼，再加上山河集团另一支柱纺织品公司去年也开始赢利，利润丰厚。虽然他按照跟许蓉、段万年的协议，已经拨了一笔巨款到新成立的联合投资公司，现在摆在山河集团公司账上的现金，还有将近6亿，从集团旗下各个公司凑一下，能够到7亿，这几乎是看着叶山河的钱包说话，是不是表明李安已经对他进行过一些调查？想到这位世界闻名的大人物居然如此重视自己，这让他的自豪油然而生。

当然，作为一个商人，这很正常，李安再需要钱，也不会莽撞地向一位毫不了解的人抛出橄榄枝，自然要通过各种渠道了解他的一切：经历、实力、人品、商业道德等。网络时代，这不是一件难事，他昨天不也通过他的渠道了解李安公司现在的真实情况和评估将来的发展情况吗？

他有一些被李安随口报出的一系列计划和大手笔吓住了，现在体育用品公司，不仅是国内的竞争同行，包括两大国际巨头耐克和阿迪达斯都在收缩，李安公司却逆势扩张，不能不说是一种冒险，但是李安对他毫不隐瞒，这份坦诚、朴实，又说明这是一个值得合作的商业伙伴。诺贝尔经济学奖得主克鲁曼说过，好的道德等于好的生意，跟一位值得信任的伙伴合作，至少可以减少很多不必要的隐性成本。他打开啤酒，递了一罐给李安，两人碰杯。

这天下午，叶山河跟李安进行了入股李安公司的细节探讨，实际上也没有什么复杂的问题，叶山河投入现金以每股6.60港元购买李安持有的普通股，成为李安公司股东，李安隐约透露，这跟大商集团入股李安公司的价格差不多。同时，有权提名一位非执行董事进入集团的董事会，为集团的发展及成长提供策略及运营支持。董事并不重要，重要是这些股份将来的价值，而这一切，将由李安公司未来的发展来决定。

李安笑着说："需要我预先祝贺您吗，叶总？李安公司因为这段时间业绩下滑，股份从去年的20多港元一路下滑到现在，叶总算是抄了一个大底，只需要把李安公司跟大商集团合作的消息放出去，股价就可能是几个涨停，而且将来，公司重铸辉煌，股份也许还不仅仅是回到20多元。"叶山河苦笑，坦白地说："也有可能所有的股份都沦为一堆废纸。"李安说："从理论上说是这样。即使最优秀的运动员，都有失手的时候。"

第二天，叶山河飞回省城，他需要考虑、决策，还有一个前提，李安公司得先跟大商集团正式签约。然后，今天上午，李安把跟大商集团的正式合约传真过来，大商集团投入7.5亿现金，占李安公司13%的股份。

李安亲自给叶山河打电话说，他真诚希望叶山河加盟，如果叶山河拒绝他，他会感到非常遗憾。他说，很长一段时间来，为了力挽狂澜，带领李安公司走出困境，解决问题，他都处于焦虑和不安中，他和叶山河在飞机上相遇，他们交流的那两个小时，是他这段时间最安宁平和的一段时间，他很珍惜。当然，如果叶山河拒绝，他也不能强求，只能感到遗憾，另外寻求资金途径和合作伙伴。最后，他希望叶山河能够在两天内给他答复，大商集团那边希望尽快入主李安公司，他们正式签约的消息也捂不了多久。叶山河表示了感谢，感谢李安对他的信任和重视，最迟明天，他就会给李安一个明确的答复。

接到传真和电话后这一个小时，叶山河一直在办公室发呆，似乎若有所思，实际上脑海中长时间一片空白。

这件事的利润和风险这些天他早就反复考虑过了，是互相匹配的。风险巨大，预期利润也很高，倘若理想，他投入的几个亿可能变成几十个亿，失败的话，也可能全军覆没，化为乌有。

当然，如果情况不利，他可以把这部分股权转手，但是肯定会损失惨重，伤筋动骨。以他的风格，这种高风险的投资一般是不予考虑的，而且要在这么短的时间内就做出决策，更不可能，但是，李安击中了他的软肋。

可以预见，房地产行业会越来越艰难，房价是在不断上涨，可是地价、人工、材料、规费林林总总都涨得毫不落后，再加上那些房地产巨头遍地开花，万科、保利、中海，个个财大气粗，竞地时似乎根本没有考虑成本，见地就拿，因为山河集团马上收尾，他去年春节前参加了一个拍地会，可是到了现场，一见那些人的气势，立刻就放弃了举牌，而且国家调控的政策一个接一个，个个都是套向他们这些开发商的金箍儿，利润越来越低，风险越来越大，像山河广场那样成功的项目肯定是可遇而不可求了。正如李安那个竞争对手说的，不再是闭着眼也能够挣钱的时代了。更重要的是，张红卫前几天明确告诉他，这次是真的定了，他的老板、省委书记张红旗即将进京。这对叶山河的影响巨大。

他早就预想过这一天，也做了很多未雨绸缪的工作，包括暗中寻找其他权力盟友，寻找其他可以投资的行业。而现在，似乎幸运之神再次眷顾，把一个绝好的机会送到他的面前。

如果他投资李安公司，房地产行业再怎么变幻摇摆，李安公司算是狡兔的另外一窟，他也用不着担心投资李安公司会让他失去开发资金。凭他在这个城市的人脉资源，他拥有的李安公司股份，应该随时能够换成足够的贷款。

那么，唯一的担心就是李安公司的前景了。

他对于体育用品这个行业并不熟悉，也无法在短时间内对李安公司做出科学的评估，但是他有一个奇怪的直觉，他认为像李安这样的人，哪怕剔除世界名人、奥运冠军的身份，也不应该成为失败者。还有大商集团，这是蜚声世界的超级投资集团，这些年在中国打了一个又一个精彩的战役，李安公司选择大商集团合作，毫无疑问是一着好棋。那个王成，资历上战果累累，那天在茶馆里，叶山河远远地看着他们谈判，王成目光炯炯，说话缓慢、有力，似乎每一句话都经过了深思熟虑，绝对可信；李安则温和矜持，自始至终声音没有提高过，两个人的态度都很随和，就像两个老朋友在聊家常一样，可是就是在那样的气氛中敲定了一桩标的巨大的生意。

这两个人都让叶山河感到信服，让他倾向于冒险，但是这么多年养成的谨慎，又让他迟疑起来，举棋不定。

还有一点让他感到忐忑：这一个突然冒出来的投资机会，这一桩对自己影响巨大的生意，真的只是因为自己偶然跟李安同乘一个航班，真的只是一个"意外"？

他看过一些航班诈骗案例，比如一些年轻美貌的女人专门搭乘飞机的头等舱，以便接近那些事业成功的男人，甚至在财经杂志的八卦中，世界传媒大亨也中了这一招，但是李安，显然不是这种人。哪怕他再怎么面临困境，也应该不会用这样拙劣的招数来寻找资金。他的公司并非山穷水尽，只是暂时困难，依然充满希望而且价值不菲。——当然，他为什么会出现在省城是一个疑点，自己忘记随口问他一下。后来他跟大商集团的谈判也是真实可信，虽然过程看起来有些简短，甚至轻率。考虑到大商集团的实力和李安公司的困境，这又合情合理，别无选择。而且，他们虽然是第一次面对面的正式谈判,但以前应该通过电传和电话交换过很多意见,彼此也做过周密的调查和研究,最重要的,现在他们已经正式签约,他看了发过来的传真,绝不像是伪造的文件。

倘若这是一个彻头彻尾的骗局,那么以李安的身份,再加上大商集团的背书,这像美国和俄罗斯联手对付摩洛哥一样可笑。李安会因此触犯法律,伪造文件罪就足以把他送进监狱去度过下半生,他不会这么傻,哪怕是破产,他也不会选择这样的行为。

经过反复思考和判断,叶山河终于确信,自己所有的疑心都是多余的,就凭李安这个名字,也不会来诈骗他这个二线城市的小商人。真实情况应该是,这真是一个"意外"、一个偶然,不是他意外遇上了这么一个投资机会,而是李安偶然碰上了一个比较投缘,让他感觉可以合作的商业伙伴,所以向他发出邀请,给了他这么一个机会。可是,他应该接受吗?

他按下了办公桌上的呼叫,不到10秒,办公室的门被轻轻敲了两下,然后推开,一位身材窈窕的漂亮女孩出现在门口,问询般地看着他,是他的秘书徐朵朵。

这是一位土生土长的省城女孩,今年刚刚21岁,有着省城女孩不常见的高挑身材。父亲以前在单位开货车,改制下岗后开出租车;母亲替人看店,一家人过着平淡、清苦的日子,基本算是这座城市某类人群的代表。幸运的是,他们拥有一个不同寻常的女儿,从小就出落得惊人地美丽,成为他们沉闷生活中少有的暖色。

他们显然明白他们女儿的价值,这可能是他们一生中唯一改变目前这种生活状况的机会,为了不让这笔宝贵的财富因为某些无聊的原因贬值,当朵朵的身体开始发育时,他们就像防贼似的防着男人接近她,任何人,包括那些情窦初开的同学和上了年纪的老师。她在他们的严密套子中顺利读完初中、高中,因为没有足够的金钱支持她在初中高中接受饱和的教学,再加上她的父母那种可笑的警惕,她的学科成绩自然不会好,高考落榜。

朵朵进了本市职业学校,父母的保卫措施开始升级,她没有住校,无论有什么活动,私人的还是学校的,每晚十点以前必须回到家中,父亲如果方便的话,会绕路接她。她觉得自己像一只被捆绑住翅膀的小鸟,毫无自由,青春是一段令人窒息的时光,她不敢反抗也无从反抗,好不容易熬到毕业,她"意外"地进了一家纺织品公司下属的成衣公司,职位是总经理助理。

她的专业并不对口,但这个职位给她开出了鹤立鸡群的薪水,而且总经理是一位中年女士，亲自去校园招聘会。替女儿把关的父母抱着撞大运的心理替她递了简历，结果她真就撞了大运，第二天就接到面试的通知，第三天正式到成衣公司上班。工作后，一次业务考核、一次礼仪大赛，朵朵"意外"地都取得了优异成绩，因此被调入集团公司总部工作，先是在公关部，然后是总经办，半年前，成为叶山河的私人秘书。

叶山河深深地陷在椅子里，仰着头看着屋顶，没有理她。朵朵迟疑一下，反身关上门，下了锁，轻轻走过来站在他的身边，看着他。叶山河伸手揽住她的大腿，轻轻一带，她就坐到他的身上。她的判断完全正确。从接到那份电传开始，她的董事长这一个小时内不仅关掉了手机，而且吩咐她除非特别重要的电话，不要接进来打扰他。

工作时间不开手机对于一位商人来说，已经特别，这样长时间地一个人沉思，表明他在做一个特别重大、难以抉择的决定，再加上这几天他安排财务部做的资金准备，她知道叶山河现在心情肯定不像他外表那样平静，而是波涛翻滚，而且应该需要某种安抚。她轻轻地在他身上扭动身子，她的臀、她的股沟轻轻地摩擦着他，感觉到他慢慢膨胀，变得坚硬。

叶山河轻轻嘘了一口气，暂时放弃思考，另一种情绪慢慢调动起来。这真是个可人儿，不仅天生尤物，而且善解人意，没有辜负他的一番心思。

两年前一个夏夜，他参加一个饭局，司机有事请假，结束后他叫了一辆出租，走了一段路后，司机转过头讨好地对他说，能不能绕一下，他想去接他女儿。他女儿在职业学校，从这里过去只绕两条街，他可以少收叶山河两块钱。叶山河温和地点点头，表示同意。

出租车到达职业学校，他随着司机的视线看过去，有一瞬间，叶山河仿佛被雷电击中。

一个身材颀长的女子站在那里，昏黄的路灯灯光打在她身上，在校门的牌匾下，仿佛一幅绚丽、沉静的油画，他看不清她的相貌，可是她一个人站在那里，一动不动，似乎带着一种遗世独立、我见犹怜的孤独。

他的心脏疯狂跳动，不仅因为遭遇这种突如其来的美丽，而且因为，这个女子，几乎就是晓可的翻版，那一瞬间，他差点以为就是晓可站在那里。

然后，他反应过来，晓可远在遥远的大洋另一边，她已不再是个女孩，而且，她如果回来，不会不告诉他的。

出租车滑过去，停下，女孩拉开车门，坐上副驾，叶山河看着她的侧面，也有些像晓可，或者这只是一种心理作用，但是他的心里，开始弥漫着狂喜。司机关切地问候女儿，女儿没有回答，似乎在沉思，又像在发呆，又像是生气，叶山河贪婪地盯着她，一直到达目的地。

下车的时候，他记住了这辆车的车号。

然后，他调查了这个女孩的所有资料，他让他的副总张德超出面，跟集团下属的纺织品公司总经理打电话，张德超宣称有一个远房表亲需要照顾，他不好出面，只能拜托她。徐朵朵"意外"地获得了那个令人羡慕的职位，然后，"意外"地进入集团总公司，经过严格的考核，"意外"地从几个强有力的竞争对手中脱颖而出，到了张德超分管的公关部，随后，成为叶山河的秘书。某天她整理资料时，"意外"地从一堆捐助证书中看见了普瑞医院的公章。一年前，她母亲"意外"地从这家医院获得免费白内障手术。

那一天，她有些失控地冲进叶山河的办公室，叶山河似乎怔了一下，才苦笑着摇头说，那只是一个"意外"。但他不会告诉她，这世上没有什么是偶然的。

第二天中午，叶山河有一个商业谈判，徐朵朵陪同，谈判结束后举行了庆祝，叶山河的身体有些不适，徐朵朵勇敢地替他喝了几杯白酒，然后，她醉了，叶山河替她开了房间。是金钱的魔力，是感恩的心情还是酒的原因，一切顺理成章地发生了，像那些俗套的故事一样，他们的关系发生了变化，她成了他的情人。这一次，他和她都知道不是"意外"。

他的手从她的外套下面伸进去，轻车熟路地盖在她的胸部上。这是晓可跟她不同之处。

她的身体到处都是敏感之处，他敢保证，在他之前，她肯定还没有跟男人拉过手，更别说亲吻抚摸。性爱，是他给她打开的一扇窗户，因为羞怯且不能拒绝，因为刺激而感到罪恶，因为罪恶而刺激，所有的一切加起来，反映在年轻女孩的身体上，让他感到更加异常的好。这些日子，他对她美妙的身体品尝不够，但是因为她父母的原因，她每天必须准时回家，他和她做爱，大部分时间都是在这间办公室里。

他抱着她站起来，顺势把她压下去，她领会了他的意图，像从前一样，乖巧地用双手撑在办公桌面上，双腿站直分开，挺起臀部。他喜欢这种方式。他用双手按在她的腰上，站立着，透过前方的落地玻璃窗，可以俯瞰这座城市，似乎他正在快意地征服这座城市。

　　快感一阵一阵电过他的大脑，他控制自己的节奏，一下一下地接触那两团丰美的圆球。他想，或者自己制造了那么多"意外"，就是为了这两团肉。人到一定年龄，爱情是可耻的，肉欲才是真实的。他后来才明白，他为什么把她看成晓可，肯定就是因为她跟晓可一样，有一个完美的臀部。不是过分后翘，也不是规则的圆，而是一种说不出美妙的曲线和凸起，或者，当年他对晓可一见倾心，也是因为她有那么一个诱人的臀部？大脑是最好的性器官，他的浮想联翩并没有分散他的快感，反而增添了他的刺激，他开始用力，她感觉到了山雨欲来，小声地说："我不在安全期。"他笑笑："我射在后面。"他拔出来，踢开裤子走向身后的休息室。他装修这个房间的时候，按照最豪华的星级酒店标准来设计，并没有想到会利用它来寻欢作乐。晓可走后，他感觉自己像烧尽的灰烬，肯定不会再对女人动感情了，他也一向把工作和娱乐分得很清。"别动公司的钱和女人"，这是他第一次生意失败，爷爷安排他去周洪的房地产公司打工时的告诫，也是他从那时就给自己定下的规矩，即使后来他承包扬子江宾馆，管理近百名年轻靓丽的女孩，也坚守这一原则，对她们不假辞色。但是现在，因为这个女孩子，他破坏了这一条原则。

　　他痛快地冲洗完毕，找了一身休闲的T恤短裤，换了运动鞋出去，徐朵朵站在门口等着他，他拥抱了一下她，说："你也去冲一下吧。"拿上手机、钥匙和钱夹出门。这也是他宠爱她的原因之一。她不会装模作样地黏他，不会因为他们之间有了某种特殊关系而改变对他的态度，恪守着秘书的本分。他离去后，她才会整理自己，也会清理房间和那些暧昧可疑的气味。

　　叶山河呼叫了电梯，下去两层有一位公司的员工进来，看见董事长这身打扮，脸上露出惊奇的表情，虽然不敢过分表露也无法掩饰。

　　叶山河感到好笑，他在香港拜访过一位商界大佬，他公司所在的大厦里有一部专门直达他办公室的电梯，那才是真正的有钱人。叶山河虽然在这座城市算个人物，也只是租下了这幢大楼的几层，大楼的产权都不属于他，他这个级别的人还享受不起那种特殊的奢华。突然，一个念头闪过他的脑海：如果他投资李安公司，如果李安公司一帆风顺，也许那时候，他也可以拥有独立电梯。

　　叶山河驾车前往高塔寺。

　　现在不算高峰时间，这段路叶山河驾车走过很多次，运气好不堵车的时候，就是二十五分钟左右。他把车开出地下室，驶上蜀都大道时，他看了一下手表，忍不住在心中跟自己打赌，倘若能够在二十五分钟到达高塔寺，就是一个好兆头。

在等一个红灯的时候，他突然忍不住骂了一句粗话，随即醒悟过来。每临大事有静气，现在自己是不是有些失态了？他做了几个深呼吸，认真驾车。轿车驶入高塔寺的山道时，他扫了下腕表，才二十三分钟，心情不由得大好。

转过弯，距离寺门十几米的山道上一辆货车正在掉头，他放慢速度，在距离货车几米的地方停下，货车轰了一下，突然熄了火。货车司机是一个年轻人，他对叶山河歉意地一笑，重新打火，可是不知怎么了，拖了好一会儿才打燃，等到货车司机从叶山河身边错过，他看了一下表，指针已经精确而冰冷地表示已经超时。叶山河把车驶入寺门前的停车场，心想这算怎么回事。要说，他应该已经到了高塔寺，可是，没有到达寺门，他无法说服自己是真正到达。

进了门，排队去买香。叶山河跟智通开过玩笑，说他发现，只有寺庙的生意才是最稳定、最长盛不衰的，上千年一直如此。而那些号称百年老店的生意，没有多少真的支撑过百年的。此外，寺庙应该是这个世界上最大的连锁企业。智通说，生意一般都有竞争对手，有竞争对手就有技术进步，能够传承三代而技术不进步的行业很少；还有一个原因，所谓富不过三代，一旦富了，很多恶性就会暴露出来，骄奢淫逸，生意由此垮掉。要说连锁企业，很多统一店面装修、统一服务模式的连锁企业只是徒有其表，寺庙连锁的核心技术和企业文化，比如寺庙建筑风格、供奉、经书、戒律、起居等比它们更加具有一致性。

智通前年才升座成为方丈，是从佛学院毕业的研究生，思想行为不古板、不拘泥，他说过，既然名"通"，那就要融会贯通，万法归一。智通未升座前，已经实际主持了高塔寺好几年，他声名远扬，带动香火更加旺盛，今天不是周末，香客也是熙熙攘攘，叶山河排了很长的队买香。这种事本来都是司机做的，可是今天他只想一个人行动。

十分钟后，他上完大香往庙后智通的禅房走去。走廊的地板是一块块打磨后的青石排列而成，叶山河心中一动，停下脚步，深吸一口气，然后迈出右脚，心中默念：行。然后再迈出左脚，心中默念：不行。他就这样一步一念地往前走：行，不行，行，不行，行……准备走到禅房门前结束，看最后一步到底是行还是不行。

长廊快要走尽，一位小沙弥走过来道一声阿弥陀佛，说叶总，师父在千秋亭，请叶总移步。叶山河叹了口气，沮丧地看着几米前的禅房，心想这时候强自走完，只怕也不灵验了。

他转身跟着小沙弥转到寺侧，折进林荫，穿过花墙，智通正和一位老者对坐在千秋亭中，一位沙弥在做工夫茶。看见叶山河进来，智通站起来双手合十，道了一声"阿弥陀佛"，说叶总是稀客。把叶山河介绍给老者，又向他介绍老者叫石一，是中川书法第一名家。叶山河忙说久仰。

石一这名字似乎听说过，只是不知是否是真名，也不知这中川书法第一名家是怎么一回事。石一瞥一眼叶山河，说通师这里门庭若市，他就不再凑热闹了。乘兴而来，兴尽而去。起身告辞。智通道一声阿弥陀佛，起身送出几步，回来说石老脾气一向如此。

叶山河说，有本事的人，自然傲岸不群。他是书法名家，清贵文人，自然看不起我这种满身铜臭的俗人。智通说刚才徒弟来报，叶总在排队烧香，猜想可能要去禅房，所以事先让人在那里候着。叶山河是寺院的常客，也是豪客、贵客，不过烧香礼佛这种事，一般不便让人代劳，所以智通只安排人等着叶山河。叶山河道一声谢，说通师费心了。这里真是神仙福地，真羡慕通师，哪天我也出家算了，通师到时收我做个扫地僧吧。

千秋亭树木遮蔽，清凉幽静，而且空气自然流动，不比空调房的呆滞沉闷，是夏天避暑上上之选。智通莞尔一笑，说叶总哪天真能堪破看透，倒也是缘分幸事。沙弥奉过茶来，两人喝了一会儿茶，漫漫闲聊，智通问："叶总有心事？"

叶山河沉吟一下，说："通师要不给我起个卦。"

智通低首敛眉，先道："阿弥陀佛，解铃还须系铃人，叶总心事只有叶总自己能解。打卦拆字，已是外人观见，不是本性。"

叶山河心中不快，知道和尚是个滑头，善于察言观色，猜到自己今天不比平时，大事压心，难以决断，所以不愿沾手，不想担责。实际上，叶山河也从来不相信打卦拆字这些，叶盛高当年号称叶神仙，医相星卜，造诣精深，名满一方。叶山河从小耳濡目染，自然洞悉其中玄机，见识远高那些江湖命师，他经常来寺院，一般情况下都是想换个环境思考，他也烧香拜佛，心里不过跟大多数名利场中人一样，求个心安。只是今天情况的确特殊，实在想找个什么莫名的标杆或者无聊的依据。

智通见他毫无表情地沉默着，迟疑一下，说："要不求个签？签语自成，叶总是行家，可以自解。"叶山河这些年施舍不少，他不愿拂逆。

叶山河点头说："好。"心道智通果然是个明白人。签语智通与自己虽然都不相信，但是今天这种情况，正好可以让自己寻找某种暗示或者得到某种指引。

智通让沙弥去拿签筒签语。一会儿，叶山河接过去，双手抱着沉思有顷，然后闭上眼睛开始缓缓摇晃，几分钟后，一支竹签掉在地上，叶山河睁开眼，智通依然双手合十，闭着眼念念有词。叶山河放下签筒，捡起那支摇出来的竹签，一看是支中上签，智通说："恭喜叶总，人生在世，能有六七分，已是不易。"叶山河合十还礼说："多谢，托通师吉言。"沙弥按签数找出签语，叶山河展开一看，是四句诗：

云深雾罩山前路，柳暗花明又一村。若得诗书沉梦醒，贵人指引步天台。

叶山河凝注半晌，收好放在钱夹中，取了一沓钱递过去放在茶几上。智通合十致谢，示意沙弥收了。两人又说了会儿闲话，喝了两开茶，叶山河起身告辞。

出了寺门，叶山河驾车驶下山道，他翻出陆承轩的电话打过去，可是关机，迟疑一下，打到他上海的家里，好一会儿才有人接听，说是保姆，问陆教授，说不知道。叶山河苦笑着收线，看来只有自己拿主意了。

他在路边找个地方停车，坐在驾驶座上发起呆来。很多人和事，开始在他的脑海一一闪灭，像是一台破旧的摇把放映机在放电影，或者，像是电影中那些特别强调的子弹时间，放慢，静止，强化，旋转……慢慢地，他的心情平静下来，他知道了自己应该怎么做，或者说，这个答案，前几天他就隐约感到了。他在电话上翻出李安的号码，看着那个名字笑笑："李安，真是个好名字。"但是他现在不会打。他答应的是最迟明天回复，临杀不急。

第一章　匿名信件

三个月前。星期一。

上午八点五十，像往常每一个工作日一样，叶山河准时到达自己的办公室。除非常特殊的情况外，才会破坏他这个一直保持的被圈内朋友钦佩的习惯。

窗明几净，电脑打开，茶已泡好，温度适中，办公桌上摆放着一小沓文档，已经按照徐朵朵的判断排序。调到董事长办公室第三天，这个乖巧聪明的女孩已无师自通地掌握了这一切，光凭这一点，就足以说服叶山河不断地给她加薪。

他惬意地坐下，身体靠在柔软的椅背上感受了一会儿，然后坐直，开始一天的例行工作。

首先是打开工作信箱查看各个公司负责人和集团部门经理过去一周的工作简报。这也可能是叶山河异于其他集团公司董事长的一点。七年前，叶山河被段万年撺掇，再加上母校情结，就近报了一个西川大学的MBA，学习现代化的企业管理，一开始只抱着交朋结友的目的，后来却扎扎实实地学到不少东西，受益匪浅。

一个正规现代化企业的运营，依靠它设计精密的管理模式与管理流程，每一级每一步都条理分明，每个职位的职责与功能都非常明晰，任何人进入这个程序之中，都能够迅速找到自己的位置，明白自己该干什么；反过来，任何人离开这个程序，都能够迅速地寻找企业所需要的人补充，而不会茫然失措。这就是MBA最简单、直接的作用，立刻打动了因为公司扩张而日理万机、左支右绌的山河集团董事长兼总经理。

叶山河迅速强硬地在旗下各个分公司，尤其是最重要、人员最密集、又是刚刚收购的纺织品公司推行现代管理，并聘请专家指导，几个月下来，所有的分公司都有了脱胎换骨的改变。段万年被请来"视察"后啧啧赞叹说，果然有些人做生意是天生的，这不算是惊险的一跳，但有点像草莽变翰林。

叶山河很得意，他自己也从中享受到了巨大的好处，比如，很少再有鸡毛蒜皮的麻烦推到他面前，几乎在产生的同时就由职责清楚的管理人员解决了。叶山河获得充分的自由，有充足的时间对集团公司工作进行战略层面的思考和规划，但同时，能够通过相关的报表、会议记录以及工作邮件对集团公司进行精细掌控。

他觉得工作邮件是一项非常有意思的发明，同时非常适合他。

他不喜欢开太多的会，不仅因为觉得这很浪费时间，效率也不高，也因为他一向觉得很多人坐在一起时，说话就会变得古怪和虚伪，很多意思要让人猜——对于每个人来说，当面提出不同意见，都是一件相当不情愿、需要勇气的事。而邮件，能够让人从容地表述自己的想法，更重要的是，邮件能够留下凭证。

爷爷从小给他灌输口说无凭，立字为据，从某种意义上来说，邮件也是一种契约。政府为什么注重公文往来，尤其是高级别的交流？就是因为官员们手中拥有巨大的公权，必须承担相应的责任，所以掌握决策权的官员们一旦产生跟政府工作相关的言行，都会尽可能地留下笔录，用以应对以后可能出现的某种意外情况。他听段万年说，三朝元老张廷玉刚入仕时，擢拔上书房行走，就令人惊叹地记录自己每天的所作所为，类似皇帝的起居注，这种小心谨慎不是一般人能够想到做到的。

当然，也不是所有公司的人都会这样想，一些高层比如财务总监宋长生、集团公司副总经理张德超、装修公司总经理杨迁这些"老人"，就不太感冒这种看起来令人疏远的电子邮件。

他们是当年叶山河一到省城，就聚在一起的朋友，一起打拼十几年，感情深厚，在公司的地位无可替代，他们非常不喜欢这样公事公办、毫无人情味的交流方式。用杨迁的话来说，叶哥你有啥事直接打个电话吩咐就是了，我们有事不会直接向你说吗？他们还是喜欢以前那种大家坐在一张酒桌上，一边胡侃海喝、一边就把事情谈完了的交流方式。但他们不能反对，心里认为叶山河现在是当了皇帝，所以要拉开距离，所以他们一直借口不习惯用电脑发邮件，每周的简报叫人胡乱打上几个字就敷衍交差，叶山河拿他们也没有办法。

十分钟后，叶山河关了邮箱，注意力转到面前那沓文档。

最上面是财务部送来的两份需要他签字的报告，他签了一份，另一份他决定等会儿跟宋长生交换一下意见再做决定。再下面分别是人事、后勤的报告和两份邀请函，最后是三份投资报告，分别是关于地产、互联网和酒店。

酒店是西川路桥公司旗下的一家五星酒店，新开业不到三年，经营状况良好，叶山河简单地看了下材料，比较详细，投资部工作做得扎实，但是，路桥公司为何要转让呢？其他的项目需要资金？也不一定要杀掉这只会生蛋的鸡，可以抵押贷款嘛！还是为了公司年报做得漂亮？但现在还早呢。叶山河思忖着，决定请许蓉帮他问问，这方面她有很多有效的渠道，同时，真要吃下这家酒店，他也不想一个人孤军深入，要拉她一起。对了，过年前段万年说过，他们应该成立一个共同投资公司，方便一些。

他连人带椅转身，把这份报告放在后面的立柜第二层，这里放的都是值得考虑的投资项目。转过身，他拿起那份地产投资报告。

这是名噪一时的嘉乐汇广场，由几个嘉州来的开发商联手开发，当初拿地的时候如同猛龙过江，豪掷千金，连万科这种全国性的地产大鳄都没抢赢，后来又请国外设计师团队设计，搞过几次明星会聚的典礼，建到一半时不知是因为意见分歧还是资金链断裂停了下来，已经搁置一年，现在由政府出面拍卖，叶山河简单扫了一遍就决定放弃。不仅是因为这种烂尾楼牵扯甚广，麻烦很多，背后藏着复杂的人事，还是因为他心中已经有了另一个中意的房产项目。

最后，他拿起第三份投资报告，这是一个生活服务类网站，前期投资倒是不大，但是以叶山河对这类网站的初浅了解，初期必须烧钱聚集人气，否则就是默默死掉，而这个烧钱的程度，谁都无法把握，这种豪赌、粗放式的商业模式，跟叶山河的商业风格大相径庭。他叹了口气，正准备把它丢进立柜最下面那个最大的抽屉，突然，又拉过来，重新阅读。

吸引他的是这个网站的主持人，或者说是创始人，名叫沈丁丁，竟然是他的校友，学弟，两年前才从西川大学毕业。

简介里写着计算机二级，英语四级，相当一般，现在985学校的毕业生，简历上只会写雅思考了多少分托福多少分。唯一的亮点是沈丁丁从大二开始，就担任学院学生会主席，后来当了学校学生会副主席。这很好理解，他的计算机水平说明他不是这个网站的开发者和技术骨干，而是组织者和领导者，但是以叶山河的经验，现在扩大招生后的大学学生会干部，固然会得到一些超过其他同学的锻炼，但大多数都局限在学校，难度不高，挑战不大，如果他本人过分看重这一点，会自以为是，真正步入社会后难以迅速调整思维，摆正位置，融入新的工作。

但这一切都不是重点，重点是这样的简历为什么会出现在他的面前。

这个简历并不是从人才市场直接拿来的，而是由投资部经理高阳亲自做的，高阳现在已经非常清楚叶山河的风格了，为什么还要在简历上写这么多只会带来副作用的废话？他是提醒沈丁丁是他的校友吗？那么高阳本身对于这个网站是有倾向了？他为什么想影响叶山河关注这个项目？他和沈丁丁有什么特殊的关系？

叶山河看了一下高阳给出的意见，整体评估是中，算是比较客观、中肯，跟嘉乐汇广场的评估一样，酒店项目倒是给了中上，跟叶山河的思考完全一致。但这反而说明了高阳本身不想坦白地推荐这个项目，只想悄悄地影响叶山河，他为什么要这样做？

叶山河沉吟片刻，打消了立刻召见高阳的想法，突然却有种古怪的心思，他按了呼唤键，几秒钟后，徐朵朵推门进来，探询地看着他。

叶山河示意她在办公桌前的椅子坐下，看着这个漂亮的女孩，看着她不安起来。

这是叶山河平时跟人谈话的架势，那些进入这个办公室的人，几乎都会坐在这里，隔着宽大的办公桌跟叶山河交流，但是作为叶山河的秘书，她几乎从来没有坐过那里，一般是站在办公桌旁边听候董事长的吩咐。

"这三份投资报告你看了吗？"叶山河温和地问。

徐朵朵脸上不安的表情加重了，嗫嚅着回答："看了。"

作为董事长秘书，她可以接触到很多公司的机密，像这种报告，她肯定会简单地先过一遍，叶山河突然这样问她，是不是有什么想法？或者说，以后准备限制她的权限吗？

"你觉得三份投资报告怎么样？我想听听你的意见。"叶山河温和地问。

徐朵朵愕然。

这不是她分内的工作，这是投资部的工作，而且可行性分析评估已经写在报告中，那么，叶山河问她这句话是什么意思呢？徐朵朵立刻恢复镇定，开始思考：这不是好大体量的报告，不足以让叶山河为难，即使他无法立刻做出决策，也不应该征求她的意见。那么，他问她，是不是叶山河觉得她可以去做其他的工作，或者说是不适合再做他的秘书？是因为他们现在这种关系吗？

"我不知道。"她迟疑一下，还是像以往一样坦白回答。

叶山河看着她的表情变幻，柔情顿生，一天繁重的工作之前，为什么不好好享受这一刻的温馨呢？

"随便说说吧，我想听听你的意见。没准儿你的意见会影响我最后的决定呢。"叶山河看着她，故作严肃地说。

"那……我觉得呢，这个，真要从这三个项目中选择的话，可能嘉乐汇比较好一些。"因为觉得事态严重，徐朵朵坐直了身子，用力地思虑后，紧张地盯着叶山河，小心翼翼地回答。

"原因呢？"

"我们熟悉，有经验。而且，山河广场可以算是告一段落，整个房地产公司的人员都可以立刻投入这个项目中去。路经理上周不是跟你请示，下一步的工作吗？"

叶山河笑了。他承认徐朵朵说得有道理。

山河广场是山河集团第三个独立开发的房产项目，也是最大的一个。未能免俗，叶山河用了自己的名字命名。也正因为如此，山河集团投入了全部的资源和力量，经过十八个月的建设，已经快要封顶，半个月前拿到了预售证，一开盘就销售火爆。当天住房签约率高达八成，商铺也到了六成，重要的是，成交价格经过几次讨论，最后叶山河大胆拍板，创了开年后最好的销售情况。

在过去一年商业楼盘风雨飘摇的大气候下，这算是一个令人惊喜的好成绩。刚刚房地产公司总经理路明生发来的工作邮件报告，住房和商铺都已售罄，他准备给整个销售团队安排一次为期一周的旅游作为奖励，可能去东南亚，也可能去日本和欧洲，那么休假回来，他们就需要有新的项目了。但是，徐朵朵不会知道叶山河另有打算，他也不打算告诉她，至少，现在不会。

"朵朵，有些话，我一直想跟你好好聊聊，趁着这个机会，你别紧张，也别这么严肃，就是随便闲聊。"叶山河沉吟着缓缓地说，"我个人的经验是这样的，每个人的一生，跟什么样的人在一起，是最重要的。我能够走到现在这一步，成为一个别人眼中成功的商人、企业家，我最感激的，是我的爷爷。正是因为他从小不断地教导我、熏陶我，言传身教，让我经过很多人生弯路后，兜兜转转，还是走上了经商这条道路。无论是最初为了养活自己，还是现在觉得自己有一点社会责任，无论是失业后被动进入社会，还是现在主动发现，力求做得更好，这里面，都有我爷爷的作用。"

徐朵朵不断地缓缓点头，美丽的眼睛中闪着光。

"你跟一个喜欢喝酒的人，会长酒量；跟一个麻将高手厮混，牌技会长，甚至可能以此为生，成为你生命的全部。如果你跟一位官员，毫无疑问，你从他身上学到的，对你将来的仕途会有很大的帮助。这很自然，近朱者赤，近墨者黑，你的生活圈子、工作圈子，决定了你的未来、你的人生。"

"我知道。"徐朵朵点头。

"但是现在你跟我在一起，做我的秘书，你接触到的，天天就是项目，可行性、执行力等，我不是说我有多么了不起……"

徐朵朵插口说："你就是了不起，老板。"

她没有像平时那样叫他董事长，也没叫他山河哥，而是用了她很少用的称呼，似乎表明她正跟随着叶山河的思维进入某种情绪。这是个聪颖的姑娘，叶山河笑笑："你跟着我做我的秘书也有一段时间，虽然看起来做的都是些琐事，但我希望你能够从这个过程中学到一些东西，直接说吧，我希望你能够不断进步，将来去公司下面找到自己的位置，或者自己创业。你不可能一辈子给我当秘书，你聪明，也有能力，将来，你应该能够独当一面，有自己的天空和精彩。"

徐朵朵吃惊地看着他，用了比较长的一段时间，大约有十秒吧，确定叶山河不是要赶她走，而是真诚地给她指引一条未来的人生道路，她感觉自己的心脏一下子急速跳动起来。这个问题她几乎从来没有想过，她刚刚跟叶山河好，全心全意地爱着这个男人，希望这个世界永远不变，她和他永远就这样走下去：上班，整理资料，传达命令，安排行程，吃盒饭，应酬……天天能够相见，寻找合适的机会做爱，回了家还能够光明正大地打打电话发发短信，虽然有时也会隐隐地觉得这样的美好生活肯定不会长久，她将来肯定会有自己的生活，会一个人去面对这个社会，可是她拒绝去想，但是现在叶山河提了出来，她突然明白，对啊，她是该这样做。她应该走出去，叶山河也不应该永远留她在这间办公室里，她也知道办公恋情是商场的禁忌，她去别的岗位，也同样可以做他的情人，而且不会授人以柄。她满心爱意地看着叶山河，知道他是为她好，真诚地为她打算，她笑笑："好啊，我听你的。"

这一刻，叶山河也同时想到了办公室恋情这个词，脑海中掠过那个倔强的身影，她冲着他大声地喊道：我不想和你这样下去了。然后，她就潇洒地转过身去，去了遥远的美国，走得远远的。他叹了口气，甩了下头，仿佛想把那些回忆甩得远远的。"那就这样定了。从现在开始，我就开始对你进行专门的……"

叶山河的手机响了。

他看了来电,是许蓉。这是他目前合作最紧密的一个朋友,他的大部分项目,许蓉都或多或少有一些股份。同样地,许蓉的生意,他也参与了很多。

他接听电话。用不着避开徐朵朵,但徐朵朵乖巧地站起身,对他点点头,轻手轻脚地出了办公室。

五分钟后,叶山河挂了电话,脸上露出无奈的苦笑:"这位好大姐!"

许蓉请他代替她去参加一个现场办公会。许蓉的理由很充足,蓉和集团旗下的百货公司正跟新世界百货进行春季促销大战,她要坐镇指挥,她已经先斩后奏,推荐了叶山河。

这个现场办公会由蜀都市国资委出面召集,但推手和主持者却是市委书记陈哲光,这两三年陈哲光在省城大刀阔斧高歌猛进,一边致力于城市建设,大兴土木,一边重视文宣造势,毫不拘谨地把自己打造成为一个明星官员,毫不在乎别人私下叫他"城折光"。

倘若说谨慎是政客的生命,冒险是商业的精神,叶山河认为这位陈书记完全违背了这个规则,叶山河有些怵他,不仅不太赞成他这种大干快上的工作作风,也怵他这个人。这种大跃进式的做法,只能在特定的时期发挥特定的作用,所以这两年,只要是市委市政府的活动,他都敬而远之。实在不得已,让副总张德超去走过场就行了,但是现在,许蓉抓了他的丁,他该如何应付?

他的办公室电话响了,叶山河停顿了一下,看了来电,接听电话。

"你好,请问你是叶总叶山河?"一个年轻、干巴巴的声音问。

"您好。我是叶山河。"叶山河温和地回答。

"我是市国资委小吴,邀请你参加今天下午举行的国有资产处理现场办公会。"小吴停顿了一下,但叶山河没有说话,所以他问,"听见了吗?"

"我在听。您说。"

"请你务必亲自参加,陈书记要来,省台市台和几家报纸都要做专题报道。"

"好的。"

"办公会下午两点半开始,请你提前十五分钟到达现场。具体地点是市国资委一号会议室。"

"好的。"

"相关资料马上电传给你。有什么不清楚的,可以打这个电话找我。"

"好的。"

"好，就这样。打扰叶总了。"

"您辛苦了。再见。"

叶山河挂了电话，脸上露出微笑。

他二十年前，就习惯了一些机关工作人员这样的工作作风，只是奇怪，这么长一段时间，总不改变，明明是请他去捧场，却像是施舍他一样高高在上。他感到不快的是这个现场办公会虽然还不清楚到底是如何一回事，但肯定有些鸿门宴的味道。陈哲光的风格他了解，既然他亲自出马，必定有值得一位市委书记上阵的理由，同时，这打乱了他一天的安排。他本来上午是想约杨迁谈谈装修公司下一阶段的业务，如何配合马上竣工的山河广场，然后中午约张德超吃午饭。

山河广场这一盛况，还是不敢大意，一直全神贯注，现在终于收获实利，如释重负，可以回过头来做一些叶山河一直排在心里，而不是排在工作日程上的事了。

十分钟后，徐朵朵抱着一沓材料走了进来，叶山河吓了一跳："全是传真过来的？"

"是的。"徐朵朵笑着点头，担心地问，"下午就要开会，你看得完不？"

"那也得看，得做点准备。"叶山河接过，放在办公桌正中。

徐朵朵正要离开，叶山河让她等一下，他简单翻看了这一沓材料，是十多家企业的情况介绍和各种报表，果然许蓉给自己挖了一个坑，略一思忖，叫徐朵朵："你把这些资料抱到小会议室去，叫高经理把投资部所有的人都召集起来，抓紧时间看这些材料，做个评估，每个企业写上两三百字就好，推荐企业可以详细点，我下午两点一刻要赶到，那就一点十分出发，他们在十二点半以前弄出来，弄不完的话，先加班，再吃饭。"

徐朵朵应了一声，重新抱起这沓文件出去。

叶山河拨打许蓉的电话，苦笑着说："已经接到国资委的电话，材料也收到了，只是看这架势，陈书记要搞摊派了，是不是要求每个参加现场办公会的嘉宾都要认领一家企业？"

许蓉说："你明白就好，那就不再特别叮嘱你了，免得你到时不知趣，让陈书记下不了台来。"

叶山河半真半假地埋怨说："那你不是害我吗？现在国企改制不像前十年那样，只要胆大就是捡钱，现在是沾手就烫，法律法规多，麻烦多，不是特别对口特别需要，谁敢在这上面动脑筋啊？"

许蓉笑："你的山河广场不要完工了吗？我想你应该轻松了，所以让你替我去应一下差，也不是很麻烦的。"

叶山河叫了起来："还不麻烦，我的好大姐！陈书记的脾气你最了解，不答应是扫了他的面子，答应的话，又必须做得漂亮。再说，我现在……这么短的时间，这些企业一个个体量又不小，什么情况都不了解，没有调查研究就没有发言权，你叫我下午……"

许蓉打断了他："你别急，呵呵。我忘记告诉你，市里本来是叫我去的，所以这些企业的资料早就传给了我，也传给了所有参会的人，大家肯定要先有了解，做了调研，才能够决策。当然，陈书记喜欢搞仪式，为了宣传，所以非要搞一个现场办公会……"

叶山河反应很快："你是说你已经有了决定，我只不过是替你去走过场，好比，好比是个拍卖，我去现场举牌而已，实际上买什么、什么价位你都已经决定了？"

"叶总啊，你真是……闻一知十啊。就是这样的。不过，我想着我举牌后反正也要拉着你一起的，前阵是因为你一心在山河广场上，不想让你分心，所以没有早告诉你，所以，你去我去不一样吗？你去吧，到时回来我们再商量个比例就行。"

"这样啊，还行。那你应该有目标了吧？"叶山河松了口气，虽然，对于这位自作主张的许大姐和那位奇招迭出的书记还是有些不快。

许蓉说了三个名字："我觉得这三家企业跟我们的业务还有关联，经营状况不是特别困难，风险少一些。你就判断一下，自己拿主意，在这三个中选一个吧。"

叶山河笑："我觉得吧，躲不过的时候再决定吧。如果有机会，我们还是不蹚这浑水。现在房地产行业虽然起起伏伏，我个人觉得，大势还是好的，以后我们还是把重心放在这上面吧。"

许蓉也笑："别做梦了。陈哲光亲自坐镇，不做贡献哪里过得了关？我不跟你多说了，我这边忙得跟打仗一样。本来也是在打仗。"

叶山河听她挂了电话，放下话筒，靠在椅背上出了会儿神，心想这才真是人在家中坐，事从天上来。许蓉做事莫名其妙，陈书记的包办婚姻拉郎配更加霸道，躲肯定是躲不过的，大家都只有捏着鼻子接受下来，各求多福吧。

徐朵朵敲了门，走进来，把一封信放在办公桌上："有一封挂号信，点名要董事长亲自批阅。"

叶山河扫了一眼，点点头。

徐朵朵却没有马上转身离开，看着叶山河迟疑着，叶山河抬起头："有啥事吗？"

徐朵朵羞怯地畏缩了一下，咬起嘴唇，小声说："我想……"

叶山河笑了，指指椅子："坐下说。"

徐朵朵坐下，双手放在桌上不安地绞动，叶山河鼓励地看着她，不说话。徐朵朵从他的微笑中得到了一些信心，镇定下来，慢慢说："你刚才说要我考虑以后自己做事，刚好……我的一个同学跟我说，邀请我参加他们众筹一个茶艺馆，是上上周的事了，我给她说我考虑，结果没上心，差点都忘记了。"

"现在上心了？"

徐朵朵不好意思地笑："也不是。你既然这样说了，我觉得是不是可以尝试一下。你帮我拿个主意吧。"

"众筹，有没有什么具体的章程？"

徐朵朵从口袋里摸出两张打印纸："他们建了一个群，这是他们群里聊天提到的，我打出来了，你看看。"

叶山河接过来，扫了不到十秒钟，就清楚了这是怎么一回事。

这些人在讨论两个方案的优劣：一个方案是三十人众筹，每人十万；一个方案是拉到一千个人众筹，每人三千元。共计三百万，装修一个面积约六百平方米的茶艺馆。

时代在变化，新的观念新的名词不断出现，但是实际上，很多只是把过去的东西换了一个叫法而已，比如众筹其实就是合伙投资。茶艺馆是以前茶楼的提升，主要改进方式是工夫茶，把以前一人一杯的泡茶方式改进由一个漂亮的、称为茶艺师的女孩子统一泡茶，再分倒给围在一桌的茶客。叶山河承认这种改进有它科学的地方，比如洗茶，但他个人，还是喜欢自得其乐的独饮。

茶艺馆不像餐馆酒吧复杂，轻松单纯一些。从生意的角度来说，风险较小，也许不会赚很多钱，但也不会亏很多，而且想亏都难。

但也有很多人经营茶楼亏损，亏损主要在于，经营八年十年，甚至三年五年后，你就会发现你的茶楼装修已经落伍，或者被更漂亮更雅致的竞争对手超越，如果你要正面竞争，那就必须迎头赶上，重新投入装修升级。换一句话说，就是你投入五百万开十年茶楼，生意一般的话——现在的情况，大多数茶楼生意都很一般。

每年可能会赚三五十万，天天都能够看见现金流水，但到最后一算账，赚的钱可能因为大手大脚应酬花掉不少，剩下不多，再加一个陈旧的茶楼，折零肯定卖不了几个钱，整体转让需要运气非常好才找得到接手的人，但转让的钱加起来，未必能够收回成本，同时，搭上了十年时间。

叶山河非常熟悉这个西川遍地开花、门槛低、客户群稳定的商业模式，他以前也开过好几年书吧，就是茶楼加书店，以书吸引茶客，以茶养书，还曾经因此评选过省先进青年。他认真地看着那两页薄薄的打印纸好几分钟，似乎是在研究这种商业模式的可行性，但是实际上，他想的是其他。

他一直以为徐朵朵是两点一线，离了公司就是回家，逛街的次数屈指可数，而且肯定在她母亲的全程陪同下，除了跟他在一起应酬外，基本没有社交，现在看来，并不完全是这样。

有人说过，网络的出现引出了一场深刻的革命，不仅出现了新的商业模式，更是大大地改变了人们的生活方式，以及思想方式。他无法不自私地想到，通过QQ等其他网络社交方式，徐朵朵有多少"好友"，单是在QQ上，她肯定还有同学群、其他爱好群。单是在这个茶艺馆的众筹群，就应该认识了几十个可以合作的"伙伴"。打个折扣，这几十个合伙人中，总有十来个跟她关系密切，彼此信任，或者说彼此觉得可以信任吧。有多少男的？未婚的有多少？年轻的有多少？其实已经结婚，不再年轻的男士未必就没有威胁，比如像他这样的人……叶山河心中一沉，发现自己过年后这两个多月，几乎没有跟徐朵朵认真交谈过，不太了解她下班后的生活，更遑论她那个漂亮脑袋里的思想了。

有一瞬间，他条件反射般地准备否定，但马上，他决定支持徐朵朵去做这件事。他已经犯过一次非常遗憾的错误，不应该再次踏进同一条河，掉进同一个坑。

"很好，但有一些问题。"他开口说。

"您说。"徐朵朵热切地看着他，飞快地接口。

"你们主要在讨论两种模式哪种更好，一种是三十人每人投资十万，一种是一千人每人投资三千。我们先讨论第一种模式，朵朵你有十万吗？"

"我需要向家里申请。我每个月的薪水都交了一半。"徐朵朵难为情地说。

"这没关系，我可以借给你。"叶山河快活地说。他和她在一起后，他从未给过她钱，她也从未向他张过嘴，甚至连他偶尔送她化妆品衣物，也要担心她父母觉察而保持克制，他非常愿意为她承担这笔投资。

"哦，这……"徐朵朵迟疑起来，一时不知道该如何回答。

"我们先讨论这笔钱，三百万够吗？三百万能够装修一个什么档次的茶艺馆？装修我可是半个专业人士。你还得考虑其他的费用支出，比如租金。得让你先交半年吧？最少也要三个月。还有其他意想不到的支出，工商税务消防派出所，哪个部门都可能让你碰壁，有时候是一个电话能够解决问题，有时候可是需要花费很多时间和精力，以及额外的支出，现在随便吃顿饭也要两三千吧？我是按照他们的消费水平而不是你们的消费水平，这还不包括上好酒。

"众筹模式一眼可见的好处是能够集中每个人的资源，共同把生意做好，其实不然。你想想，如果一个生意一个人做，这个人肯定会全身心地投入，因为压力全在他一个人身上；如果一个生意三十人做，这三十人自然不会用多少心思，有的人会想，我再努力，反正最后还是三十人平均分享利润，这实际上就是大锅饭。同样地，如果一个人做生意，遇到困难时，他会立刻想尽办法解决；三十人就不一样了，哪怕再亏，都会觉得无所谓，反正分摊到三十人头上，也不亏太多，会放任经营过程中的问题，至少觉得不应该自己抢先出头去解决。还有一点，茶艺馆这种商业模式，不会赚太多的钱，同时因为三十人分享，所以利润肯定会跟你们的想象有很大的差距。

"从这一点上来说，后一种模式根本就不值得讨论了。一千人，三千块，这相当于每个人购买了一个会员卡一样，绝大部分人都不会把心思花在这上面，所以众筹就失去了它的根本意义。

"做生意不思进先思退，未料胜先料败，开弓没有回头箭，所以很多问题在开始的时候就一定要想清楚，想复杂点，想困难一些。如果预算不够，到时再来众筹？那就变成了添油战术，打破了大家的心理预期，大家都会埋怨，所以还不如先把预算做多一些，从容一些。

"然后是茶艺馆的管理问题。谁来管理、怎么管理，必须先要明确，划分每一个岗位的责任，股东也要清楚自己的权利和义务。你看你们写的，每人每月做一天义工，这不是管理，这是噱头，对经营无益。还有最重要的控制权，你们一人一票，参与自治，我可以肯定这是行不通的，你们都没有过经验，这种所谓的平等参与，我可以想象你们以后的混乱，甚至有些人会因此从朋友变成仇人……"

"我们只是玩嘛，你太认真了……"叶山河的长篇大论把徐朵朵吓坏了，这时好不容易鼓足勇气小声分辩一句。

"真要成为优秀的商人，就得对任何事认真啊。"叶山河笑，以他现在的眼光来剖析一个茶艺馆，的确好像是NBA球员去打高中联赛。"凡事预则立，合伙的生意真的需要先明确各自的权责，否则很容易反目——"他摇了摇头，想到了他的老友们，"——我们不能要求每个人都道德高尚，所以预先制定游戏规则是一个不错的办法。古人云：一人不入庙，二人不看井，三人不抱树。不是说不相信别人，但更应该相信规则。

"然后呢，我跟你们提个建议，可以注册一个商标，以后生意如果做好了，可以做品牌，做连锁，这可能是这种众筹模式唯一能够赢利的点了。但是我想你们可能现在没有人想到这一点，你们群聊关心的是赚钱和利润，讨论的都是些无关紧要的枝节，对于如何经营好一家茶艺馆，如何能够让自己的茶艺馆有特色、吸引顾客却忽略了。任何时候，形式它只是形式，重要的还是它的内容，你天天去的面店肯定是因为它的口味而不是因为面店的装修吧？所以从目前来说，我还真不看好你们这个众筹。"

"那不做了，我不参与了。"徐朵朵沮丧地说。

"不，我支持你做。我已经说了，我借钱给你。"叶山河不容置疑地说。

徐朵朵不解地看着他，叶山河停顿了一下，缓慢地说："哪怕这个项目赚不了钱，你也可以通过跟这些众筹伙伴的沟通交流中学到很多在我这间办公室无法接触的东西，朵朵，我希望你有自己的朋友圈子，有自己独立的生活和未来。"

如果有必要，叶山河会展现他惊人的感染力让人相信他说的每一句话，相信他这个人。徐朵朵看着他，脸上慢慢露出感动的表情："谢谢你，山河哥。"

叶山河看着她喜滋滋地离去，想她肯定马上跟她的群友们宣布她要加盟，可能还会故意装作勉为其难。如果说除了她的身体让他着迷之外，那么就是她在他面前这种毫无保留的坦白，可能会让他长久地喜欢——而这，恰恰是晓可没有的。

他又想，为什么有这么长一段时间没有跟徐朵朵交流？是因为天天相处而忽略了吗？爷爷总是告诫他，要多跟身边的人沟通交流，这世上一半的错误都是因为误解而造成的。那么，他必须把跟宋长生、杨迁和张德超这些"老人"的沟通安排在首要日程了。

他出了一会儿神，拿起那封寄给他的挂号信。

信是寄给总经办的，徐朵朵拆了封皮，里面还有一封粘得严实的信，上面写着"叶山河亲启"。叶山河取出来，掂量了一下，里面除了信纸外别无他物，他放心了，直接撕开，一分钟后，他把那页薄薄的信纸放在桌上，又再次拿起，用了好几分钟认真阅读、思考。

这是一封举报信，用打印纸打印，针对纺织品公司总经理江林，举报江林任人唯亲，作风霸道，生活腐化，以权谋私：公司的销售经理、采购经理和生产厂长不是他的同学就是他的儿女亲家，利用虚假合同套取公司的钱，长期在五星酒店包房，包养二奶，经常违规给亲信发放各种补贴等。最刺激叶山河的是他为了收受回扣，马上要增添一位山东棉纱供应商，签订巨额采购合同。

落款是一位心系公司的正直员工。

如果说从今天早上开始，许蓉的无理安排让他心有不虞，徐朵朵的众筹茶馆让他略感不快与不安，那么现在这封举报信，就把他这段时间以来的好心情全部打掉了。

他首先考虑这封举报信的可信度。

但是这是个无解的问题。

跟所有的举报信一样，这封信虚虚实实，不会让人一下做出判断。比如五星酒店包房，这个叶山河知道，因为新疆、上海的客商经常来，为了方便，索性跟酒店签订了长租协议，通算下来跟零租差不多，有时没有客商，江林他们使用也很正常。比如发放补贴，叶山河知道元旦和春节前后江林给所有的员工，尤其是管理团队发了好几个大红包，同时提高了各种福利补贴，财务总监向他做了汇报，虽然有些夸张，但想到前几年纺织品公司管理层的辛苦，现在赚钱了，理应有所补偿，他也同意了。又比如任人唯亲，这个叶山河更加清楚，当初促使他豪赌一把，下决心收购川棉一厂，最大的因素是因为发现了江林和他的团队。江林当时在川棉一厂销售科担任副科长，川棉一厂由省国资委挂牌，寻找意向买家时，江林私下找到了叶山河，一番长谈，从生产到销售，从管理细节到员工分流，这位野心勃勃的副科长给叶山河留下了深刻的印象。叶山河接下来跟省国资委和厂方的谈判中胸有成竹，最后以相当优惠的价格拿下了这个体量巨大，拥有五千多职工的庞然大物。

但他也有不知道的，比如包二奶，比如儿女亲家。

江林比叶山河小几岁，有一个儿子，才十岁左右吧，那是什么儿女亲家？是为了拉近关系而像西川通常那样认的干儿干女？还有虚假合约是怎么一回事？尤其重要的是，江林真的准备要从山东采购棉纱？他们的棉纱以前一直从新疆采购，双方合作一直很好，尤其是前几年纺织品公司举步维艰，对方也竭尽全力支持，这样另择他方是不是有些贸然？为什么不向他汇报？

叶山河突然想起，最近一段时间，江林的工作邮件说问题报数字少了，基本都是形势大好的套话，这是不是表明他在敷衍叶山河吹嘘自己的同时，也在隐瞒什么？

然后叶山河开始思考写这封举报信的人是谁，出于什么目的。

毫无疑问，他能够知晓纺织品公司如此多的内情，有些甚至是叶山河也不知道的，肯定是纺织品公司的职工，很可能是高层管理人员。他的落款中"心系"二字表明这个人文化素养不低，举报信用词讲究，条理清楚，也说明这一点。那么，他是出于什么目的呢？妒忌？报复？有竞争关系，希望扳倒对手？叶山河无法确定这个人是怎么想的，但是有一点可以肯定，他必须正视纺织品公司现在的状况，并且做出某种应对。

不能说他忽略了，而是因为前面十几个月，他全神贯注做山河广场，这座以他命名的广场不仅投入了他的全身心，也投入了他除了纺织品公司外的全部身家，他必须心无旁骛，犯不得错误，容不得失败。幸好，现在山河广场项目基本尘埃落定，只剩下一些扫尾工作，他可以从容抽身过来处理纺织品公司的问题了，他希望不晚。

纺织品公司并不是一个简单的公司，同时还包括纺织公司、印染公司、服装设计公司、成衣公司等——江林早就提过建议，在销售部基础上成立专门的进出口贸易公司，服装设计公司自创的两个品牌分别成立品牌公司，这样七八个分公司加在一起成立山河纺织集团。现有员工三千多人，去年营业销售近百亿元人民币，是山河集团旗下两大支柱之一，但是现在，这家公司掌握在一个叫江林的人手中。而江林，不拥有这家公司股份，仅仅拿着约六十万的年薪，而且，这六十万中包括奖金，前几年因为效益不行一直没有拿到。

一个正常的人，看着自己辛苦挣来的天文数字般的金钱却不能拥有，他会怎么想？他不会想到叶山河是董事长，如果亏损，叶山河要承担绝大部分的损失，如果倒闭，叶山河所有的投入全部化为乌有；他也不会想到六十万加上总经理的福利以及一些隐性的收入足以让他在这座城市过上体面的生活，同时不承担任何经济风险；他只会想到没有他和他的团队，纺织品公司就不会走到今天，就不会赢利，就不会赚钱，大赚特赚，只会想到这些赚来的钱他却不能占有，不能支配！

疑人不用、用人不疑，但叶山河更喜欢疑人要用、用人要疑，尤其是像江林这样优秀的人才。当初他们精诚合作，共渡难关，叶山河完全信任，放手让他们去独立操作，除了安排一个财务总监，每周一个工作报告，从不插手纺织品公司的管理。但是现在，外部环境发生了变化，肯定会导致内部关系发生变化，风起于青蘋之末，这封信可能就是这样产生的。

当初他们合作的时候，谈过期权，类似于对赌的私下协议，以五年为限，如果纺织品公司赚钱了，叶山河会按照盈利情况分配给整个管理层一定股份，但是第一个五年期满，纺织品公司还在苦苦挣扎，他们自然不提这一点；但是令人意外的是，第二个五年期刚刚开始，纺织品公司意外地赢利了，超出了所有人的预期，江林自然会有想法，叶山河可以肯定。

叶山河把信纸丢在桌上，现在不是考虑这封信可信度的时候，写这封信的人是谁的问题，而是考虑如何处理目前纺织品公司的现状。

这不是为什么，而是怎么办的问题！

首先，江林和他的管理团队肯定不能动。不光是兔死狗烹的名声问题，而是只有最愚蠢的商人才会在这种时候做这种愚蠢的事。现在纺织品公司像一台开足了马力的印钞机，源源不断地给山河集团吐出现金，这是他最近一年能够在省城纵横捭阖的底气，保证了山河广场顺利收尾而不像其他房产项目因为资金出现拖拉扯皮问题。所以他能够做的，就是保证这台印钞机的顺利运转，任何对这台印钞机的改装，都可能导致它停工停产，叶山河绝对不能冒这个风险。

那么，就只剩下唯一一个选择了，他得补偿江林和整个纺织品公司管理层，而这个补偿，绝不是每个人再发几十万红包能够满足他们的，一句话，他得给江林和管理层股份。

纺织品公司目前有五个股东，山河集团自然是最大股东，许蓉和段万年分别持有7.5%和6%的股份，省国资委象征性地持有一点股份，其他是当初川棉一厂因为欠债转过来的企业股份，都不太大。当初叶山河跟江林的约定是按照盈利多少给予3%~10%的股份，但是现在盈利远超预期，除非不开口，一旦开口，江林应该不会满足这个甚至没有写成书面协议的口头约定。

是的，绝对不会满足。

人心不足蛇吞象，何况江林认为这是自己理所应得，本就是拿到属于自己的东西，那么，江林的胃口有多大呢？

叶山河头疼起来，像他这一路走来很多次一样，他知道自己遇上了一个非常棘手的难题。他叹了口气，决定先跟许蓉和段万年通通气，他们也是纺织品公司的股东。

然后，他开始考虑什么时候跟江林碰面，是主动提出来还是等江林开口？他还得先给自己心里画一个底线，做一个预案，即使江林和他的团队再怎么重要，再怎么不容替换，万不得已的时候，也不得不两败俱伤。毕竟，每个人都是有价的，超出这个价格多了，自然无法成交。

最后，他无法不想，江林现在在做什么？他是不是已经抢在自己之前想到这个问题了？他是怎么想的？还有，那个写这封信的人，现在在干什么呢？这是不是也有可能是江林为了提醒他这个董事长自编自演的一出戏？

叶山河陷入深深的思考。

|第二章| 借刀

这个时候，江林正跟纺织品公司的工会主席王青川坐在一起，钩心斗角，大打太极。而这位工会主席，正是叶山河念想的另外一个人，那封信的始作俑者。

跟江林一样，王青川以前也是川棉一厂职工，职务比当时担任销售科副科长的江林级别还高两个半级，担任厂里的党委副书记，是厂领导班子中的一员，他也是川棉一厂厂领导中唯一一个改制后进入纺织品公司的人。从某种意义上说，他是厂领导中唯一一个从那次影响巨大、翻天覆地的改制中受益的人，可是当初，他几乎算是他们中最惶恐最无助的人。

党委书记那天突然召集班子成员通气，宣布川棉一厂在省委省政府的关心下，改制已成定局，马上展开跟民营企业的收购谈判，必须谈成。那一瞬间恍若天崩地裂，整个世界轰然倒塌，王青川顿失所据，茫然悲凉，二十多年的努力，辛辛苦苦，好不容易爬到现在这个位置，还想着不久党委书记就会退休，自己还有希望接掌这个位置，虽然，整个厂的经营状况一塌糊涂，但这跟他有什么关系呢？他一直做行政工作，厂里的经营从来不过问，也不关心，他一直以为，像川棉一厂这样的大型企业，像泰坦尼克一样永不沉没，政府肯定会保，哪怕是拖下去，效益再差，也不会波及他们这些高高在上的厂领导。可是，突然间一切都改变了，这么一个大厂，说改就改，所有的人，从他，包括厂长、党委书记和五千多名职工，全部成为下岗工人，由政府统一安排，什么级别、职务、工龄突然间都变得无关紧要，工作组对所有的人都会一视同仁，全部看成要处理的包袱，像商场里打折的淘汰产品。

或者，还是有区别的。

厂领导中，厂长和书记现在虽然宣称要跟职工一样对待，但是大家心知肚明，他们最后会被特殊照顾，安排到某个能够让他们顺利着陆的位置上去；那些生产厂长、经营厂长、分厂厂长，哪一个不是依靠川棉这艘大船，在过去的工作中建立起了自己丰富的人脉，拥有各种可以利用的社会资源？甚至连那些他平时看不起的，浑身油污、基本没有机会进入机关大楼的基层工人、技术人员，也会成为改制后新公司首先聘请的员工，昂首挺胸地走上新的工作岗位。只有他这种干了二十多年机关工作的脱产干部，新公司肯定会敬谢不敏。他平时淹没于文山会海的案牍工作，认识厂外有实力的朋友屈指可数，除了机关工作之外没有一技之长，现在又该去哪里寻找自己新的工作？或者，工作倒是不难，饿也饿不着，但要再找到一个像现在这样轻松、这样体面、这样堂皇，拥有一定权力的工作，几乎是不可能的。

王青川万念俱灰，昏头昏脑地过了几天，回过神来，那种支撑着他从一个技校生一步步爬到厂领导的坚韧和善于钻营的小聪明开始发挥作用。既然这一艘大船撞上了冰山，他也不能陪葬，他开始考虑自己的未来。

因为明令禁止一切调动，看来是逃不掉就地下岗的命运了，那么下岗后呢？

他梳理自己这么多年建立的所有关系，给他那些无论亲疏远近的朋友打电话，亲自上门拜访，约茶约酒，一周忙碌下来，竟然没有一个确切的承诺、一个踏实的去处，这位出身普通的党委副书记重新深切地理解了这个社会对于普通人的铁石心肠。这些年，随着他的级别和权力不断提升，接触到的，基本都是微笑和奉献，他现在才重新认识到，人家对他微笑，是因为他是一个大厂的厂领导，手中拥有很多别人需要的资源，可是现在，这一切都已化为乌有，人未走，茶已凉。

王青川倍感沮丧，但不敢绝望，也不敢放弃，他调整思路，把目光转向厂内，转向自己本身。

他也进入了厂里的改制小组，虽然没有话语权，但可以了解整个改制的情况，有些属于机密。同时，他也了解到对于川棉一厂这样包袱沉重的亏损大户，感兴趣的甲方不多，最有可能接手的是由山河集团、蓉和集团、万年集团等民营企业组成的商业联盟，而这个联盟的主持人叫叶山河。

他用了一些时间来研究叶山河，得出的结论是这个人过于严谨，莫测高深，他的直感是不好接近，不太容易接纳他的好意，他转而把目标转向许蓉。

许蓉是蜀都商界的一个传奇，从一家只有三张小桌子的串串香起家，成为现在蜀都赫赫有名的女强人。二十多年间经历过无数的人和事，拥有无数三教九流的朋友，王青川很容易通过她和他的一个共同朋友安排了一次私密的会面。

第二章　借刀

事实证明，他的选择是正确的。如果选择叶山河，叶山河很可能当场就要拂袖而去，他不能容忍这种背叛行为，同时会把这种行为判定为一种违法行为，认为会影响最终的谈判合作。但许蓉不动声色地听完了他半个小时的述说，一动不动地沉默了一分钟，就在他强作镇定快要崩溃，马上就要惊慌哀求时，许蓉站起来，缓慢，但清晰地对他说："我不认识一个叫王青川的人。"

王青川一愣，随即反应过来，欣喜若狂。他颤抖着回答："我们也从来没有碰过面，我会忘记今天晚上的一切。"

许蓉回去之后，经过思考，决定接受王青川的条件，但不告诉叶山河真相，而是把这些厂方的诉求底线不动声色地透露给叶山河，宣称是通过自己的隐秘渠道得来的。当然，这跟实际情况相差无几，只是这个"得来"有一些区别。

她担心叶山河知道真相，可能有什么过激的反应，给整个收购带来不必要的变数，而且，就算万一出了问题，也到她这儿为止，不影响大局。在他们以前的合作中，许蓉多次领教过叶山河这种不可思议的较真，但她理解，这不是叶山河的道德洁癖，而是一种自我保护。

而这一切，也与王青川的预计一样。

后来事情的顺利发展似乎证明，他的小聪明铸造了大成功，山河集团收购川棉一厂后，叶山河接受股东许蓉的推荐，聘请王青川为纺织品公司的工会主席。或者正是因为这个聘请，省国资委顺势安排他代表国有持股，成为职工董事进入董事会，天翻地覆之后，王青川被人半讥半羡地称为"糠箩兜跳到米箩兜"，笑到最后，竟然成为整个川棉一厂所有人中的最大赢家。

王青川进入纺织品公司后，身份一直非常特殊。

一方面，他代表职工；一方面，他是国有股份的持股董事，这个身份本身就具有双重责任；同时，他还担任工会主席，这个职位虽然不参与公司的具体经营管理，但也是公司的高层管理职务。更加复杂的是，王青川曾经跟许蓉有过秘密协议，这让他自己也很难摆正自己的位置。

开始是一段相当尴尬的相处，王青川起初相当尴尬甚至不知道自己这个工会主席的工作具体是什么、应该怎么开展。显然，按照从前国营企业那种方式肯定不行，新公司一成立就面临着巨大的困难和压力，再加上一下子大量裁员，每一位员工的工作都相当紧张。管理岗位也是如此，几乎没有一个闲人，没有谁会来关心他的工会工作，包括总经理江林。

王青川决定必须做点什么，否则他对不起自己的卖身投靠，也对不起自己每个月的高薪。

是的，高薪。

叶山河信守当初对省国资委的承诺，保证改制后的纺织品公司每一位员工每个月都能够领到足额的薪水，作为公司高层的工会主席，虽然不再像从前那样能够享受吃吃喝喝、送送拿拿的灰色福利，薪水却是以前的数倍。哪怕新成立的纺织品公司资金相当紧张。

王青川知道江林他们拿得更多，但是相比于江林他们没日没夜的加班，每天都在焦虑担心，他现在无所事事、无人过问，过的几乎是天堂日子，他心满意足。可是不久，他就不安起来。

他深深理解民营企业和国有企业的区别之一就是不养闲人，而他，就是地地道道的闲人，客观来说，对公司几乎没有贡献。现在是初创阶段，可能相安无事，但是长此以往，总会有人注意到他的特殊，总会产生想法，总会有所行动，不是江林，就是叶山河，即使许蓉会因为他以前的投靠而庇护他，也不可能永远如此吧？说到底，这世上能够拯救自己、保护自己的人，只有自己，这一点，经过改制这关后，他就已经深刻地感受到了，并且把它奉为真理。

王青川找来各种有关股份制公司的理论文章，尤其是跟自己这个工会主席和职工董事有关的论述细细琢磨，再结合纺织品公司具体的情况，不断换位思考，终于明白大环境小气候下自己的微妙处境，以及自己的生存之道。

毫无疑问，目前情况下，以叶山河为代表的董事会，以江林代表的管理层，还有主导这次改制的省国资委，甚至省国资委背后的省委省政府，包括纺织品公司目前的员工，都有一个共同一致的目标，就是把纺织品公司搞好，赚钱先不说，至少要存活下去，所以任何阻挡、损害这个目标的行为都会招来众怒，那么他目前的工作思想也是"团结一心"，帮助公司渡过难关。当然，在这个前提下，他也不妨恰当地行使一下董事的权力，这个权力不是公司法中规定的监督与管理，而是为工会争取话语权和实惠，理所当然，他把工会的权力等同于他个人的权力。

他选择了一个恰当的机会，在一个法定假日前夕堂而皇之地约见江林，在总经理办公室，他提出了一些具体要求，用以配合工会即将开展的慰问工作。

日理万机的江林因为他的来访，不得不让两拨人等在会客室。叶山河跟他有过关于如何对待王青川的简短讨论，叶山河的指示是"就是养着他吧，不添乱就行"，所以江林不假思索地一口答应他这些合理毫不过分的要求，像送瘟神一样打发了这位代表国有股份的董事。

这让王青川自认为摸清了江林的底牌，以前的惶恐一扫而光。

接着，省国资委例行的一次董事代表会议让王青川空前膨胀，国资委的领导对他们讲话，要求他们站好岗哨，站稳立场，守护国有资产。这让他觉得自己像拥有尚方宝剑的钦差大臣，不再畏惧江林和其他纺织品公司的管理人员，虽然，没有任何一个人在意过他的心路历程。

这以后，他开始不断地加码，打着光明正大的旗号底气十足地向江林索取。江林不胜其烦，向叶山河请示过，叶山河的指示是三个字：忍、拖、砍。

忍是态度，他们当然不能跟王青川翻脸，因为一点蝇头小利得罪他背后的国资委那就得不偿失了；拖是办法，以资金困难婉拒他那些大而不当的活动，事实也是如此，公司的资金相当紧张，每每处于枯竭境地；砍是结果，对于王青川的要求不能完全拒绝，但也不能让他完全满足，而是狠狠砍上一刀，比如申请五十万的活动经费，给个十万，再讨价还价增加一点。江林照章办事，如法施为，每次都能磕磕绊绊地执行这三点。

王青川每次表面埋怨，心里却也满意，他提出申请的时候就已经狮子大开口，足十加百，所以几年下来，王青川尽到了一个工会主席的职责，因为许蓉的原因，他忽略了董事的职责，基本没有过问纺织品公司的经营管理。也正因为这一点，江林勉强满足他的一些无理要求，彼此相安无事，直到去年，纺织品公司开始赢利，利润惊人。

古人云：财帛动人心。

以亿计的利润，不仅搅动了被叶山河忽略的江林和纺织品公司的管理团队，也引得这位贪婪、膨胀的工会主席垂涎三尺。过年前，他炮制了一个惠及纺织品公司近三千员工的慰问计划，需要的活动经费是前所未有的一个巨大数额，可是这一次，他的报告递交到总经理办公室，当天下午就得到了回复：驳回。

王青川蒙了。

他完全不明白江林为什么要这样做。这个报告看起来非常过分，非常离谱，但其实也是用了他很多心思。

首先，数额巨大的回款趴在公司账上，江林虽然有一定的支配权，却无法直接占有，通过他这个报告可以名正言顺地切一块蛋糕出来大家分享，何乐而不为？这又不是江林的钱，不过是慷他人的慨而已。

同时，他隐隐觉得江林肯定会因为纺织品公司赚钱而有所动作，那么，他这个报告关系到纺织品公司全体员工，正是给江林送上的一个枕头。江林批了这个报告，可以收买所有员工的人心，叶山河要怪罪，江林只有部分责任，他应该会冒这个险，或者说会做这个稳赚不赔的买卖。可是王青川万万没有想到，江林竟然否决了这个报告，而且以这样一种断然的方式，这分明就是在打他王青川的脸。

王青川回过神来，怒不可遏。

这几年他的日子过得太舒服了，几乎忘记了纺织品公司最高权力人物是总经理，江林否定他这个报告只是很自然的一种处理而已。或者，他本可以委屈地放低身段主动沟通，征求总经理的意见，降低标准等，这也是很正常的应对，但王青川现在觉得自己无法再用这种办法处理问题了。

他是谁？工会主席！

也是公司高级管理人员，同时，还是职工董事，背后站着省国资委，他必须反击回去，否则以后还如何在公司立足？还怎么再开口要钱？

但是他马上就意识到，他根本无法反击。即使提议召开董事会，他除了发几句无关轻重的牢骚，对江林毫发无损，他这个工会主席，也无法振臂一挥，带领工人同志跟资本家斗。纺织品公司的员工，现在基本都是江林的同志，从某种意义上说，他这个工会主席在纺织品公司是孤家寡人一个。

王青川感到极度痛苦，他恨江林，也恨自己，甚至连叶山河也恨上了。

叶山河居然就这么放任江林，这么多年不闻不问，就这么信任一个原来国营企业的中层干部？让江林把纺织品公司统治成铁桶一般！

叶山河居然就没有给他这位最早识时务的开国元勋、从龙之臣任何特殊的关照，不说实惠的福利，哪怕来纺织品公司视察一下，亲切地握着他的手，对着江林那干人强调一下"这是我的好哥们儿，大家以后要特别尊重"，做做样子，也算对得起他的忠心耿耿吧？

愤怒几天之后，他恢复了理性，开始思索如何报复江林。

这是一个难题，纺织品公司现在几乎成为江林的独立王国，江林的辛苦付出有目共睹，尤其是现在交出这份闪亮的答案，威望如日中天，他根本找不到江林的破绽，找不到进攻江林的办法。他在办公室里走来走去，像一头关在笼子里的困兽，晚上回到家里，心不在焉，正在看清宫戏的妻子恼怒地责问他是不是外面有人了，逼迫他必须跟她一起共享电视屏幕。他无奈地屈服，茫然在看着那些暗箭横飞的宫斗，突然之间豁然开朗，他找到了打击江林的办法，同时，这个办法甚至还可能顺便击中叶山河，一箭双雕。

江林是管理有方，把纺织品公司调教成一台精密运转的机器，现在又开始赚钱了，可是，这是不是功高震主，赏无可赏？是不是自成一体，尾大不掉？要知道纺织品公司叶山河才是董事长，才是真正的老板，江林不过是一个打工的，可是现在整个纺织品公司只知道江林，少有人知道叶山河，叶山河会坐视这种情况无动于衷？

对，就从这里着手。

王青川立刻行动，搜集了一些江林的黑材料，准备向叶山河反映，他当然知道这些扳不倒一位如日中天的总经理，但是醉翁之意不在酒，他只想通过这些黑材料提醒叶山河：

试问今日之纺织品公司，到底是谁家资产！

不过且慢，临杀不急！这件事肯定要做，黑材料肯定要反映到叶山河那里去，但是未必要他堂堂工会主席亲自来做，皇帝杀人处，蔷薇处处开，他这样聪明的人为什么不借刀杀人呢？这样就算事后追查，也与己无关，留有退路。

那么，刀在哪儿呢？

他想到了王佩。

王佩现在是印染公司染整车间的车间主任，她的父亲早逝，寡母千辛万苦把她抚养成人，高考成绩优秀，进了中央财经大学学习经济管理，毕业时遇上教育制度改革，不再分配工作，以她的学习成绩和名校学历，可以选择一个相当不错的工作岗位。但是为了照顾日渐衰老多病的母亲，她选择了回到蜀都，招聘进入川棉一厂。

她进入这个已经日薄西山的国营大厂有两个原因，一是因为年轻人的野望，或者理想主义，以为危机就是机会，希望自己所学所长，在这个因为病重而急需化疗的大厂里可以放手大干，获得更多的机会；二是因为她父亲的堂兄，经过三十年漫长的等待和攀爬，从技术员起步，两年前终于被任命为这座拥有五千多人大厂的厂长。如果没有这位堂伯厂长十多年不断的金钱资助，她们孤女寡母几乎不可能战胜人生路上那么多险恶的敌人：冷眼、欺凌、病魔，尤其是贫穷。

王佩首先在厂办待了一段时间，然后主动要求下了车间，一年之内换了七八个车间，熟悉了几十个岗位的操作以及几乎整个生产流程。第二年，她去了供应科，然后是销售科。

机关不比车间，靠着她勤学好问、凡事追究的态度，她的难缠名声立刻在整幢办公大楼家喻户晓，怵着她的堂伯厂长，所有的人都不敢得罪她，只能对她敬而远之。但是王佩充分发挥自己的主动精神，学习自己希望学到的知识，了解自己愿意了解的东西。当她终于觉得自己差不多完全彻底地对这个垂垂老矣的国营大厂解剖完毕，可以结束这段烦琐而艰苦的沉淀过程，抬起头来，进行一些战略和战术的思考和规划时，这家西川省排名第一、曾是全国纺织企业第三的国营企业，被省委省政府列入第一批国有企业改制名单。

经过一系列眼花缭乱的宣传、动员、招标、谈判，锤音落地，以山河集团为主的几家民营企业接手川棉一厂，成立新的纺织品公司。那位总是一脸微笑，却总是不跟她正面接触，滑不溜丢、让她捉摸不透的销售副科长，成了改制后山河纺织品股份有限公司的总经理。

王佩无助地看着这一切，带着深深的失落，她明白，在这场商业竞跑中，她失去了宝贵的一分。不是人家截和，而是她起跑太慢，她进入跑道的时候，人家已经在冲刺了。

江林新官上任，自然要大烧特烧三把火以配合这次省委省政府高度重视的国企改制，同时也是向董事长证明自己的能力和忠心，全厂五千多名职工只有三分之一进入了纺织品公司上岗，其他三分之一包括退休职工由政府安排，三分之一由山河集团兜底，要么拿钱买断要么接受培训，经过严格的考核后，进入几家民营企业下属的单位工作。一手大棒一手胡萝卜，江林消肿裁人的同时自然也大举施恩提拔——当然，这是王佩个人的偏见。平时跟他走得近的一伙人鸡犬升天，成为纺织品公司的新贵，占据了公司的各个要职，心比天高的王佩被聘用为公司综合部办公人员。

这是一种侮辱。王佩接到公司那种戴着面具的礼貌电话通知时，第一感觉就是这样，她想直接摔了手机，但是最后，她决定接受聘用。

这不仅是那种从苦难生活走出来的孩子的聪明和知趣，还有一种说不清道不明的情绪，我就想看看你如何起高楼如何宴宾客如何楼垮了，最重要的一点，经过近两年的工作，她对这个厂已经有深深的感情，她无法像对待大学的恋爱那样断然割舍。从某种意义上来说，这个厂已经成了她的恋人、她的寄托、她的精神。

她暂时抛开一切情绪，像一个普通的员工那样投入工作，然后，她主动要求去车间。江林量才使用,"提拔"她去印染部下面的印花车间担任组长,因为她的工作能力和突出表现,不久,就被车间主任提拔为车间副主任,成为车间主任的得力助手。再后来,印染部成立分公司,车间主任成为分公司副经理,顺势提拔她为车间主任,上报分公司领导研究后,调整她到分公司最重要的染整车间担任车间主任。

完全凭借个人的努力,仅仅用了一年半的时间,王佩就成为印染分公司重要的管理人员之一,也成为江林不可轻易忽略的人。

成为车间主任后,王佩不可避免地接触到一些纺织品公司的经营情况和管理细节,这是她本来的专业,也是她一直奋斗的目标,所以她自然加倍关注,慢慢了解了很多以前她接触不到,或者说被江林有意无意隔绝的信息。很意外地,她开始佩服这个她以前一直有些轻看的总经理——她听说过一些小道消息,说江林很早就私下跟叶山河接触,出卖企业和工人利益换取自己上位。

她发现他的经营理念和自己完全相通,他的管理方法用最挑剔的眼光去审视,也比自己曾经的设想更加科学和完善,他的措施有一些是自己已经能够想象,但更多是自己这种没有实践经验、自诩科班的人想象不到的。她不得不承认,他远比她高明,即使让她站在叶山河那个位置来选择,也会选择这样一位优秀的管理者。

但是,这并没有让她沮丧,丧失信心,反而更加激起了她的斗志。时间过去了,她对他不再抱着过分的偏见,滤去了莫名的仇恨,她变得更加理性,但一点也没有改变她对纺织品公司的感情,改变她想成为更高级管理人员、成为权力者的理想。

然后有一天,王青云偶然来到印染公司看望公司员工,来到了染整车间,在她的办公室坐了一会儿,她陪着他,这位名义上的公司高层。他们简单地客套之后,他略带感伤地回忆起她的堂伯,讲了一些她堂伯当年的趣事,关心地询问他现在的身体。

经过这么多年的隐忍磨炼,王佩不再是那个刚刚走出象牙塔的冲动女孩,已经能够很好地控制自己的情绪,可是心里,还是强烈地感到愤怒。

川棉一厂改制后,堂伯无法在纺织品公司担任任何职务。这一点王佩后来完全理解。她堂伯的一生都在国营企业,思维模式已经僵化,守成有余,开拓不足,当初不能力挽狂澜,现在也不能带领新公司走出困境,创造奇迹。组织安排他去国资委下属的国投公司做一个闲散的工作,保留待遇,但他心灰意冷,索性提前退休。

像大多数权力人物失去权力一样,堂伯整个人像被抽空的皮囊,迅速衰老下去。这两三年疾病又缠上了他,他变得唠叨、软弱,每次王佩去看他,都要被他拉着听他讲述当年如何如何的往事,不胜其烦。有时候,王佩想这算不算江林,或者山河集团赐予她的仇恨呢?有时候,她会理性一些,认为这是社会的自然选择,不能埋怨任何人,但无论如何,她都会因为堂伯而对某些人耿耿于怀。

王青川当年是厂里的党委副书记,在厂长负责制的国营企业里,党委书记只对党务一块拥有话语权,他这个党委副书记更加没有权力和影响,但是现在,三十年河东,三十年河东,堂伯已经完全变成一个普通衰老的退休老人,王青川却还享受着高薪福利,还有一些可以使用的权力,到处招摇。她很清楚他当年跟堂伯毫无交情,堂伯也不会把他放在眼里,现在却装出一副深情款款的样子,王佩无法不认为这是一种炫耀,是小人物衣锦还乡的得意嘴脸。但是马上,王佩就知道自己错了。

因为王青川马上就转换话题,像是闲聊似的说了一些江林和他的管理团队腐化享受的趣事,看起来像是羡慕。最后,像是关心染整车间的工作似的,这位工会主席说纺织品总公司销售部已经准备使用山东的棉纱,江林亲自过去了两次,意向协议已经签了,可能就这一两周向董事长汇报一下就会签订正式合同,你们车间用惯新疆棉纱纺织的棉布,不知道会不会习惯。

王佩震惊异常地看着王青川,这种表情甚至无法掩饰。

这是属于非常机密的企业机密,王青川已经在国营企业待了这么多年,经过了严格正规的现代企业管理培训,他不会不清楚这一点,可是他为什么要向她说这些?再联想到前面他讲述的那些趣事,这位工会主席的司马昭之心,昭然若揭了。

王佩好不容易才回过神来,恢复平静跟他敷衍。一会儿,王青川告辞。

这位自诩世事洞察的工会主席,自信凭他对王佩的了解,笃定王佩会用某种方式向叶山河反映。

他在办公室等了几天,风平浪静,整个纺织品公司没有什么异常。他耐心地再等了几天,还是一点动静也没有,他忍不住拨打了几个电话,与纺织品公司销售部、成衣公司、山河集团总公司的几个朋友闲聊,旁敲侧击,但一点相关的消息也没有听到。这让他感到非常不安,有种一拳打空的感觉,最后,他实在坐不住了,决定兵行险着,亲探虎穴。

这个周一上午,他计算江林进入办公室后,拨打江林的电话,表示要跟他碰个面，商量一些事情。

江林请他过去。

几年的辛苦终于收获硕果，江林现在终于能够拥有一些清闲的时间，可以从容地处理一些以前忽略的事情，思考一些以前来不及认真思考的问题。其中，也包括这位在纺织品公司独特存在的工会主席。

那天他断然否决了王青川的狮子大开口，就一直等着他的后续，现在，似乎来了。

王青川到达江林的办公室，首先露出笑脸，简单地寒暄后，王青川拿出事先准备的一份春游以及三八妇女节活动安排的报告请总经理过目。

江林一目十行地扫完这份简单的报告，笑了。

看来，这位工会主席终于意识到了谁才是纺织品公司的真正领导，表示了退让。这份报告申请的费用非常节约，不必要的支出删减超过以前任何一次申请。他感到非常愉快，同时也有一些遗憾。

他其实也做了另外的预案，万一这位工会主席一怒之下，冲动地向国资委打打什么小报告，江林倒是想看看叶山河如何处理跟国资股东的关系。这对于江林来说，是一个全新的课题，他以前还没有见识过。而以后，倘若他的宏伟计划成功，说不定他将亲自面对，独立处理，他想向叶山河学一招，补上这课。

从内心来说，他对叶山河充满钦佩，不仅仅是因为他是董事长。

他拍拍王青川的肩，表示接受臣服，然后温和地说会安排财务多拨一点费用，既然出去旅游，就别因为钱的问题缚手缚脚，毕竟代表公司的形象。

他只是要折服一位工会主席，并不是真的要为难王青川，钱是公司的，现在还跟他无关，在慷他人之慨这一点上，王青川的分析其实完全有道理。

王青川装作感激地表示，公司如果有其他事，他其实也可以分担一些，包括江总个人有什么事，他也乐于助人，看起来是趁势表示效忠，实际是在试探。

江林昂起头，内心充满轻蔑，他以为他看穿了王青川：不过就是看见公司赚钱了，也想凑上来分一杯羹，他王青川也配？他和他的团队辛苦奋斗时，他王青川到哪儿去了？坐在办公室喝清茶看报纸写申请要经费，整个纺织品公司就王青川一个人在吃闲饭，所有人都知道。倘若这次计划顺利，他第一个就要把王青川赶出纺织品公司。

"谢谢王主席。咱兄弟一家人不说两家话。说到底，咱们都是老厂过来的，要齐心做事。"江总经理感动地说。

他们像一对失散多年的兄弟，尽弃前嫌，握手言欢，彼此心里都藏着刀子。

王青川回到自己办公室，心中依然忐忑。

他才不会被江林的伪装欺骗，但是他却没有从江林那里探到什么，他苦恼地想，王佩到底动没动啊？他几乎忍不住想拿起电话直接打过去，询问这个折磨人的谜题答案。

这个时候，王佩的心情跟王青川一样忐忑。

王青川对她的判断并没有错。

那天王青川离去后，王佩发了很久的呆。

她能够轻易地判断出王青川的目的，想把她当枪使，目标是江林和整个纺织品公司的管理团队，而唯一能够开枪的人，只有董事长，纺织品公司和山河集团的董事长叶山河。王青川肯定想让自己把这些情况向叶山河反映。

王青川跟江林他们有什么仇恨，需要这样做？他知不知道这样做的后果？

难道他还想扳倒江林后自己上位？这绝不可能！

叶山河是一位精明的商人，永远不会选择王青川这样一个毫无管理经验的人，哪怕他再怎么效忠。

王佩考虑了很久，决定不去纠结其他的枝节问题，而回到问题本身来，她该不该做？

这是一个系统问题。

她为什么要做？她能够得什么好处？她要冒多大的风险？风险与好处是否等值？

她肯定有做的理由。她要替堂伯争口气，她自己也有野心和权力欲，她相信自己完全能够管理这样一个现代化的企业。风险肯定有，最大的风险是被扫地出门，但只要操作得当，她自信再高明的侦探也无法发现她，除非她自己愿意，没有人会知道是她做的。还有最后一点，万不得已，她可以没有任何心理障碍地抛出王青川。

还有一个问题，这样做究竟有多大的效果？

回顾这几年，纺织品公司的管理层具有相当的战斗力，表现优秀，那么，这些材料能够击倒江林他们？任何一个高明的领导都不会因为这些来历不明的举报而轻易更换一个重要企业的管理层，但是且慢，王佩根本就没有想过击倒江林，她的目的，是希望击中叶山河。

纺织品公司艰苦支撑的时候，叶山河肯定会对江林完全信任，江林做什么，叶山河都会支持他。但是现在，纺织品公司走上正轨，开始良性运转，开始赚钱，不仅是去年，很可能相当长的一段时间都会赚钱，那么，叶山河和江林已经失去了毫无保留相互信任的基础，也就是说，他们的蜜月期结束了。

不是他们人品不好，可以共患难，不可以共富贵，而是他们都是非常优秀、个性极强的人，走过泥淖之后，他们就会希望独当一面，希望自己决定自己前进的方向。还有一点，江林和他的管理层团队竟然没有拥有纺织品公司的股份，这是最重要的一点！他们必然会产生分歧，必然会产生矛盾，自己这封匿名举报信，只不过给叶山河送上一个借口而已。

对，做！

王佩被自己简单思考就做出的这个结论吓了一跳，但同时，她发现做出这个结论后，竟然轻松了很多。

好吧，当枪使就当枪使，但是，枪声会让所有的人吓一跳，王佩恨恨地想。同时，她安慰自己，换个角度来说，她等这个时机，也等了很久了，她是为自己战斗，而不是其他任何人，不是王青川，也不是她堂伯。

接下来，她考虑该如何做了。

她选择了匿名信。

没有办法，她几乎没有接触过叶山河，无法把握这位董事长的思维方式，她得先做一些试探，而匿名信，应该是最好的选择了。

王佩耐心地等待了好些天，选择了山河广场开盘后才付诸行动，这样松弛下来的叶山河会用更多的心思来对待这一封信。同时，她选择了周五投寄，保证周一上午匿名信能够送到山河集团的总经办，她用了双层信封，算准叶山河的私人秘书徐朵朵不敢造次，私自拆开，信的内容只让叶山河一人知道。

当然，她不知道她的迟迟行动给王青川造成了多大的困扰和焦虑。

周一中午，已经忘了一上午的王佩给她的闺密打电话闲聊，了解到叶山河取消了上午预定的跟装修公司总经理杨迁的见面。

王佩惊喜地装作随口问道为什么，闺密告诉她是因为市国资委通知参加一个什么现场办公会，传了一大堆资料过来，叶山河调集了投资部所有的人参与分析，要求十二点半以前拿出一个评估报告，连叶山河都叫了盒饭。一等这个报告出来，他也要认真研究,准备下午两点半的现场办公会,据说市委书记都要参加。

王佩微感失望。

她可不管什么市委书记,那是所谓的"电视上的官",目前还无法影响她的生活,她只关心能够直接决定她命运的叶董事长。

按照常理,叶山河已经收到了她的匿名信,但是他没有任何相关的反应。比如向她的闺密要纺织品公司相关的资料什么的——她这闺密在山河集团总经办做助理,王佩和她"恰巧"在一个瑜伽班认识,然后发现都是山河集团的员工,顺理成章成为知心好友。

当然,叶山河即使收到了这封信,已经看了,他没有反应也很正常。以他一贯的做事风格,肯定会很慎重地处理这件事,即使要做什么,也会不动声色地先做周密思考。

但是王佩沉不住气了。现在,轮到她来体会王青川前两周的心情了。没有迟疑多少时间,她做出了一个跟王青川同样的决定:主动出击。

她亲自到技术室吩咐技术员盯住生技科,处方下来,马上督促称磨配工段打料、配料,每一步都要把关,又叫来白天组长,叫她今天多用点心,尤其是跟中班的交接,记录一定要清楚。然后,她向办公室交了一张半天的假条,开车离开了厂区。

| 第三章 | 现场办公

当初陈哲光还是市长的时候，亲自带队去江浙学习，回来提出他后来施政纲要中非常重要的三条：工业向园区集中，农民向城镇集中，农地向规模经营集中。所以川棉一厂改制后，新厂区建在距离蜀都市区四十公里的银堂工业集中发展园区，现在轿车普及，交通拥堵，一般情况下进城都要一个小时左右。

五十分钟后，王佩进入城区，又过了四十分钟，到达西川宾馆，慌慌张张地停好车从地下车库出来，走进宾馆大厅，王佩看了一下时间，已经两点十分。

大厅立着好几块醒目的指示牌，现场办公会在三楼紫光会堂，电梯前站满了气度俨然、大腹便便的商人，左顾右盼、背包持笔的记者，还有好几个扛着摄像机、举着话筒。大多数人胸前都挂着胸牌，王佩挑了一位有些腼腆、扛着摄像机、站在那里若有所思的小伙子挨过去，整理下衣服，装作是因为等电梯的无聊而随口问：

"你们来了几个人？"

"三个。主持人已经上去了。"小伙子无精打采地瞥了王佩一眼。

"你咋不跟着上去呢？"

"我……"小伙子略带自嘲地笑笑，"我不急。"

似乎是为了急着转换话题，小伙子也随口问："老姐你是哪个单位呢？以前没有碰过面吧？"

这小伙子不知道是省台和市台，省台和市台都有好几个频道要做新闻节目。"文宣造势"也是陈哲光的重要施政纲领，他的每次行动，无论大小，都会吸引各路记者，今天这种本身就极具新闻价值的现场办公会，肯定是把西川的各路新闻媒体，包括那些全国性的媒体驻西川记者站一网打尽。这些跑新闻的记者碰面次数多，就算不认识，也脸熟。

王佩矜持地说："我一般不出来，今天实在重要，不得不来看看，亲自盯着。"

小伙子点点头："所以，我们的当家主持人都来了。"

王佩一身价格不菲的职业套装，精明干练的气质，再加上她的年龄，小伙子自动脑补成某个单位的主任总编一级人物，态度不由自主地尊敬起来。王佩从他的口气中，猜测小伙子可能以前不是跟那个什么所谓的"当家主持人"搭档，今天因为当家主持人要来，临时搭配，现在当家主持人丢下他自行去寻找新闻线索，采访对象，他心中自然不快。

电梯来了，两人上到三楼，紫光会堂门口前有两个政府工作人员用目光检查进入会场人员的胸牌，旁边还站着两个酒店保安，王佩对小伙子说："我帮你提包。"

小伙子一手提着摄像机，一手提着工具包，倒是不太麻烦，但是王佩有种不容拒绝的气势，他只能乖乖地把包任由她拿过去，王佩在前，小伙子在后，王佩目中无人，根本不看工作人员和保安，装作在远远搜索紫光会堂里的重要人物，从容不迫随着人流缓缓前行。她已经发现，不是所有的人都挂了胸牌，如此大规模的采访阵容，组织工作不可能面面俱到，有些桀骜的记者也不喜欢戴牌，同时现在这种架势，她和小伙子看起来是一个组合。

工作人员扫了他们一眼，没有任何动作，甚至自始至终，他们都没有拦住任何一个人询问。王佩的担心是多余的。陈哲光的指导思想是不怕人多人杂，只怕没人，这个精神已经被他身边的工作人员慢慢向外传达，成了每次活动的一个共识，所以这种检查只是做做样子。

王佩进入会堂，把包还给小伙子，小伙子道谢，王佩到采访区找了一个后排的座位坐下，双手抱胸，微微后仰，观察这个金钱与权力的会场。

紫光会堂三百平方米左右，现在布置得不像是普通的会场，主席台不大，背后立起的大幅屏风背景是淡蓝色的银堂工业集中发展园区图片，上面写着"蜀都市国有企业改革工作推进现场办公会"红色宋体字，分了两行，"现场办公会"单独列在下面，比上面一行字体略大，突出今天的重点。但是主席台上只安排了两个位置，一个前面写着主持人，另外一个没有摆放座牌。这似乎又是陈哲光一贯的工作作风。

台下正对着的是一排半圆形的小圆桌，一共六张，每张圆桌有三张沙发，看来参会的企业家一共是十八位。咦，正中那张圆桌后只摆了两张沙发，看来一共是十七位，疏疏落落地坐了不到一半，但没有叶山河。

主席台左边整齐地安排着三排座位，应该是相关的政府官员，来得整齐，差不多已经坐满，除了偶尔相邻的座位轻声交谈几句，大多数都在埋头阅读文件夹里的资料。

右边就是王佩现在坐的采访区，跟官员们的安静严肃相比，这边活泼得多，不时有人起起落落，拉动安排好的椅子，不加克制地呼朋唤友，有的是率性使然，有的是刻意显示自己的存在。

王佩回想到自己的大学时代，很多同学也是这样，一到人多的时候就爱搔首弄姿，吸引眼球，只有自己任何时候都是默默找个偏僻角落扮演观察者，她们是浅薄、幼稚，可是自己是不是也有一些不太正常？是自己特殊的家庭原因造成自己这种略有自闭的性格？她多次反省自己，有时会一个人偷偷跑到酒吧专门跟陌生人搭讪，锻炼自己的勇气，培养自己健康的心态，后来进入川棉一厂，又因为她有一个堂伯厂长的原因，继续被人排斥。她不以为意，按照自己的人生规划昂首前行，但她心里，总还是慢慢郁积下一个心结，她也希望得到更多的人在各个方面认同、接受，更重要的是，她觉得她近三十年来的人生，都在一直扮演配角，她希望成为主角，成为权力人物。

叶山河走进会堂。

可能是因为今天特殊的场合，他穿了一件宝蓝色的三件套西装，扫视全场的时候眼神淡定，不带任何一丝锋芒和成功商人惯有的睥睨。他在门口站了一下，低声询问礼仪，然后对礼仪微微一笑，拒绝了她的引带，走到圆桌边，找到自己的座位坐下。

几乎没有人注意到他的到来，他的座位在最边上，同桌已经坐了一位肥胖的中年男人，正斜着身子跟旁边一桌的人闲聊，对叶山河的到来只淡淡地点了点头，没有任何表示。

王佩突然觉得有些滑稽，也有些伤感。一挥手一句话就可以让她上天堂下地狱的人在这里，却默默地忝陪末座。她紧紧地盯着叶山河，想从他的脸上看出什么异样来，但是最后，她失败了。

叶山河若有所思地坐在那里，身体靠着沙发，一只手放在腿上，一只手放在桌子上，眼睛看着主席台，看着屏风上的标题，又似乎是透过屏风看到了远处。他没有装模作样看资料，也没有招摇地四处招呼，就那样自然舒服地坐着，跟周围环境成为一体，毫不碍眼。王佩观察着，突觉身边有异，整个喧闹的会堂突然安静下来，一阵缓慢而有力的脚步声慢慢从走廊走来，王佩转过头，省委常委、蜀都市委书记陈哲光带着几个人走进会堂。

矮胖身材、西装、红色领带，微胖的脸上架着宽大的无框眼镜，眼镜后面一双眼珠凸出，盯人的时候配上沉肃的表情，会产生一种巨大的威力。王佩忍不住看了一下表，差两分钟到两点半。

她转头看叶山河，叶山河已经坐直了身子。

陈哲光脚步不停地走上主席台坐下，身后几人走到旁边找座位坐下，同时紧跟着陈哲光进来的几位企业家也各自回到座位，有人轻声咳嗽。叶山河知道这些人肯定早都来了，刚才在外面抽烟——陈哲光有鼻窦炎，空气稍有污染都无法忍受，更别说烟味，所以他出现的场合，基本全场禁烟。从这一点上来说，叶山河觉得他这个鼻窦炎是个好病。

叶山河看这几个人张扬的举止，可以肯定，他们就是被西川商圈称为"哈市帮"的东北商人。

陈哲光以前在哈市工作过，这些人名义上是被陈哲光招商引资邀请来到西川投资，参与西川建设，他们自然扛着陈哲光的招牌四处招摇，陈哲光也不隐讳跟他们的关系，所以这群不速之客异军突起，来势凶猛，已经成为这座城市一股不容忽略的新势力。

陈哲光看了主持人一眼，主持人心领神会，对着话筒轻轻咳嗽一下，说："好了，大家安静，我们开会了。"

叶山河看了一下表，刚好两点半。准时也是陈哲光经常强调，为叶山河欣赏的一点。

陈哲光提前把立在桌上的话筒握在手中，调整角度，等主持人说完"下面请我们陈书记给大家讲话"，掌声响了一会儿，举手往下空压，示意停止，开口道：

"一年之计在于春，我们这个现场办公会，本来是今年政府工作重中之重，本来应该去年就做，但是因为其他一些工作安排，比如年底处理拖欠，比如两会召开，比如二环高架的攻坚战，推迟到现在，这也让我们一直翘首盼望的企业等得很苦，心生埋怨。在这里，我代表市委市政府向他们道个歉，同时也表个态：欠的债,我们一定会还。"

陈哲光的讲话很少套话,空话、废话、也没有什么开场白,没有多余的语气助词,没有重复的废话,甚至没有病句,简洁、明了,很多官员都准备了录音笔,记录陈哲光的讲话,以备没有听清或者有所忽略,这是蜀都官场的一个亮点。

"亡羊补牢,为时未晚。这句话不仅是说我们市委、市政府的工作,也是对我们今天这个现场办公会本身意义的体现。我们不讳言,今天到会的,要拿到这个现场办公会上解决的企业,都运转得不好,存在很多问题,但只要我们坦然面对,勇于承认失误,认真分析,精心谋划,再加上跟今天各位特邀嘉宾的精诚合作,就一定能够扭转局面,为时未晚也。

"今天这个现场办公会,我们前期做了很多工作,相当充分和扎实,这也是我们这个办公会拖到现在的原因之一。要么不做,要么做好,这是我一贯提倡的工作精神。我们前期跟西川省内几乎所有的大型民营企业和国有企业都接触过,进行了密切的沟通,反复征求意见,最后,在这个基础上,我们邀请了今天到会的十七家省内的优秀企业一起参与我们这次亡羊补牢的工作。"

那些今天要上会的国有企业老总都坐在台下官员那块后面,陈哲光丝毫没有顾及他们的脸面。叶山河想,有时候,遇上一位能干的领导是福气,但有时候也是灾难。

"国有企业的经营管理,有些时候,的确存在相当多的困难,有很多历史遗留的问题,背着沉重的包袱,而出现新机遇的时候,又不敢迎头而上,缚手缚脚。有的人还私下向我抱怨过,要党性也要和谐,要效益也要就业,要做大也要做强,目标多元化多维化,政策上却不敢放开,上有婆婆,管人管物管事管资本,什么都管,企业根本没有办法同时满足这么多要求——这种想法对不对?对,也不对!我们政府对于国有企业的经营管理是有一些要求和约束,这很正常,也是必需的。我们首先要对国家和人民负责,有的时候,我们还不能光算经济账,要算政治账,所以我请在座各位的国有企业的老总们,要正确面对这一点,这是原则问题。你们的苦恼,我们理解,我们有系统的考虑,并没有一味地把账算到你们头上。"

打一巴掌给一枣,这些搓揉下属的基本套路陈哲光当然运用自如。叶山河笑笑,突然间,他想到了山河集团那些老人,他是不是也该用些手段?中午他一边吃盒饭一边看高阳他们的评估报告,突然接到张德超的电话,开口就要一千万,叶山河吃惊地问他要钱干什么。张德超说他一个战友想盘一个冻库,缺少部分资金,想从他这里先借一千万，等冻库盘下来，再用冻库贷款还他，时间不会长，三个月就能够搞定。

叶山河默然。他知道张德超为人四海，交际广泛，知道张德超现在抖起来了向他借钱肯定也有，但要说随随便便就借人一千万，叶山河不会相信。张德超要是这样冒失的人，叶山河当年就不会跟他合作，也不会任命他为山河集团的副总了，那么，这个"借钱"就耐人寻味了。这个春节，山河集团给每位股东分红的数额前所未有，张德超名下就有三百多万，他为什么还要巴巴地再要一千万？

叶山河笑笑，说一千万不算什么，大哥你现在是亿万身家，但是这个项目靠谱不？这个战友靠谱不？无论如何，他都要真诚地提醒张德超一下。

张德超在电话那边打了个哈哈，说老弟你是不信任大哥的眼光呢，还是不信任大哥，要不……叶山河抢在他说后面的话之前说我信。我马上就让老宋给你联系。

张德超的语气虽然温和，却掩饰不住其中的理所当然，话中透露的意思是，我就不相信你不给我。既然张德超铁了心要钱，叶山河就不能让他说出彼此尴尬的话来。

"……去年我们蜀都全市民营经济实现增加值2891.9亿元，增长23.7%，占GDP的比重为53.9%，对经济增长的贡献率达68.7%，拉动GDP增长11.2个百分点，重要的是，民营企业对我市再就业工作做出了巨大贡献。去年全市从业人员达787.13万人，比上年末增加56.6万人，其中城镇从业人员达460.17万人，增加60.08万人。全年城镇新增就业24.5万人，其中，下岗失业人员实现再就业16.6万人，'40''50'等就业困难人员实现再就业6.7万人，失地农民和农村劳动力转移到非农产业就业新增21.07万人。农村劳动力劳务输出人数达178.3万人，年末城镇登记失业率下降到2.7%，所有的数字里面，我们的民营企业功不可没……"

叶山河收回心思，认真听讲。陈哲光记忆力惊人地好，开会的时候经常不看讲稿，数字张口就来。叶山河不清楚这些数字有多少真实性，他只知道有一点是肯定的：今天到场接受这些表扬的民营企业代表，都将或已经为这些数字买单。

"……这次合作的方式多种多样，怎么有效就怎么来，投资、入股、兼并，哪一种形式适合，就用哪一种形式。同时，为了保证这一批国有企业股份改制的成功，我们市委市政府组织了相关的部门和机构进行全程的服务和监督，今天到会的就有省市两级的国资委、法院、审计部门等，还有全国知名的君正律师事务所、我们蜀都市政府聘请的专家团，全方位地为你们服务。"

叶山河摇摇头，辅助配套工作是比以前做得更好，但这里面有一个明显的次序问题，应该先诊断企业病因，再决定是否参与，而陈书记要求的是先决定，再诊断，也就是说，无论企业值不值得救、救不救得好，都要救，这明显是先算政治账。

"或者，有的人会说我们这是搞拉郎配，我的回答是：我们就是在搞拉郎配。酒香还怕巷子深，人民公园还有那么多老头老太为自己的儿女婚姻大事操心呢。"——会堂配合地响起轻微的笑声，"现在是一个叫卖时代，再好的产品，不宣传自己，没有渠道，都可能坐困愁城，捧着金饭碗要饭，商业经营就是这个道理，有的公司有资源，有的公司有资金，有的公司有项目，有的公司有先进的管理经验，大家要生存、要发展、要壮大，就要寻找互补的资源；而我们政府，正好可以来做这个统筹组织的工作，整合所有的资源，引导国有企业走出困境，帮助民营企业实现腾飞。可能有些人在下面腹诽：就你说得好听。好吧，我就说实话，我们这样做，正是为了实现我们提出的'工业向园区集中'这一战略方针，工厂搬迁到园区后，空出来的土地可以实现更大的商业价值，工厂本身也可以通过这一腾笼换鸟的战术，得到资金输血，实现双赢。所以说，我们这些国有企业改制，好比大户人家嫁女，是有嫁妆的，而且嫁妆很丰厚，不仅有政策上的支持，还有经济上的实惠，所有参与的民营企业，都可以同时参与到工厂原有土地开发中来。"

会堂再次轻松地笑了起来。有庄有谐，可以堂皇，也接地气，但每一句话，都清楚明白地指示，这就是陈哲光的风格。叶山河觉得，无论是气势还是方式，他在公司内部开会时，差不多也是这样。

"……我们要建立长效机制，要有决策机构、执行机构、监督机构，坚决、彻底地实现政府搭台，企业唱戏。现在，就该我们的企业家们唱戏了，我把舞台交给你们，我只有一个要求，要求你们大胆地唱，不要怕唱砸，有政府给你们兜底，放心地唱，企业家们，你们大胆地向前走，莫回头，通天的大路九千九百九十九。"

会堂鼓掌雷动。

叶山河也情不自禁地给他鼓掌，毫无疑问，陈哲光是这出大戏的导演，今天在场的任何人都抢不去他的风采。或者，这就是权力的力量和价值。

会堂采访区，王佩也在用力鼓掌，她崇敬地看着市委书记，两眼发光，在心里坚定了自己的信心，觉得自己没有做错，应该这样做，必须这样做。

陈哲光走下台来，走到采访区对面官员区第一排正中一个座位坐下，主持人宣布接下来的会议议程，每位国企负责人上台简单介绍企业情况，时间五到八分钟。然后台下民营企业家可以自由提问，时间也限制在五到八分钟，然后十七位企业家以举牌的形式表示自己是否对这家国有企业有合作意向。

叶山河看着放在面前小桌上写着"山河集团"四个大字，带有支撑的木牌，现在才明白它的用处，再想想这种表决方式，很像现在很热的相亲节目。叶山河不觉莞尔，可是仔细一想，这种方式虽然极具娱乐风格，实际上却非常有效，即使让他来一批次撮合十四家国有企业跟十七家民营企业联姻，他也找不到比这更有效的方式。

不错，联姻就是相亲嘛。陈哲光注重文宣造势，把很多宣传系统的精英调整到政府系列中配合他的工作，采用这种新鲜、极博眼球、极具新闻性的形式应该是这些人的主意。

一想到每位企业负责人走过场，需要十到十五分钟，十四家企业走完基本需要三个小时，今天下午算是赔在这儿了，叶山河虽然早就做好了心理准备，还是觉得无奈。因为那封匿名信，因为徐朵朵，因为许蓉，因为张德超，他突然觉得有好多必须马上要做的事。

第一位国企负责人上台，开始介绍蜀都无线电三厂。

西川一直是国家的战略大后方，出于战备考虑，很多军工企业以及配套企业都被安排在蜀都市和周围郊县。这些年中央政策调整，这些企业受到影响，兴起一股军转民大潮，开发出不少民用产品，但很少能够打开市场，取得成功。

蜀都无线电三厂以前也是为军工企业服务的配套企业，现在适应市场生产一款抽油烟机，在西南三、四线城市占有一定份额。负责人削瘦、白发，戴着厚厚的老花眼镜，虽然过去也无数次在主席台上讲话，但是今天这种场面，是决定企业命运的重要时刻，感觉此起彼伏的闪光灯都变得咄咄逼人，不由得有点怯场，干巴巴地念完了准备的资料，有些无助地看着台下一片模糊的人影，等待提问。

这个企业也在许蓉给叶山河的三个名单内，叶山河本来也有问题，现在一看负责人这副紧张模样，转念放弃。可能人同此想，只有两位民营企业家提了一些无关紧要的问题，主持人宣布提问环节结束，进入选择环节。

令人意外的是，竟然有八家民营企业表示了合作意向，跟叶山河一样举了牌。

这下声势大振，一扫刚才有点冷场的气氛，所有媒体的镜头都对准了民营企业家这个区域。叶山河装作阅读资料低头躲在木牌后，等到他们拍摄完毕，大家放下木牌，叶山河才松了口气。

旁边的工作人员迅速把意向企业登记在册，趁着第二位负责人上台介绍时，跟每一位意向民营企业的老总一一确认。

第二位负责人声音洪亮，肥头大耳，几分钟的情况介绍抑扬顿挫，诙谐有趣，不时引起笑声。叶山河一看不在许蓉名单内，不感兴趣，转头去看陈哲光，一脸严肃，不知这位市委书记心里是不是有种恶作剧般的快乐。

因为知道举牌只是表示一种意向，不用承担什么法律责任，所以十七位民营企业家都显得非常放松，踊跃提问和争相举牌。叶山河也入乡随俗地举了几次，一直到第九位，才是许蓉点了名的另外一个企业。

这是家生产晶体管的老厂，也是为军工服务的配套企业，有一个蜀都本地熟悉的代号212厂。

20世纪50年代，这些保密的军工企业和军工相关企业都直接用"某某信箱"来代替，比如82信箱为宏明无线电器材厂，106信箱为红光电子管厂，249信箱是无缝钢管厂。直到七八十年代，这些厂都还是蜀都人艳羡的铁饭碗，信箱厂的工人工资比其他厂的工资要高，再加上军工背景自我感觉良好，连职工子弟对小伙伴炫耀，也会骄傲地说："我爸在某某信箱上班。"

东郊万年场一带因为聚焦了420厂、无缝钢管厂、西川棉纺织一厂等大型国有企业，成为蜀都市著名的工业区——段万年就是在那里出生、成长，后来因为失去顶替父亲工作进厂的机会，而走上了另外一条与大多数职工子弟不同的人生道路。老蜀都人形容那时的万年场一带有"三多"：气多、人多、烟囱多。人多烟囱多好理解：人多是因为都是密集型生产企业，烟囱多是工厂兴旺、工业繁荣的标志。而气多，是指从热电厂接出来输送到各个工厂去的蒸汽，输送管道外面包着厚厚的保暖层，阀门和接口能够看到"哧哧"直往外冒的白汽。212厂也是万年场众多国有企业中的一家。

212厂现有企业职工一千余人，体量在蜀都市国有企业中属中等偏下，勉强能够跟上市场，一直处于半死不活的状态，拖到现在才被陈哲光列入改制名单。叶山河一中午研究，个人倾向于这家企业，不仅因为它船小，好操作，也因为它的产品有市场基础。最重要的，是他伯父叶中国在台湾创立的叶氏电子集团现在由他的堂兄叶山豪接掌，叶山豪最近几次跟他交流，都有来内地投资的意愿，希望他牵线搭桥。

传过来的212厂资料叶山河已经烂熟于心，他没有安排高阳和总经办的人马上去搜集更多的资料，在下定决心之前，他总是不露声色，不让任何人知道他的真实想法。不是担心泄密而影响下午这个现场办公会上的举牌——这种拉郎配，倘若真有人要截和，他求之不得，而是自我保护的习惯。他现在紧紧地盯着坐在主席台上介绍情况的212厂长鲁伯雄。

会堂现在的气氛不再如开始时的紧张，变得轻松、热烈，后面上台的企业负责人恢复了他们一贯在主席台上的表现，讲话铿锵有力，表情丰富多彩，不像是来求助，倒像是来做英模报告，就算是讲述到企业困境、市场无情，也是婉转曲折，绘声绘色像在说评书；说别人家糗事，神态自若，有的一开口就像扭开了水龙头，滔滔不绝，逼得主持人不得不由提醒到打断。从活泼和和谐来说，这个现场办公会是成功的，但是叶山河一直对它的实效程度保持怀疑。当然，这不是他应该关心的，这是陈哲光这个总导演的事，他告诉自己，做好自己应该做的就行了。现在，他认真审视鲁伯雄，判断这个人是否可以合作。

他爷爷说过，所有的商业合作，说到底都是人的合作，所以评判一桩生意必须同时评判人，评判你的合作者。他大伯叶中国到了台湾后，读了很多书，也写过几本企业管理的书，竭力倡导"好的道德等于好的生意"，以"志同道合"作为求才首选。叶山河在公司内部开会时，也经常强调做生意先做人，他创业一路走来，选择生意很多时候也是首先选择生意伙伴。总的来说，这是他们叶家一脉相传的商业思想之一。

甚至连陆承轩也受其影响。虽然，他一直不曾在嘴上承认。但叶山河记得有一次他跟陆承轩讨论到这个问题，陆承轩向他解释，有些人虽然不是那么优秀，但是因为人品，因为能够忠诚地执行制定的策略，反而可能取得更好的结果；而那些桀骜不驯的人才，常常会反过来成为阻力，并且因为优秀而阻力巨大，这是商业活动中隐藏性成本问题。叶山河记忆深刻。现在，他从鲁伯雄脸上看到了这次合作的阻力，心里有了阴影。

鲁伯雄身材矮小，但举止沉稳，说话有力，坐在那里自有一股威势。他的额头尖而窄，发际线低，叶山河跟着爷爷耳濡目染知晓一些面相之术，这是贪心偏重且心胸狭窄之相，他的鼻梁露骨，两眉距离过近，同样说明这人偏执自我，难以容人。

叶山河对他的第一感觉就非常不好，所以忍不住从他的面相上给自己找理由。

叶山河对他第一感觉不好，是因为他的情况介绍，说到大的方面时过于宽泛，全说些政策啊，宏观调控啊，全球产业之类，说到细节时又过于琐碎，居然说到了原材料的采购标准、工人的思想波动。叶山河联想到那个材料，基本上是晶体管厂的厂史，从1955年建厂开始，再到1985年引投资三百万引进日本微型二级管封装设备……一直都在说成绩，而对于企业存在的问题、困难都模糊带过，叶山河中午就看得云里雾里，现在结合鲁伯雄的介绍，他突然有种强烈的直感，或者说是恍然：

这个人不希望改制！

无论是他为了维持他现在厂长的权力，继续享受大锅饭的好处，还是他另有图谋，都将会站在叶山河的对立面，为改制设置极大的阻力。

叶山河本来准备了好几个问题准备提问，现在明白肯定无用，索性放弃，最后举牌的时候，他发现居然有六家民营企业，心中好笑，不知道他们是真的感兴趣还是纯粹给市委书记捧场。

他的手机静静地闪烁。

因为会场纪律，他调成了静音，为了不错过信息放在桌上。他拿起来，是张红卫发的短信：方便电话？

叶山河迅速回了：我给你打，马上。

一看现在换了一位女负责人在介绍情况，众人的目光都在主席台，他悄悄起身，走出会堂，拨打张红卫的电话："不好意思，刚才在开会。"

"开会？你是董事长，你……也太注意形象了。"

"不是，是被哲光书记召来开国有企业现场办公会，正在进行时。"

"啊，哈哈哈，这个会我知道，只是没有想到你老兄也会被抓去。"张红卫在电话那边大笑起来，"树大招风啊，看来你也进入了老陈的视线，这不是好事啊！老陈这人，没事就喜欢折腾，折腾事，折腾土地，折腾人，你就等着老陈给你找虱子爬吧。"

"没有办法，我今天是被许总抓了壮丁，临时来顶差的。不过我这种小角色不会入哲光书记的法眼的，西川有钱人数不到我。"叶山河也笑了，"我刚才看了一下，今天除我之外还来了十六位，像希望集团、通威、蓝光，我把他们的平均水平拉低不少。"

"那要看怎么说。修了山河广场之后，老叶你在西川，别的不说，房地产行业要算一个角色了。不扯这些了，晚上聚一下？"

"好。"叶山河没有任何停顿和犹豫一口答应,他出来接电话的时候就想过了这位西川俗称的二号首长可能找他什么事,"在哪儿?"

"竹子屋。"

"好,我马上订座。还是老规矩,六点半……今天特殊一点,我可能要迟到。"

"你不说我也知道,老陈开起会来……"张红卫哼了一声。

"但我肯定到,会议伙食坚决不会吃的。你晚一些出发吧。七点差不多。"

"我下班就去。我宁愿去竹子屋一个人先喝两杯,也不想在办公室多待一分钟。"

"好,等会儿见。"

叶山河打电话回总经办,让徐朵朵以他的名义订一个小包间,订好后把包间名字发给他,走回会堂,女负责人的提问还没有结束,似乎是因为她对某个问题的回答引起会堂一片轻松的笑声。叶山河坐下后确认,应该不会有人特别在意他的离开,这让他也轻松地笑了。跟着是第十一位,也是许蓉点了名的,叶山河举牌。

到第十三位的时候,那个负责确认意向企业的女孩子一边过来记录,一边给每人一张纸条,小声对他们说:"陈书记想跟您单独谈谈。"

叶山河看了一眼纸条上的时间:六点四十至四十五。

他看看时间,现在是五点二十,再加上陈哲光或者谁来总结,这个现场办公会可能会在五点四十五左右结束,如果陈哲光要跟所有人谈,每个人五分钟,那可是一个半小时,这位市委书记不吃饭吗?

叶山河摇摇头,即使是作秀,他也挺佩服这位市委书记的。偷偷计算一下时间,自己竟然排在了第十位左右,这是不是表明自己在市委书记心中不是一个可以随便忽略的角色了?叶山河暗暗有些得意,虽然,今晚的约会肯定会迟到了。

王佩看见了叶山河的摇头和不满表情。

她用了一半多的时间来关注他,捕捉他脸上的任何表情,想从中找到诸如心不在焉、叹气、不时看手机、皱眉这些神态动作,和她的匿名信联系起来,但是她很失望,叶山河一直静静地坐在那里,面无表情。除了第九位晶体管厂负责人上台的时候,叶山河有明显的厌恶。

王佩知道很可能是因为他对那个负责人不满——她也本能地讨厌这种敷衍塞责的管理者。现在,她第一次看见叶山河的表情丰富起来,有一瞬间她觉得他真帅,跟着思考他是为了什么刚才出去接的电话,刚才那位政府工作人员分给他们每个人的字条？

就在王佩的胡思乱想中，现场办公会最后一位负责人走下主席台，主持人串词后，市国资委主任走上主席台，开始做总结，开口就情绪激动地宣布这次现场办公会非常圆满，超出了最好的预期，是一次团结胜利的大会，高度赞扬这次参加现场办公会的企业家们有担当，有社会责任感，最后归结到市委市政府的正确领导、哲光书记的英明指挥。

这个时候陈哲光起身离席，出了会堂。

所有人的目光都追随着他，包括叶山河，包括王佩随着叶山河的目光看着陈哲光走出会堂，她感到非常奇怪：这位市委书记辛苦筹划了这个现场办公会，圆满结束，他为什么不享受这一刻的荣耀和闪光灯呢？

她看到陈哲光离开后，国资委主任无心恋战，套话说完，大声宣布到此结束，会堂立刻轰地喧哗起来，媒体纷纷扑向那些感兴趣的民营企业家和国有企业负责人进行采访。王佩看见叶山河抢先站起来，拿着手机，从容地走出会堂似乎是要接听一个电话，就在王佩发愣间已经消失在走廊外。

王佩猛地站起，却又呆住：她想做什么？她能做什么？她现在冲到他面前去说，我写的匿名信？她沮丧地坐下，发了好一会儿呆，直到感觉整个媒体区都只有她一个人了，才站起来，无精打采地走出会堂。

整个会堂依然热闹非凡，不停有镁光灯闪烁，但热闹是他们的，我什么也没有，王佩在心中恨恨地想。

她进了电梯，电梯关、停、开，她随着人流走出电梯，突然瞥见叶山河坐在酒店一角，一张报纸遮住了大半个脸，但是，她认得他那身靛蓝色的西装，绝对是他。

她站起身，周围竟然没有一个采访记者可以寻求帮助，她略一思忖，走向服务台，向服务员要了个小本、一支碳水笔，把刚刚在邻桌一名记者那里接的一张名片压在小本上，转身走向叶山河。

一步、两步，她感觉自己的心跳得厉害，像第一次参加高考的学生走向考场。

冷静，你行，她不断地告诉自己。

终于，王佩走到叶山河身边，深吸一口气，露出微笑，问："叶总，我能够问您几个问题吗？"

叶山河从报纸中抬起头来，看着眼前站立的这位年轻成熟的女性，她手中的小本和笔，尤其是小本上那张印着鲜红标志的名片欺骗了他，或者说今天的氛围欺骗了他，他判断是一位媒体的记者，她精明干练的气质也佐证了这一点。他礼貌地回答："可以。您请坐。"

王佩心里暗暗松了口气。

江林在纺织品公司说一不二，她这样的提拔叶山河最多可能在她的名字和相片停留几秒，最多再花两分钟阅读她的简历，她相信叶山河绝对不会认出她是他下属公司的员工；同时，她还要先入为主灌输给叶山河一个记者的印象，而不能由她来自我介绍，以备以后能够向董事长解释今天这次见面，现在，一切顺利，她成功了。

她优雅地坐下，挺直身子，问："我想请问叶总，参加这次现场办公会，是以企业家的社会责任感为考量，还是追求商业利益为目标？"

叶山河坐直了身子，思想完全回到了这个问题本身，沉吟着回答："追求利润是每一位企业家的根本要求，但同时，作为一家随着改革春风成长起来的民营企业，我们的每一步发展壮大，都充分享受了改革开放的红利，每一步都离不开党和政府的关心和照顾。所以我们也有责任，有义务响应政府号召，配合政府工作，承担一些力所能及的工作，这就是参加这次现场办公会的根本原因。我很荣幸。"

王佩毫不停顿地继续追问："那么，叶总认为国有企业和民营企业之间是一种什么样的关系呢？"

叶山河笑笑，老练地说："互相补充，互相促进，共存共赢。国有企业和民营企业都是国家经济的有机组成，我们要互相配合，实现国有企业、民营企业、地方政府、普通消费者的多赢。"

但这只是王佩虚晃一枪，跟着她问："叶总参加今天的现场会，一共举了六次牌，要跟六家企业都合作，还是有特别中意的企业？"

听到她说他举了六次，叶山河不由得看了她一眼，心想这是有备而来，沉吟着圆滑地说："从企业的角度说来，我们会更加关注那些跟我们山河集团目前业务相关的企业，尤其是那些业务能够互补，能够适应市场，有成长空间的企业，然后，我们还会考虑对方的产品结构、资本结构、人员结构，尤其是管理层结构，进行综合评估……"

王佩抢话："说到管理层结构，那么，叶总认为应该如何处理资本方与管理层的关系？"

叶山河警惕起来，缓慢地斟酌词语："我们会按相关的法律法规，通过合理合法合情的程序，进行充分的沟通。在这个基础上，我们也会充分信任管理层，充分放权，让管理层得到充分发挥，体现他们的价值，到达双赢的局面。"

"我相信叶总所说，也相信叶总您会这样做，因为山河集团有这样成功的例子，比如山河纺织品公司。但是，当管理层对资本方提出话语权要求时，叶总您会如何面对呢？"

叶山河的眉头微微收缩：这个女记者她想干什么？他控制自己情绪，微微一笑："这很正常。因为国有企业改制，是一个前所未有的伟大历程，这个过程中，会出现很多新的……"

王佩不客气地打断了他，她觉得自己像一个战场上的战士，越来越勇敢，越来越无所畏惧："我问的是如何面对管理层提出的话语权要求，直接说吧，就是当管理层提出股份要求时，您会怎么办？"

叶山河好脾气地笑笑，他几乎可以肯定，眼前这个女记者背后肯定藏着什么。当一件不寻常的事情发生时，它一定有它的原因和理由。他淡淡地说："当我们决定某个合作时，一定会首先确定一个可以确保双方利益的框架，然后所有的商业行为都应该约束在这个框架下进行，从谈判开始，如果一旦确定……"

他放在茶几上的电话开始振动，叶山河停止说话拿起电话接听："您好。"

"叶总？我是杨陌，您现在在哪儿？"一个温和的声音问。

第四章　官场人士

叶山河立刻反应过来，这是陈哲光的秘书，他们以前没有直接打过交道，但他肯定会记住这个领导身边斯文儒雅、略带矜持的年轻人。"我在一楼大厅。"

"您现在上来吧。"杨陌简单地说。

"好。"

叶山河应了一声，等了两秒确认对方先挂电话。

叶山河站起来，对跟着站起来的王佩露出抱歉的表情："我得先离开。"

王佩摊开双手，点点头又摇摇头，满脸遗憾。

只差一点，几秒，她就可能从他嘴里知道她最想知道的答案。

给他打电话的人，从叶山河的态度可知，应该是陈哲光的人，叶山河应该一直在等着市委书记召见。怪不得刚才所有民营企业的老总都没有马上离开，他们都有任务。

叶山河坐电梯到7楼，寻着房号往717走去。

他还在想刚才那个女记者是何方神圣，他刚才已经决定要反击，探查她的来历，先问清楚她是哪家媒体，再让胡志远去查查她。这几年，他已经很少跟胡志远联系，但刚才，他几乎第一时间就决定要这样对待她。只是，刚才她明明把名片掏出来了，为什么不派发给他？

杨陌和一位西装笔挺、高大魁梧的中年男人站在那里。叶山河认出是兰光集团的董事长兰万明，他走过去，对他们点点头，杨陌笑笑，兰万明瞥他一眼，没有理会，表情俨然得过分，好像心事重重的样子。

717房门轻轻打开，一个人出来，是泰迪药业集团的老总，冲三人点点头，低着头一路沉思走向电梯。兰万明早有准备，几乎是接过房门推开进去。

杨陌对着名单拨打电话号码："余总，我是杨陌，是的，您在哪儿？赶快上来吧。"

有的时候，男人之间因为莫名的戒备会刻意保持距离，但这一刻，叶山河盯着杨陌那张清秀而冷漠的脸，决定打破僵局。他迅速在脑海中搜索关于杨陌的信息，非常遗憾，他竟然对这位市委书记的秘书没有做过认真的准备，所有的信息都来自平时偶然道听途说的一鳞半爪。最后，他决定从杨陌的职位去理解这个人，打通这个人。

正科级干部，市委书记的秘书，叶山河的爷爷跟他说过古人对于这种特殊位置的人有一个简明的形容：位卑而权重。

处于特殊职位的人，除了睡觉时，基本都不再是一个正常的人，不是一个年轻的男人，不是杨陌，只是一个符号，这个符号就叫市委书记秘书。因为，他这样的人，或者说这个符号，这座城市仅有一个——叶山河等会儿要一起吃饭的张红卫，也属于这类人。

"进程很快。"他看着杨陌笑着说，似乎是在为自己没有主动上来而要杨陌打电话做某种解释。

杨陌没有搭话。他对于这位企业家没有什么好感，当然，也没有什么恶感，只是觉得不值得他这堂堂大秘"招揽"，更不用说主动。因为叶山河是蓉和集团的董事长许蓉今天来不了，被偶然推荐代替，这说明叶山河的级别还不够今天这个场合。虽然，他也听说山河集团刚刚做了一个大盘，也不足以让他觉得有什么了不起的，今天来的十七位民营企业家中，杨陌在心中把叶山河排在了末位。只是，这个召见顺序是陈哲光亲自划定的，他必须不折不扣地执行。

"效率也很高。"叶山河不会因为杨陌没有接话而停止，"我们这些靠天吃饭的人，跟政府交道，就喜欢工作效率高的领导。杨秘书以后请多关照。"

杨陌静静地看着他，一时没有理解"靠天吃饭"这个词在这句话中该怎么解释，也不明白为什么突然就转到请他关照上来了，但是他正在努力跟着陈哲光练习宰相城府，喜怒不形于色，礼貌地点头回应："叶总不必客气。"

"那我就真不客气了。"叶山河再次露出那种人畜无害的微笑，"我有一个叔叔，一直在做经济工作的研究，他是在西川长大的，想为家乡的经济发展做点贡献，希望加入陈书记的专家团，所以我想拜托杨秘书适当的时候向陈书记推荐一下。"

杨陌看着他。这个叶董事长是不是有点冒失，交浅言深了？

"我叔叔叫陆承轩，现在在上海社科院，同时也在做教学工作，他跟宁以致关系很好，一起合作做过课题，给很多领导都上过课。"

杨陌愕然。

陈哲光喜欢铺排，喜欢大场面，在全国聘请了各个行业的上百位专家担任蜀都市政府的顾问，实际上是他的智囊团。专家们每年都有一笔顾问费，这是一个名利双收、各取所需的合作，被邀请的人几乎都是一口答应，趋之若鹜，但是，还有一些顶尖的大家委婉拒绝，其中就有宁以致，也有陆承轩。杨陌猜不透叶山河虚实，但宁以致现在是中央政策研究室的专家团成员，陆承轩也是全国著名的经济学家之一。不管陆承轩是否真跟宁以致关系密切，不管陆承轩到底给哪一级的领导上过课，能够拉到陆承轩已经是一个收获，如果还能够通过陆承轩搞定宁以致，那就是巨大的功劳。杨陌心里一热，正在说话，717房门打开，兰万明走出来，气势昂扬，满脸得色。

杨陌老练地说："叶总，该你了。"

叶山河推门进去，陈哲光坐在屋中的沙发上，旁边还有一个沙发，这是一个套房，这里是会客室，旁边卧室。

陈哲光没有看他，沉思着，伸手指指旁边的沙发，示意叶山河坐。叶山河轻轻掩上门，走过去坐下："陈书记。"

"你们最近开盘的山河广场销售很好是吧？"陈哲光依然没有看他，沉浸在自己的思考中，问。

"很好。"叶山河老实地回答。

"算不上城市地标，但也可以做一个城市综合体，打造一个小小的商圈。"

"规划时的目标就是这样。"叶山河灵机一动，"欢迎书记前来视察。"

陈哲光不置可否："有空的时候，我会去看看。"

他转过头来，看着叶山河："今天开了会，听了介绍，你看看哪一家企业更适合山河集团？"

陈哲光的表情淡漠，这句话像是随口问问，但是叶山河心中一紧，他知道，到了某种关键时刻。

他吸了口气，似乎丝毫没有停顿和犹豫，用力回答："晶体管厂。整体并购或者股份制，我们将尊重国资委的指导意见，拿出最大的诚意，并且将首先拨出专款解决职工安置问题。"

在叶山河成长的历程中，遭遇过很多这样的时刻，可能会有犹豫，有担心，但是一旦下定决心，就果断出击，决不给自己留任何退路。

当然，有时会失败，甚至会损失惨重，比如第一次创业时跟两个好友合办校服厂；但更多的时候，依靠这种决断，他总是能够抢在很多对手之前拿下项目，获得成功，比如他承包扬子江宾馆，赚到了他人生第一桶金，进而改变了他整个人生。

这次现场办公会，许蓉给了三个选项，分别是无线电三厂、晶体管厂和蜀都啤酒厂，叶山河猜想得到许蓉比较倾向于无线电三厂的抽油烟机和啤酒厂具有一定价格优势的啤酒，因为她的产业众多，有很多跟这两个企业的产品有关联，比如蓉和集团下属的蜀都百货商厦。但是叶山河更倾向于晶体管厂。

中午他简单算了一下，晶体管厂现在资产不算地皮，摆在账面是七千二百万，肯定有折扣，算四千五百万，负债六千多万，应收货款四千多万，这笔糊涂账不知道最后会怎么算，所以一旦进行改制谈判，叶山河他们可能要拿出三千万到四千万才能够控股。

员工安置这块，按照每人平均四万，一千多人是四千多万，至少有三分之一甚至二分之一会进入改制后的企业工作，所以这笔支出大约有两千五百万。而这笔钱，会在他们投入控股的资本金中支出。叶山河设想过了，许蓉拉他参与这个项目，如果许蓉主导就算了，他只需要按股份出钱，如果由他来主导，再加上其他股东，他只需要拥有30%~40%的股份就已足够，整个投入并不大。不思进，先思退，他上午教导过徐朵朵，自己自然也会首先有这种思路。

他的第二个退路是堂兄叶山豪，台湾叶氏董事长。他可以考虑引入外资，甚至整体转让。

他的第三个退路是时间。

这个项目的重点是改制后轻装上阵的晶体管厂能否依靠以前的产品生存下去，否则他们就会背上一个无底洞。但是，即使最坏的结果他也想过了。陈哲光现在如日中天，他必须硬扛，可是过几年呢？陈哲光不会永远主政蜀都，以后肯定会换人，如果改制后的晶体管厂亏损无法挽救，他们坚持几年后也可以壮士断腕，割肉离场。

所以，他回答市委书记的底气十足。

陈哲光怔了一下,他有些吃惊。

虽然知道叶山河应该会做出某种肯定的答应,但没有想到叶山河这样直接坚决,而且一开口就直奔国有企业改制中最困难的那一块:人的问题。

他抬起头,第一次认真打量叶山河。

叶山河静静地迎着市委书记的目光,没有闪躲,不露锋芒,陈哲光脸上慢慢露出一丝笑容,缓缓地说:"一车兵器,不如寸铁杀人。"

叶山河一怔,没有想到这位市委书记还如此文艺范儿,但想到他天天被一群文宣系统的人包围,也不奇怪。沉吟一下,他说:"熊的沉默比狗的吠叫更为可怕,也更值得重视。"

陈哲光称赞他敢于承担责任,叶山河自我解嘲只是因为自己是小角色,那些量级更大的民营企业家,虽然暂时沉默,但能量更大。一时之间,叶山河找不到更加贴切的话来配合市委书记的感叹。

陈哲光心里暗赞叶山河的知趣,但他明白必须马上从这种氛围中转出来。他是市委书记,正在谈工作,他笑了笑:"我刚才看了一下举牌记录,晶体管厂还有几家有意向,但是现在,叶总表了这个态,我就拍板叶总先来做这个项目。你先跟晶体管厂谈,你谈的时候,他们都不动,实在谈不好了,才把机会给他们。"

"谢谢书记。"

他微微向陈哲光那边靠了一点,令他意外的,陈哲光也向他这边倾了一下,这是很微妙的身体语言。

"应该是我代表蜀都市一千二百万人民感谢您,感谢您。"陈哲光笑,"叶总年轻有为,希望将来一路向前,为蜀都人民做出更多的贡献。比如,我希望你能够接下蜀都电视、308厂这些省市重点扶持的项目,但是体量太大了,你啃不下来。"

"我会努力。"叶山河点头,他很高兴陈哲光轻看了他。爷爷说过,财不露白,除非必要,一个聪明的商人应该对所有的人隐藏锋芒,不让别人看清他的底牌。

"好吧,今天不能说远了,回到我们的工作吧。晶体管厂有一点点跟别的企业不同,我要事先告诉你。"陈哲光食指用力在茶几上敲了一下,"那个厂长,鲁伯雄,跟我们的组织部长有点关系,一直想自己做,管理层控股,但是又拿不出钱来。这还不是重要的,重要的是,你当厂长当了这么多年了,没有把厂搞好,凭什么改制后就能够在你手里搞好?我先不怀疑其中藏着什么,但我可以怀疑你的能力吧？所以这事我一直压着，也是我这次要把这个还算不急的厂拿出来改制的原因。你跟他们谈判的时候，自己把握。你也不要有多余的担心，我是支持你的，有什么事，可以直接打电话给我。"

叶山河有些震惊，但是随即恍然。

这就是陈哲光的风格，同时也摆明了陈哲光的态度：你既然定了要做这个项目，我就给你一个明白。这是上位者笼络人的智慧，可是听在叶山河耳中，油然产生一种被重视的得意之情。

叶山河感激地说："谢谢书记点拨。"

他的表情是真诚的，内心也是真诚的，陈哲光看得出来。

市委书记满意地点点头。

叶山河告辞，走到门口的时候，陈哲光突然说："叶总，你欠我一杯酒。"

叶山河愕然回首。今天这个会面五分钟里，他一直没有掩饰自己的表情，他们都是相当聪明，而且敏感的人，同时地位差距，没有必要。

市委书记淡淡地说："我一共主持了五次企业家迎春团拜会，你就来过一次，每一次我都会挨桌敬酒，你来那次我也敬过你那一桌的酒。那些参会的企业家，基本都回敬过我，但在我的记忆中，你没有敬过我酒。"

叶山河出门，早已等候的余总接替他进去。

叶山河对杨陌点点头，杨陌说："叶总，我会向陈书记汇报您刚才提到的事，请您等我电话。"

叶山河脸上露出真诚的感激表情，伸出手去："谢谢了，非常感谢，杨秘书，拜托您了。"

杨陌迟疑一下，不得不伸出手来，不太情愿地跟叶山河握手。

五分钟后，叶山河坐上了自己的车，舒服地把车椅调平一些，烦恼的一天，似乎总算过去了。

汽车驶上蜀都大道，叶山河开始思索。

他几乎肯定杨陌会接受他的拜托，答应他。因为杨陌智商很高，非常自信，同时也非常理性，所以杨陌可以很容易地看出叶山河有所图谋，但杨陌不会在乎，只会衡量这件事对他自己有利与否。

这是一种精明的商人哲学。杨陌不像张红卫，有时会冲动，感性起来会图一时之快，对待张红卫需要用另外一种办法，以情动人。当初叶山河并购川棉一厂，初识张红卫，看见他也是西川大学毕业，立刻装作随口提到一些西川大学人物地理，包括竹子屋，张红卫立刻兴趣盎然，讲述自己当初如何奢侈地在竹子屋跟室友们喝五毛钱一杯的啤酒，过后叶山河试探着约他，张红卫一口答应，由此建立两人友谊。而对待杨陌，只需要坦白，直接地展示利害关系，他会自己做出判断。

接着，叶山河用了很长的时间来思索陈哲光最后那"一杯酒"。

肯定不是为了炫耀他惊人的记忆力，那么，是警告他吗？

或者，是提醒他并非对自己一无所知，而是有过调查？

这也正常。这种场合，即使许蓉推荐，如果不是对叶山河和山河集团做过一定了解，不是陈哲光亲自圈定，叶山河不会出现在今天这个现场办公会。但是陈哲光最后突然强调这一杯酒，应该更多的是看重而不是批评。

想明白这一点，叶山河心里再次感到非常得意。

然后，他开始考虑刚才在陈哲光面前接下的任务，他觉得自己似乎应该调整一下最初的思路，退路固然有，但既然陈哲光这么重视，他应该好好做做这个项目，也许可以因此真正进入陈哲光视线。虽然……他突然又想到"哈市帮"，那些人又会从这次现场办公会中得到什么？刚才会堂，只要他们举牌，他都按兵不动，怕引起不必要的误会，他是不是应该分析一下他们到底举了哪些企业，从中猜测他们以后的进军路线，做出相应的调整？

五十分钟后，叶山河到达培根路。

他吩咐了司机钱小白不用赶时间。高峰期间，快也快不起来，反而增加莫名的危险。虽然让一位整个西川省独一无二的二号首长等待，不是叶山河喜欢的选择，也不是他的风格。

竹子屋在培根路中段，顾名思义，特色就是装饰、桌椅、餐具基本都是竹子，大厅摆了十来张错落的小台，有四个雅间，或者是因为装修的原因，雅间的使用率竟然远远低于大厅的小台，客人们都喜欢在大厅中享受那种虚假的林下餐饮之乐。

叶山河从尾厢里拿了两瓶38度的五粮液，叫钱小白不用等他，他等会儿自己打车走。走进大厅的时候，满堂的食客刚好酒酣，没有人注意到他，他走进包间，张红卫坐在圆桌正中，用食指指着他："如果不是非常了解你，凭你迟到这么久，我肯定就多心了。"

叶山河笑："正是因为知道你不会多心，所以我才敢放心迟到。"

他在张红卫旁边坐下，开酒："没有办法，陈书记的工作作风你又不是不知道，他现在还守在宾馆扮演诸葛亮呢。"

张红卫笑笑："老陈这个人，心热着呢！一个省委常委、市委书记哪里能够满足他？人家至少是奔着省长、省委书记去的，再加上上面有人，你说他不该表演任劳任怨，劳苦功高？现在整个西川的闪光灯都照在他一个人身上，每天晚上西川几个频道的镜头加起来，比我老板还多。"

以叶山河的标准，张红卫这位秘书的本职工作，或者一位秘书的本分做得不是很好，比如说现在这样肆无忌惮地批评一位省委常委。哪怕是这里仅有他们两个，哪怕是确信隔墙无耳，叶山河也认为应该恪守某些原则。

"今天怎么有空？"叶山河给他们一人倒了一杯。这种小餐馆没有分酒器，就是那种大众化的口杯，倒满应该有二两多。

"老板去北京了。我送他上了飞机，在机场给你打的电话。"张红卫接过酒杯，握在手中，既不放下，又不举杯，似乎在想着什么。

"先吃点菜再喝。"叶山河不理他，自顾自拿起筷子夹菜。他是真饿了，中午一个盒饭一直抵到现在。

菜是张红卫点的，他们的惯例。从第一次来这里，就这样，包括喝酒，低度的五粮液，先开一瓶，想喝再开第二瓶，喝多少算多少。他们之间吃饭还有另外的默契：如果张红卫需要应酬，接待他的朋友，一般就会选择某家堂皇的酒店；想喝花酒，就去许蓉的会所；纯粹谈心，就在这里。

"老叶，我就看不惯你这副万事不系于心的领袖气质。"张红卫瞪着他，气愤地说，把酒杯放下，却不拿筷子。

"那是因为你老兄心中装的事超过一万。"叶山河笑，"不像我等小老百姓，民以食为天，哪怕马上就要上刑场问斩，也得先吃个饱饭。"

"我就不相信老陈没有给你摊派任务，而你居然能够像没事人一样。"

两人举杯。叶山河对酒没有什么特别的喜欢，张红卫喜欢这种低度的清香型酒。

"有啊，陈书记给我们联姻，我相中了几个，会后书记大人又亲自召见我们，每个人五分钟，我已经明确表示，认领晶体管厂。所以我迟到了。"叶山河无谓地笑，继续大口吃菜。

"会后还有小会啊……老陈还真有一套,还不得不服他这种工作方法。"张红卫皱起眉沉思,脸上露出神往之色,"所以你们必须表态了……不仅我们这些套中人需要站队,你们这些商人也有这种时候啊……呵呵,不过老陈也算是在站队吧?老叶,我跟你这么说吧,上边早就确定了,'让市场在资源配置中起决定作用',老陈这种过分强调政府的作用是不是背道而驰?这里面是有原因的,因为国有企业的改革是上热下冷,上面出了很多文件,开了很多会,做了无数指示、批示,可是下面不动,而这种时候,老陈冲了出来,一马当先,他那司马昭之心,哼哼。"

"想不到老兄还是这方面的高手、专家,我看你老板应该把你放出去……安排一个分管经济的副市长绰绰有余。"

张红卫愕然地看着叶山河,他霍然变化的表情让叶山河也怔住了:"怎么?"

"我想到了。"张红卫表情古怪,"这个会是突然……提前了吧?"

"是的,据说是昨晚陈书记临时安排提前的。所以弄得大家都手忙脚乱,相当被动。本来这个会应该是许总去,但她今天已经约了两拨重要的客人,不能失约,所以临时让我去参加,实际上就是代她举个牌。"

张红卫不再说话,举杯,两人碰了一下,张红卫一口喝了小半杯,放下,吃菜。突然之间,叶山河有种奇异的感觉,有什么重要的事情发生了?但他克制自己,耐心地等待着对方开口。

"刚才你迟到,我说我会多心,然后,你又提到了外放,现在老陈又突然提前开这个会,你知道是为什么吗?"

叶山河摇头。

张红卫迟疑一下,斟酌着说:"下午在机场,老板上飞机前,问我想去哪个区县。"

叶山河实在忍不住,"啊"了一下:"张书记要走了?"

张红卫表情奇特地笑笑:"你还反应真快。看来老陈昨晚就知道了,他的消息还真是通天。"

叶山河沉吟一下,问:"但跟这个现场办公会有什么联系呢?"

"有什么好猜的,不外是表现吧。他多少会觉得这是个机会。如果不从外面调人,省长接省委书记,省委副书记任省长,他可以接省委副书记,也算是前进了半步。"

"这样重大的人事调整,应该早已经确定了,现在做功夫肯定晚了吧?"叶山河问。

"按常理是这样,但谁知道呢?"张红卫沉思着说。

"你准备去哪个区县?就在蜀都旁边吧?"叶山河绕了两句,把话题拉回来,看着张红卫。他知道自己现在的表情肯定有些不太自然,可是实在无法控制自己。

"当然。"张红卫冷笑着说,"要是去别的市,再往下面安排,相当于发配了,不知道多久才能够重回组织的视线。"

叶山河猜不透张红卫此时是该高兴还是不高兴,可能张红卫自己也无法把握。

他这个二号首长已经当了七年多,借助张红旗的影响,这七年在西川威风八面,呼风唤雨,但是他也清楚,迟早,他要离开张红旗,要到下面区县去工作,这是必须经历的过程,无论张红旗调不调走。

张红旗要调回北京,担任某部部长的消息去年就一直在传,所以张红卫肯定早就做好了心理准备,现在张红旗这么问他,实际上就是让他在蜀都周边十几个县区任意选择。由他选择关系好,还是发展空间大,还是工作顺手,还是其他方面,应该是最好的安排了,张红卫应该满足……不过,叶山河突然想起,当年张红旗上任伊始,出现了两起领导秘书甫一上任便开始贪污腐化的案子,张红旗因此订了一个不成文的规矩,以后领导秘书,不能一下安排正职,只能安排县委副书记、副区长这样的职务。这一下几乎把所有的领导秘书前进的步伐都延缓了至少三五年,省委省府两边都是怨声载道,但是张红旗硬是凭借个人的威信和霸道作风,强硬执行下来,想不到现在轮到了他的秘书了。显然,张红卫也早就意识到了这一点,如果说他对于老板进京这个变化有什么不满的话,就是这个现在落到他头上的规定。

两人各自沉默,吃菜,消化这件事带给他们的情绪影响。

最后,叶山河放下筷子,举杯说:"新的开始,祝贺!"

"对!天要下雨娘要嫁人,由他去吧!"张红卫绽开笑脸,"张开怀抱,拥抱新生活。"

两人把杯中酒一饮而尽。叶山河拿起酒瓶重新给两人斟酒,现在气氛轻松起来。

张红卫苦起脸说:"我想象得到,从明后天开始,整个省委省政府都会知道这事,都会讨论这事。我肯定会接无数的电话,同时也会有无数的人把我的电话从此忘记,再也不会请我吃饭,请我喝茶。"

"伤感了?呵呵。"叶山河一笑,随即面容一变,认真地保证,"我肯定不会，我还是你随叫随到的朋友。"

"你肯定没说的。不然我今晚也不会专门来找你……"张红卫主动举杯。

"荣幸，就是不知道能不能称职，宽慰吾兄现在这颗动荡难安的心。"

"什么叫动荡难安？用词不准。你要安慰我……这样吧，你给我说说你的糟心事，我听了肯定心里会好受一些。"张红卫说，"有时跟你在一起，总是看你一副云淡风轻的样子，我都会想，这娃是不是立地成佛了，咋就这么不上心呢？"

"呵呵，过奖。要说糟心事，谁都有啊，好吧，我就给你说说我目前，今天的糟心事，还真不好解。"

"说来听听，还有叶总解决不了的问题，奇了怪了。"张红卫夸张地笑。

"纺织品公司那边，管理层可能会跟我叫板，要求股份。从前年开始，情况好转，去年赚了一点钱，第一次分红。"叶山河沉吟着缓缓说。

爷爷说过，不可示人以弱，但是张红卫是圈外人，值得信任，同时，这事有可能借助这位二号首长，所以叶山河决定跟他聊聊。

"升米恩斗米仇，这是人性。"张红卫一口道破其中关窍，"那你怎么办？"

"我考虑一下，决定跟他们谈谈。"

"向来都是求人的先开口，哪有……"张红卫眉头一皱，"不过叶总你做事有自己的一套。先开口好像要落了下风，但也要看人看事，你主动摊牌，不仅坦然，气势上压得住，也会出乎他们的意料。"

"不是你说的那样玄乎。"叶山河苦笑，"既然这事肯定要解决，早点解决有益于公司有利于股东。民营企业不像你们政府衙门，可以拖，反正没有人会对它负责。"

"想好了？"

"没想好。"叶山河坦白地说，"你帮我出个主意？"

"你是专家，我是外行，又是外人，你不是为难……"张红卫突然反应过来，哈哈笑了起来，"有什么需要我跑腿的地方，随便说，反正我这个秘书当不了几天了，还可以榨取一下剩余价值。"

"别把人想得这样万恶。"叶山河正容说，"川棉一厂的改制，当时是红旗书记任省长时亲自主持的，现在发展势头不错，算下来还要感谢张书记。"

"这样啊，对，当时这个项目我也跑了不少腿，我也有功劳一份。我想想，该怎么个做法……"张红卫沉吟起来。

他虽然有些缺点，比如大而化之，比如喜怒形于色，但能够跟着张红旗这么多年，张红旗舍不得外放他，自然有他的长处，比如聪明。他一下反应过来，能否利用这事，在张红旗马上就要离开这种特殊的时刻，帮叶山河的同时，做点有利于自己的事。

"也不急。"叶山河举杯，"你先通盘考虑一下，这事就先搁在这里，随时保持联系吧。"

两人再次举杯，换了话题。

一瓶酒堪堪喝完，张红卫的电话响了，他看了来电，对叶山河摇摇头，走出雅间，一会儿回来，表情奇特地说："我得换个场。"

"人在江湖，身不由己，尤其现在，理解。"叶山河站起来，"马上？"

张红卫扫了一眼桌上的酒杯，叹了口气："算了，不喝了。"

他从椅背上拉过外套穿上，拍拍叶山河的肩。

两人走出雅间，服务生看着他们，叶山河说："我送朋友，一会儿回来。"

两人走到外面，无声地站了一会儿，等到一辆空的出租车过来，张红卫上车挥手告别，叶山河走回雅间坐回座位，心想这个电话肯定跟张红旗即将离开西川有关。

一位省委书记的人事变动，即使有再严密的组织纪律约束，此刻也像水中的涟漪，迅速而无声地往外扩散，不知道此刻有多少人已经知道了这一消息，而且迅速反应，有所行动。

突然之间，他反应过来，他也应该成为其中一员。

他拿起电话拨打许蓉的电话，快要断线时许蓉才接听，那边声音很吵。

"听得见我说话吗？方便吗？"叶山河问。

"听得见，你等一下。"

一会儿许蓉的声音传来："正在接待客人，我现在走到外面来了。你说。"

"老张要走了。"

许蓉那边沉默了几秒，然后反应过来："确定吗？"

"确定，小张刚才和我在一起，刚离开。"

许蓉再次沉默几秒："怎么样？"

"没想到。"

"那……我先应酬。"

"好。保持联系。"

两人结束通话，叶山河又拨打段万年的电话，告诉了他这个消息，然后，他对着电话发了一会儿呆，觉得没有必要再跟谁分享。

他举起酒杯，浅啜了一口，忍不住露出一丝微笑：这算不算都凑到一块儿来了？

许蓉问他怎么样，是问他有什么反应，他现在哪里，想得到什么，再说，真要有什么，他也不一定跟她说。

他发了一会儿呆，决定不再去想张红旗这件事，还是回到纺织品公司管理层这件事来，毕竟这才是迫在眉睫的紧急问题，整整一天压在他心里。现在，好不容易才结束那些必须面对的人事，可以自己一个人仔细思考一下。

首先，他确定，纺织品公司的管理层，是一个优秀的管理团队，这几年的工作是称职的，在专业上无可替代。

十七八年前，他刚刚赚到人生第一桶金，大约有近百万，完全现金，雄姿英发，在江州那个小城顾盼自雄，随手投资了几个生意，结果亏损严重，不到两年全军覆没，无以为继。但是通过那两年，叶山河对"老板"这个词有了深刻的认识。

很多行业他一知半解，甚至根本不懂，却事事亲为，全盘指挥，自然败招连连，后来爷爷教训他说，你得相信你请的经理肯定比你聪明，否则你请他干啥？又以古时候东家跟掌柜的关系为例，强调东家一定要摆正位置，才能和谐相处，叶山河学到了深刻的一课。

所以，从上午开始，他就从来没有想过那些小说家通过臆想写在小说中常见的招数，比如"提拔"江林到集团公司来担任有名无实的副总，比如空降一位信得过的"老人"到纺织品公司，比如对江林的管理团队挖墙脚掺沙子利诱威胁，因为他觉得，换了谁去带纺织品公司，他都没有信心，包括他叶山河自己。而这些下乘的伎俩一旦使用，就意味着"战争"，就意味着江林肯定出局，他和江林再也不能继续合作，而后果是，纺织品公司将首先承受巨大损失。叶山河不会这么愚蠢，不希望自己的战利品是一片废墟。

那么，他就必须妥协，必须退让，必须留住江林和他的管理团队？

答案是肯定的。

那么，又该如何留住这一群放眼西川，乃至全国的纺织精英？如何让他们继续为纺织品公司工作？

当初江林找上他，他迅速做出决定，对江林说：我相信你一定能够带领公司创造辉煌。江林肯定不是属于那种经不起别人吹捧的人，但叶山河的信任，毫无疑问让这位破釜沉舟的年轻人非常感动，接下来他拼上了性命，全身心地投入纺织品公司的工作中。

可那是当初。现在情况完全变了，纺织品公司赚钱了，江林和他的管理团队不是轻飘飘几句称赞能够打发的。叶山河苦恼地发现，除了实际利益，江林不会接任何招，他以前没有向叶山河证明自己的能力，说话没有底气，那么现在，他能坦然向董事长伸手要钱了。

叶山河举杯一口饮干了杯中剩酒，只觉得满嘴苦涩，怔了半响，才能够努力克制自己的不快，开始最关键的一个问题：江林要多少钱？他的胃口有多大？

他不得其解。

他这几年忽略了跟这个纺织品公司总经理更深的交往和了解，固然有山河集团事多的原因，但是不是也有江林善于伪装，让董事长觉得万事大吉，一切尽在掌握呢？

叶山河觉得喝下去的酒似乎都化为苦水。

他深深吸了口气，让自己振作起来。

无论如何，那些都是过去了的事，不必纠缠。好比中箭之后，第一时间是想办法把箭从身体拔了，然后疗伤，花时间去研究箭从哪里来、谁射的、为什么射，这些只会浪费宝贵的时间和精力。他决定，这周内，或者尽快吧，得跟江林碰个面，摸摸这位翅膀长硬了的总经理的底，听听他的报价。

他站起身，穿上外套，迟疑一下，还是把剩下的那瓶酒提在手中，走到外面结账。

他想过打电话叫钱小白回来，又觉得不好，这时候也似乎不想让人出现，唯一不适的是手中这瓶酒。

他走出竹子屋，迎风一吹，抖了一下。

他其实不太喜欢喝酒，尤其是应酬，但此时，正是所谓那种酒瘾刚上，却突然曲终人散，心中老大不甘，自觉好笑，挥手招了出租车，随口对司机说："蜀都饭店。"

第五章　您的朋友钟守信

蜀都饭店是西川老牌的四星饭店，口碑上佳，1984年开业，当初是蜀都市政府招待所，蜀都市委市政府，甚至下属各个单位的所有接待、会议，大多在这里举行。1986年被批准为"涉外旅游宾馆"，1992年成为整个西南地区首家荣获四星级的酒店，同时首家拥有室内恒温游泳池，首家拥有面向社会开放的高尔夫练习球道，首家组建民族歌舞的"蜀乐宫"，首建美食街和首创旅游部……创下多项第一。

十多年前叶山河离开家乡江州，到省城发展，为了拿下第一笔装修业务，在这里一家叫"彩轩"的韩国烧烤请客户，因为担心钱不够，决定减少一个人的开支，临到头张德超撒谎说有急事匆匆走人，留下叶山河一个人作陪。

后来他们生意有了起色，每次请客户喝茶，叶山河都会安排在酒店一楼的大厅，享受空调。更后来，他们生意走上正轨，能够安排客户住上高档酒店了，叶山河让宋长生跟蜀都酒店签订合同，长期合作。即使是后来，山河集团成立，搬到南边去了，他偶尔也会特意到这里来吃个饭喝个茶，他对这个酒店有很深的情结。

但是后来，随着改革开放的深入发展，蜀都这座西南重镇受到越来越多酒店集团的重视，更高档次的酒店如雨后春笋般在这座城市遍地开花，激烈竞争中，蜀都饭店经营每况愈下，1997年整体转让，2001年被人托管，并且债务官司一直不断。去年底西川联拍拍卖公司发布拍卖公告，将对蜀都饭店三万多平方米房产、一万五千多平方米土地使用权和全部酒店设施设备进行整体拍卖，叶山河一直暗中关注此事，这也是他今天没有重视投资部高阳送来关于嘉乐汇广场那份报告的原因。

他更看好蜀都饭店。

因为它的地理优势。李嘉诚说做房地产，第一看地势，第二看地势，第三还是看地势，蜀都饭店坐落在横贯蜀都的蜀都大道上，又在一环路上，同时也是连接蜀都和渝州这两座西南最重要的城市唯一高速公路线上，是这座城市一个重要的节点，可谓占尽地利。同时，他请人通过特殊渠道打探，蜀都饭店的经营状况不是传说中那样差，只是因为产权关系一直没有明确，管理层人心涣散，人浮于事，即便如此，反映在财务报表上，也仅仅是略亏而已。倘若外资注入，升级装修，加强管理，酒店经营肯定赢利。这同样也是叶山河今天没有重视路桥公司旗下那家转让的五星酒店的原因。

拍卖不久就要举行，山河广场刚刚胜利结束，山河集团账上摆着一大笔现金，这似乎是专门等着叶山河接手的天作之合、水到渠成的项目，叶山河无法不对这个曾经的蜀都地标动心，所以他离开竹子屋到蜀都饭店，看似无心之举，实则心有所寄。

叶山河让出租车围着蜀都饭店缓缓绕了两圈，这个行为他最近做了好几次，有时绕的圈子更大，他希望实地看看蜀都饭店周围的情况，感受蜀都饭店周围的气息，而不仅仅在地图上进行分析和判断。

出租车最后停在蜀都饭店，叶山河付了车费，提着酒走进大厅，找了个座位叫了杯清茶。他不止听过一位装模作样的专家说过，喝酒后喝茶不好，但他习惯了这样，也不想改变。

不知怎的，他不想把酒放在座位，而是放在桌子上，这样稍显突兀，但是服务生问询、端茶、收费来去，一眼都没有看过那瓶酒，似乎这根本就不存在。

这就是大酒店的好处，只要你是消费者，见多不怪的服务生们就会立刻变成聋子、瞎子和哑巴。

叶山河慢慢地看着茶叶绽放、沉底，他叫服务生倒了重沏，不是因为第一开茶无味，而是从工夫茶中学到的洗茶，等到温度降下来，他浅浅地啜了一口，再一口，又一口，然后舒服地往后靠在沙发圈椅上，开始漫无目的地扫视酒店大厅往来的人。

真是纷繁动心的一个周一啊！

徐朵朵、匿名信、江林、张德超、许蓉、陈哲光、张红卫……这些人事慢慢地在他脑海浮现，像一帧帧生动的彩色图片慢慢地翻转，每一桩放在平时都是相当重要的事，却莫名其妙地集中在这一个四月的周一。

叶山河苦笑着摇头，果然是一个残忍的四月。

不过，这还不是结束。

叶山河第二开茶还没有品完，脑中纠缠的人事还没有理出头绪，一个衣冠楚楚、斯文儒雅的中年男人走过来，微微弯腰，递上一张名片说："叶总您好，我们钟总请您小酌一杯。他在后面美食街等您。"

叶山河接过名片，正中写着"钟守信"三个宋体镏金大字，但在上面写着"您的朋友"四个小了两号的柳体黑字，最下面是一个手机号码。除此之外，没有其他的头衔和介绍，似乎表示接受他名片的每一个人，都应该知道他是谁。

但叶山河的确知道这个人。

而且，还比较熟悉，打过两次难忘的交道。

这个人也算是西川商界一位重量级人物，虽然没有拥有像山河纺织品公司、山河广场那样的实体，但他的经济实力，并不逊于叶山河。甚至，他在西川商界，远比叶山河有名，有影响力，因为，他是一位"大哥"。

钟守信起步的时候，跟许蓉相差无几，在社会底层摸爬滚打、锱铢必较完成原始资本积累，然后，用赌博式的投资进行冒险，继续向着更高的目标前进。他和许蓉一样，拥有三教九流的朋友，处理利益冲突时经常采用一些另类的，他们认为有效的方式方法。

但是渐渐地，或者是因为个性，或者是因为各自遇见的人和事不同，钟守信和许蓉的人生道路开始变得不同。许蓉学会了克制和收敛，慢慢成为一个正经的商人；钟守信则继续从前的商业模式，不自觉地形成路径依赖，甚至变本加厉。比如从一个赌客开始自己经营赌场，从正常的借贷中无师自通地学会非常放贷，从承包经营变得习惯转包获利，他愈来愈看不起实体经营，轻视正当商业，觉得利润低、周期长、麻烦多，他的"生意"开始走向偏门，最后，他进了监狱。

他的人生奋斗并没有就此停止，一蹶不振，反而像孙悟空进了炼丹炉，脱胎换骨，从狱友那里学到了丰富的知识和经验，变成一个地地道道的另类，胆子更大，更会伪装，更加狡猾。有一件事可以证明他的非同凡响：为了骗取保外就医装病时，竟然和监狱医院的护士勾搭上了，明目张胆地在监狱里谈起了恋爱。

出狱后钟守信如虎归山，利用"上山"这样的虚幻名声和残忍打击对手的实际手段，迅速成为这座城市威名赫赫的社会大哥，主业依然是地下赌场、高利贷和工程转包。为了光明正大地介入各种他认为有利可图的生意，他注册了一家名为恒信置业的投资公司，强硬地介入他看中的项目，令人怨声载道。但是因为他的狡猾，善于笼络一些腐败的官员，同时吸取以前的教训，掌握分寸，一般不会把受害者逼入绝境，该软的时候就软，该耍无赖就耍无赖，这几年混得风生水起，在蜀都商界算是一个特殊的、不容忽视的角色。

叶山河不明白钟守信怎么会在这个时候、这个地方突然邀请自己相见。

他是本来就在这里用餐，看见自己才邀请的？他有什么目的呢？

从内心来说，叶山河最不喜欢的就是这种人，因为这种人无视契约，不讲原则，根本不具备基本的商业道德，不会按照商业规则做事。这种人用叶山河家乡的土话来形容就是"滚刀肉"，为了利益不要脸面，可以做任何事，但同时，这种人成为敌人时，尤其是商业对手时，你很难找到他们的弱点，很难跟他们竞争。很多年前，叶山河刚刚从事装修业务，就跟钟守信狭路相逢，结果是叶山河甘拜下风，退避三舍。

"谢谢钟总邀请，我刚刚吃过，现在只想休息一下。"叶山河静静地看着他，温和地解释，温和地拒绝。

"钟总有事相邀，请叶总务必赏脸。"中年人态度不卑不亢，但用词却是命令式的。

叶山河隐隐有了怒气：你算什么？你只不过是钟守信的一个跟班，你有什么资格跟我这样说话？

他伸手拿了茶杯，浅啜一下，提醒自己现在状态不好，喝了酒容易控制不住自己，一定要冷静。

"如果我拒绝呢？"叶山河微微侧头，脸上依然保持着那种不温不火的平静表情。

"你不会。"中年人脸上浮现出一种古怪的微笑。

"为什么？"

"钟总说你不会。"

"他说过，我就不会？"叶山河忍不住露出不屑的表情。

"因为钟总说要跟您谈谈蜀都饭店的事。"

叶山河脸上的笑容僵住，有几秒似乎连思考都停顿了，回过神来轻轻叹气："真不明白钟总什么意思，我只不过刚刚喝了点酒，想在这里坐一下，他要跟我谈什么？蜀都饭店？关这个饭店什么事？"

中年人再次微微躬下身，脸上那种古怪的笑容加深了，平静地说："叶总，我们观察到，光是上周，你就到这里来坐过三次了。你的车，也在这附近溜达了好几次。"

叶山河看着中年人，看了好几秒，然后双手十指放在胸前，眼睛微微眯起来："看来我是不得不接受你们钟总的邀请了。"

钟守信一个人要了一个大大的包间，大大的餐桌上只摆了一汤一菜，旁边只摆一张椅子，椅子正对着包间的门，他就坐在那张椅子上。

叶山河走进包间，站在门口，钟守信抬起头，两人静静地互相对视，目光都很平和，不带一丝锋芒。

一会儿，钟守信举手示意："愣着干啥？给叶总加座。"

那位跟在叶山河后面的中年人，立刻像猫一样迅速而灵活地从旁边撤开的椅子中搬了一把过来，放在钟守信对面，再从餐柜中取了一副碗筷餐巾摆上。

叶山河坐下，淡淡自嘲："还以为钟总不欢迎。"

"是不欢迎。"钟守信身子往后靠在椅背上。

"钟总？"

"装糊涂了吧！呵呵，大家明白人，叶总还要装不懂？"钟守信冷笑。

"请钟总指教。"

钟守信挥挥手，中年人离开，轻轻带上门。

钟守信瞥着叶山河，一字一字地说："我不欢迎你介入这个项目，不欢迎你参与蜀都饭店的竞拍。我说得够明白了吧？"

虽然已经做了心理准备，但钟守信如此明白、如此张扬地说出来，叶山河心里还是有些震惊。他第一反应是否认，可是马上反应过来，这毫无用处，钟守信既然这样说话，说明他对自己有些了解，连自己上周在大厅茶吧坐过三次都清清楚楚，那么，他又到底了解多少呢？

"钟总要拿下这个项目？"叶山河反问。

"当然。我是志在必得。"钟守信毫不在意叶山河的试探，傲慢地承认，"你也不是第一个被请到这里来的人。我希望你们都退出。"

"钟总是志在必得了，但是？"叶山河沉吟道，"就算我退出，就算你知道的人都能够被你劝退，可是，想参与这次竞拍的人你都知道吗？你能保证我们退出了你就肯定成功了？我只不过是一个小角色而已，西川不知道有多少……"

"你不是小角色，呵呵。"钟守信打断了他，"我对叶总的看法，比其他人更真实一些。西川有很多看起来很唬人的大角，但是叶总绝对比他们都更让我看重。当然，这不是重点，我肯定不知道有多少人想参与进来，我只能见一个劝一个。我还可以去拍卖公司那里拿名单，实话说我已经做了这样的安排。我今天想对叶总说的，重点说吧，叶总，你是我感到能够成为真正对手的人之一。今天恰好你再次出现，这算是老天照顾我，所以我特别邀请你来，明确向叶总表示我的愿望，同时也希望叶总能够给我一个明确的答案。"

他身子离开椅背，一只手放在餐桌上，目光炯炯地看着叶山河。

叶山河表情淡漠，心中发苦，他从来希望别人轻看他，隐藏自己的真实实力，但是这一次，他遇上了真正的对手："钟总真的可能高估我了。即使参与竞拍，相信我也不过是忝陪末座，走走过场而已。"

"要我掀你的底牌吗？"钟守信用食指敲击桌面，轻蔑地看着他。

"您说。"叶山河右手向前摊开，示意道。

"你请了胡二娃为你打探消息，你付了这个数。"——钟守信举手比了一个数字，"这说明什么？说明你也是志在必得。同时，你的山河广场卖得不错，回笼大笔现金需要新的项目，最重要的，是你有一张超级好牌：张红旗。"

超过十秒的停顿，叶山河笑着摇头："我可以向钟总保证，我跟张书记没有任何往来，他也不会为我做任何一件事。"

胡志远名义上是一家咨询公司总经理，实际上做着相当于私人侦探的事，叶山河和他有过不少合作，他是委托了胡志远做这件事，价钱也是钟守信比画的那个数字，他万万没有想到钟守信居然知道，胡志远难道不顾自己的职业道德？他不想再做他的咨询公司了？信用是所有商业活动的基础，胡志远不会不清楚这个道理，也不会不清楚这样泄露顾客信息的后果……

胡志远肯定是受了钟守信的胁迫！

钟守信肯定也是让胡志远打探蜀都饭店的情况，顺便也要求他提供最近谁有这样的委托业务。叶山河理解了胡志远的无可奈何，不得不佩服钟守信想得比自己更远，当初应该多想一下，叮嘱一下胡志远如何应付别人的打探。

但是钟守信为什么要告诉他这一点呢？他完全可以继续躲在暗处，利用胡志远。他是表明对于这个项目的自信，还是肆无忌惮表明对于叶山河的轻蔑，或者，他就是想让叶山河知道，离间他和胡志远，这种侦探业务因为涉嫌侵犯隐私权等法律问题，蜀都很少，做得成功的目前只有几家，胡志远属于其中的佼佼者。钟守信就是不想叶山河以后再用胡志远。

一瞬间叶山河心念电转。

"我当然知道，张红旗不会，但张红卫会。"钟守信一哂，"还有一点，你肯定知道了，张红旗要走了。"

叶山河轻咳一下，掩饰自己的吃惊，淡淡地说："我已经说了，我跟张书记没有任何关系，所以你没有必要再在这个问题上多说。"

任何时候，只要是公共场所，是无法把握的陌生之地，叶山河必须保证自己说的每一句话在法律上，甚至情理上毫无破绽和瑕疵。

"骗不了我。越是这种时候，张红卫越是可能铤而走险，你也越是可能花大钱请他帮忙打招呼。"钟守信得意地说，"因为张红卫也知道，他这个二号首长到头了，他得赶快抓住最后机会再捞一笔。"

"钟总，我必须严肃地告诉你，张秘书我认识，但也仅限于认识而已。我和他之间从来没有任何利益往来，我从来没有给过他什么好处，他也从来不会因为什么好处而做违法犯纪的事。"叶山河面色一整，肃然道。

涉及这种话题，他必须正面回答，无论这间包房里有没有机关。

"呵呵，叶总够朋友。"钟守信被叶山河气势所慑，干笑两声，"好了，不扯远了，我今天请叶总来，就是想问问叶总，能不能给个面子，这次不参与蜀都饭店的竞拍？"

叶山河静静地看着这位大哥，虽然知道不太可能，但还是想迂回地试探一下："我想先问钟总一个问题：钟总为什么突然有兴趣做这样的项目，或者说，钟总是想拿下后转手？"

钟守信歪头，看着叶山河，然后笑了，用手指着叶山河："没有辜负我看重你。叶总，你是个人才，这种时候还想要看我的底牌……但是，我告诉你！"

他猛地站起来，抖抖身子，整理一下西装马甲，走到叶山河旁边，挺立，傲视叶山河："叶总，我这身打扮怎么样？"

钟守信身高有一米七八，长期坚持锻炼使得肌肉结实，身材匀称，再加上宽膛大脸，上位者的威势，的确气宇轩昂，令人刮目，难怪那个监狱的护士会对他动心。

"相当英俊，比吕良伟还酷。"叶山河由衷地称赞道。

这是一个很贴切的恭维。

钟守信得意地埋怨："叶总，我说得明明白白，叫你看我这身打扮啊，是看衣不看人。"

叶山河站起来，认真打量，啧啧连声："非常不错，合体、低调、领结、衣袖、西裤和皮靴都无可挑剔，而腕表又恰到好处地显示钟总的身份，请了专门的人设计的？"

"这个倒不必专人设计，自己注意就行了。"钟守信谦虚地说，"人要衣装，佛要金装。但是更多时候，可以反过来，一个人穿什么衣服，代表他是一个什么样的人，因为我们现在这个时代，这个社会风气，就是看你衣着，看你的车钥匙，看你的……反正就是首先会从你的外表判断你这个人的实力，有没有钱。"

"钟总高论。"叶山河象征性地鼓掌。

"所以，从我有一点钱开始，我就非常注意自己的穿着，尤其是前几年去监狱里晃了一趟出来，更加注意自己的形象。人家说我是混社会的，我偏偏要让人家第一眼看到我，觉得我是一个文明的绅士。蜀都饭店，也是我的一件衣裳。"

钟守信最后一句转得突兀，叶山河一怔，随即恍然：钟守信这些年玩空手道固然有人捧场，也有市场，但终归会让人看轻，西川顶级的商人和政府官员，都不会把他放在眼中。同时，他也找不到跟他们合作的台阶，顶级的商业项目，他很难染指。而随着他的胃口越来越大，他想进入更高的层面，所以他开始醒悟，要为自己重新包装，蜀都饭店历史悠久，声名显赫，正好就是这样一件美丽衣裳。

单从这一点上来说，他和叶山河的心思完全相同。

"我明白了。"叶山河沉吟着缓缓地说，"别人怎么看我不知道，但我一向不看衣评人，我看重的是，一个人如何对待人和事。"

他看着钟守信，钟守信也看着，两人站在空旷的包间里，一动不动，像两位悬崖边对峙的武士。

"叶总是要拒绝我了？"钟守信的表情冷了下来，淡淡地问。

叶山河没有回答。

这就是回答。

钟守信叹了口气，脸上露出无奈的表情，他击了两下掌，包间的门被打开，中年人进来，他身后跟着两个身体结实、表情凶恶的年轻人，那瓶酒，还提在中年人手上。

叶山河也在心里叹了口气。

他知道自己喝了酒，这种时候任何反应都可能是错误的，但是他无法逃避，没有选择，必须面对。

——他也许该退让，他从前做装修时面对钟守信也退让过，今天只有他和钟守信在这里，没有人知道，公司内部也没有一个人知道他对蜀都饭店动过心，他也没有在任何朋友面前提到过这个项目。他现在放弃，没有人知道，但是，他无法对自己交代，他知道。现在不是以前，这个项目也不是以前那些小打小闹，这个不做可以做那个，为了一个两个装修业务他没有必要跟钟守信死磕，但蜀都饭店，这座城市只有一个。

——他也许可以暂时敷衍，说我考虑一下，回去之后再做对策，但是此时此刻、此情此景，男人的自尊，江城人性格中坚忍不拔、不甘屈服的一面占了上风，他不想在气势上输给对方。

"这就是钟总的待客之道？鸿门宴？"叶山河问。

"朋友来了有好酒……"钟守信一边说一边缓缓走回座位，站住，看到中年人手中那瓶酒，示意他拿过去。

中年人快步过去，把酒放在桌上。钟守信一边开酒，一边说："叶总，十几年前，到蜀都饭店吃上一顿饭，不仅是可以向人炫耀的资本，更是一种身份的象征。我第一次喝可口可乐、第一次吹空调、第一次坐电梯，都在这里。我发过誓，有钱了，要天天在这里大鱼大肉，可是现在，你看，我最近是天天在这里吃饭，可是就是一个简单的回锅肉、一个番茄蛋汤、一个酸菜而已。"

"能够在这里这么点菜，这同样是一种身份的象征。"叶山河冷冷回击。

"喝酒了？"钟守信转下酒盖丢到一边，比了一个二的手势，中年人递了两个杯子。

"喝了半瓶。"

"那我不占你便宜。今晚我还没有喝酒。"钟守信把一瓶酒平分到两个杯子中，举起一杯，仰头便饮。

十秒钟，他把杯子向空一亮一倒，放在桌上，吐一口气，以手指叶山河："你要跟我斗，我奉陪你。"

他再指桌上另外半瓶酒："这杯酒就是蜀都饭店，咱们两个，今天只能有一个人……"

房门突然被推开，两个保安撞了进来。

一屋人都是一呆，两个年轻人首先反应过来，扑过去拦在保安面前，喝道："干什么？出去！"

保安迟疑着解释："有人说这里打架……"

年轻人怒喝："打什么架！打架也不许你们来，滚。"

"再不走连你们一起打。"

中年人抢过来："两位兄弟先出去吧。我们在喝酒，不然叫你们经理来……"

几个人正纠缠，一个人影趁机从他们身边蹿过去，冲到叶山河身边，叫道："叶总，到处找你，你怎么跑到这里来了？他们还在等你呢！"

不由分说，拉着叶山河就走。

——是王佩。

在西川宾馆大厅，看着叶山河昂然离去的背景，她只伤感了一下就立刻振作起来，回到停车场找到叶山河的车，预先等在那里。

钱小白送叶山河到竹子屋，她也跟到了竹子屋，叶山河跟张红卫在雅间里喝酒，她买了一个烧饼默默地坐在车里，远远地盯着竹子屋的门。然后看见张红卫离去，跟着叶山河出来，她一直跟着叶山河到了蜀都饭店。

当她正在犹豫是不是再次现身跟叶山河碰面，中年人出现了。叶山河跟着他进了包间，她在走廊另一边看着，看到中年人招来了两个年轻人，其中一个在门口整理了一下绑在小腿上的匕首。

她吓坏了，想报警，又担心来不及，灵机一动跑到大厅对两个保安说她的老板在包间里跟人打架，然后三个人一起进入包间。

钟守信愕然地看着两个保安，然后又看着一个女子冲过来拉着叶山河往外走，在他来不及反应之前已经快要走出包间。两个保安和中年人都停下动作看着他，钟守信迟疑了一秒，断然挥手，冲叶山河叫道："叶总，你欠我一杯酒。"

叶山河闻声似乎想回头，但王佩的力气出乎意料地大，她紧紧抓住叶山河的手臂，拉着他往外走，不让他停，不让他缓，叶山河一时间竟无法挣脱，无法反抗。

他们走出包间，走到走廊上，王佩还是用那种拼命的架势拉着叶山河往前走，叶山河反应过来，想挣脱，又觉得现在再回包间，毫无意义，显不出自己的勇敢。

王佩无法分心去考虑此时此刻叶山河的心思，她已经处于一种紧张状态，她的心跳得很厉害，有些是因为紧张，有些是因为闻到他的酒气。

一直拉着叶山河走到大厅，王佩才缓过气来，她突然放开叶山河，急速地说："你自己打车走吧，赶紧走，我还有事。"

她转头往另外一个方向快速走去。

叶山河怔住。

刚才一分钟内发生的事太过突然，也太过离奇，这个"记者"怎么冒出来的？他明白她是来帮他，但她怎么知道包间里发生的事？而且时机恰到好处？

他看着她的背景消失在过道，回头扫一眼，钟守信和他的手下都没有跟来，她说得对，三十六计走为上，此地不可久留。

叶山河大步走出酒店。

| 第六章 | 企划部经理

现场办公会的报道第二天刊登在省内各大媒体的头条。

陈哲光的讲话经过补充润色,占了报道的一半。

陈书记首先从宏观上指示,力争在今年年底完成蜀都市三分之一的国有企业改制,同时让国有企业资产总额达到1万亿。

陈书记还进行远景规划,不仅是国有企业,市属事业单位也要进行类别划分,类别划分后实施分类改革和创新管理,同时,将启动员工持股试点。

陈书记旗帜鲜明地提出:不求其纯,但求其佳。不要拘泥于比重问题而束缚自己,要全面摒弃那种把股份制和私有制联系在一起的传统观点,消除出售国有资产会导致国有资产流失的疑虑。早改早主动,晚改就被动,不改没有出路。

陈书记坐在主席台上双手半举,抬头望远,目光炯炯的大幅相片刊在报头,企业家踊跃参与的小幅相片配在报道文字中,形成了强烈的对比效果。

倘若是以前,一个简单的文件或者一次全厂大会,就足以发起一场这样的运动,但是现在,即使市委书记这样三番五次,信誓旦旦地动员号召,那些被波及的人也未必相信画饼能够成真,他们会首先考虑自己的切身利益,改制后给他们带来了什么,以及以后的出路。他们不会一听到号角就冲锋,而会瞻前顾后,犹豫再三,心中狐疑,甚至公开反对。

叶山河把报纸丢在桌上,换了一个角度考虑。

即使有阻力,但是,国有企业改制是大势,至少在蜀都,在陈哲光主政期间不可阻挡。既然要改,就会有人成为受益者,有人成为改制后企业的真正老板——他又忍不住想到来自哈市那帮人。很多人的命运都要由此改变,他能够做的,就是冷静分析这波大潮，因势导利，在其中找到自己的切入点和把手。

有一条让叶山河思考了很久：启动员工持股试点。

这是一个新生事物，也是一个信号，如果把它用在即将进行的晶体管厂项目中，会是第一个吃螃蟹吗？陈哲光肯定会大加欣赏和支持。反正要做，那就做足。还有，晶体管厂现在的厂长鲁伯雄肯定会成为这次改制中一个难缠的对手，推行员工持股，说不定是一招釜底抽薪的妙棋。

他打电话叫来总经办主任梅本直，让他召集企划部和投资部相关人员，认真搜集资料，向省市两级相关部门都咨询一下，这个员工持股方案是怎么一回事，国有企业改制过程中如何操作，以及相关的策略和预案。他要求周三上午拿出一个报告来，因为上午一到办公室，市政府办电话就打了过来，通知山河集团周四上午在市国资委开对接会，也是晶体管厂改制工作第一次预备会议，分管副市长凌明山主持具体工作。

梅本直是兼并川棉一厂时接收的工作人员，当时任川棉一厂厂办主任，儒雅沉静，家学渊深，许蓉和段万年对他的看法都不错，但也说他"沉稳有余，精明不够，锐气全无"。叶山河恰恰欣赏他这份沉稳，先让他到集团综合部过渡了一下，然后提拔为总经办主任。现在想来，是不是当时应该让他还是留在纺织品公司，制衡江林？跟着叶山河就否定了这个可笑的想法：企业不是衙门，他也不是皇帝，用不着玩弄什么权术，再说梅本直根本就不是江林的对手，谈何制衡？只能添乱。商业问题，应该用商业的法则来解决，这是爷爷一直的教导，也是叶山河一直遵循的原则。

而且，商业问题的解决，叶山河推崇的是谈判。

他刚才跟许蓉打电话约见面，许蓉烦躁地说她那边打得如火如荼，对方又是一波疯狂降价，直接在家用电器这一要害上跟她肉搏，她正安排采购部跟厂家和供货商协调，准备正面迎战。叶山河只好反过来安慰她，不着急，等她今天忙完，或者明后天碰面，他和段万年都可以等她。挂了电话，叶山河不以为然地摇摇头，商业活动是有竞争，但上升到战争，那就是杀人一千自损八百，他一般不会这样做，似乎他从商界经营开始，就没有跟人打过价格战。

但是无论如何，今天应该跟许蓉谈谈，即使是等到今晚。

不仅是因为晶体管厂后天有一个对接见面，他们必须拿出一个初步的意见，有备而去，同时也因为钟守信的出现，他觉得应该把蜀都饭店这个项目拿出来跟他这两个盟军谈一谈，看看他们是否有兴趣，他还希望借助许蓉的力量去对抗钟守信这位不按牌理出牌的大哥。

他看了一下放在电脑前的记事本，今天上午竟然没有安排。

本来是跟杨迁交换意见，首先是装修公司的业务，然后叶山河准备跟他深入地谈一下工作之外的事，但是杨迁一早就打了电话，说他有一个现场要去，客户要求。今天下午倒是有一个活动，相当重要，但是对于叶山河本人，却也是可参加可不参加。

美国著名的暴雪公司大中华区总裁将到蜀都，跟奇树公司谈判合作，他们公司几款经典游戏风行中国，但是盗版和山寨分去了相当一部分利润。为了推广他们即将推出的新游戏，同时保护这款游戏的版权，他们准备选择一家大陆公司进行合作，这家公司基本已经圈定总部在蜀都的奇树游戏工厂。

奇树游戏工厂是全国最早涉足这个行业的公司，最近几年发展势头不错，在全国同类公司中名列前茅，对于暴雪公司这款新游戏也心仪已久，志在必得，只是限于资金实力，希望山河集团加盟。

这是一个叶山河完全没有涉足过的行业，他不喜欢电子游戏，但是奇树公司的董事长蒋中是他的棋友，奇树公司开发过一款围棋即时对弈游戏软件，叶山河喜欢网上下下围棋，后来参加过奇树公司赞助的一次蜀都围棋比赛，两人因此认识，情趣相投，慢慢成为好友。这次合作对于奇树公司意义重大，蒋中春节前就一直邀请叶山河，叶山河基本同意，但要求一个附加条款，就是如果这款游戏一年之内达不到盈利预期，他的投资将转为奇树公司的股份。

他对电子游戏的无感并不妨碍他看好这个新兴行业——尤其当陈天桥登顶富豪榜首的时候，任何人都不可能无视这个行业。同时，他看好这家公司，也看好蒋中这个人，看重他们之间的友谊，但在商言商，资本是冷酷无情的，叶山河这个附加条款虽然苛刻，几乎是稳赚不赔，蒋中最后也基本接受。下午的谈判叶山河可参加也可不参加，他对这个行业完全不了解，蒋中最初只是出于礼貌和义务邀请了他，后来觉得叶山河的经验会在谈判中发挥重要作用，变成要求他必须参加。他一直没有最后确认，但是现在，他决定去看看。

做了这个决定之后，他计划在上午再处理两件事：纺织品公司和张德超。

纺织品公司这件事当然不可能一下就能够处理，他已经决定要跟江林见面谈判，但是在这之前，他需要思考清楚一些事情，做一些预案。同时，他也不是无所作为，他昨晚想了一些办法，都可以先尝试一下。

然后是张德超。

或者说是以张德超为代表的老人们，他得跟他们好好谈谈，交交心——可惜杨迁今天竟然有事。在处理纺织品公司，消化晶体管厂，启动蜀都饭店之前，山河集团内部不能出现矛盾，他不能腹背受敌，两线作战。从某种意义上来说，这件事的重要性不亚于跟江林的摊牌。

他看了看时间，接着拨打陆承轩的电话。

陆承轩作息时间相当古板，能够跟康德有一拼，从小是这样，现在成为著名的经济学家、著名大学教授，也还一样，每天必须睡到十点才醒。

陆承轩接了他的电话，他正在早餐，叶山河告诉他答应了蜀都市委书记陈哲光，请他做蜀都市政府的顾问。陆承轩不满地埋怨叶山河又给他找麻烦，无奈地挂了电话。

叶山河笑笑，他知道杨陌肯定会向陈哲光汇报，陈哲光肯定喜出望外地立刻聘任陆承轩，而陆承轩只要自己打这个电话，就一定会答应。

从他记事开始，就是跟着爷爷、陆承轩一起生活，三个人保持着一种非常古怪的关系。陆承轩对任何人都摆着一副冷冷的表情，整天板着面孔，被整条街上的人称作"陆小大人"，对爷爷和叶山河也从来不假辞色，但是叶山河感觉得到，这位"小陆叔叔"还是非常喜欢他的。有一段时间，他甚至恶作剧地专门缠着陆承轩，让他无法安静读书，无法顺利做事，无法保持漠然。每每这时，陆承轩只能尴尬地看着他，无可奈何，却也从不骂他打他。

然后，叶山河拨打企划部经理刘小备的电话，让她马上来他的办公室。

在等候刘小备的这段短暂的时间，叶山河突然闪过一丝念头：那个写匿名信的人会不会是刘小备呢？

刘小备是山河集团招聘的第一位高级管理人员。她是海归博士，在上海两家外企做过管理人员，因为父母在蜀都，决定回到西川发展。正好叶山河刚刚读完MBA课程，雄姿英发，野心勃勃，集合手中几个企业成立山河集团，亲自主持了整个招聘，网罗了一批中高级管理人员，刘小备是其中最受叶山河青睐的，直接安排做了企划部经理。

这位精明、沉静的企划部经理没有辜负这种信任，在协助叶山河并购川棉一厂这个项目中表现不俗，无论前期工作准备、调研分析，还是谈判，都让叶山河感到十分满意,"人"超所值。

这几年企划部在刘小备的领导下,成绩相当出色。她不仅本职工作井井有理,还承担了公关部、投资部、综合部的工作,有时还会分担人力资源部的工作。也正因如此,山河集团总部,这几年除了财务经理宋长生,就属刘小备跟纺织品公司接触最多,她只怕比叶山河更加了解纺织品公司的情况。如果觉得纺织品公司现在到了某种危急时刻,她也可能用这种特殊的方式进行预警。

叶山河回忆起刘小备让他记忆深刻的一件小事,去年年底集团公司举办团拜会,因为形势一片大好,叶山河破例大宴员工,在郊外找了一家度假村欢聚三天,总结工作,派发红包,同时宴请一些客户。事后刘小备向他汇报,说公司副总张德超宴请两桌没有事先报备的客人,额外开了五间房,拿了二十条烟和十件酒,全部打到了会议账上。

这次庆祝活动由总经办经办,梅本直具体负责,各个部门协助,并不关刘小备的事,但她为什么要越过梅本直直接向他汇报呢?叶山河分析的是因为张德超是公司副总,又是公司老人,她报告梅本直根本无济于事——梅本直自己肯定早就知道,而且已经表示默许。但是,她为什么要这样做呢?她好歹也在公司待了这么久,不会不清楚叶山河跟张德超、宋长生、杨迁的感情,她冒这样大的风险值得吗?

叶山河转念一想,不由得深深佩服这位企划部经理的大智慧。

首先是叶山河这位董事长肯定不会因为这件事对她有什么不好印象,叶山河这个人性格和作风决定了这一点,刘小备肯定非常清楚——想到自己被下属彻底看透,叶山河有些不快。

其次是这种"小报告"行为本身,是对领导的表白与投靠,是一种捆绑,只有极少的领导才不吃这套,叶山河自问自己也不能免俗。

所以刘小备完全盘算过了这件事的风险与回报,坦然而自信地做了。

叶山河第一次打工,在一家房产公司,因为缺少经验又想照顾方方面面的关系,工作左支右绌,爷爷教导他,私人企业里,除了老板,不用担心得罪任何人。在老板眼中,所有的人,无论是刚进门的打工仔还是混了十年八年的高级经理,都是他出钱聘请的打工仔。刘小备这样一个女子,竟然无师自通地理解了这一精髓,竟然深刻地看透了所谓"四人帮"的关系,认清了只有叶山河才是老板,这同样让叶山河感到不快和略微的恐惧。

所以这一次匿名信，叶山河自然而然地想到了她。

至于她为什么要用匿名这种方式，同样符合她的个性：她不清楚叶山河要采取一种什么样的态度来应付江林和纺织品公司的管理层，这件事会有一个什么样的后果，她不敢贸然像上次那样走到前台，但她清楚叶山河肯定会处理，如果以后形势有利，她就可以坦然地站出来邀功。

站得拢，走得开，果然好算计。

刘小备走进办公室的时候，叶山河抬起头直直地看着她，希望从她脸上看出些什么，但是，他失望了。

尤其，刘小备似乎根本就没有在意叶山河这种反常，依旧是那副八风不动的表情，淡定地走到办公桌前坐下："叶董。"

集团公司几乎所有的人都称呼叶山河为叶总，只有她一个人一直这样称呼，毫不在意别人会认为她故意彰显与众不同。

"有一个工作，需要你们企划部马上做。"叶山河收敛自己的胡思乱想，回到工作中来。

他告诉她，配合梅本直做好关于员工持股这个问题的调研报告，同时，他有一个更重要的工作，就是开展"我为公司献一计"的活动。

他花了五分钟给她讲解这个活动的要点，要求她立刻形成方案和文件，今天下午就要发送到集团下属的所有公司，保证明天所有的员工都会了解到这一活动，并且参与，提建议被采用的员工有丰厚的奖励。

这个活动的创意，来自叶山河当年在江州印染厂工作的经历。

印染厂经营困难，厂领导绞尽脑汁，想了很多方法，包括发动所有工人参与献言献策，叶山河认为厂团委组织的那个"我为厂长献一计"非常有意思，当时也取得了很好的效果。虽然，印染厂最终还是宣布破产，叶山河工作不到一年，就被迫下岗。

刘小备静静听完叶山河的讲解，问了几个细节，说没关系，中午之前，文件就可以通过内部邮件发到各公司相关负责人电脑上。同时，她会电话联络他们，保证今天下午，这一活动得到贯彻实施。

她起身告辞，叶山河目送她离去，突然间，叶山河发现她的背影相当好看，配着她得体的衣着、优雅的举止，完全就是那种所谓的"背影杀手"。或者，这么多年，作为董事长，他似乎忽略了这位企划部经理的另外一面。

叶山河发了会儿呆，摇摇头，然后开始继续工作。

他分别跟杨陌、叶山豪、张红卫、段万年打了电话。

叶山河说了陆承轩愿意接受蜀都市委市政府的聘请，杨陌礼貌地表示了感谢，说他会马上向陈书记汇报，语气淡定，但是叶山河能够感到其中的波动和欣喜。

张红卫笑叶山河比他还关心他老板，说老板不主动打电话回来，他哪敢去追问老板的行踪，不过，他可以从办公厅那里查到老板的机票信息。但是，他觉得没有这个必要，反正早几天晚几天都没啥区别。叶山河笑着解释是关心他，怕他昨晚喝多了，又问他什么时候去小芙蓉喝。张红卫苦笑，现在特殊时期，他哪敢乱说乱动？问叶山河有没有什么未了之事，赶紧告诉他，他可以趁着这当口狐假虎威地替他办了。叶山河说什么未了之事，这么不中听，约了张红旗回来再聚。

叶山豪听了叶山河对现场办公会的情况介绍，对这位陈哲光书记和晶体管厂都非常感兴趣，叫叶山河把相关材料马上传给他，他看后安排时间到蜀都走一走。叶山河说这样不好，应该求人的主动，他可以委婉地把台湾叶氏的信息透露给蜀都市委市政府，让他们出面邀请他来蜀都投资，这样有很多便宜。叶山豪连声称是，说那就恭候好消息。

段万年到了昆明，声称要在那里参加一个高尔夫巡回赛，抱怨西川竟然没有一个好的球场，又问是不是有什么要紧的事，他可以马上放弃这次难得的比赛回来。叶山河说不敢破坏段总的兴致，事倒是有，不急，比赛完再说，并祝段兄取得好成绩。

挂了电话，叶山河摇头苦笑。

段万年是他最重要的合作者之一，一个非常奇特的商人。

叶山河转战省城，重新起步的时候，段万年给了他非常重要的帮助，后来他们在不断的合作中成为互相信任的坚定盟友。几乎叶山河决策的项目，段万年都会参与，一般会占百分之五到百分之十五的股份。这不重要，重要的是几乎每一个项目，段万年都不过问，甚至有时连项目介绍、评估报告都不看，看起来是绝对信任叶山河，但有时叶山河反过来想，自己是不是有点像段万年一个特殊的打工仔？

当然，段万年不是只有叶山河一个"打工仔"，仅在西川，叶山河就知道他有好几个自己这样的重点投资对象，在上海、北京，他也有自己的投资渠道，但是毫无疑问，叶山河是其中最重要、最信任的一个——叶山河看过段万年对于其他合作伙伴的投资报告认真评判和思考，并且向他征询意见。

而且，他们是朋友。

段万年比叶山河年长一轮，远远未到休养的年龄，在叶山河看来，段万年倒是有些像晚年康熙。尤其这几年，段万年逐渐把公司旗下的实业打包整体转给他的商业伙伴——叶山河也接了一个生意兴隆的旅游公司，价格便宜。万年集团快要成为一个光架子了，或者说成为一个单纯的投资公司。段万年不以为意，反而自认为英明，经常得意地说："做生意嘛，有的人出力，有的人出钱，有的人出谋，总得各尽其才，各有所用。你们愿意与天斗与地斗与人斗，生来是这劳碌命，就让你们去做。我呢，我就专心做投资，当地主，坐收地租。"

这不是场面话，而是他真实的想法和行动。

这几年，他和叶山河们就这样一路合作下来，亲密无间，有时候一个体量不大、风险可控甚至可以非常确定会赚钱的项目，叶山河完全可以独立操作，但他还是依照惯例征询段万年的意见。段万年依然毫不例外地一口答应，立刻跟投，叶山河反问自己，是真的需要段万年来分担风险，还是出于一种报恩的想法呢？

但是无论如何，段万年是他在这座城市最重要的一个人，除去商业因素，他还是他很知心的朋友，叶山河愿意有了问题跟他讨论，听他舌绽莲花，妙语连珠地信马由缰，天马行空，却每每能够切中肯綮，让叶山河茅塞顿开，蓦然感悟。比如现在，叶山河除了向他通报晶体管厂和蜀都饭店的项目外，就想听听他对于钟守信、陈哲光的分析判断。

可惜，他不在。

叶山河继续坐了五分钟，觉得上午的工作可以到此为止，起身出门，对徐朵朵吩咐两句，往张德超办公室走去。

这个人，山河集团的副总，他的好朋友、好兄弟，他不能打电话召张德超来，必须亲自去，尤其现在。

在走廊上，梅本直听见他的脚步声抢出来向他报告，说企划部经理刘小备刚刚请了假出去。叶山河问这会影响员工持股调研工作吗，梅本直苦笑着说肯定会影响，刘经理最有发言权，她一个人做，就跟他们一伙人做差不多。叶山河说那你们先把资料搜集工作做了再说吧，梅本直说也只能这样了。

受了这个打扰，叶山河略一转念，走到旁边的阳台上站了一会儿，眺望远处的城市、高楼和车水马龙，他没有在意梅本直为什么要向他汇报这样的小事，而是再次考虑该怎样跟张德超交流，如何开篇，如何把话题绕到他们之间的关系上来。

同时，叶山河再次反问自己：山河集团说起来是股份公司，实际上从股份拥有到项目决策、人事安排都是自己一个人独裁，我为什么不愿意把山河集团跟他们，包括江林他们分享呢？从成立山河装修公司开始，股份划分就是如此不均，虽然也有他们当时不愿意出钱占股的原因，更重要的原因是不是因为自己从心里看不起他们？觉得他们不配跟自己分享？体现在项目决策和人事安排上，他是不是从来没有尊重过他们的意见？

爷爷以前教导自己，什么时候你把能够独占的财富与人分享而不难受，你就是真正的大生意人了。刚刚登上富豪榜首的大陆首富也说，千万别把一个企业看作是自己家里的，不然你绝对做不大。可是，他为什么还是不愿意放弃这种拥有呢？

他觉得自己没有想通这一点，就失去了跟张德超交流的基础，不会有什么好的结果，但是，交流又是必须的。这就是人生的无奈之处。

叶山河叹了口气，振作精神，回到走廊，走向楼层另一边的副总经理办公室。

但是令他失望又有些如释重负的是，张德超半个小时前就出去了，他的司机周文说张总自己开的车，可能下午都不会回来，可能是去跟客户喝茶吃饭了。

因为叶山河不太喜欢应酬，而张德超相对清闲，也喜欢呼朋引伴，所以张德超实际上承担了整个山河集团的公关工作，几乎每天晚上都战斗在这座城市各个酒桌上，应付方方面面跟山河集团有关的三教九流。也正因如此，叶山河同样为他配备了专职司机，再三劝诫他酒后不得开车，但张德超置若罔闻，我行我素，经常把司机支开自己操作，叶山河也拿他没法。

他想了想，对周文说，以后尽量多跟着张总，即使张总不让你去，也要知道张总在哪里应酬，必要时可以主动过去关心张总，帮张总挡几杯酒，送张总回家，这是你的责任。你不仅是司机，也有半个秘书的职责。

周文诚惶诚恐地连声答应，自始至终都不敢正眼看叶山河一眼。

叶山河沮丧地走回办公室，张德超会去哪里呢？昨天宋长生打了一千万元到他的账户上，他是不是正在跟他的战友谈合作？借款还是入股？张德超拥有自己的私人生意对他、对公司、对叶山河好还是不好？他是不是应该把山河集团旗下某个公司交给他？虽然张德超肯定不是一个合格的经理人。

叶山河一边走一边转着念头。他完全没有想到，此刻，山河集团的副总经理和山河集团的企划部经理，正赤身裸体地躺在旁边一家四星酒店客房的大床上，一边享受鱼水之欢，一边谈论他们的董事长。

从时间计算，刘小备走出董事长办公室，用了不到十分钟把工作布置下去，然后就马不停蹄地赶往那里。

叶山河也没有把梅本直和周文的细微反常联系起来，他心里从周一开始，装了很多事，丧失了平时的敏感和观察入微，这导致了后来他的很多判断和行动失误。

刘小备小的时候是一个身材矮小、相貌平庸的女孩，唯一的优点是聪明，以及超出同龄孩子的成熟。后一点可能跟她的自身条件关系密切。女演员凯瑟琳·赫本说过："平庸的女人要比漂亮女人更了解男人。"推而广之，平庸的女孩子也更了解社会，这得力于她们不受重视，有更多的时间自我思考。

刘小备从小学习成绩一直优秀，实验中学、重点大学、研究生、出国留学，一路绿灯读上去，她闪闪发光的履历，帮助她毕业后来到上海，进入外企工作，顺利得到提升。

但是上海是一座相当特殊的城市，以前号称"冒险家的乐园"，后来在各个重要的历史时期都会成为无数人的焦点，集中了来自世界各地各个行业的精英人才，所以这座城市见多识广，铁石心肠，每一个人都自命不凡，尤其是女性，几乎都是职场的计算大师。刚开始几年刘小备可没少吃苦头，无论工作还是情感，依靠她的聪明，才没有败得太惨，反而从战争中学习、掌握了上海的精明和势利。最后，她明白依靠目前她的个人素质，可以在这座城市站住脚，却无法占领这座城市，她决定打道回府。

海归背景加上工作经历，让她在蜀都这座暂时还没被商业大潮淹没的西部大城市拥有巨大的优势，同时有几家率先进入这个城市的五百强企业对她抛出了橄榄枝，但是最后，她选择了一家毫不起眼、刚刚起步的民营企业：山河集团。

山河集团开出了超过其他企业的高薪和实职，同时，她认真分析了这家公司，现金流不错，发展势头不错，前途看好，但是最打动她的，是董事长叶山河。

这几乎就是一个她心目中完美的商人：精明、能干，从基层崛起同时有格局，有眼光，有激情还有赌徒心理，计划周密并且执行力强，以前的成绩证明了他的不凡与成功，毫无疑问，他将带领山河集团登上更高的高峰，她值得参与其中。

她成为企划部经理后第一件大事就是协助叶山河并购川棉一厂。

那时候山河集团还没有总经办，叶山河甚至没有私人秘书，刘小备一个人做了好几个人的工作，表现出色，功不可没。叶山河没有忽视她的成绩，收购成功后，把她的薪水提高了一个级别，逼近下面分公司经理的薪水。

假以时日，她肯定会成为山河集团重要的管理人员之一，但是意外出现了，或者，不能叫作意外。

她和公司副总张德超"好"上了。

这像偶然，又像是必然。

实际上，张德超注意她很久了。

她刚刚进入山河集团时，不少人都对叶山河的破格聘用不以为然，尤其是张德超几个老人。在一次会议上，刘小备的严格细致惹恼了杨迁，两人针锋相对地辩驳了十分钟，自恃精通装修业务的杨迁竟然没有占到上风，最后杨迁愤愤地反击道："一个女人，为什么不体现你的亲和力呢！"

天知道杨迁怎么会失态地冒出这样一句话来。

工作争论上升到了人身攻击，非常不明智，也不符合杨迁的身份和他平时的行为，可能是因为还从来没有遇上这样难缠的对手，而且是个女人，他眼中的外行、新手，所以有些恼羞成怒。

"工作中没有柔情可言，女性领导不是靠'亲和力'来解决问题的。"

刘小备引用董明珠的话来回答杨迁。她不卑不亢的态度得到了参会大多数人的赞赏，叶山河当即对杨迁进行批评。张德超认识到了这个女人不好对付，同时，他也注意到了她有一种特殊的美，就是她在工作中那种投入、专注的神情，似乎能够令她那张平庸的面孔熠熠生辉。

他更进一步注意到她的身材曼妙，举止优雅，令人神往。

是的，刘小备从小跟漂亮如隔山岳，长大后在女生堆里显得很不起眼，然而随着岁月的流逝，当年那些班花校花渐渐褪去了青春的美艳，刘小备的婉约淡雅气质开始让她显山露水，她的身体滋润丰满起来，不再是从前那个干瘪单薄的衣服架子，再加上白皙皮肤、修长脖颈，走在街上，渐渐能够吸引男人回眸的目光。

肯定地，不会只有张德超一个人发现刘小备的"亲和力"，张德超带着她应酬的时候，客户都会很亲热地招呼"刘美女"。"美女"是一个刚刚流行，对女人的统称，无论年龄美丑，张德超感觉得出客户这个称呼里有多少真实的成分：他们抢着要挨着她坐，主动要求交换电话，热烈地说话和喝酒，常常把他这位山河集团的副总经理冷落在一旁。

甚至连杨迁，有一次他们私下去酒吧喝酒，不知怎的，杨迁突然神秘兮兮地说："老张你发现没有，刘小备这娘儿们还真有味道。"

张德超笑着鼓励他："阿米尔，冲！"

杨迁苦笑摇头："我哪敢，我那口子不找我拼命？"

他满脸遗憾之色。

杨迁是豫省人，妻子是他大学的同学，毕业后他跟着妻子来到蜀都，现在还住岳家，算是上门女婿，每月薪水全部上交，在家里拥有的权力仅限于厨房。

张德超当时笑笑，心里却是一动。从那以后，他就更加关注这位企划部经理的一切，同时因为他负责整个集团公司的应酬，有很多跟刘小备一起的时间，愈加发现这位企划部经理的好，令他心动。

可是他也仅仅是心动而已。

刘小备待人接物像那些经过严格训练的外交官，有一种弹性的坚定，她不会对你板起脸，不会说伤人的话，但她也不会轻易地让人接近，跟人亲昵。她最常的表现就是静静地看着你，偶尔会带微笑，或者客气说话，让人根本猜测不到她的内心。

刘小备的矜持和距离并不能阻挡所有人，一位刚刚从名校毕业应聘到集团下属服装设计公司的研究生，跟刘小备因为几次工作接触而断定自己遇上一生灵魂伴侣，贸然发动进攻，被拒后想当然地以为终有一天你会被我感动，发挥锲而不舍的精神，每天让人送花，顿时成为劲爆新闻，轰动整个集团公司。

新闻主角淡定自若，几天之后，刘小备召来花店老板协商，希望花店老板每天做做样子，把花送到公司就原物拿走，算是回收，花店返还她一部分钱，否则她就拒收。花店老板第一次遭遇这样的顾客，无计可施，屈服于刘小备的强硬态度。

刘小备把这部分钱按月捐给希望工程，再把收据派人送回研究生。这件事再次成为公司焦点笑谈，并让张德超抓住了一个试探的机会。

有一天应酬，他们先到，等待客户的时候，似乎纯粹是为了打发无聊的时间，张德超问她："怎么就不考虑一下小潘？虽然说学历比你低了点，但人长得还是不错的，业务能力也强，在服装设计公司很受李总重视，说过要提他做首席……"

"年轻、幼稚，我喜欢成熟一些的。"刘小备直截了当地打断了他。

张德超心中一跳，这似乎是她第一次袒露自己的爱情观，忍不住嬉皮笑脸地说："我够成熟了吧？"

"好啊，只要张总离婚，我们马上扯证。"刘小备毫不停顿地接口，静静地看着张德超。

因为经常一起应酬，要跟各种客户交道，同时应付很多难缠的局面，他们之间说话随便一些，但刘小备那种略带夸张的认真表情看得张德超心中发毛："呵呵，那我得先回家请示一下。"

刘小备轻蔑地瞥他一眼："尿。"

这个字像一颗深水炸弹丢在张德超的心里。

整个饭局张德超有些心不在焉，被客户趁机灌了不少酒，饭后唱歌的时候，张德超抓住一个机会，趁着酒意伸手搂住刘小备："点歌唱啊。告诉你，我可是认真的啊，晚上回去请示老婆，明天离婚。"

刘小备转头看着他，眼睛明亮："我也是认真的，那我们明天就扯证。"

然后她从容、轻柔地拿开肩膀上他的手。

第二天两人没有见面。后来也没有再提这个话题，但是张德超心里隐隐觉得，刘小备跟他在一起应酬的时候，似乎不再像以前那样自在，有些不太自然。

去年年底，他们宴请山河广场承建方中铁二建，叶山河亲自带队，双方坐了两桌，喝了很多酒。唱歌的时候叶山河告退，当着七建总经理栾强的面半真半假地要求张德超和其他山河集团的管理人员要把客人陪好，客人不走，一个不许告退。

进了歌厅双方继续喝酒，刘小备也被逼着喝了不少，不知是灯光，还是喝酒的缘故，张德超看见她脸上桃花闪烁，他心中的桃花跟着乱开，当栾总经理开玩笑地问他山河集团什么时候打下一笔建筑款时，他指向刘小备说要看我们刘经理的意见了。

山河集团跟中铁二建合作多年，这一年因为山河广场交往更多，张德超跟栾强从酒肉朋友升级到了"一起嫖过娼"的铁哥们儿，他这么一暗示，栾强心领神会，矛头对准刘小备，最后的条件是刘小备喝一杯红酒，他就宽限打款一天。张德超适时指出，因为数额巨大，一天的利息上万，鼓励刘小备为公司贡献。

刘小备推不过纠缠起哄，喝了三杯，然后就醉倒在沙发上，嚷着要回家。

栾强暧昧地笑着说，现在该是表现英雄救美了，他可以给张总一个机会，让张德超送。张德超仗义地拍胸脯，说他绝对只是送公司员工回家，肯定还要回来陪栾总唱歌，等会儿还有消夜。

张德超叮嘱杨迁先陪着栾强，毫不理会杨迁表情复杂，欲言又止，扶起刘小备离开歌厅。

从走廊到电梯,刘小备像面条一样软软地挂在他的身上,他搂抱着她,像搂抱着一个巨大的热水袋,绵软而灼烧,又像一条鳗鱼,随时要从他的掌握中溜走。他无法控制自己,越搂越紧,把她的头也搂过来放在自己肩上,像那些年轻的热恋情侣,丝毫不顾忌别人的目光。

他到达大厅,正要拨打司机周文的电话,突然间福至心灵,招呼服务生过来,掏出钱夹和身份证,让他帮忙去服务台订房,十分钟后,他颤抖着把刘小备沉醉的身体放在房间柔软的大床上。

他站直身体,俯瞰仰躺着的女人,像捕食者在欣赏他的猎物,又像朝圣者在仰视他的祭坛。刘小备偶尔一声轻轻的喘息,像待宰羔羊的呢喃,一只腿半曲起,露出雪白的大腿和套裙里的蕾丝底裤,她竟然没有穿裤袜。

张德超喉咙发干,俯下身,嘴唇快要凑到的时候突然伸手拉过没被压着的被子,然后伸手抱起她放过去,然后,笨拙地伸手帮她解开外套,丢到一边,再脱下她的套裙。他在心里为自己辩护:我只是想让她睡得舒服一些。

他把她的套裙丢到旁边的时候,目光盯在她半裸的身体上,那一刻他身体几乎快要爆炸,情欲、理智、还有恐惧各种情感在他心里激烈斗争,难分胜负,他随手拉过被子盖住她,这是一个随手的动作,但是这个动作让他清醒了一些。然后,他想起楼下还有一伙人在唱歌,他豪气地宣布过要回去陪他们吃夜宵的,他叹了口气,决定离开。

他再次盯着她好一会儿,摇摇头,喃喃说:"欺负女人的事,咱老张不做。"

他再次叹气,伸出手,准备去拍拍她就走,可是他的手刚刚伸到她的脸,她突然伸手抓住了他,抓得非常紧,一拉,非常用力,他猝不及防,又喝了酒,反应不够,一下子没有稳住,倒在床上,压在她的身上。

他脑袋一晕,像跌倒在棉花端里,云里雾里不知所以,却又似乎清醒得厉害,她伸出双手搂着他,哼哼嗯嗯地扭动,他感觉到身下的温软蠕动,身体本能地反应起来,呆了一下,忍不住狠狠地在心里骂一句娘:"认!天塌下来,也认!明天洪水滔天,也认!"

张德超狠狠地拉开被子,扑了上去。

那天晚上,张德超回到歌厅陪着栾强他们唱完歌吃完夜宵重新回到酒店房间,那里已空无一人,他拨打她的电话,已经关机。

第六章　企划部经理

一夜忐忑的张德超第二天一早赶到公司，守在玻璃窗后一直看着刘小备的车开进停车场，才稍稍喘了口气，但是整整一个上午，再加上整整一个下午，他都没有接到她的电话，他几次想给她打过去，又不敢。几天后，再也无法忍受这种古怪情况的张德超在地下停车场堵住了刘小备。

但是刘小备紧紧关着车窗，表情淡定地坐在车里，毫不理会张德超在车外大喊大叫。张德超打她的电话，她不接，挂断，最后，张德超给她发了短信：一分钟，不然我撞你。

他恶狠狠地对着她摇动车钥匙。

刘小备看着他，脸上的表情慢慢柔和起来，她摇下车窗，轻轻说："上车吧。"

张德超坐上副驾，刘小备把车滑出停车场，汇入下班拥挤的车流中，然后，她伸手过来，放在张德超的腿上，轻拍一下，目光定定地看着前方，柔声说："冤孽。"

半个小时后，他们紧紧搂抱着躺在皇冠假日酒店的套房里。

张德超的父亲以前当过兵，去缅甸打过仗，丢掉一只腿回到家乡，倚仗这种显赫的经历成为当地一霸。张德超继承了父亲的作风，年轻时候打过无数烂架，出了命案逃到省城，继续发扬他自诩的袍哥义气，花了父亲不少金钱，交了不少朋友，在省城慢慢站住了脚。后来他父亲花钱摆平了命案，他也不愿再回那个"鸡窝"小城，而是留在省城"发展"。

他对父亲和乡亲宣称的职业是建筑承包商，实际就是小包工头，带领几人到几十人的建筑队到处承揽最基础最繁重的工作，因为脑袋灵光，为人仗义，拳头不软，能够不断拿到工程，同样因为仗义，赚来的钱都化为酒钱和借款。直到遇上叶山河，他才开始成为一个真正的商人，开始有了积蓄，并且结婚生子。

老婆是一个兄弟的姐姐，刚刚离婚，遭遇家暴，人生悲惨，酒桌上听见这样悲惨的故事，张德超立刻拍着胸脯让那兄弟叫他姐姐来找他。这是个误会。张德超的本意是让她来公司上班，甚至他可以替她出头揍她前夫，但那兄弟不知是误会还是有意，传话成了他们张经理对她有意。姐姐简单问了一下张德超的情况，欣然答应并且立刻如约来到省城，两人见面，姐姐施展贤妻良母的传统美德，把张德超伺候得像一个皇帝。

101

姐姐人才一般，但还顺眼，因为渴望安定反而有种令人安定的感觉，年近四十的张德超第一次尝到了家的感觉与温暖，再加上那时的心境，也就将错就错地接受了这个事实。但是妻子对于他更多的还是一个可以信任的好朋友，他的性格和工作性质决定了他的心思和乐趣依然还在呼朋唤友的酒局歌厅中。

但是现在，刘小备出现了，两人在一起了，草莽半生的英雄突然掉进温柔乡里，一下子找不着北，好像是老房子着火，烧起来特别猛，又像是晚点的列车，奔跑起来特别快。张德超所有心思全在刘小备身上，每天都要发好几个信息，只要刘小备工作有空，两人就跑到公司大楼旁边的酒店幽会。

春节期间，蜀都遂州老乡聚会，张德超说今年他是组织者，需要刘小备帮着张罗，软磨硬泡带着刘小备出席晚宴，一干粗汉衬托得刘小备倍加温文高雅，张德超脸面有光。有时候，张德超搂着刘小备美妙的肉体躺在酒店柔软的大床上，心中感慨万分，千言万语汇成一句：他娘的，这才是人生。

当然，张副总经理也不是没有忧虑，除了对妻子的愧疚外，就是来自董事长的威严。

叶山河现在当然不知道他们的事，但叶山河经常在开会的时候说："不可碰公司的钱，不可碰公司的女人！"

叶山河在集团公司推行现代企业管理时，曾经想粗暴地学习外企反对办公室恋爱而规定公司员工不能交往，否则两人中一人必须离开公司，后来咨询过律师属于违法行为，不得不讪讪作罢。但张德超深知叶山河隐藏在内心的道德洁癖，更何况他们这根本就不能算是恋爱，而是，偷情。

他不知道叶山河知晓后会有什么反应，甚至根本不敢去想。表面上看来，叶山河温和有礼，他威风霸道，但是只有他才知道，他心里一直对他的董事长有着某种难以言说的畏惧。

但是，这种达摩克利斯之剑似的压力，反而增加了偷情的刺激，几个月来，他们保持着每周两三次幽会的频率，乐此不疲。张德超不用说，刘小备如果说最初抱着某种功利的目的，现在情欲之门打开，同样难以遏制。

而此刻，激情过去，柔情顿生，张德超靠在床头，一手随意地抚摸着刘小备，一手夹着一支点燃的香烟。刘小备依偎在他的身旁，一条腿搭在张德超身上，一只手在他赤裸的胸口漫无目的地画着圈。很长一段时间，两人都没有说话，默默地享受着这甜蜜的静谧时光。

最后，张德超把手中的烟拄熄在床头柜上的烟缸里，紧搂了一下刘小备，闷声闷气地说："我心里不踏实。"

"老曹？"

张德超点点头，却不说话。

"你不相信他？那你还……"刘小备坐起来，瞪着他，有点生气了。

张德超嗫嚅着说："也不是不相信，就是觉得……"

刘小备冷笑着打断："这么大一笔钱，放谁手中都不踏实。"

张德超苦笑："话已经那样说了，我就得那样做啊，不然老宋那里如何交代？"

刘小备再次冷冷打断他："我看是老叶那里不好交代的吧？哼，我就不明白，这是你的钱，你想如何用就如何用，别人管得着吗？"

"话是这样说，可是……"张德超欲言又止。

"可是什么？就看不惯你这样，长得像个男人，做事比女人还女人。"刘小备掀开被子，赤身裸体地走向卫生间。

张德超看着她曼妙的背影款款轻扭，心中长长叹气。如果刘小备有什么让他觉得不喜欢的，就是她经常不自觉流露的强硬。

他们说的老曹叫曹永淳，现在开了一家名叫战友搬家的搬家公司，是张德超"事业有成"的战友之一，也是张德超这些年来最亲密的朋友之一。虽然，他们大多数表达情感的地方和方式都在酒桌和歌厅。

张德超打了借条的那一千万，就是打在曹永淳公司的账户上。

这一千万，当然不是张德超说的那样，曹永淳要用来经营冻库生意，而是张德超自己准备用来开家公司。

认识刘小备之前，以及认识叶山河之后，张德超从来没有动过这样的念头，甚至连亲自管理一家公司的想法也没有。叶山河人尽其用，他很满意现在的工作和状况，否则公司旗下十来家公司，他非要扭着做事，叶山河也会尊重他的意见，让他像杨迁那样独当一面。

但是刘小备施展水滴石穿、润物无声的水磨功夫，张德超一开始是敷衍，可是长时间的撩拨，渐渐地，男人根深蒂固的自尊和一点点野心占了上风，慢慢竟然有些动心。他觉得自己这几年应酬下来，着实交往了不少有身份有实力的朋友，官场中也很有几个可以办事的老铁，离开山河集团未必不能打开一片新天地，终于松口答应。

刘小备老练地替他运筹帷幄，让他先把公司的架子搭起来，用他人的名义，当然暗中必须掌握，然后公司的业务可以考虑山河集团的相关项目，等到羽翼丰满再考虑自立门户，张德超踌躇着答应下来。

接下来，他们开始讨论公司的两个重要因素：人、钱。

刘小备热情洋溢，不复在公司那样淡漠矜持，张德超心中忐忑，更无人前那种豪爽悠闲。

张德超首先说他没人。一半是因为他刚才梳理了一遍他身边的朋友，似乎距离他心目中独当一面的总经理人选相差甚远，一半是因为对新公司莫名心虚。刘小备也说她没有信得过的人。一半是因为她根本就不相信任何人，一半是因为她觉得现在还不是贸然伸手的时候。刘小备又是软语温言又是声色俱厉，张德超才支支吾吾地矮子里面选将军，推出曹永淳。

刘小备听了介绍，当即冷笑连声，说曹永淳这样的人，放到分公司去当个中层干部都不称职，怎么可能胜任他们寄予重望的新公司经理？张德超不能容忍批评他的亲密战友，硬邦邦地说那人你找。刘小备更不能忍他的态度，质问是不是不想做了，张德超心里一千个一万个情愿，嘴里却不敢答应，只能赔笑说暂时让老曹过渡一下，咱们骑驴找马，以后肯定会发现优秀人才。刘小备这才满意，说也许咱们到时一起离开山河公司呢。

张德超被刘小备这句无意中的心声吓了一跳，突然间意识到他们现在所做事情的严重后果，他开始犹豫起来是不是该鼓起勇气悬崖勒马。

但是刘小备已经一副开弓没有回头箭的架势，继续讨论新公司另外一个重要因素。

钱肯定是由张德超来出，但是春节那笔分红众所周知，无法隐瞒，张德超早给了妻子，刘小备也不好叫他再从家里拿出来。怂恿他向叶山河要钱，他们计划有个两三百万就绰绰有余了。

张德超这时的心境古怪，突然觉得自己可以趁机考验一下叶山河，狮子大开口打电话给叶山河要一千万，等着叶山河坐地还钱，看看叶山河到底能够给他多少。哪知叶山河竟然二话不说一口答应，张德超挂了电话，丝毫没有喜出望外，倒是有些猝不及防，可是已经无法开口反悔。他到财务室打了借条，当天下午，宋长生就把款打到"他的账户"。

张德超不敢大意，赶紧电话联系曹永淳，问他在哪里，赶过去碰面，然后一起就近找了一家银行分理处。但是曹永淳一查，账户上还没有这笔钱，一问银行员工，回答是需要通过人民银行交换，需要等待一会儿。

两人在银行大厅椅子上沉默地坐着，相对无言，曹永淳不时起身去查自己的账户。这时候张德超走出大厅抽烟，每一次回来都看见曹永淳歉意地摇头苦笑，好不容易等到一千万到账，两人看看前面排队的客户，询问银行的员工，回答快到下班时间了，柜台会提前停止办理转账业务，他们只有明天再来。

两人约了明天一早还是到这个分理处，分手后张德超给刘小备打了电话。刘小备简单地回答说好的。他们心里都憋着千言万语，可是却都不知道该说什么。

张德超推掉了两个酒局，回到家里，闷闷不乐，不跟妻子说话，妻子也不敢问他。上床后几乎一夜无眠，他胡思乱想了整整一晚，不安在他的心里慢慢堆积，最后积成了一座山，把他压得喘不过气来。

第二天他早早起了床，挨到八点给曹永淳打电话，曹永淳笑着说他已经到办公室，银行的懒散作风他们都清楚，所以他现在赶紧把今天上午的工作做完，先安排一下工人，今天有两起早就约了的搬家，十点钟他应该赶得过来。

张德超装作淡定答应，也不去公司，直接开车到分理处旁边找了一家摆在街边的茶摊，叫了一个两元的盖碗茶，木然地看着匆忙来往的行人。

十点钟，他联系曹永淳，曹永淳说他正要给他打电话。曹永淳那边出了点事，工人把客户的东西摔了，正在扯皮，已经报了警，马上要去派出所解决，看来一时半刻是赶不过来，要不，中午吃了饭后联系吧。张德超这时候反而冷静下来，镇定地说没有关系，那就午饭后联系，让他先解决他那边的事。

他开车到平时和刘小备幽会的酒店，开了房间，然后给刘小备打了电话，刘小备丢下手中的工作赶到，进了房间立刻拥抱在一起。

两人心里都藏着事，做爱特别酣畅淋漓，可是情绪平息下来，不安再次充满心里。或者，他们现在已经不是不安，而是害怕。

张德超看了一下时间，快到一点，他不能再等下去，再次拨打曹永淳的电话。

关机。

一瞬间，张德超有种一脚踏空的晕眩，但是马上回过神来，冷冷地听着那个柔美的声音再次礼貌地告诉他：你所拨打的电话已经关机。

最后，他颓然放下电话，告诉自己，面对现实。

他几乎可以肯定，那一千万，现在已经被转到他不知道的某个银行账户上去了，或者是几个。

这一点，从他十点钟跟曹永淳通话的时候就隐隐有了预感。

他重新点了一支烟，开始面对他一直不想面对的问题：如果这是真的，该怎么办？

刘小备裹着浴巾、戴着浴帽从洗手间出来，款款走到床边。张德超木木地看着她，心中赞叹：真是尤物。一条简单的浴巾都能够围出时装的效果。

他笑笑，轻轻地说："你真美。"

她或者不够漂亮，但是是真美。

刘小备读懂了他眼中的意思，也听明白这句话，取下浴帽，笑笑，俯身在他额上轻轻一吻，重新在他身边躺下，依偎着他。

"那钱可能没了。"他说。

"那怎么办？报警？"刘小备的声音也很平静。

她在卫生间那段时间，已经想过了，恢复了理性的思考。虽然，她还是有些后悔，昨天接到张德超的电话时，是不是该提出那个看似冒失的建议？

她知道张德超好面子，怕惹他不快，又怕本来无事，自己徒然落个"小见"的印象。她工作作风有些时候显得比较固执、张扬，但真正想做的事，喜欢用委婉、曲折、迂回的办法。

"报警是肯定的⋯⋯"

"你别乱来。"刘小备用力抓住他的手臂。她知道他那些三教九流的朋友，也听过当初他跟叶山河一起创业时的英雄事迹。

"不会，这点钱还不至于让老张乱了方寸。"张德超淡淡地说。

"但总得⋯⋯"

张德超拦住她，再次拿起电话，拨打曹永淳搬家公司的电话，一个年轻人接了电话。张德超说找曹总，年轻人说曹总去绵州谈笔业务，可能要下午才回来，问他找曹总有什么事，他可以转达。

张德超按捺住自己的情绪，问曹总的电话怎么打不通呢。年轻人说，他也不知道，刚才还想请示一下曹总，也打不通。张德超问那他怎么知道曹总去了绵州呢，年轻人说是上午九点左右，曹总打电话回来告诉他的，让他今天不要出去，就守在公司。

这是清楚无误的信号，不用再抱任何希望了。

"想不到老江湖也会着了道啊。"张德超摇头叹气。

刘小备静静地看着他。

"你是不是想说，或者认为我昨晚就该做点什么，比如把他拉住跟我在一起？"张德超苦笑着问。

刘小备还是静静地看着他，没有接话，也没有什么表情。

张德超涩声说："我做不出这样的事。"停顿了一下，看着刘小备，面容一整，用力地说，"除非我确定，否则我怎么可能这样对待我的朋友？我不是那个什么曹操，不叫天下人负我，我不能因为怀疑就……那我干脆一开始就别拉老曹下水。要说，这倒是我害了他。"

"你就说你现在的考虑，怎么办？"

"先报警吧。"张德超沉吟着，"不过，我得先让老叶知道。"

刘小备坐起来，有些吃惊地看着他。

张德超笑笑："男人嘛，输了就认。老叶我信他，也服他，先看看他怎么说。"

他站起来，拿起手机，赤身裸体地走向窗户，拉开一半，看着外边，拨打叶山河的电话。

这是一个不自觉的动作，似乎他要站起来，才能够扛得住叶山河的气势，哪怕只是通个电话。

刘小备看着他，看着他宽厚的背、结实的大腿的臀部，突然间，她觉得她的选择可能还不算错，这个人是个男人。

她进入山河集团后，随着工作的按部就班，开始意识到同时来自情感和现实两个方面的压力。

首先是她在山河集团内部，的确是工作突出，但这似乎也是她职位的天花板了，叶山河会提拔她做副总吗？副总又有什么意义？那么，她能够成为股东吗？

这是一个相当难的问题。

如果她觉得叶山河有什么缺点的话，就是不够真正的大度。他像女人守护孩子一样吝啬地保有公司的股份，不想与人分享，连纺织品公司江林他们都无法染指，她一个企划部经理，何从奢望？如果她不能成为股东，那她就永远是一个过客似的经理人，如果她不能满足在山河集团做这种25米折返跑似的重复工作，她就得趁早另做打算。

其次是她的年龄已经让她隐隐感到压力。

如果说最初仅仅是因为理性和精明，他是她目前唯一合适的猎物，是山河集团第二大股东也是排名第二的副总，但是现在，她突然发现自己也有一些真正喜欢这个男人了。

这似乎是一种危险的趋势。

第七章　虚拟产业

叶山河在电梯里接到张德超的电话。

那些外企经理真是不懂入乡随俗，不通人情，吃了午饭就要求立刻开始工作，蒋中电话给叶山河，叶山河不得不从办公室匆匆出发，钱小白一路紧赶到蒋中公司，还是迟到，蒋中他们已经进了会议室好一会儿了。

电梯间信号不好，叶山河走出电梯，恢复正常，张德超说："老叶，出了点问题。"

刚开始的噪音缓解了一些张德超的紧张情绪，现在，他的声音变得非常平静。

"你说。"叶山河心里咯噔一下。张德超见多识广，他说出了点问题，那不会是小事。

"那一千万，我向公司借的那一千万，被我战友拿走了。"

叶山河怔了一下，确定这个"拿走"应该是"骗走"或者"拐走"的意思，问："你如何考虑的？"

"我想还是先报警。"

"就报警。"叶山河坚决地说，"让警方去处理这事。他们是专家。"

叶山河听出了张德超的话中之意，他肯定不会同意他的其他想法。至于后面那句话，他和张德超都知道，很多时候警察未必比某些人更有责任心和效率。

"我听你的。那我现在就去报警。"

"现在有个经侦支队，这个案子应该在那里报案吧。你有这方面的朋友，先问一下。叫老宋陪你去。"叶山河沉吟着说，"反正警方取证时，也会牵涉到他。你们一起去吧。"

"好。我马上跟老宋说。就这事。"

张德超挂了电话。

叶山河有一瞬间，考虑是否应该马上赶过去，紧跟着否定了这个想法。

张德超不是需要安慰的人，他此时的心情只怕是什么人都不太想见。

他沉吟着拨打宋长生的电话，简单说了情况，然后叮嘱他，报案时跟警方沟通好，要取证叫人最好别去山河集团，可以让相关的人去他们那儿。张德超好面子，这事别让公司其他人知道。

挂了电话，叶山河整理情绪，向会议室走去。

蒋中的秘书一看见叶山河走出电梯，就迎了上来，看见叶山河打电话，就停下脚步站在远处，等到这时才举手招呼："叶总。"

这是一个机灵的年轻人，叫康运，长着一张讨喜的娃娃脸。接触几次后，叶山河忍不住问他说："看来蒋总是你的偶像了？"

他发现康运不仅衣着头式，言谈举止，都在模仿蒋中，连手机手表都一模一样。

"那是当然。"康运头一昂，骄傲地说，"蒋总不仅是我的偶像，也是我们全公司的偶像，我们都想成为蒋总这样的人。"

叶山河愕然失笑。

后来他发现，蒋中公司不少年轻人身上，果然都有蒋中的影子。

这些技术宅，还真是标准化作业啊。

现在看见康运西装笔挺，可以想象会议室里蒋中也是一身正装，俨然地坐在谈判桌前。他忍不住拍拍康运的背："小康啊，我倒是想奉劝你一句，学蒋总呢，不可不学，但却不能学足。"

康运一愣："什么意思？叶总您……"

"写文章或者练武术都有句话叫：学我者生，似我者死。"

康运瞪大了眼。

"不明白？那我说个通俗一点的吧。你跟着蒋中学了不少时间围棋了，基本棋理知道了吧？围棋中有一种棋叫模仿棋，你看看自古至今，棋坛上谁是靠模仿棋开宗立派，成名立万的？"

叶山河头一昂，丢下一头雾水的康运，推门进去。

蒋中和他的技术总监肖友明从会议桌前站起来，亲热地对叶山河打招呼。蒋中果然西装领带，头发整齐，对面坐着两男一女，应该是暴雪公司大中华总裁一行，也都是一身正装，三人转过头，饶有兴趣地看着叶山河。

叶山河心里叫声侥幸，幸好他不像张德超他们，为了显示跟公司一般管理人员差别不穿西装，也没有向段万年学习，以休闲彰显从容和自在，他上班的时候，总是一本正经，今天是一身靛蓝色的三件套西装。他双手举起合十回应蒋中的招呼，快步走过去，对着客人歉意地说："抱歉，来晚了，塞车。"

暴雪公司三人站了起来，当中一人伸出手笑道："我们正好喝茶，酝酿情绪。"

这人身材矮胖，表情憨厚，保养得很好的皮肤看不出年龄，叶山河早在蒋中传过来的资料中知道他就是暴雪公司大中华总裁何自全。蒋中介绍说："这是何总。这是山河集团叶总，刚才已经介绍了。"

叶山河跟何自全握手，感觉对方的手绵软肥厚，相书上说这是有福之人，笑道："幸会。"

跟着蒋中又介绍其他两人，分别是技术部总监喻伟、市场部总监刘丽莉。喻伟戴着厚厚的眼镜，西装衬衫解开着。刘丽莉身材纤细，相貌甜美，蒋中给的资料中特别介绍过，刘丽莉是暴雪公司美国总部空降来的，有说是来镀金，有说是钦差大臣，负有监督暴雪中国公司高层管理人员的特殊使命。蒋中资料做得如此详细，说明他对这次合作的重视，这也是叶山河决定参与这个谈判的原因。

蒋中招呼大家坐下，轻咳一声，肃容说："何总，我们开始吧。"

何自全点头，叶山河反应过来他们竟然一直在等他，不由得再次双手合十表示歉意。

何自全善解人意地笑着说："叶总你是重要的投资人，蒋总还介绍，你的公司做得很好，有你加盟，我们的合作才更有保障。"

"何总过奖。我那小公司，在何总眼里不值一提。"

"但那是叶总自己的公司……再说，这种发展势头，要不了几年，富豪榜上就会出现叶总的大名。"

叶山河苦笑。

富豪榜是刚刚出现的一个吸引了几乎所有商界人士，甚至全社会关注的。按照制榜人调查和评估得出的数据，由多至少排列的一个排行榜，每年榜单出炉前后，都会产生大量的话题。有的人赞扬，有的人反对，有人说这是一种不良导向，有人说它是正能量，商界中人对它的态度也是同样分成两派，有些人敬而远之，有的人趋之若鹜，甚至叶山河身边的朋友看法也不尽相同。比如许蓉就多次说有一天她上榜了，要在皇城老妈摆几桌火锅请客；段万年则嗤之以鼻，说是暴发户的行为艺术；叶山河的看法倾向于段万年，不是因为觉得那些上榜人物是土豪，而是来自爷爷根深蒂固的教导：商者，藏也。

但是有趣的是，这两年榜单第一名，也就是所谓的首富，主业都是电子游戏。

叶山河苦笑着说："我那公司，做的都是些利润薄、挣辛苦钱的行业，不像你们这个行业，可以日进亿金。"

他心里突然想到，何自全刚才说那句话是什么意思？这句话下面是不是想说暴雪公司再大，他也只是一个高级打工仔？他这种时候说这句话合适吗？尤其是，当着那位所谓美国总部来的钦差大臣的面。

叶山河认真地审视何自全，何自全意味深长地点点头："做生意，有时候稳一些，更好。当然，有时候机会来了也要抓住。比如现在。"

蒋中接口说："是啊，游戏如果做爆了，那才是躺着收钱。陈首富就是榜样。"

何自全身边的技术总监说："所以现在，我们今天讨论的这款游戏，有可能做爆，我们不想让人代理，而是共同运营，就看蒋总抓得住这个机会不？"

蒋中大摇其头："说是这样说，可是风险也是巨大，如果局面打不开，玩家不接受，或者不理想，前期投入就是血本无归。而且做任何一款游戏，开发的成本相对来说反而不大，推广才是重点。"

技术总监直接问："那蒋总的推广计划最后定稿没有？"

蒋中煞有介事地停顿了一下："你说呢？肯定定了啊。但是投入与分成我们还没有谈定啊。"

叶山河一旁看着，有些好笑：难道这就是技术宅的谈判方式？这么直接，这么毫无隐藏？技术总监没有经验和技巧，但何自全显然是个优秀的谈判专家，刘丽莉也不会弱，但他们为什么放任技术总监，还是另有什么安排？

叶山河沉吟着，看着眼前刚刚沏开的茶杯，起身前往饮水机用纸杯倒了一杯白水。他不是有洁癖，只是不习惯用别人的茶杯。

他回到了座位，蒋中和肖友明都走到会议桌对面，弯腰站在技术总监后面，看他操作电脑，似乎是在演示效果。

叶山河坐回座位。他跟蒋中说过他今天只是旁观，不参与任何意见，一切由蒋中决定，这是承诺，也是信任和尊重。

他听见蒋中他们在争论下载速度、地图升级，抢着贡献建议性的意见，有时又在直接地要求对方降两个点，一副不然就无法合作的架势，不时夹杂着英语和术语。叶山河突然间，有种恍若隔世的感觉。

英语他在大学只过了四级，因为不想读研就没有继续学，算到现在丢了二十年，就像二十年不见的人，已经疏远和陌生，那些专业性很强的术语更让他一贯的自信大受打击：他所知的，即使在商业领域，也可能只是很小很少的一部分吧？突然间，他发现自己这些年有些闭塞了，不仅是在地域上，没有关注更大更远的空间，在精神层面，也局限于一城一地，失去了更高的追求？

爷爷去世前叮嘱他要走得稳，立足西川，走向全国，面对世界，他似乎只是做到了第一步？或者说是完全专注于第一步？山河集团起步于装修业务，后来业务扩充，装修公司交给了杨迁，其他公司也各有具体负责人。他这几年，基本上专注于房产开发公司，一则因为这是集团公司除了纺织品公司外最重要的支柱，二则因为房产开发周期很长，但是，这是不是有意无意地让他忽略了很多房产开发之外的人和事呢？

是的，不仅有事，还有人，比如张德超。

财富不仅会吸引朋友，也会吸引小偷、骗子和盗贼。

一千万对于现在的他肯定不算什么，对于张德超也不是天大的事，可是，这都是什么事啊！

纺织品公司开始走上金光大道，山河广场完美收官，即使他再三告诫不能像十六年前，他刚刚在扬子江宾馆赚到人生第一个一百万时那样膨胀，内心还是骄傲得意、踌躇满志，自认上了一个重要的台阶，他正要进行新的征程，可是，还是要被这些人和事纠缠。

还有钟守信。

许蓉……不说了，或者，段万年是个人物，可是这位段总"行踪常在云霄外"，现在心思根本不在生意上，张红卫？也不行，抛开二号首长的光环，这位学弟没有什么闪光点，叶山河心中他连秘书的基本功夫都没有做到，或者，这正是张红旗选择他的原因。

陆承轩，当然了不起，放眼整个中国，梳理叶山河见过所有的人，都比不上陆承轩优秀，在他的行业，他是最顶尖的专家和权威，甚至扩大到整个世界，他在他们圈子都有影响力和话语权。

对啊，世界如此广大，可是他的世界现在还局限在西南一角。

甚至，真实世界之外，还有一个虚拟世界……

叶山河慢慢地开始出神，心游万仞，直到蒋中走到他面前，奇怪地打量他好半晌，轻轻在桌上一拍："打吃。"

叶山河回过神来，歉意地笑笑，看着众人双手合十道："中午有些困，是不是春天来了？"

何自全笑道："从这句话，听得出叶总心情不错。"

叶山河脑中闪过这两天遭遇的糟心事，苦笑："还心情不错，事多，不然也不会趁着这机会打个盹儿。"

蒋中愕然："我们在谈……你居然睡着了？"

何自全说："这正说明叶总大将之风。"

叶山河问："你们谈好了？"

蒋中迟疑起来，不知道如何回答，何自全说："初步交换了意见。叶总，你也说说你的想法。"

叶山河摇头："我可是事先约定，徐庶进曹营——只看不说。"

何自全温和地坚持说："叶总您也是合伙人之一，说说吧。您的意见对我，和我的伙伴都很重要。"

叶山河双眉一挑，沉吟着说："那我就恭敬不如从命了。我的意见就是：听你们的。"

众人一怔，都微笑起来，何自全用食指点点叶山河，摇摇头。

叶山河看看蒋中，起身对众人点点头："打个电话。"

出了会议室，刚刚走进洗手间，蒋中就跟了进来，没有说话先叹了口气。

叶山河淡淡地问："没谈好？"

蒋中迟疑着："我感觉何总在拖延。"

叶山河心中赞了一声，能够下围棋的人，果然不笨。刚才叶山河实际上是听了一会儿他们的谈判，蒋中从根本来说，还是一个技术男，所以他不适应这种兜兜转转的谈判，几下就给何自全套出了底牌，但是蒋中按照自己的判断守住条件，绝不改变，这又是他的另类优势。所谓蛮人蛮技，然后叶山河才放心地去想自己的事，现在蒋中感到了对方的拖延，那是什么意思呢？

"何总知道我要参加吗？"

"当然，我事先有传真。本来是想让康运参加的，但他哪比得上你有分量。"

这种谈判双方名单肯定是需要事先确定的，叶山河只是想再确认一下。

蒋中的公司不比叶山河，也不比暴雪公司，部门相当少，行政管理人员几乎都是几个创始人兼职，自然没有手段圆滑的公关人才。这可能是蒋中会让康运这样的年轻人参与的原因，也是叶山河答应来参加这个不尴不尬谈判的原因。现在看来，可能正是因为自己的出现，让这次谈判出现了某种变数，虽然，目前看来，还说不清楚是好是不好。

叶山河洗手，抽纸擦干，转身欲走。蒋中抢上一步拦住他："叶……哥，你……"

叶山河停下，看着他，不说话。

蒋中焦急地问："哥你这就走？你得给我拿个主意啊。"

叶山河说："我说过了，这事由你全权决定。我像是说话不算数的人吗？"

蒋中双手握拳抖动："不是，这是……"

叶山河温和地说："走吧，罗马不是一天建成的。"

当先而行。蒋中迟疑一下，无奈地紧跟而上，满脸沮丧。

会议室四人看着他们走进来，技术总监如释重负，站起来，何自全三人也跟着站起来，蒋中上前看着三人，憋出一句："晚上，请……你们想吃什么？我叫人订座。"

何自全伸出手来："谢谢蒋总，心意领了。我们先回酒店，等会儿要跟总部联系。"

蒋中嗫嚅着，叶山河伸出手接着何自全："辛苦何总。"

"再见。"

"再见。"

"在线人数是一个重要的指标，人多，才玩着热闹。好比吃饭，大部分的人都喜欢往生意好的堂子凑。但为公司提供利润的，很大一部分来自很小一部分，我们把他们称为'人民币玩家'。

"他们一般都是现实生活中的成功者，或者家里有钱，平时颐指气使惯了，玩游戏也是霸道凌人，容不得被人欺负，这就需要游戏ID级别高，装备好。要达到这两点，普通来说，需要靠投入时间，升级打怪，再加上机灵和运气，除此之外，还有另外一条路，砸钱。这条路就是专门为这些人民币玩家设定的。

"他们花钱请人练级，花钱买最霸道的装备，只为在战斗中碾压对手，我们经常接待这样的玩家，直接到公司来要买最高级的装备，有的甚至要求是绝版，不许别的玩家也有。叶总你不玩游戏，自然不知道这些事情。你下围棋，其实也差不多，比如会员，就是一个最基本的装备。你有会员，可以进行形势判断，可以去任意服务器任何对局室，不是会员你就不能。

"这跟虚拟不虚拟没有什么差别，快感都是一样，都是一种心理满足。好比同样吃一顿饭，在小餐馆和五星酒店，实际上没有本质的区别，但有钱人享受食物的同时，还享受一种服务。

"是的，我们也是服务行业。我们的市场部就是整天研究如何让玩家花钱，其实所有的商业营销都可以应用在网游上。

"比如针对人民币玩家，我们开通24小时服务专线电话，随时在线伺候，他打怪杀人的时候，甚至会安排一个隐形的管理账号跟随，如果对手太强，就悄悄地出手帮他消灭，怕他丧气不玩了。有时候又要反过来，对一些个性强的玩家，专门安排账号激怒他们，就像……攥住他们的睾丸，刺激他们泄愤和散财。比如有个杀人赌局黑屋子，进屋对杀一次一百块，如果杀一晚，可以让玩家花掉好几十万。

"这就是陈首富为什么会成为陈首富的原因。不可思议吧？子非鱼，焉知鱼之乐，人民币玩家心里想的，你如何能够体会呢？但肯定有一点是，网游里砸钱烧钱，几千几万几十万的围观者，这种满足感是无可替代的，比你在酒吧里寂寞地开瓶假拉菲更爽吧？

"都是花钱，花这几十万得到的快感和满足比穿阿尼玛无人赏识更有意思吧？网游里一身顶级的装备，走在哪儿都有无数的ID膜拜赞叹，你生活中戴块名表开个名车，不也是为了追求这种效果吗？

"当然，烧钱的并不都是大款，一般的玩家，只要上瘾，也有卖房卖车，倾家荡产的……"

"等等，"叶山河打断康运滔滔吹嘘，"听起来像是谋财害命一样。"

"叶总，你不是第一个这样说的。"康运不屑地一哂，"我们强迫了没有？这是你情我愿。比如吸烟一样，又好比……你小时候看武侠小说吧？那时候哪个家长不说这种小说影响了学生成绩，缠着教育局要求禁了它？"

叶山河半响无言，才坚持说："道理是这样，但这里面有一个度。好比吸烟与鸦片的区别，上瘾的程度不同，对人的影响程度也不同。"

康运呵呵一笑，学着叶山河的样子："道理是这样，但这里面有一个度，那就是既然国家相关部门没有明令禁止，我们就可以光明正大地进行操作。"

叶山河哑然失笑，蒋中呵斥："开除！在叶总面前没大没小的。"

"说得很有道理啊，我大开耳界，了解了不少你们这个行业，受益良多，果然三人行，必有我师。"叶山河竖起大拇指，"谁说现实的需要就一定比精神的需要更加高尚，更有必要，更有价值？买房子从某种意义上说，也是一种心理需要，网游从某种意义上说，也是一种刚需，向小康老师学习。"

何自全一行离开后，叶山河故意向蒋中他们询问一些关于网游的基础知识，并且有意向这方面引导，想听听他们关于这一点的看法。但是抢先发言的康运让他震惊，现在蒋中虽然在批评，但是重点在"没大没小"，而不是"胡言乱语"，这种下意识的用词反而能够表明蒋中的真实思想。当然，他从事这个行业的时候，就肯定已经说服了自己，或者说已经认同这种行业规则。叶山河不禁反问自己：思想是不是有些保守了？

他首先承认康运的说法有道理，既然法律没有禁止，那么，作为一个商人，首先不应该从道德层面去探讨，他不禁想到陈哲光那个著名的"非禁即入"提法，又想到段万年说过，商人是五蠹之一，经商就是抢钱，本身就是不道德的行为，带有原罪，所以自己的出发点就不对，进而对网游的看法有失偏颇，对这个行业存在偏见。

所以，他一开始就决定不参与不过问只投资，是正确的。

"叶哥，咱们言归正传好不？你倒是说说啊，现在人都走了，没什么顾忌了吧？"蒋中一直在旁边烦躁地看着他们说话，不时恼怒地瞪康运，可是康运说得兴起，根本就不管他的老板，现在看他们告一段落，迫不及待地问。

叶山河摇摇头，叹气："蒋总，我已经说过了，就再说一次吧。我的意见是，任何事，都交给专家。这个行业，你是专家，我必须尊重你。他们愿意来蜀都，愿意跟你谈判，愿意签订这个合约，也正是因为有你。他们要跟专家合作，而不仅仅是因为资本的原因。"

蒋中不服地说："我看未必。你不投，我们就拿不下这个项目。我看刚才，何总和刘总似乎都很看重你。"

"我不投，有的是人想投。"叶山河温和地说，"这个世界每时每刻数以万亿的游资在寻找投资机会，你不找我，随便开个口，就在这座城市，不说蜂拥而上，也是资本盈门。有了好的项目，相当于树了招兵旗，不愁没有吃粮的人。"

蒋中迷惑地看着他，怔了半晌，才说："叶总，听起来这话倒该是我来说才对吧？"

"谁说都是这个道理。"

"叶……哥，叶大哥，唉，你看吧，谈判现在停在这里，你又啥都不说，这个合作……难道煮熟的鸭子还会飞走？"蒋中苦恼地揉着头发，今天特意梳理过的头发被弄乱了。

"老板你……没事的，我看这事黄不了，不用担心。"康运安慰说。

蒋中瞪他，康运慌忙举起双手："我可是有依据的。你看，西川只有咱们有这个实力，这好像程序设定唯一路径，只有接入我们这个端口……"

"少废话，这世上最不缺的就是端口，就是人。"蒋中恼怒地打断。

"我是有依据。"康运争辩。

"那你说。"

"我看他们走出去的时候，面带微笑。"

"这？"蒋中一时气结。

"他们还一边走一边打量我们公司，何总还拉了两个员工问了好几个问题。"康运昂着头自信满满地说。

蒋中怔住，转头看叶山河。

叶山河心里叹了口气，果然是当局者迷，关心则乱，连康运现在都比蒋中看得清楚一些。他笑笑，决定安慰一下他的合伙人："这次我支持小康的看法。这次合作不管最后结局如何，到现在为止，情况都没有变糟，反倒比以前更加……明朗一些。至于他们暂停谈判，我们用不着去猜测原因，安静地等待就行了。"

"他们是不是觉得咱们占了便宜，回去重新修改谈判条件？"蒋中沉吟着问。

当然不是！

叶山河在心里给了一个几乎可以肯定的答案，但他现在肯定不会告诉蒋中。他站起身："别胡思乱想了。如果他们有什么条件改变，你接受就是。有钱赚就行。"

蒋中跳起来接着叶山河的胳膊："要走？"

"谈完了我还不走，你给工资？"

"别……叶哥，我现在心里空荡荡的没有个着落，哥你就不能陪我晚上吃个饭喝两杯？"蒋中没有放手，反而更加用力抓紧。

叶山河用另一只手拍拍他的肩："再沉着镇定的指战员，在战斗打响的前夜，都会觉得不安，这种患得患失的心情，非常正常。"

"对啊，知道我现在心里不安，不该陪我吗？"蒋中打蛇随棍上，耍起无赖。

"先说吃饭，现在到吃饭还有多久……"

"可以喝茶。"

"我堂堂集团董事长，我是有时间成本的。"

"我……"

蒋中苦笑。"我付你薪水"这话无论如何说不出口。

"我有事。"叶山河收敛笑容，不再玩笑，认真地说。

"那……保持二十四小时开机待命，别想置身事外。"蒋中恋恋不舍地放开手，气鼓鼓地说。

"绝不关机。"叶山河说。心里又好气又好笑，突然之间，忍不住想说：他怎么可能置身事外！他现在急着离开，就是为了这个项目。

叶山河下了电梯，没有通知钱小白，直接出门走向旁边的江州大厦。

蒋中公司所在这幢大厦下面几层是餐饮娱乐，上面全是办公楼层，没有酒店，何自全一行被蒋中安排在旁边的江州大厦。

江州是叶山河的家乡，这是一个巧合。

这种以西川某市命名的建筑，在省城有很多，一部分是新建，一部分是买下现成的大楼改名装修，成为某市在省城的综合性大楼，类似正在被清理整顿的各省驻京办。江州酒店没有评星，除了游泳池之类的硬件无法达标外，装修并不逊于其他的五星酒店，附近很多像蒋中这样的公司都跟它签了合作协议。叶山河也在里面参与过跟蒋中公司相关的会议和接待，他轻车熟路地在二楼茶楼找了一个角落，要了一壶茶。

他决定用一个小时来等待，如果一个小时还没有反应，就当是用一个小时来想自己的事。

叶山河也的确有事。

徐朵朵、纺织品公司和江林、蜀都饭店和钟守信、陈哲光和晶体管厂、张红卫、张德超……这些都是这一周突然冒出来的事，而且对他个人来说，都还不是小事，他的确要好好理一理。

纺织品公司应该是最重要的事情，却急不得，得走一步看一步，先看看他昨天一时之间想到的那几招江林如何应对，再决定下面的行动。

蜀都饭店和钟守信也是一件麻烦事。

他基本可以肯定自己不会放弃这个项目，会参与竞标，那么就不得不面对钟守信的搅局。张德超应付这样的事情有经验，但他现在是山河集团的副总经理，很多年前，叶山河就决心让公司所有的业务都不再跟这些事情沾边，一句话，绿林变翰林。那么，应该请许蓉去处理吗？叶山河暂时还找不到更好的办法。但许蓉这两天是真忙，他也不知道今天她能否安排时间跟他见个面，好好谈谈。当然，他们要谈的，不仅仅是蜀都饭店和钟守信。

比如还有晶体管厂。

首先肯定是要协同消化这个陈哲光摊派的任务，但是叶山河有种感觉，这个任务许蓉很可能希望叶山河来操刀，这就涉及谁将在改制后的股份制公司中控股的问题。当然，这也不算什么，主要是昨天参加了现场办公会后，叶山河心中有了一个隐秘的想法：他是否应该努力一下，看看能否跟陈哲光建立一种更加密切的关系？尤其是在张红旗即将离开西川之时。

张红卫其实不算事，但也算事。不算事是因为这看起来跟叶山河没有多大关系，张红卫的事他自己能够处理，即使安排不好，那也是他自己的造化不好，怪罪不到叶山河头上。但是他这几年跟叶山河这种隐秘的关系，叶山河总觉得应该在这种时候帮助他一下作为回报——张红卫还真的没有从他这里索取过任何实际的回报。

但是，他又该从哪里入手呢？张红卫可是跟张红旗一样，只醉心于权力，对于金钱女人这些不感兴趣。

同样地，徐朵朵不算事，也算事。

不过是一个小小的众筹茶艺馆，徐朵朵现在对他，还是全心全意一点也没有改变，而且，他也不畏惧某种可能变化的趋势，但是，他昨晚躺在床上想念她的时候突然发现，他是不是对她有些过分了？昨天那一瞬间，他第一个反应竟然是马上叫胡志远去查一下这个众筹茶艺馆所有的参与者！他凭什么这样做？他有什么权力限制徐朵朵的生活和自由？他把自己当成什么了？痴情的情人还是专横的暴君？他想让徐朵朵一辈子都处在他伸手可及的掌握之中？这种不自觉的真实情感流露把他吓住了。

他什么时候变成这样的一个人？

还有刚刚冒出来的张德超的一千万。

他接到张德超的电话时就强烈地感到不安，倒不是担心这一千万，这点数目现在对他来说真不算什么，而是隐隐感觉到了更加深远更加恐怖的可能，他甚至不敢去认真想象。昨天晚上他也问过自己：即使张德超，甚至包括杨迁、宋长生他们都一起跟他分手，离开山河集团，似乎也没有多大的影响，但是，他为什么还是有那样强烈的不安感觉呢？是不是因为他过去一直忽略了他们，他从心里轻视他们，他过分地抢夺了很多本该属于他们的东西，而且心安理得？他怎么会变成那样的人？爷爷说过：路边的钱是捡不完的，一个人一生中能够赚的钱，是有定数的，只拿你应该拿的那部分吧。那么，他是不是把手伸得太长，张得太大了？

这是这两天一直困扰他的最大的问题。

他叫服务生倒掉第一开茶，刚刚重新沏上，他的电话就响了，陌生似乎又熟悉的电话号码，他接听电话，不由自主地客气："您好。"

"您好，叶总，我是何自全。"

"何总您好。"

"叶总您好，方便说话吗？"

"方便。您说。"

"能不能现在跟您碰个面？"

"可以。"

"您现在在……您说一个地方？还是？"

"何总，您在房间吧？我在您的酒店二楼茶楼，一个人。"

"那您稍等我一下，我马上下去，大约十五分钟。"

"好的。"

这个电话比他想象来得早了一点点，重要的是，何自全真的给他打电话了。

下午谈判之前，他就从何自全的表情、眼神中读到了某种属于谈判之外的东西，再加上那些突兀、蹊跷的话，他感觉这位大中华总裁似乎有什么话想要跟他说，单独交流。然后是谈判的匆匆中止，这加深了他的判断，然后，他揣测了一下何自全的行程、安排和做事风格，决定在这里等候。

两个人在电话中的语气都很平淡，即使叶山河说他正在江州大厦二楼的时候，何自全也仅仅略微停顿了一下，没有任何波动。这是个见过大风大浪的舵手，值得他准备用一个小时来等他的电话。

叶山河曾经考虑过要不要在江州大厦等待，这会让对方觉得他急于求成，或者他的"小聪明"会对这次见面产生某种负面影响。可是他一时间想不到好的去处，觉得没有必要装模作样地跑来跑去，再考虑到说不定他判断有误，何自全并不会打这个电话，他自己首先纠缠过去，考虑过来，已经着相了，所以就坦然地到了这里。刚才电话中何自全问时，他终于没有忍住，坦白说在二楼，现在，他又忍不住反省自己：他有没有必要告诉他这个？是因为好胜心？觉得何自全是对手？他想显示一下自己？

接着哑然失笑，他自己这两天是不是有些情绪不稳，多愁善感了？

何自全走进大厅，叶山河站起来，何自全看见他，点头走过来，远远伸出手，笑着说："英雄所见略同。"

叶山河笑笑，没接这话，问他要什么茶，吩咐服务生。两人坐下，何自全看着小桌上叶山河的茶，问："不是第一开，第二开吗？叶总坐了也不久啊。"

"何总是品茶行家啊。"

"算不上。平时就跟普通的人一样，每天到办公室泡杯茶吧。但是这次来，做了一些功课，"何自全意味深长地看着叶山河，"知道西川人喜欢喝茶，满街都是茶座茶摊，我倒是喜欢这种悠然、从容的生活节奏。哪天退休了，说不定考虑到西川来养老。"

"那我代表西川人民表示热烈的欢迎。"叶山河笑，"到时我可以陪何总喝遍西川的老茶馆。什么悦来、鹤鸣社、禅茶堂，稍远一些的顺兴，还有一些有名的地方，比如宽窄巷子、望江楼，府南河边这些地方随便一个茶摊都有意思……人民公园的鹤鸣社茶馆，我们蜀都市的书记就很喜欢去那里喝茶。"

"体察民情……叶总喝茶总是从第二开茶喝起？"何自全生硬地转换了话题，或者说是转到了他本来准备的话题上来。

"如果说洗茶也算一开的话，那是第二开吧。"叶山河老实地回答。

但是何自全根本就不在意他的回答，而是按照自己事先准备的说辞继续："我以前看过一本武侠小说，《第八种武器》，是模仿古龙风格小说中较好的，听这名字就知道，是从《七种武器》来的。里面主人公有一次说到茶，说第一开是水，第二开是茶，第三开是酒，我记忆深刻。可能以前也有人说过类似的话，也有人有过类似的经验，但这二开茶却是我一直欣赏的，恰恰好。提前两步是水，时机不成熟；拖后一步是酒，味道过于浓烈；提前一步正好是茶。这跟经商一样，提前两步，市场可能还不成熟，一步不前，那是随波逐流，泯然众矣，所以需要提前一步，刚好。"

"受教了。"叶山河双手合十，点头致意。

服务生按照叶山河的吩咐，把洗过的茶端上来，放好，退下。

何自全看着茶杯，再看着叶山河："直接说吧，蒋中公司进入我们视野有好多年了，当然，它不是唯一的一家，包括这次合伙对象的考察，它也不是唯一的一家。但是目前看来，是最好的一家。"

叶山河心中凛然：这应该是暴雪公司最机密的信息之一，也是这次谈判的底牌，他为什么突然这样直接地亮给我看？他的表情严肃起来。

"我以前一直不太理解，像蒋中这样的技术男为什么能够经营得好一家公司而且步步做大，除了运气，总得还有一些基本的东西，比如管理、运营。直到这次他们报给我的名单上，没有市场部经理，而是出现了叶总的名字，我才有些明白了。"

"我想何总可能有些误会了。这次谈判，我是纯粹被蒋总拉来作陪，一点作用也没有。真实情况您也看见了，我是门外汉，一点建设性的意见也没有。"叶山河认真地说。

"近朱者赤，近墨者黑，蒋总跟你在一起，多少会受到你的影响吧？这次谈判，对于他的公司关系重大，这样重大的谈判，他甚至放弃了市场部经理邀请你参加，说明你在他心中的重要性……"

"他们的市场部经理也不错，是一个很有热情，善于学习的年轻人。"叶山河插话。

"我知道，我们也有他的资料。但是我们目前不需要通过学习才能够做出出色工作的年轻人，我们需要立刻就能够胜任营销推广的人才。"何自全叹了口气，"投资就是投入，现在都这么说。蒋中他们公司目前的配备有一点畸形，就是技术人才充实，管理、运营人才不足。你跟蒋中更熟悉，你觉得他是一个优秀的总经理吗？"

"不是。他应该是一个优秀的技术总监。"叶山河老实地回答。

"那么，叶总为什么还要投资这个项目呢？是投蒋总这个人？"何自全问，目光紧紧地盯着他。

"当然其中一个重要的原因是投他这个人。"叶山河审慎地说，"但是这个项目，我看过了，也有专家评估过，是一个非常好的项目，又有你们暴雪公司背书。还有，这个项目，也就是这个游戏，有它行业的特殊性，技术支撑胜过市场推广，普通的商业思路并不能用来套它。最后一点，投资并不算大，如果亏损，我承担得起这个损失。相比它可能带来的利润，我决定投资。"

何自全沉默了一会儿，点头："叶总你不是外行。或者说，因为你是一个优秀的商业人才，所以能够一眼看到这个项目的关键。它是值得投资的，叶总你抓住了一条大鱼。这个游戏的推广，实际上跟普通的销售不太一样，比如将它捆绑在我们公司前期推出的游戏客户端，这差不多已经决定了这款游戏一推出就会进入数以亿计的游戏玩家视野，获得成功。"

"如果谁来合作都会成功，只是成功到什么程度的问题——我这样理解没有错误吧？那么，为什么还要选择蒋中这样配置并不十分完美的公司呢？"

"首先我们看到了西南广大的市场，看到了它的人口基数，成长空间，而西川目前，蒋中是首选之一。其次，我们看中了他们开发的那个棋牌游戏。这个游戏目前没有取得很好的成绩，正是因为蒋中公司的市场推广不好，但它的前景看好，如果加上我们的助推，肯定能够暴发，风靡一时，横扫整个市场。我们的合作实际上是一个捆绑谈判，不是单一的、单方面的。"

叶山河心里更加震惊，这是毫无保留的泄密了。

他举杯，喝茶。他这第二开茶已经微温，的确已经好喝了，但何自全的第二开茶还有些烫吧？

他叹了口气，问："那么，何总为什么要跟我说这些呢？"

"你为什么不问我，为什么要约你单独见面呢？"

"我不知道。您说。"叶山河微笑。

到了兵匕相见的时候，他镇静下来，等候对方出招。

"我想跟蒋总合伙成立一家公司，当然，有叶总加盟更好。"何自全端起茶杯，吹走还没有完全发开的茶叶，缓缓地说。

"很新奇的思路。"叶山河克制着心里的吃惊，言不由衷地赞扬，"能够问为什么吗？"

"因为蒋总有技术方面的优势,我拥有资源、人脉、管理经验,同时还能够找到资金和项目。"何自全悠然品尝了一口茶水,放下,才慢慢回答。

"优势互补,的确可以是一个双赢的局面。但是有一个问题,何总目前还有暴雪公司,这会不会影响你这个新公司的运转呢?"

他暂时摸不清何自全的招数,但有些事情是不能忽略的,比如,何自全现在同暴雪公司大中华总裁,而且代理暴雪公司正在跟蒋中进行一次重要的商业谈判,他却想着要和蒋中新开一家公司,他是想损公肥私,从中渔利?甚至可能在这次谈判中做某种幕后交易?

虽然,这样的事每时每刻都在发生,很多商人甚至把这奉为最佳的商业秘籍,但这不是何自全这样的人应该做的。哪怕操作得再漂亮,不会触碰法律,这至少违背了商业道德,他跟何自全不过刚刚认识,何自全为什么要这样交少言深呢?

他不得不委婉地提醒何自全。

"叶总是担心法律上的问题吗?其实一点问题也没有。我们可以暂时隐藏身份,通过第三方公司介入,承担所有的业务,这家公司的股东构成跟我和蒋总看不出任何联系,但我们是实际掌控者,推一个人在前台就行了,只需要给他一定的利润。或者,这就是我想跟叶总交流,希望叶总加盟的原因。只要叶总出面,就天衣无缝了。当然,叶总不同我以前考虑那种傀儡式的代理人,叶总将是我们新公司的股东之一,我们三人股份大致相当。当然,我知道叶总现在生意很成功,但是,有钱赚的事,没有往外推的道理吧?而且,叶总,别小看网络游戏,它是一个方向,市场空间巨大,这次我们和蒋总合作这个项目就可能有难以想象的利润。这仅仅是一个,每天全世界有无数的公司推出无数的游戏,只要有一双慧眼,能够从中找到那些羽毛绚丽的鸟。再加上我们的出色营销,就可能产生一个取之不竭的金矿,我们还可以向周边扩展,将上下游产业链打通,我已经多次思考过这样宏伟的计划,将来我们的公司可能做到世界顶级。叶总,你觉得这值得你投资吗?"

何自全的话音慢慢加速,慢慢有了情感,身子慢慢坐直,慢慢前倾,目光炯炯地盯着叶山河。

叶山河不由得坐直了身子,跟眼前这个人对抗,稍微用了些力说:"何总,这样宏伟的计划,不是需要强大的实力支撑吗?您为什么不在暴雪公司内部实施它呢?"

"暴雪已经是世界级的大公司了,再做,也只是量的增加。"何自全不以为然地说,"而且,暴雪是别人的,跟我何某人没有根本的关系,我永远无法拥有股份,除非我去二级市场买它个三五十手。有钱自己赚,我这想法不为过吧?"

"无可指责。"叶山河轻轻击掌,断然拒绝,"但我恐怕不能加入何总这个宏伟的计划了。"

何自全迷惑地看着他,叶山河双手一摊:"即使……一切都完美得无懈可击,但我会在心里对自己进行宣判,我们违背了一些宝贵的原则,做了一些不美好的事,我会永远背负着这种包袱,我不喜欢这种感觉。而且,世上没有不透风的墙,在何总这个计划中,不仅仅是天知地知你知我知了,参与的人起码会超过五个,何总您觉得能够永远保住这秘密吗?"

"如果叶总是指来自公司的监管,比如今天您所见的刘总监,我想那不是问题。"何自全做最后的努力。

"她只是整个监管体系中的一部分。"叶山河淡淡地说,无论何自全是如何搞定刘丽莉的,他都决定不再沾手,"实际上,我手里有一堆事,的确分身无术,恐怕我会辜负何总的好意了。"

停了一停,他用严肃的语气对何自全说:"恐怕我还要再对何总坦白一点,你先前也说了,我对蒋中有一定的影响力,我也会告诫他最好不参与您的计划中来。这对他,对您,可能都有好处。"

他觉得自己有些大意了。他听许蓉说过她自己的遭遇,尤其是现在,很多高科技的手段用到了商业活动中,比如窃听,比如录音。天知道这位看似和气稳重的何总有没有什么隐藏的机关,所以他必须说刚才那番话,表明他的态度,哪怕可能影响这次合作。

他看着何自全略微呆滞的表情,坚决地站起身:"何总,要没有什么事,我就先告辞了。"

何自全从他的失态中反应过来,站起身,苦笑着摇头:"没事了。这样吧,我能否有一个请求,今天的事,就我们……天知地知你知我知?"

叶山河点头:"一个人都不知道最好。我可以忘记今天这次见面。"

"这样最好。谢谢叶总。"何自全如释重负地伸出手来。

叶山河跟他握手,何自全突然笑了:"叶总,我还有一个请求。"

"你说。"叶山河平静地看着他。

"能否推荐一个具有西川特色,或者说有一定代表性的地方逛逛,吃个饭什么的？这是接下来我跟刘总他们的安排。"

"愿意效劳。"叶山河也笑了，"可以先去宽窄巷子逛逛，那是蜀都市刚刚打造的民俗文化集聚处，里面有一家特色餐馆，叫香积厨，是我的一个诗人朋友李亚伟打造的，值得去小酌一杯。"

"香积厨？"

"就是以前寺庙厨房的一种称呼，借用过来，多少有点'闻到酒肉香，神仙也跳墙'的味道吧。"

"有意思，那一定要去。"

第八章 佛祖座前

叶山河没有走电梯，不想跟何自全一起尴尬地站在电梯前等待，他从楼梯走回大堂，拨打钱小白的电话，叫他来江州大厦门口接他。

他看了下时间，刚过五点，相当于NBA球赛的垃圾时间，回办公室，约人似乎都不恰当。除了必须的应酬，他基本不主动约人吃饭，不像张德超，每天总有排不完的饭局。

公司各级部门，从客户代表、部门经理、分公司经理到叶山河，都有严格的接待标准和费用总额，把现代化企业管理引入集团公司后，叶山河就在各个方面严格起来，包括这些细节，张德超标准高一些，但是如果天天莺歌燕舞，也会超标的。当然，如果他来找叶山河签字，也可以作为特殊招待报销，但是这几年下来，一次也没有，而且每个月的报账，也没有超标。叶山河分析，可能有时候是客户或者是他的朋友结的账。

刘小备春节报告张德超违规接待朋友这事后，叶山河思考过这个问题，首先是原则不能改变，那么，提高张德超报销的额度？现在做似乎也晚了，张德超好面子，可能会胡思乱想，索性一动不如一静，暂时保持现状。

他考虑给张德超打电话，又觉得无话可说。那一千万的事张德超自己能够处理，他不便插手，而出了这种事，也不是跟张德超谈心的好时间，就再等等吧。随手拨了许蓉的电话，许蓉那边依然是喧闹、忙碌，看来还是在一线指挥战斗。许蓉说她现在真没时间考虑其他事，叶山河真要跟她碰面，可以晚上一起吃饭，她约了蜀都商业银行的行长晏为民。

晏为民叶山河熟悉，关系不错，山河集团跟蜀商行业务往来密切，以前多有仰仗，现在关系正在逆转，许蓉的蜀都百货大厦叶山河也有股份，出席不算唐突，但叶山河略一沉吟，拒绝了这个邀请。

请客吃饭对于相当一部分商人来说，是拉近关系发展业务的重要场所，但叶山河的认识有些不同。十多年前他天天醉生梦死，出没各种饭局，爷爷就嘲笑过他，说真正的生意从来不是因为你舍命喝酒而谈成的，他后来深刻理解了这一句话。到了省城后，他养成了不在酒桌上谈事的习惯，只把它单纯看作一个加深认识和感情的地方，意外获得不少生意伙伴的喜欢，他们觉得跟叶山河吃饭轻松，吃饭真是吃饭，喝酒真是喝酒。但也有不少人不以为然，比如张德超，比如许蓉。

许蓉今晚肯定想要在酒桌上搞定晏为民，那就是说，许蓉没有接受他谈判的建议，准备筹措资金跟对方血拼一场了。杀人八百，自损一千，这真是一个坏得不能再坏的选择了。这也是叶山河不想今晚参加的原因之一。他的商业思想里几乎没有这样的考虑，甚至不想面对这样的事情。再说，百货公司亏损的每一块钱里，都有他的几分。

他加重了语气要求许蓉明天下午一定给他一个小时的时间。

因为周四是晶体管厂的第一次对接会，市委书记陈哲光关注，副市长凌明山主持，他不能心中无底地赤膊上阵，段万年又不在，他和她得先有一个预案。许蓉不为所动，含混地说明天联系吧，匆匆挂了电话。

叶山河苦恼地把电话握在手里，非常无奈。

车滑过来，他能够看见驾驶座位上钱小白面无表情的脸，他拉开车门上车，对钱小白说："高峰寺。"

就是刚才那种无奈的情绪中，他总算想到了一个似乎比较好的去处。

钱小白简短地应了声："好。"

轿车平移地滑出引道，汇入即将变得臃肿的车流。

轿车拥有完美的封闭系统，把车窗内外隔成两个截然的世界，叶山河喜欢这种静谧和隔绝，这有助于思考。

十年前，叶山河拥有自己第一辆车，一辆当时最普通的桑塔纳2000，后来换了两次车，但驾驶员换了好几个。这可能是叶山河在选择公司员工上最失败的纪录。

但这没有办法。叶山河喜欢跟人保持距离，但司机是一个无可避免、无法阻挡的入侵者，很多时候，甚至比你的亲人、情人更加深入你的生活，你的情感，你的世界，知机识趣，守口如瓶，同时善于察言观色，能够主动分担这是叶山河对司机的标准。

这是一个两难。

能够达到这样标准的人，根本不会满足于做一个唯唯诺诺的司机。两年前，叶山河辞退了打着他的名号在外面狐假虎威，同时私自与人合办公司，希望凭借在叶山河这里得到的只言片语获利的最后一任司机，实在看不下去的段万年仗义地把他的司机钱小白派给他。

"这是我老家的人，跟了我十多年，又是远亲，肯定OK！只要你不怀疑我心怀叵测，同时愿意开高薪。"

叶山河接受了段万年的好意。

段万年是他信任的商业合伙伙伴，生活也不是小说，没有那么多阴谋和背叛，但有些公司秘密不必让司机知道，他肯定会对钱小白有所保留。但是一段时间下来，他喜欢上了这个沉默寡言，却又机敏明白的中年男人，第一次，他对和男人待在一个封闭空间感到自在而舒服。

他向段万年表示了感谢，段万年仰着头瞥他："我这也是为了我。我在你公司有这么多投资，把你这个董事长服务好，也就是间接替我的钱服务。再说，我大半时间都不在蜀都，你替我出钱养他，我也不记你的情，你也不记我的情，咱们两清。"

段万年斯文儒雅，见闻广博，是叶山河所遇所见商人中的一个异类，也是一个他非常欣赏的朋友。如果有什么让他觉得不足的地方，就是这种坦白的实话，这种天生的优越感带来的忽视别人的感受。

由钱小白想到段万年，叶山河嘴角露出一丝微笑，这种时候，他非常希望这位很少在一座城市超过三天的空中飞人此时能够在蜀都，可以一起喝喝茶，替他分享一下心中的困扰，出谋划策。他忍不住拿出电话，拨了过去，令他愕然的是，关机。

这倒也不是什么出奇的事。段万年的手机不会像大多数的商人一样，总是开着等候别人的电话，随时准备应付莫名其妙的人和事，他基本上是随心所欲，不想被人打扰的时候直接关机，比如跟女人在一起时。叶山河有一次被他拉着去郊外一位画家的工作室喝茶，上了车才发现他的手机掉在酒店的客房了——不喜欢住家里喜欢住酒店也是段万年的爱好之一。叶山河等了好久也不见他叫司机掉头，问他，段万年无所谓地挥手，懒得回去拿，人家还等着呢。

叶山河又想到，当初他到省城发展，熬过最初的艰难时光，有了一点小钱，连商人都称不上，这个时候，爷爷离世。相当一段时间里，叶山河非常迷茫，不知何去何从。

他觉得自己以前对于生意的热情有很大一部分是因为对爷爷的情感，是因为爷爷希望他成为一个商人，传承叶家的某种精神。现在爷爷走了，他失去了这种强大的动力和支撑；同时，他觉得像以前那样赚大钱的机会似乎很难再有，随着经济软着陆，各个行业似乎一下子都停滞了，利润微薄，人满为患，竞争激烈。如果说承包扬子江宾馆是他经商经历中一桩得意之作，似乎也可能就是他这一生经商的巅峰，他无法再超越自己。他现在所有的商业活动都变成某种枯燥的重复，挣的钱大部分要用来生存和应酬，找不到更上一层楼的台阶，他的财富很难再有七位数，要再找到一个迅速发大财的机会如同在银河系中发现一颗新的行星。

就是在这段消沉的时间，他经常去高峰寺喝茶，一个人对着空旷的山野和幽静的竹林发呆，慢慢地，他跟主持智通熟稔起来，通过智通，认识了很多奇奇怪怪的人，其中就有段万年。

他最初根本不知道这个衣冠楚楚、儒雅风趣的中年人竟然是西川商界顶级的大佬。他以为段万年可能是哪所学校的教授，因为他跟他的叔叔陆承轩一样，知识渊博，见解独特，说话喜欢旁征博引，思维跳跃，每每令听者倾倒，唯一区别是段万年平易近人，陆承轩清高自矜。直到有一天，他曾经做过装修的一家公司的经理打电话给他："我们段总要见你。"

叶山河以为是这家公司的董事长，但是经理告诉他是他们总公司的董事长。叶山河按照经理给的地址，推开董事长办公室，意外地看见段万年坐在办公桌后。

叶山河怔了半晌，反应过来，懊恼地说："我早该想到你是有钱人。"

段万年不解地问："难道我不是？我的派头举止你不会一点也没在意吧？"

"穷穿貂，富穿棉，大款穿休闲。你很少西装革履，只有你腰上的皮带是皮尔卡丹，但我以为是假的。"叶山河老实地说。

段万年愕然，随即笑了起来："你肯定对名牌没有认识。哈哈，你没有看见我衣服裤子的标牌，所以你就……想当然地认为是青年路的大路货？你现在对金钱的认识还停留……实物阶段，比如藏区，靠看见多少头牛多少头羊来判断这家人的富裕吧？那条皮带可以买整整一头牛。"

"把一头牛变成皮带系在腰上，当然是大款。但我爷爷教导我，衣冠楚楚的人，不是骗子，就是花花公子。"叶山河反击。不知怎的，他不想在这个大款董事长面前输了气势。

"骗子……以前算吧，现在，算花花公子。"段万年站起身，走过来拍拍他，"我听智通和尚说你最近情绪低落，怎么回事？"

"段……大款怎么会有闲心来关心我这个小生意人？"叶山河狐疑地问。

"我们是棋友嘛。"段万年含混地回答。

他们在高峰寺下过围棋，不过段万年棋艺稀松，对局时又不用心，叶山河足以让他三子，几盘后双方都没有继续交手的兴趣。段万年自嘲他只是不想认真而已，说下棋是为了娱乐，认真起来就不好玩儿了。但是现在用来解释关心叶山河实在牵强。

叶山河摇头："智通师父那里下棋的人多，你每个都关心？"

"那不同嘛，他们有的是医生，有的是警察，只有我们是商人，是同一类人。"

"段总你是，我不是。"叶山河认真地说，"我只是一个小生意人，哪里算得上商人？段总你才是商人，儒商。"

他想起现在很流行的一个热词，跟段万年完全匹配。

"儒商，呵呵，儒商也还是商，好比名妓仍然是妓一样。"段万年古怪地笑。

"段总叫我来，有何吩咐？"

刚才说话间，叶山河脑中已经转了很多念头，猜想这位蜀都顶级的商界大佬召见自己有何用意，没有一个觉得靠谱，索性直接问了出来。

"当然是想跟你合作啊。"段万年双手一摊，似乎对这样显而易见的答案叶山河都还要问感到不解。

"合作？我们……我哪有资格跟段总谈什么合作？"叶山河笑，"是段总有什么生意，想照顾一个棋友？"

"是合作。"段万年脸上难得地露出了些严肃的表情，"叶兄弟，你现在虽然还只是个小……生意人，但将来，用不了多久，肯定会成为大商人。'有些鸟是关不住的，它们的羽毛闪现着耀眼的辉芒'，叶兄弟你就是这样的鸟。"

"段总您这样说，我心里非常不安，因为我会觉得您在给我挖一个什么陷阱。"叶山河强笑道。他已经立刻确信，段万年可能真要跟他合作什么，心中不由得开始发慌发热。

"要说呢，叶兄弟，你唯一的缺点就是多疑，其他品性都很好，投我的意。当然，爱琢磨有时也是优点。不过，你那点身家，连几件名牌衣物都买不起，值得我花心思来算计？"段万年不屑地说，"叶兄弟，我跟你合作，是因为我看重你的人品，看中你的将来。这就是我要跟你合作的原因。"

"那么，段总要跟我合作什么？"叶山河审慎地问。

"合作什么，怎么合作，那要看你的表现。"段万年高深莫测地笑笑。

"表现？如何表现？"

"就是看你值不值得合作啊。你以为怎样？以为我会给你介绍个几万几十万的装修工程？我才不会做这种无聊的事。"段万年再次露出那种讨厌的不屑表情，"我会一直关注你，如果你的表现证明你是一个优秀的商人，以后你看中的项目，我会参与投资，就这样。"

叶山河心里顿感失落。他刚才很抱了些希望，倒是愿意让这位段董事长"无聊"地介绍点实际的生意，但是他却只给他画了一个饼。

他不说话了。

段万年毫不顾及他的情绪，认为自己该说的话说了，事情了结，他挥挥手："加油吧，小伙子。再见。"

"再见，段总。"叶山河努力克制自己的情绪，微笑着温和地说，心里充满对于这位棋友、对金钱的仇恨。

他减少了去智通处的次数，偶尔碰到段万年在那里，也不主动过去招呼，当然，也不会故意摆出一副傲慢的架势，只把他当成路人。实际上，他的确把段万年和他的话置之脑后了：他有什么项目需要这位大款来投资的？段万年需要从他手中那些几万元，十几万元的装修工程中分享利润？

但是他受到了刺激，不知不觉中有了动力，他变得专注工作，从爷爷的离去中恢复过来了，张德超和宋长生都为他感到高兴，后来，杨迁决定加盟他们那个小小的团队，他们注册了公司，两年后，又有人开始称呼叶山河为叶总。

他有时觉得，他在蜀都几次最重要最关键的决策时刻，不是张德超、宋长生和杨迁他们帮了他，他们的帮助是现实的，直接的层面。而他更需要的是另一种更高层面的支撑，简单地说是精神，而这样的支撑，离不开段万年这个人，和高峰寺这个地方。

所以，他在刚才那一瞬间，自然而然就想到了这个去处。

漫漫的遐思中，轿车驶入高峰寺山道，因为避让下山回城的车，轿车不时变速和扭动，叶山河回过神来，索性打开两边车窗，让清冷的山风贯穿车厢，感受刺激。

五分钟后，叶山河一人在山门前的广场下车，买了门票进寺，直接往智通的禅房走去。

智通的禅房实际是一个功能齐全、相当舒适的生活区，在一个独立的小院里由一幢二层建筑和幽深的园林构成，小楼二楼是卧室和一个百平方米大的饮茶室组成，智通经常在那里接待他认为重要的客人。

一楼有一半打通，连着后面加了玻璃钢封顶的院子，做了一个书画室兼活动室，摆了一张乒乓球桌、一张宽大的画台、一张工夫茶桌，另一半是独立的几间小屋，叶山河非常了解。

叶山河推开永远闭得严实的院门，一个小沙弥从旁边的屋子出来，看见叶山河双手合十，轻声说："师父在。"

叶山河点头，心里道声好运气。智通社会活动多，一半时间都不在寺，他来这里，很少预约，抱着碰的心理，见固欣然，不见亦喜。这时不往小楼走去，而是绕到后面，果然智通正在千秋亭里，跟几位客人一起晚餐。

智通经常自诉他既名为通，便着力打通，无论是学问、见识、性情上也不拘泥，只要不是特别冷热，刮风下雨，他都喜欢在户外用膳。

自然是素餐。

叶山河走过去，智通伸手指了一个空座，叶山河坐下，小沙弥送上碗筷，叶山河心中有事，盛了半碗稀饭，夹菜吃饭。

他爷爷从小教导他食不语，饭桌上以身作则除了打招呼不说话不论事，再加上陆承轩素来沉默寡言，叶山河几乎是被强迫养成这种默食习惯，但智通不是。

智通把叶山河介绍给先来的几位香客，又介绍几位香客，都是些小有成就的各方人士。智通现在的历练和修行都到了一个相当的境界，一副风轻云淡的做派，介绍叶山河身份时淡定自若，但是叶山河猜得到他心中的得意。毕竟山河广场开盘后，叶山河在西川已经算得上一号人物。

"叶总有心事？"智通问。

他已经吃得差不多了，双手放在桌上，一手空着，一手还持着筷子，看人的眼神也是淡淡的，但叶山河感觉得出那种高高在上的心理，非常不舒服，忍不住说："饭菜都很好。"

"那是厨房用心之功。"

智通随口应道,心中思忖是否就此发挥,不防叶山河已经挖好坑等着他。

"听说日本的和尚生活相当艰苦,吃、穿、住、行都非常朴素。又听说日本只有寺庙集体才能收受供养,和尚个人不能收钱,无论是红包还是礼物,收了就算受贿。还听说日本佛教大学的校长去逛王府井,看东西都好贵,最后只买了些十元一串的佛珠带回日本当礼物。而中国和尚到日本,出手豪阔,几千几万随便刷,把日本陪同的和尚看得目瞪口呆。"

叶山河喝了口粥,慢条斯理地说。

几个香客大大地吃了一惊,一看智通脸色如常才松了口气,跟着又兴味盎然地看着两人。

"叶总今天火气很大。"智通淡定地说。

又像是询问又像是做判断,他才不会踩进叶山河挖的坑,同时叶山河似乎是有备而来,他不打无准备之战,更重要的是,如果争辩,无论胜负,只要一开口,就落了下乘。和尚从另外一个方向迂回。

"世俗人,自然满身烟火之气,不比通师道貌岸然。"叶山河毫不掩饰自己促狭的表情。

每次上山,他都忍不住跟智通针锋相对。批评和尚,似乎成了叶山河的一种恶趣,而这种恶趣的始作俑者,当然是一直对叶山河潜移默化的段万年。

"当初我在佛学院上课时,上师告诫,三十年不吵架,可为菩萨。阿弥陀佛。"智通放下手中筷子,单掌直立,宣了一声佛号。

香客中一位赞道:"师父高明。"

他听出智通这话明的是劝诫叶山河,又隐含不与叶山河争吵的自傲,好生佩服。

叶山河自然也听得出,心道和尚反应好快,才思敏捷,正待搜索词句反击,智通的连环回马枪已经杀了过来。

"但是上师又说,辩即不辩,仿佛空即是色,因为看问题的角度不同,所以很多时候我们对事情会有不同的观瞻,有人看见烟火气,有人看见道貌岸然,实际上,只是一种误解而已。什么叫道貌岸然?道貌岸然不好吗?"

众人皆是一愣,目光都在智通脸上。

智通微微一笑:"道貌岸然本义是形容外貌严肃正经,不是贬义,只是现在我们使用上出现了歧义。实际上,这样的例子还有很多,比如,这个,呆若木鸡,本义是指不骄气,不盛气,精神内敛。这个词有贬义吗?这是大宗师的修为。又比如喜新厌旧,这个词,它其实是揭示一种深刻的自然规律和人性,人性本身就是喜新厌旧的,正是因为喜新厌旧,我们才不断地提高自己,甚至可以扩大到整个人类的文明,都是因为人性中的喜新厌旧推动向前。再比如趋炎附势,也不是那么不堪,所谓趋炎附势,人情之常,既然是一种共同行为,一致选择,那么……"

一众"趋炎附势"之徒迫不及待地鼓掌叫好。

智通站起身:"吃好了?换个地方,继续神吹。"

几人回到小楼二楼茶室,分座坐下,小沙弥请示,智通暗示,小沙弥从架上取了茶叶,烧水,准备给众人做工夫茶。

智通亲自开了茶点,分发到众人面前,等到一切稍定,刚要开口说话,茶室木门被推开,一人气昂昂地进来,冲众人一扫眼,招呼道:"我是来早了,还是来晚了?"

智通起身笑道:"不早不晚,来得正巧。"

他说完才觉自己这句话,倒有些像捧哏了,眼角余光一扫,幸好众人目光都被吸引过去,没有注意这点细节。

这个人走过来,距一步之远停下,俯视众人,自我介绍说:"我叫段万年。幸会。"

他的表情似笑非笑,语气中一点尊敬和诚意也没有,但也没有什么恶意,他那种凌人的盛气也不做作也不故意,只是让人明白地知道彼此之间的距离,几位一直略带矜持的香客这时都不由自主地点头哈腰,双手合十,回道:

"幸会。"

"段总幸会。"

段万年抖抖肩膀,看着叶山河:"老叶。"

叶山河没奈何,苦笑着站起身,应一声:"到。"伸手接过他的大衣,走到旁边的衣架上挂好。

回转来时,那几位香客被段万年气势所慑,有人嗫嚅着站起来想要告辞,这么一带头,其他的人都觉得有了段叶两人,他们在这个茶室中坐不下去了。

叶山河就不说了,一来就对智通批评和挑衅,现在这个段万年,连叶山河都只有给他捧衣的份儿,他们以前那种良好的自我感觉一扫而空,只想马上离开这里。

智通刚才被段万年的突袭惊得离座，这时索性卖个大方，把几位香客送到院门，道声"阿弥陀佛"，回来时段万年已经反客为主地安排小沙弥撤掉了其他座位，只留下他们三人，智通只得再道一声"阿弥陀佛"。

"怎么知道来这里？"叶山河问。这句话有两层意思，怎么知道他需要段万年，怎么知道他在这里。

"心有灵犀。能者无所不能。"段万年含糊其词。

"打了老钱的电话吧？"叶山河不会被他忽悠，跟着想起，"我打过你电话，关机。刚才应该是在飞机上吧？"

"就是知道你有事，比赛一结束就直接回来了。"段万年挥手，"说吧，叶先生，遇上什么事了？直接说吧，国有疑难可问我。"

如果说段万年有什么让叶山河不喜欢的地方，就是他这种天生的优越感和没心没肺的俏皮，还有无时无刻的炫耀。只不过他不像一般人炫耀金钱、权势这些，他喜欢炫耀自己的博学，正如他说过的：炫耀是一种人性，这一点上，男人女人一样浅薄，二头肌、皮尔卡丹和闪闪发光的金表，都是人类男性的羽毛。

"老张从公司借了一千万，结果被他战友黑了。"叶山河没精打采地说。

这不是一个讨论具体事务的好地方、好时机，但他没有办法抵抗段万年这种毫不顾及别人感受的作风，他也不想让智通觉得尴尬，所以挑了一个最简单的问题。

"这不是事，"段万年看都不看他，直接做了宣判，"让警方去追就是了。倒是要禁止老张乱来。一千万多小的事，别弄到最后一个亿赔进去都填不满。"

他熟悉张德超，也知道张德超以前算是半个江湖中人。

"已经按照段总的指示做了。"

"这个功我不可贪。"段万年嘿嘿一笑，取了一杯小沙弥刚做的工夫茶，"继续。"

徐朵朵的事也小，但绝不可说，叶山河迟疑一下，说："昨天我参加了一个国有企业改制的现场办公会，准备接手一个晶体管厂。"

"硬性摊派。老陈就喜欢这样生拉硬扯，让别人输血为自己刷光环。"段万年呵呵一笑，轻易判断出事情的真相，可是跟着话锋一转，"不过像你们这些资本家，这些年飞跃发展，是不是也沾了政策的光？取之于民用之于民，你们出点血，替政府分忧解难也是应该的。"

"非常有道理。"叶山河诚恳地说，"这其实是许总接下来的工作，我和许总认为，晶体管厂的改制工作肯定离不开万年集团的支持和参与。"

"知道你们肯定要拉我下水，不就出点钱吗？我先答应了。"段万年无谓一哂，"不过，这也不算什么事吧？这种业务对你来说，驾轻就熟。能够消化川棉一厂那样的庞然大物，晶体管厂这点……应该是小体量吧？这事就不要拿来麻烦段某人了。段某人学的是屠龙术，千钧之弩，不为鼷鼠而发机。"

叶山河张了张嘴，鲁伯雄的事不足在此为外人道，淡淡说："好吧，这事就我自己解决了。那么，下一件事可能就真需要段总拔刀相助了。"

"尽管开口。"段万年优雅地伸手示意，再优雅地向智通示意，"和尚，请。"

"我看中一个项目，还未启动，就有人挡在我面前，让我退出。这个人段总熟悉，叫钟守信。"

段万年和智通都伸手拿了茶杯，刚刚举到面前，这时一起停住。段万年眼睛眯了起来，智通忍不住宣了一声佛号："阿弥陀佛。"

他们都熟悉这个人。

甚至可以说，他们的关系为什么这样密切而随便，也有部分原因是因为这个人。

这个社会大哥。

自古以来，寺庙都是一处方外桃源，不仅隔绝尘世，而且生活优游，那是因为寺庙除了不可计数的香火供奉，还有不用纳税派捐的庞大庙产。叶山河和段万年曾经所见略同地达成共识：和尚是世间第一等职业，倘若能够光明正大地吃肉喝酒，娶妻生子的话。

高峰寺不像其他寺庙那样，每每以一道红墙圈住它的地界和领土，彰显所有权，而是开放的。在山顶，寺庙周围不是绝壁就是茂密树木，只有一两处小块平地，被半山居住的农民开荒做了菜地，几十年来相安无事。

可是不知道怎的，钟守信说动了农民，允许他在菜地上建一幢别墅。高峰寺上下早将半山以上默认为佛门净土，恩准那户农民在寺庙旁边种菜，那是我佛慈悲，宽大为怀，可是修一幢别墅矗立在那儿，不仅是抢了寺庙风光，更是赤裸裸地侵犯疆土，孰不可忍。

首先是交涉，钟守信自然不会买账，这位社会大哥无法被佛法说动，反而本性流露，几次交涉后不堪和尚唠叨，悍然动手，伤了寺庙好几个僧人，最后，智通委婉地向段万年和叶山河求助——他慧眼识英雄，觉得身边愿意出手相帮，而且能够帮到他的人，只有他们两个了。

段万年那时还不像现在这样潇洒，叶山河也没有现在的实力，两人施展浑身解数，一边寻找警方的朋友施压，一边请建筑相关部门的朋友设障，最后张德超出马谈判，窝囊地赔偿了钟守信一笔巨款，相当于这一幢别墅的建筑费用，钟守信才意犹未尽地得胜撤退。

加上更早一次，叶山河刚刚在装修行业起步时被钟守信逼迫得退避三舍，叶山河已经在钟守信面前折了两阵，谁知冤家路窄，又要狭路相逢。

"草原虽然辽阔，跑不下两匹骏马；世界虽然广大，到底容不下两个英雄。"段万年慨然长叹。

"我不想当英雄，他也不是英雄，连枭雄都算不上，只是一个恶棍，一个小人，是不好应付的恶棍和小人。"叶山河拿起茶杯喝茶，"因为你有底线，他没有，你有原则，他没有。"

"是这个理。这我帮不了你。"段万年放下茶杯，坦然地看着叶山河，"这种事情很无聊，很无趣，我有更多有意思的事等着去做。"

当年他就不愿跟钟守信这样的人对磕，现在争强好胜的心思淡了，更不会蹚这种污水。

叶山河理解，而且欣赏——不能做或者不愿做的事，立即明确地表示拒绝，这不仅是商人的理性，也是段万年的个性，虽然生硬，但不失为一种干脆的办法。叶山河的想法多少有些跟他类似，以前就不愿跟钟守信斗狠，现在身家不同，更不希望，但他难道就该畏缩不前，白白地看着蜀都饭店被别人拍去？

"当然，也要看什么项目，看值得与否，看付出与回报、风险与利润如何。"段万年突兀地又翻转话题。

叶山河没有回答，把饮尽的茶杯递给小沙弥，食指轻轻地在桌面敲击致谢，说："老段，还有通师，你们帮我看看，为啥我现在心里反而觉得不踏实呢？要说作为一个商人，目前是我个人人生中最好的时刻吧？账上摆着巨额的现金，旗下各个公司运转良好，要说有点事情，说到底，也不算什么，比如钟守信，大不了不做那个项目，我就算是什么也不做，每天睡大觉，或者去环游世界，我依然会……躺着收钱，在别人眼中，依然属于那种成功人士，那你们说我还担心什么呢？"

他对段万年的态度无解，也不好就具体的事务深谈，转而务虚。

段万年转头仔细打量他:"你这个沉着镇定的样子,我从哪里看得到你的忐忑不安?你是故意来求我表扬你的大将风度吗?"

"喜,不形于色;忧,也不形于色。叶总自然是大将之才。"智通说。

叶山河赶紧换了一副忧心忡忡的表情:"的确心里不安。是忧虑福乃祸所依,还是因为得到而怕失去,还是其他什么的?"

"我想不到你有什么值得担心的。"段万年不以为然,把茶杯递回给小沙弥。

"正是因为我也看不到,所以才担心。"叶山河温和地坚持。

"再强悍的人,也会在某个阶段突然失去自信,需要外力支持。或者说,你这几个月,顺得不能再顺,一只鸟的旁边不会总会站着另一只同样的鸟,一个人不能总是好运气,你去赌场,也不可能把把和牌。"段万年取过小沙弥重新沏好的茶杯,卖弄他的渊博。

"一命二运三风水,叶总多虑了。"智通说,"不过,叶总居安思危,生于忧患,这种态度很好,反而证明叶总与众不同,卓尔不凡。"

"好吧,"叶山河站起身,对智通颔首,"那就告辞。打扰了。"

智通站起身,微笑不语。

段万年突然庄重地对小沙弥双手合十道:"小兄弟,对不住了。"

段万年转身出门,叶山河去衣架取了他的大衣,智通送两人到院门,道声"阿弥陀佛"。

段万年凝注智通,用一种学究气的探询口气问:"通师你们就没有想过换一句口头禅?啊,口头禅也是禅啊,原来还真有关联。那通师,你可以考虑诸如我佛慈悲、随喜功德、如是我闻?只要你标新立异,我可以安排叶总的广告公司包装一下,通过网络传播一下就会红遍天下。"

智通敛眉道:"阿弥陀佛。"

段万年笑:"和尚有趣。"

两人出了院门,没有走长长的游廊,而是不约而同地走在外边的泥地。月光皎洁,给庙宇、树木、地面镀了一层清辉。

段万年慨然叹道:"咦,你说古怪不,在这里,我们看见的是寺月,出门就是山月,等会儿下山就是城里的月光,月还是那个月,变化的只是地方。哦,或者还有心情,还有什么?"

叶山河不理他。

这些年段万年愈加超脱，行踪和思维都天马行空，叶山河对付他只有一招：沉默。这也是他爷爷以前用张廷玉的故事教导过他：万言万当，不如一默。当然，段万年并不会因为他的不接招而自感没趣，他是自得其乐，像那些高明的吉他手总是忍不住在演奏中炫技一样。

"老叶，我就喜欢你这种认真劲儿。要不咱们怎么能够合作这么多年？尤其我现在淡出商圈，或者是不屑于战术层面的操作而致力于战略高度的运筹，更需要你这种实干型人才的配合，对吧？"段万年厚颜自吹，"说吧，还有什么事？"

"张红卫。"

"这是迟早的事。张红旗要调走，张红卫这位二号首长自然就地免职，你失去一张好牌，但老叶你要知道，以前你不认识他也一样做生意做得好好的，这是一。第二，你还有的是其他可用的牌。第三，你想想你以前用过多少次这张牌？究竟发挥了多大的作用？你更多的是心理作用吧？你觉得自己好不容易上到了一个层面，怕自己失去了某种防护，无法继续高歌猛进，不仅不能继续向上爬，甚至可能往下跌，这种奇怪的心理……老叶，那是朝不保夕的小摊小贩啊，你现在基础稳定，顺风顺水，有什么好担心的？"

"你说得对。"叶山河心服口服。

他其实自己也想到了，只是通过别人的口说出来，才能够说服自己，消减空虚，尤其这个人是段万年。

"江林。"他说出第二个名字。

有些事情在智通那里的确不好说，即使他们信任智通的人品和彼此的情感。

"纺织品公司那个总经理，嗯，赚钱了，他肯定想要股份。他应该还没有开口吧，你不是那种被人逼到门口才感觉危险的人。你考虑这个问题多久了？"段万年看问题总是一针见血。

"惭愧。也是这两天才醒悟过来。"

"江林有能力，是个角色，但有能力的人肯定都有野心，不会甘心永远给人打工。这一点跟你完全一样。所以在要求股份这一点上，他绝不会退让，甚至不惜两败俱伤。但现在换将也不是好主意。江林不是一个人，纺织品厂那些骨干肯定已经抱团，同进同退，这真是一个麻烦事。你是怎么想的？"

"不思进先思退，先考虑最坏的结果，就是鱼死网破，江林和他的管理团队集体辞职出走，这的确很严重，会对纺织品公司影响极大，但还至于把纺织品公司打回原形。现在基础和势头已经起来了，外部环境很好，结果只是赚少点，我们虽然痛苦，但能承受。"

不知为什么，有段万年在身边，叶山河心里安定，这些平时想过很多遍的话这时从容地说出来，也更觉有把握。

"当然，纺织品公司现在这种产销两旺的情况，只有最愚蠢的人才会去破坏它，所以我会尽最大的努力委曲求全，通过谈判跟江林的团队达成某种双方可以接受的股权协议。"他停了一停，声音用了点力，"我有信心在谈判桌上跟他握手。"

"对嘛，这才像我认识的叶山河嘛。我相信你。"段万年打了个响指，"钟守信那个，什么项目？"

"蜀都饭店。"

"好项目。"段万年只停顿了一秒，立刻赞道，"不求赚钱，光是这个招牌，都应该拿下来。树立形象，比你再做几个山河广场还强。尤其你这种新贵。"

"纯粹因为觉得它能够赚钱，地段好。段兄你知道我不好名的，我躲还来不及呢。"叶山河认真地辩白。

"你爷爷那一套，未必都对，还有，时移世易，有些思想也要与时俱进。"段万年仰头看月，"还有事吗？"

"还有。那些就不用再麻烦段兄了。"

"事多不急，先分轻重，虽然这不像是小学生做作业，做完一题是一题，但道理是这样。任他几路来，我只一路去，政治、商业都该遵循这原则。"

"受教了。"叶山河真诚地说，"我现在心里安定很多了。"

两人走出寺门，眼前一宽，心里也是一宽。

段万年当先而行，却不是走向停车场，而是走向断崖那边，叶山河跟着过去，两人站在栏杆前俯瞰远处灯光辉煌的城市，好一会儿默不作声。

"如果说人世间真有天堂，那就一定是这样由水泥、钢铁、玻璃和欲望构成的城市。"段万年举手指点，"对于古典主义者来说，田野和牧场消失了，鸟儿不再把这里当作生存栖息和留驻之地，是一种破坏和背叛。但对绝大多数人来说，这里人造的流光溢彩、人造的喧哗繁华，都是不可抵挡的诱惑和梦想，无法切割和舍弃。"

"我想起小时候跟爷爷在一起的童年少年，那些旧时光再美好再值得回忆，都无法让我离开城市回到乡村。我自己是完全习惯了城市里的一切，无法拒绝城市给予的一切便利，或者说，我对城市的好感超过对城市的批判。"叶山河心有戚戚地说。

此时此刻、此情此景，他们心里都涌动着莫名的情绪和伤感。

"城市是现代主义的发源地，在大多数现代主义的艺术中，城市则是产生个人意识、闪现各种印象的环境，在这样的环境里，一个自由主义的信奉者如游鱼在水。"段万年又在卖弄不知哪里看来的文字。

"所以，我们都回不去了。"

"那就回去吧。"

段万年吐了一口气，转身走向停车场。

叶山河的手机开始振动，他看了一下，是一条短信，何自全发的：

谢谢叶总介绍，香积厨真的很不错。西川真是一个文化底蕴深厚的地方，我还会再来的。另：谢谢您拒绝了我。你也应该谢谢您自己。

叶山河皱了下眉，一时不太明白最后一句话的意思。

他根本没有在意拒绝何自全。

爷爷说过，大部分的人进行冒险的时候，就已经想到了后果，好比借钱，开口的时候，心里都做好了被拒绝的准备。

而且，何自全这种做法，无法不让他想到江林。如果他不能抗拒诱惑，他有什么底气去追查江林？一边自己做贼一边去捉贼，这种精神分裂的事他做不出来。

但何自全为什么说叶山河自己应该谢谢自己呢？是因为拒绝对叶山河有利？

"有事？"段万年头也不回地问。

"没。"叶山河反问，"你觉得陈哲光这个人怎么样？"

"每一个拿着剑的强人后面，总是跟着拿着笔的衰人，为强人的杀人放火辩护。拿破仑，好像是他说的吧，一张报纸，抵得过三千毛瑟枪。陈哲光深谙此道。不过，他多走了一步，成了官场另类。做官不为怪，他这样做，会让同僚暗中嫉恨他，除非命好运好，否则很难走到终点的。"

如果智通在场，如此犀利评论一位大人物自然不智，此刻只有明月清风，段万年得意忘形地畅所欲言。

"他不值得投资，甚至最好不接近？"

"从吕不韦开始，任何商人都知道做官员的生意一本万利，但有的官员是黑洞，过于接近会被其吞噬。"

"但是他支持我接手晶体管厂，也可以说是命令。"叶山河沉吟着和盘托出，"当然，他也表示全力支持。"

"政治家的承诺就如同女人的誓言，你如相信你就是傻瓜。"段万年不屑地一，"他跟你签白纸黑字的约了？他对你亲口白牙地承诺了？"

"你觉得这样一个人、一位市委书记会承诺吗？能够说一句支持的话已经足够了。"叶山河反驳。

"你是因为张红旗的离开，准备改换门庭，另找靠山？"段万年停住脚步，转头看叶山河，敏锐地问。

"不用说得这么难听。"叶山河略有尴尬，"一位省委常委、省会市委书记，难道不值得我们对他绽放笑容吗？"

他突然想起昨天下午在717房间跟陈哲光见面的情景，自己是不是表现得过于心热了？这不是他的风格啊！是什么让他表现异常？每临大事有静气，一个市委书记就让他动心了，他到底还是没有真正做到我自岿然不动啊！

他感到羞愧。

"我没反对。"段万年转头迈步继续往停车场走去，"但我提醒你得有个度。还有，现在不是好机会。"

"那你说说什么时候是好机会呢？是担心别人耻笑，还是觉得哈市帮……"叶山河困惑不解。

"张红旗现在还是省委书记。"段万年打断了他。

叶山河默然，紧跟两步，跟段万年并排而行。

两人走到车前，段万年突兀地说："要不就徐朵朵吧，这姑娘单纯。"

叶山河吓了一跳，段万年这思维跳跃得惊人，茶艺吧的众筹群也是这两天让叶山河烦心之事，可是，这事到底也不算什么吧？

"你什么时候变得这样八婆了？"叶山河反问。

"在华尔街，一个家庭不稳定的职业经理人不会得到投资人的充分信任。我在你的山河集团，你旗下所有的公司都有投资，而且还会继续投下去，不设年限。你是我如此重要的经理人，我能不关心你的私生活？"段万年得意洋洋地说，"我这是对我的钱负责。"

两人拉开车门，都上了后座。当车门砰地轻轻关上，他们都突然有种感觉，似乎有种生活、有种情绪，有个世界一下子被他们隔绝了。

车辆驶出停车场，驶入山道，驶向山下虚幻而真实的不夜之城。

第九章　晶体管厂

第二天一早，段万年就给他打电话，邀请他去喝早茶。

叶山河说他没有那么好的命，如果段万年真的想他，可以到山河集团来，今天正好要拿出晶体管厂的解决方案。

段万年哈哈大笑说敬谢不敏。晶体管厂的事他就完全拜托叶山河了，他对叶总充分信任，什么时候要钱了，他就打款。

九点，叶山河来到办公室，开始工作。

例行的工作处理之后，他打电话问梅本直晶体管厂的预案出来没有，梅本直说昨天刘小备一直没有回公司，说在外面跑市场调研，关于晶体管厂的资料倒是搜集了不少。叶山河叮嘱的关于厂长鲁伯雄的个人信息也通过一些渠道了解了，项目组做了分类和分析，但是预案一个字也没有。

叶山河忍不住愤怒起来，这个刘小备怎么回事？她不知道这是关键时刻？时间又这样紧，跑什么莫名其妙的市场调研？但是只一瞬间，叶山河便冷静下来，刘小备不是新人，也不冒失，她肯定明白事情的重要性，那么她昨天去做的事，肯定在她心中比晶体管并购预案更加重要，会是什么呢？他淡淡地让梅本直召集企划部投资部上午集体讨论，他亲自参加。

然后，他叫徐朵朵把其他人和事，除非必须马上让他亲自处理的，都往后延，他今天只解决一件事，就是晶体管厂的改制预案。

昨天晚上跟段万年唠叨几句，他的心不知怎的就安定下来。

事情虽多，但有轻重缓急，这是段万年的话，其实在他心里，也早知道该这么做。

蜀都饭店虽然重要，但并不急，所以他这两天都可以不用考虑它。同样地，江林和纺织品公司也是如此。

张德超的事，他想清楚了，他虽然关心，其实现在还真插不上手，现在也不是插手的时机。同样地，张红卫的事也是如此。

就这么三下五除二，他这两天只需要解决一件事，就是晶体管厂。

九点四十，所有的人都集中在公司小会议室。包括很少过问具体业务的山河集团副总经理张德超。

叶山河跟张德超交换了一个含义丰富的眼神，然后深吸一口气，挺直身子，开口说话："我们今天这个会，议题很清楚，就是关于晶体管厂的并购。方向也很简单，就是我们一定要做。所以我们今天就不讨论关于并购可行性、风险分析这些了，直接讨论怎么做，并且设想对方会有些什么要求和条件，做出相应的预案，保证并购的成功。"

他转头看着刘小备："刘经理，你先说。"

"对不起，叶总，我昨天晚上有点累，没有做资料。"

这是一句非常错误的回答。

除非特别紧要，除了在山河装修公司创业初期，叶山河一般不会安排公司员工加班，他提倡员工上班时间认真工作，下班后有自己的生活。许蓉不以为然，嘲笑过叶山河，说他一个民营企业，竟然提倡这种衙门作风，实在不可理解，但是叶山河不为所动，坚持这个有别于其他大多数民营企业的规定，所以刘小备不应该拿晚上没加班来搪塞。

"这不是晚上布置的工作。"叶山河责备地看着她。

"非常抱歉。"刘小备脸上略微显示一点点歉意，"给我一刻钟，我先看看资料。"

"如果这十五分钟足够你解决问题，那么你可以适当提前一点时间，而不应该让大家等你一个人。"

叶山河难得这样当着所有的人直接地批评一个人，会议室所有人的目光都一下子集中在企划部经理的脸上。张德超喉咙动了动，看着叶山河严肃的表情，没有说话。

"对不起。那么，请给我半个小时吧。"

刘小备依旧是那副淡淡的表情，至少在气势上，没有输给董事长。张德超在心中暗暗喝了一声采。

"那就投资部先来吧。你们先跟大家介绍一下情况。"叶山河转向高阳。这其实才是正常的程序。刚才，他想起昨天刘小备上午不告而别，故意以此来提醒她一下。

"好的。"高阳点头，示意旁边的助手。

助手是刚进公司不久的大学毕业生，叫柳晨风，他充满激情地站起来，点开制作的PPT，抑扬顿挫地介绍起晶体管厂的情况来。

PPT很直观，分了几块，包括：晶体管厂资产及整体评估、投资评估、可行性分析、综合意见。

虽然叶山河已经定了调子，不讨论可行性、风险评估，柳晨风还是按照高阳的安排有条不紊地从头到尾，一字不漏地介绍完毕，时间刚好用了差不多半个小时。

叶山河留了半分钟给大家消化这些资料，正要开口，刘小备说："叶董，我现在说说我的想法。"

叶山河微微点头表示同意。

刘小备身体挺直，指着那屏幕上的PPT图像，语出惊人：

"首先，投资部对晶体管厂的评估非常不科学、不正确，作为公司专门从事这方面工作的投资部，不应该出现这样的疏漏。"

众人愕然地看着她，刘小备很满意这样的效果。

"首先，根据国资委，也就是212厂自己提供的资料和数据，这种账面价值基本没有参考价值，或者说价值非常小。"

高阳想要插话，刘小备及时举手制止了他：

"投资部是对对方提供的这些数据进行了调整，但是只注意到它的应收账款可能成为坏账、外贸业务中的汇兑损失、固定资产折旧是否合理等等，这是不正确的。因为这一部分，在212厂资产中占的权重不如其他类别的企业，你们忽略了212厂的无形资产、商标权和商誉的评估，这部分弹性很大。高经理您少安毋躁，即使对前面一部分资产的评估，你们也没有做到尽善尽美，比如你们忽略了是否还有未入账的负债、职工的退休金、预提费用、是否有担保借贷或尚未核定的税金等，所以你们现在做出的这个价值评估，肯定不是212厂的真正价值。"

高阳本来还想反驳，可是这时发现自己的确是有所忽略，即使不是像刘小备说的那样严重，但他决定不再说话，因为叶山河的工作作风他还是很了解的。

"那么，你认为这个价值评估是高了，还是低了？你能否说出一个你认为的准确评估？"叶山河问。

"肯定是低了。"刘小备自信地回答，神态有一些傲慢，"主要是无形资产这一方面，我觉得212厂应该获得高评，他们的产品，不是报告上写的那样，销售不畅，半死不活。实际上，我个人认为，他们的产品在国内，甚至在国际上都有一定的竞争力，技术含量很高，他们也取得了相关的专利权，这不应该被忽略。"

她停顿了一下："我没有经过精算，根据个人的经验，我认为这一部分应该在高经理这个评估报告上加上两千万到两千五百万。"

除了叶山河，所有的人身体都在这一瞬间微微后仰，似乎被她这个惊人的结论震住了。

高阳冷笑道："刘经理，请你尊重一下投资部，尊重一下专业人士的意见。"

刘小备冷冷地瞥他一眼："我参加过川棉一厂的并购过程，从头到尾。我这不是炫耀，而是说明我有这方面的实际操作经验。"

刘小备进入工作状态后有固执而苛刻的名声，但今天变得更加偏执。

"我觉得我还应该给高经理提点建议，目标公司的真正价值，不能光看账面价值。同时，即使再用上现行市价法去评估也不够，因为我们买下的这家公司，212厂，我们马上要让它继续运转，产生新的价值，所以至少应该用到稍微复杂一些的持续经营价值评估法，考虑到它未来的预期收益和市盈率。甚至，我们还要考虑使用协同价值评估法、战略价值评估法。"

"你说这些，抬高评估，只是因为叶总说了这个项目必须做。"高阳冷笑着说。

这句话非常失礼，会议室一半的人看着他，都忍不住露出了失望和责备。

"恰恰相反，如果叶董能够收回刚才说的话，我个人的建议是这个项目没有必要做。"

"你说理由。"叶山河示意。

"为什么厂方会做出这样一份报告？按照常理，拿来改制的企业，哪一个不想把报告做得花团锦簇，数字亮丽，希望在跟收购方的谈判中得到更多的利益？可是212厂却是反其道而行之，故意夸大了困难和亏损，隐藏了资产和预期，这是为什么？我想是厂方，甚至可以具体地说是现在的厂领导，他不愿意改制，他希望做出这样烂的一份资产报告会吓退投资人。或者，他另有打算，希望借这次改制，廉价地把国有资产转移到他事先安排好的买家。同时，我看了一下厂长鲁伯雄的简历，已经做了近二十年的厂领导，可以想象整个212厂已经被他治理得铁桶一般，这跟我们以前并购的川棉一厂有根本的区别。还有，他能够凭着如此差的经营业绩牢牢地占据这个位置而没有被拿下，说明他有关系。毫无疑问，他会成为我们的对手和敌人，在改制过程中设置障碍，我们可能陷入泥潭，所以，我个人认为，最好不要介入212厂，这是理由之一。

"第二，很简单，我们现在没有充分的管理人才来做212项目。前面说了，鲁伯雄可能把厂经营成为独立王国，所以他现在的管理人员基本不会为我所用。而我们现在集团公司内部，环顾每个部门和分公司，要不就是定岗定人，离不开职位，要么就是不能领导一个上千人的厂。这是我觉得最好不介入212厂的另一个理由。"

叶山河心里有些震惊。

刘小备肯定不会知道陈哲光跟叶山河说的关于鲁伯雄那番话，叶山河也不会把这番话告诉公司其他人，这种信息不对称是上位者，尤其是商人必须抓住的一种决策优势。但是刘小备竟然一语中的，从账面数据猜到了这背后隐藏着的可能，叶山河好生佩服，一瞬间竟然在想同样的情况下，自己能不能在半个小时内看出这些。

他手掌向下虚压，温和地说："我说过了，可行性和风险分析这些今天不讨论，这个项目一定要做。可以把它当成我们的一种战略价值评估。"

"但是在整个项目并购过程中，公司价值的确定是很关键的，它是第一步，也是很重要的一步，是并购价格的基础，投资部现在做出的这个……"刘小备毫不客气地抗辩。

叶山河再次用手掌向下虚压，打断了刘小备的争辩："我同意你对212厂的分析判断，我们的评估价格就在投资部这个评估报告基数上增加两千五百万，但这只是我们内部讨论的标准，也是我们谈判时的底线。开始谈判时，我们可以因势利导地就按他们提供的账面价值进行。"

高阳不服地说："那我们谈起来就应该相当轻松了，没有必要纠缠……"

叶山河心里轻轻叹了口气。如果说当初招聘刘小备是挖到了宝，那么同样是高学历的高阳可能要让他失望了。

但是，叶山河不是一个轻易表露情感的人，他温和地对高阳说："不纠缠了。刘经理，职工持股你有什么看法呢？"

"职工持股是个新生事物，至少目前在西川是这样的。昨天我是不赞成使用这种办法，把这种办法加入我们这次改制中来的。没有必要出这个风头，做出头鸟。这也不是我们公司的作风。但是现在，我觉得职工持股有必要……或者说，我们应该先做出预案，在某种非常情况下，把职工持股作为我们的一招撒手锏，派上用场。"刘小备沉吟着侃侃而谈，"因为，我们这次谈判的对手是鲁伯雄，这个人可能非常难缠，我们得准备一张随时用得上的底牌。"

"高经理，你呢？"

"我觉得刘经理说得非常好，这也正是我们的初步考虑。"高阳不得不承认刘小备说得有理。

"那好，你们就在刚才讨论的基础上，你和刘经理、梅主任一起拿一个谈判方案出来，我等着。"叶山河拍板决定。

他转过头对张德超："张总，我们到办公室谈点事。"

站起身，似乎是在起身这几秒才做出的另外一个决定，他对刘小备："刘经理，你也来。"

五分钟后，他们三人坐在叶山河办公室的沙发上。

叶山河坐在中央的长沙发，张德超和刘小备分别坐在旁边的短沙发。

徐朵朵分别给三人倒了茶和白水，退出时轻轻带上门。

他端起还很烫的茶杯，端起做了个样子然后放下，稳定了一下情绪。

"能告诉我你对212评估的真实原因吗？"叶山河温和地问，"产品和专利，这些都不是重点，只是一个参考。况且，你对于212产品的真实产销情况并不清楚，对于212所获得的专利到底有多大的开发价值，能够带来的商业增长更无把握。"

"现金流。"刘小备迟疑一下，自信地说，"更重要的是它的历史现金流，这花了我一半的时间来细挖。一桩并购案的原因，基本上是Target（目标）公司现金流转不周需要资本支持，要不就是块'肥肉'大家抢着要。我发现212厂的资本回报率、资本结构都相当不错，也不存在现金流周转不开的问题。同时，我使用Excess Earning Method（超额盈余企业估评法），看他的Annual Retention Ratio（年保持率），发现它的以往客户流失比例数据、销售额变化数据都还可以，可以知道它的Existing Customer（存在客户）的未来流失率不会是它报告表现的那样恐慌，所以我判断这是一份失真的报告，进而推测它背后可能隐藏着的问题。"

叶山河不知道她为什么突然用了很多英语，他大致能够明白她表述的意思，但张德超显然无法听懂，即使不用英语，这些术语都会让这位副总经理茫然。

"告诉你们一个信息，关于鲁伯雄的。"叶山河决定把这个项目隐藏在背后最关键的一环和盘托出，"他跟我们市委组织部长有亲戚关系，鲁伯雄本人想拿下这个厂，管理层收购，但是拿不出钱来。刚才刘经理的猜测完全正确，鲁伯雄将是我们这次并购的一个巨大障碍和破坏因素。"

"为什么不放弃这个收购呢？"刘小备旧问重提。

"因为我已经决定了。同时，你们现在也知道了，212厂价值被低估，这是一个很好的机会。"

刘小备看着叶山河平静、雕像般的脸庞，猜想他的真实想法，硬生生地把那句"既然鲁伯雄反对，那么这个评估又要有所不同了，投入与预期未必就是刚才想象的那样"吞回肚子，换了一句无力的问话："如果真拿下了，谁去？"

叶山河停顿下来，目光从刘小备那里移向远方，显然在沉思。

"凡事预则立，如果我们现在确定人选，他可以参与一开始的分析评估、谈判中来，这有助于他以后的工作。但是显然，叶董您没有考虑好。"刘小备毫不留情地继续追击。

"真的吗？"叶山河收回目光，意味深长地看着她。

"想从纺织品公司那边抽人？理所当然。纺织品公司现在走上正轨，江林可以抽调一些人手，比如他们那个营销总监，完全可以到这边来承担营销总监甚至总经理的位置。但是，"她看着叶山河，似乎做出了某种重大的决定，"有一个情况，我觉得我应该向您汇报。"

叶山河的表情微微有些变化，张德超抢先问："什么情况？"

"我觉得纺织品公司，江林和他的管理团队，可能内心有所波动，公司董事会应该对此有所觉察，有所准备。"

叶山河今天第一次表情明确发生变化，他倒抽一口冷气，完全没有想到在这种场合，从刘小备嘴里捅破了这层纸。

她是不是那个人？

这个念头再次闪过他的脑海。如果是她，她为什么前面用匿名信，现在突然直接挑明？如果不是她，又是谁？她知不知道匿名信的事？叶山河微吸一口气，知道现在不是分析这个问题的时候，他轻咳一声："今天我们只讨论212厂。我其实心中有一个人选名单。"

他转头看着张德超:"212厂项目除了前期谈判我会参与,后面的工作我准备请张总来负责。"——他制止了惊愕的张德超说话,"但是张总只负责战略层面的决策,具体工作,刘经理,你来负责如何?"

"她?"张德超更加惊愕,但是刘小备依旧还是那副沉静淡定的表情,也不说话。

"是的,就是你们俩搭班子吧。"叶山河认真地看着他们。

叶山河的电话响了。

叶山河看了来电,对他们说:"我请你们过来,就是想跟你们商量这件事,你们先考虑一下,最后决定还早,但是现在这个项目先由你们负责。"

他拿起电话,走到窗边,准备接听电话。

张德超在座位迟疑着,刘小备从容起身,迈步离去。张德超赶紧几步追上。

他们走出房间,走到叶山河肯定无法听见的地方,张德超小声问:"他知道了?"

刘小备瞪他一眼,不说话。

张德超不敢再问。

两人走过长长的走廊,刘小备脚步不停,走到另外一端张德超的办公室,转头看着张德超。张德超上前推门,当先进去,刘小备跟进,小心地关门。

张德超长吐一口气,正要开口,刘小备伸出手指挡在他的嘴前,张德超一愣,张嘴去咬,刘小备早有防备,收手离开,躲开张德超的熊抱。

"先说事。"刘小备淡淡地说,"刚才看你那样子一惊一乍的,咋就没点定力?还问我老叶知道了?就算不知道也只怕要从你做贼心虚的反应中看出什么来了。"

"那他咋把我们安排在一起呢?"张德超不解地问,"这么多年,突然要让我做事,我怎么想得到?还有,看他的意思是想让你去管理这个厂?他怎么就这样……"

"这样什么?这样放心?"刘小备冷冷一哂,"怪不得老叶能够做老大,你只能做副总。他用你,是因为他可能觉得这几年太由着你了,所以要给你找点事做。你别担心,他不想对付你,而是想拉拢你。你还不值得他对付。他用你是好事,你接受就行了。但用我,他的眼光毒着呢,看人很准。倘若不能从纺织品公司调人,环顾整个集团公司,我自认还真没有人比我更适合这个工作。你不信我有这个能耐?"

"我当然相信。"张德超赶紧讨好地笑。

"他叫我们一起去他办公室的时候，我就猜到了，所以我要故意跟他扯几句英语，看起来是对你不尊敬、不满，但是是为了在他面前和你划清界限。上次举报你也一样。至于他把我们安排到一起，只是偶然，他肯定什么也不知道，所以你别胡思乱想，自己乱了阵脚。"

张德超尴尬地笑笑，讪讪问："纺织品公司是怎么一回事？出了什么事吗？我怎么不知道？老叶不会瞒我啊。"

"没出事。但也快'出事'了。"刘小备冷冷地说，"你没见他让我做的那个'我为公司献一言'吗？老叶做事，像跑道上的赛车手，一个多余的动作都没有。他这样做，是有针对性的，而全公司上下，值得他这么隆重、委婉对付的人，是谁？只有江林。老叶不管是不是觉察到了江林他们有什么动作，他这么做是敲山震虎，可能不久就要互相摊牌了。你说是不是快'出事'了？"

张德超目瞪口呆，嗫嚅着说："你可把老叶琢磨得真透。"

刘小备心中冷笑，心想我一进公司，整个心思都在他的身上，他的一言一行都会思来想去，现在也是如此，虽然目的改了。他叹了口气，柔声道："老叶这样安排，对我们是好事。你独当一方，我们可以做很多事。那一千万暂时就让它……我们还是要搭个新公司，就从212厂开始，慢慢起步。我想过了，将来万一有什么，你都推在我身上，他肯定会相信。我研究了一些民营企业的案例，再加上老叶的为人，即使有什么贪污挪用，他只会开除我，不会把我送给司法机关的，那样造成的影响对他个人和山河集团都不好。他是一个商人，会算账。"

张德超又惊又惧："你……不会……我不会同意你做什么违法犯罪的事的！"

"我是说万一。没有谁会愿意去做违法犯罪的事。"

她的表情从容，语气轻松。可是张德超听在耳中，竟有一种说不出的阴森之意，涩声道："万一也不行。即使，真出了事，也是我扛。"

刘小备看着他，慢慢笑了，伸出手轻轻抚摸他粗糙的脸："好，你扛。你是男人，你是我的男人。现在我们还是先回去做事。这个项目看起来远远比不上当年的川棉一厂困难，前景也相当看好，但我认为，因为那个鲁伯雄，会变得相当麻烦。最好的办法是不沾，但是老叶既然这样安排了，是咱们的机会，咱们就得努力一下，谈成就万事大吉。"

"万一谈不好呢？"张德超问。

"万一？谈不好就谈不好吧。到时看什么样子再决定吧。"

中午所有的人都由梅本直统一叫了盒饭，然后各自休息一小时。

张德超是这个刚刚成立的临时项目组的负责人，却是最轻松的一个人。按照他目前的心情，一个小时也要利用起来跟刘小备在一起，但是，刘小备是其中工作最重的一个人，众目睽睽，实在不敢溜走。

刘小备工作重，不是说她的工作量，而是她的重要性。不仅因为一开始开会的时候，叶山河明确支持了她，而且现在她被董事长正式任命为具体负责这个项目。企划部、投资部、综合部、办公室，所有参与这个项目的人都要对她负责。所有的人都明白，张德超只是名义上的负责人。

下午开始工作后，刘小备就静静在坐在上午叶山河坐的那个位置上，静静地看着所有的人讨论、打字，然后把报告发到她的电脑上，然后她阅读，说出她的修改意见。

下午三点，谈判方案出炉，一共三套预案，用高阳的话来说是上、中、下三策，三策都是围绕人和物这两个基本因素来定的。高阳把这分成三个谈判目标，谈到哪一步就是哪一策。

上策是按照晶体管厂提供的账面资产进行谈判，同时只消化三分之二的工人，不接受管理层，管理层要进入改制后的新公司，需要跟其他工人一样，重新培训上岗。中策是资产评估上做一些让步，消化所有的在职工人，接受一部分管理层，但不能担任要害部门职位，其中鲁伯雄和一些厂领导不在其中。下策是资产评估大幅度让步，同时鲁伯雄进入新公司并担任决策者。

实际上，下策基本就是完全失败，在普通的谈判中，这样的条件就表示谈判破裂，但是因为叶山河定了调子，必须拿下，所以这个结果也被高阳列出来作为一种参考，但没有人认为会谈成这样。他们这些年跟着叶山河顺风顺水，谈过很多大项目，每次都成最后赢家，这次又是买方，占据主动，所以在下策这部分，没用多少心思。

关于职工持股这点，因为没有做过，也做得比较粗糙。

刘小备让他们重做预案，主要是第三部分，必须考虑到鲁伯雄这个人的强硬、狡猾，不能乐观，强调即使是谈成最坏的地步，也要在最坏的情况下锱铢必较。同时，职工持股虽然没有陈例可依，也要尽可能把这一部分做得详细一些。

刚刚成立的项目组成员们对于负责人的安排不以为然，但是乖乖地按照命令重新补充了应对之策。

半个小时后,预案重新发到了刘小备电脑上。

刘小备研究了十分钟,又发了十分钟的呆,做了一些修改,然后让他们打出来,拿着打印件,去向叶山河汇报。

徐朵朵迎上,抢先去敲了叶山河的门,没有回应。

徐朵朵有经验地微笑:"请稍等,叶总可能在打电话。"

刘小备轻轻地扫了她一眼,转了目光看着窗外下午四点蜀都灰白的天空,目光茫然,似乎在出神,却是在全身心地感受这间办公室的一切,尤其是身边这个女孩。她的心思,这一刻,完全在身边这个年轻、漂亮,还有无知的女孩身上。

是的,刘小备认为她无知。她跟了叶山河差不多半年了,可是她在这个女孩身上,看不到质变,除了增加了几件得体的衣服。

她有些鄙视徐朵朵,这是一个多么好的学习机会,跟着叶山河,甚至不用他直接教导,只需要感受他,看他说话、做事的方式,认真揣摩、模仿就够了,可是徐朵朵肯定浪费了,真是暴殄天物啊!

她分析过集团公司内部所有可能对她构成竞争的人,除了宋长生地位超然,杨迁的精明、高阳的锐气、路明生的好学,几乎每个部门的经理都不是易与之辈,在叶山河的带领下,这些年都历练得能力出众。当然,她在内心深处,还是自负盖压他们,平时也矜持地保持跟他们的距离,以此显示自己。但是上午,当叶山河起身那一刻,叫她和张德超去他的办公室时,她的心立刻有些不安起来,是因为212厂这个突然降临的机会?患得患失?

"进来。"叶山河在门里说。

徐朵朵推开门,站在旁边请她进去,对她点点头,然后轻轻带上门。

叶山河刚刚走回办公桌前,坐下,把手机放下,抬头看她。

刘小备走过去,把报告双手递到办公桌上,叶山河接过去,示意她坐。

五分钟后,叶山河看完了报告,抬起头问:"你的想法?"

"我的想法都在这份报告里了。"

"对这次谈判的预期如何?"

"目前参与这个项目所有的人,除了叶董您,都充满一种乐观的态度。我的看法是,这次谈判可能相当困难。因为鲁伯雄,您说过,人比事重要。"

"不是我说的,是别人说的。"叶山河看着她,"刘经理,我同意你的判断,谈判方案现在就按照这个作为蓝本。这次谈判可能会因为鲁伯雄这个人变得相当麻烦,所以我们要做好充分的准备。你下去之后,再跟梅主任商量一下,梅主任以前在国企工作,这一块他熟,有很多资源和人脉,你请他通过私人渠道再多了解一些鲁伯雄和晶体管厂的情况,我也会跟他打个招呼。你梳理一下,看看有什么值得注意、可以利用的信息,及时报告给我。"

"我记下了。我还有个意见。"她看着叶山河,停顿了一下,"这次改制由蜀都市委市政府、国资委牵头,力度很大,实际上,就是陈书记的意志,这是大势,任何人都不可能阻挡、抗拒,鲁伯雄也不能,除非他能够说服陈书记。有没有这个可能?我觉得……这个世界每个人都有他独特的渠道,陈书记也不是刀枪不入的英雄。"

"说完了。"叶山河静待了十来秒,看刘小备没有再说下去的意思,才问。

"就这。"

"我知道了。"

"那我先回去了。"

叶山河起身把她送到门口,替她拉开门:"辛苦。"

叶山河坐回座位,浅啜了两口茶:这个企划部经理越来越让他看不懂,也越来越让他刮目相看。

这一次,她展现的能力、展现的锋芒都是前所未有的。尤其是刚才,她能够想到鲁伯雄会做什么,证明她有统领全局的思维和能力,那么,这是说明她非常希望在晶体管厂收购中表现,或者说,她对于收购后的晶体管厂具有某种期待?

考虑了几分钟,梳理了一下公司现在的管理人员,他不得不承认,如果晶体管厂收购成功,刘小备倒真是一个非常合适的人选。虽然,她的离去会让企划部变得空虚。

还早,暂不考虑。

叶山河笑笑。凡事预则立,可是自从昨晚之后,他决定暂时放弃这个原则,得过且过,先应付眼前的急事。

也正是因为这个考虑,他决定放弃今晚跟许蓉或者段万年的见面——反正跟晶体管厂的谈判已经这样了,他们也不会拿出更好的意见,先谈了第一轮再说。今晚，他准备好好跟张红卫去放松一下。

刚刚刘小备来的时候，他先是接了蒋中兴奋的电话，说合约已经谈成了，基本就按他们最初达成的意向协议。叶山河说很好，他马上安排财务把钱打过去。

这没有什么值得惊喜的。

他昨天见了何自全，差不多就猜到了会有今天这个结果。当然，还是值得庆祝一下，毕竟是一个相当好的项目，值得期待。他想等忙过这两天安排山河集团和蒋中公司的人聚一聚。

然后接了张红卫的电话。

张红卫说老板回来了。老板告诉他，他的位置暂时不动，要坚持到十八大后，然后约他喝酒，小芙蓉。叶山河一口答应。

这种时候，再忙的事，他也要放下来陪这位二号首长。

他跟段万年和许蓉分别打了电话，段万年笑说"留守内阁"，许蓉说还真不知小张现在的心情该如何。他们都有一个共同的看法，张红旗还要待几个月，应该有利。尤其是许蓉刚刚从段万年处得知叶山河准备竞拍蜀都饭店，她表示强烈支持，说钟守信她来对付。但张红旗不急着走，对于他们拿下这个项目肯定会起作用，甚至是关键作用。

叶山河觉得也是如此。既然张红旗还要待几个月，那就好好利用一下吧。他不是想利用张红卫来做什么，而是利用他来阻挡别人做什么，当然，在某些人眼中看来，这种行为跟某些人相差无几，但是叶山河有自己的原则和底线。

他让许蓉给他们在会所预留房间，准备今晚好好陪张红卫，自己也放松一下。

第十章　同窗之谊

这天晚上，当叶山河难得地像一个普通的商人一样，进行声色犬马的应酬，陪着张红卫在许蓉的酒店喝酒、唱歌，叫了好几个年轻漂亮的姑娘陪着，尽情娱乐的时候，徐朵朵和她的同学参加了众筹茶艺馆第一次股东大会。

她这个同学叫安千千，漂亮、伶俐，现在建设银行西川分行下面一个支行做大客户经理，她们是初中同学，但是整整三年，她们基本没有任何交流，阻拦在她们之间的是家庭。

安千千的父母都在建设银行工作，母亲是中层干部，父亲是支行的总会计师，家境优越，而徐朵朵的父母都没有正式工作，属于这座城市最底层的普通市民。

初中毕业后，安千千考进西川有名的重点中学蜀都七中，徐朵朵则进了另外一所普通中学，然后是高考，安千千考进了首都一所大学，徐朵朵则进了一所职业学校，两人距离愈加遥远。

安千千大学毕业，被父母强烈要求同时全力运作，回到蜀都进了父母所在的银行工作，先在柜台实习了几个月，然后调整到了综合业务部，准备过渡一下再去更好的位置。就是在这段过渡时期，有一次她被经理带去应酬，对方是一家成衣公司，属于重点客户，她和徐朵朵，两个八年多未见的初中同学，在饭局进行了一半后才突然反应过来，演了一场故乡逢故交的好戏。

徐朵朵的惊喜是真诚的。一半是因为她封闭的世界里需要朋友，一半是因为她能够跟以前班上最骄傲的同学平等地坐到一张餐桌上。安千千则不然，她对徐朵朵根本没有印象，同时她心里充满根深蒂固的骄傲。最近这段时间，为了一个固定的工作，委屈自己做一些她根本不屑的工作，跟专业无关，也跟她的理想无关，心里充满巨大的失落，连带对参与这些事的所有人都抱着莫名的厌恶，也不觉得在客户中遇上一个同学有什么值得高兴的，只是出于礼貌，分手的时候，她们互相留了电话。

差不多一年后，安千千按照父母的安排，如愿以偿地进入信贷业务部，成为一名大客户经理。假以时日，在她父亲退休之前，会按照副经理、经理、副行长、行长升上去，以她的学历和才能，甚至可能走得更远，唯一可能成为障碍的是她对目前的工作毫无热情，缺乏主动。

一天下午，都快下班了，她所在支行行长给大客户业务部经理打电话，说今天晚上有一个重要的应酬，让他马上安排两名女性大客户经理，下班后搭乘他的车一同出席，并且点了安千千的名。但是令人意外的是，行长没有让经理一起同行。

饭局地点在城外树林里一家别致的餐厅，装修介乎农家乐和度假酒店之间，她和另外一位客户经理下车后惊讶地发现，分行行长已经等候在那里，进入预订的雅间。她们发现，宴请的客户只有两人，实际上，应该只有一位，一位三十多岁身材挺拔、目光深邃的男人。

另外一个是一位年轻女孩，看样子是他的秘书，安千千怔了一下才想起来，是她的初中同学，徐朵朵。

她调换工作到业务部前，精明的父母就告诉过她，业务部有很多应酬，其中一部分令人厌恶，但这是她成长过程中必须经历的阶段，因为只有在业务部提升最快。而且，所有的支行行长都有做过客户经理的经历，虽然，以前称呼不同，叫信贷员。所以她一开始以为今天的应酬可能是一次俗套的弥漫金钱和权力，甚至还有情欲的场面，但是看着干干净净、安安静静的客人和分行行长，她明白只是一次纯粹轻松的联络感情的饭局，即使有酒，也肯定非常克制。同时，她还想到了，安排来得如此匆促，多半是因为分行行长才知道她是徐朵朵的同学，而这个信息多半来自叶山河。叶山河的信息，毫无疑问，只能来自徐朵朵自己。

她的心情突然有种淡淡的失落。

可是她自己，也不明白为什么会这样。

饭局进行到一半的时候，当叶山河转过头关心地看着徐朵朵喝了半杯支行行长敬的酒时，她捕捉到了那个似乎亘古不变的冷峻表情那一瞬间的柔情流露，她突然明白她为什么不高兴，同时似乎也明白了徐朵朵为什么会在短短一年间能够摇身一变成为一位董事长秘书。

她在心中恶意地想：小蜜。

这也是一个正在流行的热词。

但是，看着叶山河那张相当有个性的脸，再加上举手投足间，那种令人沉醉的成熟男人魅力，安千千忍不住想，做这样一个男人的小蜜，似乎也没有什么不好吧？

分行行长一改在安千千心中稳重、严肃的形象，变得平易而幽默，支行行长变化更大，一桌六个人中就他最累，一半的时间都起身走到分行行长和叶徐二人身后伺候，时而像一个卑微殷勤的服务生，时而扮演逗笑的小丑。

她强自配合两位行长的玩笑，装作坦然地去看叶山河，这位山河集团的董事长温和地微笑，淡淡地跟分行行长说话，丝毫没有受到影响。安千千镇定下来，略有失望，突然之间，想到他和徐朵朵可能的关系，她才下定决心，无论如何，她得重新定位徐朵朵在她心中的分量，和她建立真正的"友谊"。

饭后，他们移步在水榭品茶，分手的时候，转变态度的安千千已经做作地跟徐朵朵回忆了好多初中趣事，分享了好多别后的生活，依依不舍。

第二天上午，安千千拨打徐朵朵的电话，约她下班后逛街，然后一起吃饭。徐朵朵又惊又喜但是拒绝了她，并且请求她以后上班的时候别打电话，她们可以聊QQ。因为这样既隐秘又方便，她即使忙不过来，也会在休息的时候回她。

她们加了QQ，然后安千千迅速了解到徐朵朵拒绝她的原因是她父母对她那种过度的保护。

这可不行。

安千千从自己的角度出发，认定两个女孩子之间要建立，或者说"恢复"亲密的友谊，不是单靠对着电脑屏幕聊天能够完成，而应该一起去逛商场，买化妆品和衣服，一起吃饭唱歌，一起参加聚会。

经过几天断断续续的聊天，安千千差不多摸清了徐朵朵的家庭情况和她那不设防的心思，她决定亲自上门拜访徐家，跟徐朵朵的父母见面。周五晚上，她带着几件别人送给她父母的礼品敲开了徐朵朵的家门。

对于她的突然到来，正窝在沙发上看电视的徐朵朵喜出望外，跟着因为居住环境的简陋而羞愧起来。安千千没有在意这些，一切跟她的想象差不多，包括她的母亲。

她母亲除了对女儿过于关心之外，基本上还是一个本分淳朴的普通人，安

第十章　同窗之谊

千千几乎算是她家第一位贵客，而且带着礼物，徐母立刻表示热烈欢迎，陪着她和女儿闲聊，当然，也有监视的意思在内。

安千千的套路完全正确，当她透露她的父亲是银行的领导，她的工作是负责银行的贷款业务，而徐朵朵工作的山河集团这么多年从她工作的那个银行贷了天文数字的款时，似懂非懂的徐母立刻对这个气质不凡的初中同学充满真诚的好感和敬畏。跟着，似乎是闲聊，安千千提到了徐朵朵她家这一片已经纳入旧城改造的拆迁范围，负责开发修建的房产公司也在她工作的银行贷款，她跟老总很熟，徐母彻底被降伏了，连徐朵朵也被她这个半真半假的信息吸引。

安千千守着预定的计划，坐了一会儿就乖巧地告辞，徐朵朵和母亲送她到街上，看着她开着自己的轿车，无声地滑入灯火阑珊的街道，无声地消失。那种安静之中，似乎有种惊人的声音在呼啸，冲击着徐朵朵母女的心灵。

徐父收车回来后，徐母跟他说了这个初中同学，尽量平淡的口气掩饰不了真诚的羡慕，徐父完全明白妻子的用心，他们迅速达成如下共识：她的女儿应该跟这个初中同学多多交往；应该让他们的女儿交到更多值得交往的朋友，最好是女生；他们的女儿长大了。

是的，他们不得不承认，他们的女儿长大了。

他们必须面对现实，她应该交朋友、恋爱，找一个他们认可的人结婚。

第二天徐朵朵打电话给徐母，说安同学约她看电影，徐母爽快地答应了。接着，徐朵朵有越来越多的时间外出，当然，还是保持着十点左右回家的习惯。徐父徐母表面上放松了对她的约束，但是暗地里，他们更加关心，他们经常夜深躺在床上，像谍报人员一样深入地分析女儿最近的动态、表情、穿着、打扮等。当然，这并无恶意。

安千千如愿以偿地把徐朵朵变成了她的闺密，无话不说。

但是安千千觉得还不够，她要让徐朵朵彻底完全地跟她捆绑在一起，在纯粹的友谊之外，还要加上现实的利益关系。她邀请徐朵朵加入他们正在筹备的茶艺馆项目。

徐朵朵坦白地告诉她，她的钱都在母亲那里，同时，她对这事不感兴趣。安千千默然。

不感兴趣好办，以她在大客户经理这个职位上渐渐练成的沟通能力，说服徐朵朵这朵毫无防御能力的温室花朵，不会比折卷一张报纸更难，但是以她对徐朵朵家庭和徐母个人的了解，要从已经牢牢掌握在徐母手中的存款中拿出这么一笔钱来投资，几乎相当于非洲的小国完成登月计划一样困难，她感到无奈，决定等待下一个机会。纯粹出于大客户经理的职业素养，她还是把她拉进了那个众筹茶艺馆的QQ群，虽然，徐朵朵除了刚刚进群礼貌招呼，基本就不发言。

但是周一的上午，徐朵朵突然跟她说希望加入茶艺馆众筹。

安千千在电脑那边发了一分钟的呆：她从哪里来的钱？

她确定以徐朵朵的性格不会为了一个茶艺馆向人借钱，也无法从她母亲那里拿到那笔钱，那么，只有一种可能，是她的董事长给她的，这证明了她和叶山河真的存在某种不正常的关系，也证明了她对这位初中同学的感情投资完全值得。

现在茶艺馆已经基本确定第一种众筹办法，就是三十个股东，每人十万元。

因为经过漫长而热烈的讨论，大家都认识到了，首先，他们无法召集到一千个股东。即使搜罗到一千个股东，那也失去了股东的意义，相反只会给经营带来无所适从的批评。其次，茶艺馆容量有限，肯定无法接纳一千，甚至一百、五十个股东的同时惠顾，而且，当一千个股东参与利润分享时，即使每个月赚上一百万，摊到每个人身上，也只有可怜兮兮的一千元，这毫无意义。

然后，作为首倡者的安千千提出了另外一种合理利用资源的办法，就是三十名股东，不仅要在前期众筹十万，而且要在装修期间，开业前销售二十张会员卡。会员卡分两千元、五千元、一万元预存金不等，会员卡预存金不能支取撤回，只能在茶艺馆消费，一万元卡可以打七点八折，五千元卡打八点五折，两千元卡打八点八折，因为茶叶的直接成本基本都在百分之十五以下，所以茶艺馆也会从中赚钱。

二十张会员卡是每位股东的最低任务，超额销售将有奖励。奖励标准是，超过二十张会员卡最低预存额四万元人民币的部分，百分之五十作为股东的个人奖励。

这些会员，自然会是茶艺馆生意的重要支撑，如果销售顺利的话，同样能够到达一千人众筹的效果，而且能够一开业即回笼很大一部分资金，减少投资风险。

这是将众筹这个概念具体化，接地气的措施。

安千千发起这个倡议的时候，就准备了这个后续的办法，一直耐心地等候着大家争论得差不多了，有些迷茫和疲惫时再抛出来，果然一举得到了几乎所有股东的响应和支持。

这是安千千战斗在金融工作第一线，结合保险销售、金融理财的某些手法设计出来的措施，不算是什么天才的构想，但是新颖诱人，能够击中所有股东的心。

他们最初参与这个众筹，固然有兴趣，想玩，希望借这个平台交朋结友，但是也希望这个投资赚钱。毕竟，每个人实打实地投入了十万元真金白银，现在有了这个刺激措施，每个股东第一时间都在计算自己可以找到多少个能够掏出钱来购买会员卡的熟人朋友；同时，都会想象自己优雅淡定地对目标客户说，我搞了一个茶艺馆，你来办张卡吧。

建群的时候，每位受到邀请的股东都经过了初步的筛选，保证有一定的实力和资源，所以这些股东都认识些能够随便消费几千块的朋友，但是用这种方式去发展会员，非常体面，正如《让子弹飞》里姜文那句话：站着都把钱挣了。

当然，作为首倡者的安千千，更加自信。

她接触的都是以百万千万为基数的客户，他们非常乐意向这位漂亮的大客户经理表示好感，何况她背后还有拥有实权的父亲，安千千充分认识到了这一点。

她有十足的把握，她要他们去她开的茶艺馆捧场时他们都会一口答应。然后她就会马上向他们建议最好办个会员卡，可以打折，这种时候，不管是受到销售催眠还是却不过情面，他们都会乖乖地掏出钱来。

以最小的本钱撬动最大的项目，获取最大的利润，这是安千千的精心设计。她做过初步的市场分析，在纸上列出目标客户，预计第一批就能够卖出四十张以上的卡，赚取近二十万的纯利润，还拥有一个好听的身份：茶艺馆老板。同时，每一个走进她办公室的新客户，都有可能成为她的购卡者。

她也考虑过风险，几乎没有。

基本上这些客户都不会在意这点小钱，更不会因此背后说她甚至举报，而且即使为人所知，她就是让他们购买一个会员卡有什么？什么也没有。

这似乎可以看成这些客户才是真正的众筹者，她是唯一的受益者。

其他众筹的股东，想法基本如此。

股东们迅速取得了一致意见，同时强烈要求立刻召开第一次股东大会。虽然目前只有二十余人明确表示参与，但是这些参与的人都等不及了，因为安千千这个立竿见影、快速致富的办法，他们自信满满地认为二十余位股东已经足够，同时觉得赢利前景明确，没有必要与人分享。这跟他们当初众筹的精神完全背离。

经过讨论协商，他们决定在这个周二晚上聚会，地点在宽窄巷子的白夜酒吧，股东中一位诗人刘波电话预订酒吧中的书吧，时间是晚上八点半。

下班后，安千千和徐朵朵一起逛了一会儿街，提前半个小时到达，另外两位主要发起人刘波和杨知已经坐在书吧里等候即将到来的各位股东了。

刘波就是提议并预订这儿的人。杨知的身份是蜀都飞机厂的工程师。

白夜酒吧是一位全国著名的女诗人开的，以前在玉林路，陈哲光有破有立，在拆城的同时也在建城，打造宽窄巷子这处文化地标的时候，亲自召集蜀都的文化名人，尤其是那些已经下海创业的，鼓励他们集中到宽窄巷子发展。女诗人将酒吧搬迁至此，成为一处全国性的诗歌圣地。

刘波大学时写过诗，进入社会后不安于一份单调的工作，到处晃荡，卖酒、卖茶，眼红房地产行业又进入房地产行业。当然他是没有资金的，现在也不像这个行业最初兴起的时候可以玩空手道，他只好仗着脑袋聪明做些推广营销之类的工作，不是像普通的营销代表那样而是注册了一家公司，以公司的名义卖房子。但听起来高大体面，遇上一般的人还可以装作是开发商摆大老板派头，实际上只是捐客，蜀都本地话所谓的"穿穿"。

杨知倒是实打实的资本家，乡镇企业兴起的时候，他为很多加工型企业提供技术服务，自己也投资兴办实体并在效益最好的时候高价转让，接着进军股票，赶上了股票野蛮生长那一段时间，资本翻了十多倍。后来凭着专业的目光，他看中了航空业，一股脑儿把所有资产投入一家泰国航空公司，坐收红利。

闲下来，杨知突然喜欢上了写诗，而且不是一般的喜欢，简直可以说是痴迷，一天至少要写一首，写完就用QQ或者微信群发给朋友欣赏。正因如此，他迅速跟饭桌上认识的刘诗人成为朋友。

对于这个众筹茶艺馆，刘波可以说是最热心的发起人，他的商业经验早就看出这种经营模式除了令人耳目一新的噱头外，根本不可能赚钱，但有助于把他包装成一个拥有实业的商人形象，类似叶山河和钟守信嘴里的"男人的衣服"，给他的"穿穿"生意增加可信度。

而杨知，则无可无不可。曾经沧海，这种小江小河小舟小船肯定不入他的法眼，投资十万块钱并不比考虑今晚去哪里吃饭更难一些，唯一能够吸引他的是茶艺馆开业后可以聚集相当多的诗人在一起品茶论诗，有助于他的诗歌创作，所以他是不问缘由的坚定支持者。

安千千和徐朵朵进来的时候，刘波和徐朵朵眼前都是一亮。刘波跟安千千作为发起者已经见过面，但没有见过徐朵朵，杨知则一个也没有见过。虽然，他心思不在这上面，但如此养眼的美女成为股东，他突然觉得这个众筹茶艺馆也有点意思起来。

两人同时站起来，刘波和安千千互相介绍了徐朵朵和杨知，四人坐下。

书房是由酒吧进门过道隔出的一间小屋，靠墙摆放了一排高高的书架，填满了文艺书，屋中间摆了几张小桌，现在被服务生并在一起构成一张长桌，两边摆着座位，刘波和杨知相对坐着，徐朵朵不想跟安千千分开，两人挨着杨知坐下。书吧这片在酒吧里属于相对独立的空间，照顾不同要求的客人，今天被他们整体包下，全部安排了茶。服务生送上两杯普通的竹叶青后，四人开始闲聊，等候其他股东。

刘波要在美女面前显示自己，决定从自己擅长的地方开始。

他先介绍酒吧的来历和发展，说了一些从别人那里听来的老白夜的趣事趣人，然后装作随口问听得兴味盎然的徐朵朵："喜欢诗歌吗？"

徐朵朵认真思考了一下，老实地回答："一般，可能有一点感兴趣。"

"一点是多少？"刘波身子前探，越过了桌子中距。

徐朵朵不由自主地往后一缩，看看安千千，说："只会背几首古诗，中学要求背的。"

"古诗好。"刘波斩钉截铁地说，像是在宣布一个伟大的发现，"你肯定喜欢李清照、柳永那样的婉约派诗词，符合你们女生的气质。女人如水，上善若水，喜欢古诗很好，尤其是在当下这个浮躁的时代，能够沉下心来读些古典诗词，是非常好的事。"

徐朵朵知道李清照但记不起柳永是谁，同时，她似乎并没有沉下心来读什么古典诗词，她现在床头也放着两三本书，都是跟秘书工作相关的职场书。她那个家，似乎也不具备什么读书的氛围，但是刘波这时候有种莫名其妙的气势，她不知如何开口，更不会否定。

"为什么？因为现在搞诗的人太多了，混圈子的人，挂一个诗人的名，作为头衔到处招摇撞骗，附庸风雅，实际上，他们并不懂诗。但是，现代诗的一个特点是自由，这给了这些伪诗人狡辩的借口，都认为自己写的是诗，都认为自己写的诗很好，都堂而皇之地把那种分行的废话当成诗——还真有什么废话诗派、口水诗派，你说笑人不笑人？大部分外行看不清他们的本质，因为没有一个严格的标准、一个统一的门槛，从这个意义上说，我认为，应该用古典诗词的修养来衡量一个诗人的真伪。因为，一个自称诗人的人，可以理直气壮宣称自己不懂现代诗而不愧，但若不懂古典诗词，那便有些像，像什么呢？剥了画皮，现了原形。"

徐朵朵微微有些吃惊地看着眼前这个头戴牛仔帽、围着围巾的诗人，狭长的脸颊上疏落地栽着些胡须，一双小眼睛闪着精光，说话时露出满口黄黑牙齿，他为什么要跟她说什么？她和他是刚刚见面吧？她无助地瞥了眼安千千，可是这一次，一贯对她照顾有加的初中同学有意无意地把她忘记了，转过头跟杨知小声交谈。

实际上，安千千并没有忘记徐朵朵，她不用转头，不用看他们两人的神情就可以猜到他们现在各自的心情心思。刘波那番话她已经听过两三次了，即使第一次，也对她没有任何杀伤力，但她故意要磨炼一下徐朵朵，在这一点上，她和叶山河的希望完全相同。

"但是古典诗歌，乃至整个古典文艺，在现在，在当今，有些时候，已经像生长在泥土上的树木不能存活于水泥中。"诗人做出深沉的痛苦表情，像痔疮突然发作，声音也低沉下来，"因为现代工商业社会里，生活节奏加快，人与自然隔绝，人际关系疏离，那种'分行文字'的含蓄、隐晦，需要心灵沉潜体验和文化素养为鉴赏前提，已与人的快餐化的文化生活状态严重冲突。

"诗歌的衰落，是进入现代化国家的普遍文化现象。虽然还有一批坚守诗歌阵地的爱好者，但总体上，不管诗歌具有怎样高贵的人类智慧与情思，也只是古典伸进现代的一条小尾巴，已处在其发展史的末端，其命运与京剧酷似。

"诗歌发展到现在，已经没有更多的人来接受、认可和喜爱。诗歌已经失去了八十年代黄金时间的轰动效应，'作者比读者多'，诗人写的诗只有自己才能够懂，甚至过后自己也不懂……"

…………

徐朵朵有些惶恐地看着这个咄咄逼人的男诗人。

不是说来讨论众筹茶艺馆的吗，怎么变成诗歌讲座和诗歌批评？

徐朵朵知道这个男人对她有好感，他是在向她炫耀见识，她从小到大见多了这样的男人，他们向她炫耀过各种羽毛：调皮、乒乓球技术、英语成绩、雅马哈电子琴、肱二头肌、海外亲戚、轿车……但是向她炫耀诗歌，还是第一次。

实际上，这也是她第一次独自参加父母眼中的"危险"聚会，果然就遭遇到了"危险"的男人，但是，她对诗歌不感兴趣，对这个男人，她更没有兴趣。

徐朵朵只觉得这个人很古怪。为什么不取下他帽子？叶山河偶尔跟她提到过，跟人说话时，一定要看着对方的眼睛，目光坚定，表情坦然，眼前这个诗人似乎是一个反例。就在她快要无法忍受，决定不顾失礼借口上洗手间起身溜开那一刻，又有几个人走了进来。

他们当然也是这次众筹的股东,这几个人的到来,打断了诗人的夸夸其谈和安千千的娓娓细语,安千千和刘波都站起来,承担了互相介绍者的工作,跟着又有人陆续到达,这样的工作不断重复,徐朵朵也跟着站起来点了好几次头。

快九点的时候,安千千清点名单,已经到齐。刘波清清嗓子,正要抢先说话,一个服务生进来叫道:"刘哥,该你上场了。"

酒吧大厅正在进行一场诗歌朗诵会,刘波努力争取了上台朗诵一首分行文字的机会,这也正是他坚持要把聚会地点安排在这里的重要原因。

这个时机来得恰到好处,刘波矜持地站起来,对着众人微微颔首:"各位同人,不好意思,我先耽误一下。你们继续。"

他抓起搭在椅背上的大衣,出了书房。

安千千站起来,主持会议,开始介绍今晚聚会的流程。

这个时机对她来说,也来得恰到好处。几个发起人中,就只有刘波可能会对她发起挑战,刘波的离去有利于她控制场面和走向,把握这个众筹茶艺馆的主导权——当一个项目参与人众、模式什么的都不重要,重要的是谁来主导。

同时,她心里还藏着一个小心思。

安千千首先提议今天的会议记录由徐朵朵来承担。

徐朵朵有些茫然地被安千千点名站了起来,僵硬地对大家微笑。这样一位娇娇柔柔、毫无锋芒的美女,不仅男士热烈鼓掌支持,女生们也毫无反对的意思,当然,她们也没有反对的理由。

然后,安千千提议成立茶艺公司的董事会。

这只是一个过场,所有的人都是毫无疑问的董事会成员,从公司章程上拥有相同的决策权力。

接着是一个相当重要的议程:确定经理人选。

因为股东众多,约定都不参与具体管理,有什么建议可以通过议事规则传递给经理,所以经理实际上比所有的股东对茶艺馆更有话语权,即使最不介意的股东如杨知,都知道这可能是今晚最重要的议程。

安千千心中当然有了合适的人选。是她的另外一个闺密,在一家五星级酒店餐饮部做管理,正准备辞职,这个众筹茶艺馆部分创意也来自她这个闺密。但是安千千知道她不能直接提出她闺密的名字加以推荐,这件最重要的事不可能一蹴而就,需要一个委婉迂回的过程。

经过她的引导，总经理人选最后决定由每位股东都推荐一人，最后所有的候选人资料在QQ群里公布由大家了解后民主投票，选出最后三人进行终选，下次聚会时集体面试，确定最后的人选。

这个办法让大家既新奇又满足，整齐地表示同意。

接下来一些无关紧要的细节，安千千让大家充分讨论，互相磨灭锐气的同时又激起火气，她安静地退在一旁像是一个无关紧要的旁观者，她在等待今晚最期待也志在必得的一个环节。

她看着紧张认真地记录每一位股东发言的徐朵朵，心里好笑：等下，就看你的了。

突然间，酒吧传来一阵喧哗，一个服务生慌张地跑来叫道："你们的人打架了。"

几个男股东互相看看，先后站起冲了出去。

不是他们急公好义，乐于助人，同仇敌忾，而是这座城市市民的普遍习性和特殊爱好，任何热闹都喜欢往上凑，以便作为事后谈资，但他们凑热闹仅限于围观，最多嘴上争论而懒于动手，跟西南另外一座城市的渝州崽儿形成鲜明对比。

跟着有几位女股东也起身外出观看，安千千见大势所趋，只好说："大家都出去看看吧。大家注意保持理智。"

她和徐朵朵跟在后面走出书房，最后是杨知。

"你对打架没有兴趣？"她问杨知。

这句话对于一个男人似乎带有某种挑衅意味，但安千千对这位只在群里聊过几句，没有什么印象，今天见面后突然有种说不清感觉的男人，有种想要了解的兴趣。她现在只知道他是蜀都飞机厂的工程师，还不知道他丰富的经历和在泰国航空的股份。

"现在，我是一个诗人。"杨知淡淡地说。

安千千气结。徐朵朵笑笑，她认为这句话回答得很妙。

不过安千千很快就漂亮地反击："挨揍的是诗人，打人的看起来也是诗人，事情的起因，却可能不是因为诗歌而是因为一个中年女人。"

她看着被围在人群中的刘波和一个长头发男人之间，站着一位似有泪痕的"干瘦的中年女人"。长头发男人揪住刘波的衣领，气势汹汹地大声呵斥，刘波的帽子不见了，露出半秃的头，目光呆滞，脸颊肌肉不时抽搐，像川剧中的经典人物娄阿鼠。中年干瘦女人短发鬈曲，眼眶微陷，幽怨地看着刘波，欲说还休。

"那就是诗人的事了，我得参与一下。"杨知还是那副淡淡的表情。

他排开众人走进去，低声喝道："都是诗人，在翟姐的堂子闹什么！"

长发诗人一直揪住刘波的胸口衣领，在那里与其说是揭批刘波，更是在这样一个诗歌朗诵会现场凸显自己。所有的人，包括今天参与诗歌朗诵会，跟他和刘波都熟悉的诗人们，没有一个人劝阻，都在看着他们微笑。长发诗人见有人出头，一见却不是所谓的诗人圈中人，略微一怔，问："你谁？"

"管我是谁，旁边说去。"杨知一把拉下他的手，紧紧抓住，另一只手拉住刘波，把两人往酒吧外拉。

长发诗人想反抗，可是杨知的力气大得惊人，几秒钟，杨知已拉着两人进了书房，分别往长桌两边座位一放："现在说吧。"

长发诗人恨恨地看着杨知："你是他朋友？你是诗人？"

徐朵朵差点笑出声来。这两个问句居然能够连在一起，可能也只有诗人才有这样的思维。

杨知淡淡地说："我是谁你别管。但是你们既然是诗人，君子动手，有辱斯文，自然有路见不平的。"

那个干瘦女人挤进来，看看杨知，又看看长发诗人和刘波，昂头说："我来说。"

干瘦女人说话含混，有时还莫名其妙地加一些文学语言，大概意思是刘波在一个诗歌群加了她的QQ号，因为她的网名和彩照，说了很多热情的疯话，但是后来见面后，就不再理她。她不在意，她还看不起刘波的獐头鼠目呢，可是刘波把她写的两首诗拿去参加一个诗歌比赛，得了三等奖，有五百元奖金。她多次要求刘波道歉，发声明说那两首诗是她的，但是刘波不仅不同意，而且把她的QQ拉进黑名单，今天好不容易撞见，可是刘波反而对她恶语相向，并加推搡，想夺路逃跑，长发诗人是路见不平，拔刀相助。

杨知问刘波是否属实，刘波埋着头不说话，干瘦女人说她有他们以前的聊天记录，拿出手机准备翻给杨知看。杨知说不用，他看几人情形，大致猜得出实情是怎么一回事。

杨知问干瘦女人想要怎么解决，干瘦女人说她的要求一直是三点，一是道歉，二是公开说明诗是她的，三是赔偿。

杨知点点头，说好。第一道歉，他可以代替刘波向她道歉，现在就可以。第二公开说明，他可以去她所在的诗歌群公开说明。第三，他赔她一千元，五百元是奖金，另外五百元是精神损失费。

干瘦女人怔了怔，被杨知的气势所慑，不由自主地点头同意。当然，她的重点要求已经加倍得到满足。

她既然同意，长发诗人自然无语。杨知的回应比较得当，虽然，巴掌没有直接打到刘波脸上算是一个遗憾。

杨知转头看刘波，刘波低着头嘀咕，说他当时跟她见面的时候，约在一家咖啡馆，她又是牛排又是甜点，花费了两百多，走的时候还拿了他五十元车费。干瘦女人愤怒反击，说牛排她也切了分给他，她回家的车费来去还不止五十元呢，她以前遇到的男人都是给一百，只有像他这样小气的人才给五十。

徐朵朵听得目瞪口呆，只觉眼界大开，想不到世上居然有如此之人如此之事。她的家庭虽不富裕，但她的父母一直保护着她不受外边风雨侵袭，也很少看见听见这样低俗下作的纷争撕扯。

杨知拍拍刘波的肩，制止他再说话，掏出钱夹，数了十张百元钞票递给干瘦女人，干瘦女人用拇指沾了口水点了两遍，从坤包里拿出一个彩色钱夹，小心地把钞票放进去，再把钱夹放回坤包，拍拍，再捏捏。

杨知等她做完这些动作，才说："我向您道歉。"

然后，他摸出一张名片递给她："上面有我的电话，到时你把QQ发给我，我加你，你拉我进你那个诗歌群，我再发一个公开说明。"

干瘦女人扫了一眼他的名片，妩媚一笑："好的。"

长发诗人站起来，向外走去。干瘦女人紧跟离去，走了两步又回头笑道："我加你你要通过，不然，哼，我要打爆你的电话，纠缠不休，至死……靡它。"

徐朵朵惊愕不已，又感到肉麻，突然之间，倒觉得她和刘波般配。

安千千拉她坐回刚才座位，自己却站着，轻轻拍了拍手，浑若无事地说道："好了，我们继续讨论，刚才的议题……"

她这些年见识了不少人和事，她的工作中相当一部分就是和不喜欢的人一起共事，已经快要磨炼得波澜不惊、麻木不仁了。

刘波经过这突如其来的打击，哪有心思讨论什么茶艺馆？只恨不得早点结束找个没有人的地方躲起来。杨知外表憨厚，心里敞亮，感觉到这位美女对他的好感，虽然他暂时还没有想好怎么应付，但现在肯定会无条件支持她，再说他本来对这个小小的众筹茶艺馆也不太关心。几个发起人中，现在基本没有人可能跟安千千别别苗头了，她完全掌握了局面。

议题推进得很快，即使是她最紧张的茶艺馆装修问题，当她提议找徐朵朵所在的山河集团下面的山河装修公司，没有人反对，所有的人都表示赞同。有人还要求徐朵朵打打招呼，督促装修公司安排得力人手，加快装修速度，早日开业，早日赚钱，早日有一个大家聚会的场所。

这固然是安千千顺势引导，也因为徐朵朵人畜无害的美丽，更重要的是很多人都知道山河广场。

聚会散场后，安千千跟众人一一握手告别，特别安慰了一下垂头丧气的刘波，杨知陪着她，四个人最后离开。

走出白夜酒吧，刘波借口要去跟几个诗人朋友告别匆匆转回，杨知陪着她们走到地下停车场，安千千注意到杨知的车是一辆少见的黑色中华。

安千千把车开出停车场，徐朵朵终于忍不住问："我们还要跟他一起合作吗？"

安千千知道她问的是谁，不以为意地冷笑："怎么不呢？众筹茶艺馆是一个开放的平台，只要他是一个法律上……遵纪守法的人，有一定的客源，能够遵守公司条款，按时把十万元众筹股金打入指定账户，我们都欢迎。"

徐朵朵微张着嘴，在这位振振有词的初中同学面前无语。可是，叶山河不是一再强调，做生意首先是做人吗？

安千千似乎能够感知她心里在想什么，笑了起来，侧头看看她，笑道："我说徐同学啊，你还是太理想化了。当然，我也理解，你一开始进入职场接触的就是高端人士，谈的都是高大上的项目。可是，你可能不知道，即使那些彬彬有礼的绅士，心里也同样时刻在算计着对手，那些高大上的项目华丽外表背后，也藏着血腥、肮脏的勾当，所以生意场上，没有好意，也没有恶意，只看生意。正如官场中，没有最高级，没有最低级，只有你的上级。"

徐朵朵继续无语，她的心中有一个声音在对她大声叫喊：不是的，不是的，不是这样的。可是她无法反驳。她从来不是敢于、善于跟人持相反意见的人，尤其这个人，看起来是她的朋友。

"别再想这事了，还是说正事吧。"安千千轻巧地转盘，抢在两车之间冲出停车场，眼前豁然开朗，城市美丽的夜景像一幅巨大的宽屏展现在她们车前。

徐朵朵崇拜地看着她，觉得能够开车的女人真是厉害得不可思议，最早是成衣公司的经理，后来是企划部刘小备，现在是她的这个初中同学，都让她觉得自己望尘莫及。

"时间抓紧，你明天就给你们装修公司的那个经理杨迁打个电话，你别显得像是在求他，而是要让他觉得是在帮助他，施舍他，拿出你董事长秘书的派头，说给他介绍一桩生意。虽然咱们这个装修工程不大，但再小也是生意。然后你要明确告诉他咱们是初中同学，至于众筹这事，你不用跟他说那么明白，不用提，我直接跟他谈。记住了？"安千千对徐朵朵谆谆叮嘱。

"记下了。"徐朵朵迟疑了一下，"可是，我这样做……"

"别可是了，"安千千打断了她，"就按我说的去做。这既不违法也没有损害你公司的利益，相反，我们是把生意让他们做，山河装修公司会因此得到利润。我只不过想让你打个电话我好跟杨迁谈判，让他们时间和价格上都照顾一些。这是正常合理的商业要求。"

"好的。"徐朵朵答应。

她看着窗外，总是觉得这里面似乎有什么不太放心：这真是正常、合理的商业要求吗？杨迁会不会因为她打这个电话报个特低价？这算不算以权谋私呢？如果叶山河知道了，会不会批评她？她该不该事先向叶山河报告一下？可是他这两天事这么多，再用这样的事去麻烦他，该不该？

徐朵朵的心情渐渐沉重起来，回到家里，整整一晚都被折磨得没睡踏实。

第十一章　领导指示

周四上午，叶山河组织了一个空前强大的阵容参加蜀都市委市政府、国资委组织召开的企业改制对接会，也就是晶体管厂改制工作第一次预备会议，分管副市长凌明山具体主持。

为了体现山河集团的形象和某种精神，叶山河要求所有与会人员提前到达公司，集体乘坐公司的中型客车前往。他不希望他们像游勇散兵地从四面八方会集到国资委，同时一人一车可能会给某些人造成某种不好的印象。

但是叶山河一上车，就发现自己犯了一个错误。

这些年来，除了张德超和徐朵朵，其他人很少能够跟董事长待在一个车厢里，所有人上车后，都不约而同地沉默起来，似乎连大气也不敢出。叶山河感觉到了这种尴尬，发觉自己疏忽了，然后反省，是不是这几年基本不考虑这些细节变得退化和迟钝了？

"张总，你觉得今明两年房地产走势如何？"他问坐在他旁边的张德超。

他们坐了第一排。刘小备坐了旁边最前面驾驶室旁的座位，挨着他们旁边坐在上车门口的是高阳。叶山河知道自己这个问题非常无聊，但此时此刻，实在想不出好的问题，他又想打破这种沉闷。他不说话的话，可能任何人都不会抢先说话。

张德超略微一怔，沉吟着说："从中央到地方都在调控，拿地倒是越来越难，要么就是地段不好，要么就是限制很多。可是前两年开的盘呢，还有很多都没有销售出去，尤其是修建的城市综合体，大部分都是夹生饭，还待消化，所以我感觉房价有一个回落的过程，也可以说整个房地产行情不会像前两年那样热，有一个降温。"

他没想到叶山河突然问这种问题，好不容易才憋出这么一段话来，这比要他分析蜀都整个餐饮经营情况困难多了。他说完后情不自禁地松了口气，感觉自己说的还算靠谱，在这一车公司员工面前没有露馅。

"不可能。"

刘小备转过头，冷冷地说。

众人愕然地看着她，她却只看着张德超："张总，对不起，失言了。我不是说您，我是说房地产行情要降温，不太可能。"

张德超满脸尴尬，强笑道："刘经理，那您说说理由。"

"这很简单啊。"刘小备身子也转过来，看着两位老总，"所谓的调控，都是走过场，都是装样子，无论中央还是地方，在房地产调控上，其实都是三无产品：一无动机，二无决心，三无能力。看一看地方各级政府出台那些所谓的具体措施，无不是雷声小雨点无，一无时间表，二无责任状，三无惩罚机制，基本就是在敷衍，敷衍上级，敷衍社会，敷衍自己。谁都没有想过真要降低房价，所以目前关于房地产市场的所有调控言论，无论是政府还是所谓的专家，我认为都是痴人说梦。"

叶山河默然，张德超转头看叶山河，全车的人都看着刘小备，有十秒钟的诡异沉默。

"有一些道理。"叶山河开口说道，"那么你说说蜀都市现在的房地产形势，比如城南，我们按照一般的估计，一个城市综合体需要十万人来支撑，这个城市综合体才有可能良性运转，那么整个城市目前常住人口有多少呢？去年蜀都市统计主城区常住人口五百万，城南密度高一些，算一百五十万吧，按理只需要十五个城市综合体就足够了，但是仅仅这两年就建了多少个？五六十个有吧，还不包括正在建设的，这些城市综合体能够盈利的不到百分之十，大部分都在亏损，它们将来可能盈利？多长时间能够盈利？刘经理你说说。"

"叶董您的意思是说这些现存的城市综合体就是房地产开发的地雷，这些现存的……房产积累房产库存，如果没有得到有效的消化，会影响投资者，包括开发商、购房者的畏缩和观望，甚至会影响到政府的决策？"刘小备摇了摇头，"我认为这都是……过虑了。首先，从全国来看，房地产行业都是一片火热，土地拍卖越来越成为地方各级政府工作中的重要部分，大部分地方政府都是土地财政，这是大气候。

第十一章　领导指示

"小环境呢，作为省城，同时作为西南最大的大都市，全国常住人口第……名列前茅，我个人认为，蜀都市目前的房价还处于洼地，房产市场还有巨大的空间，前景看好。至于叶董说到的城南几十个综合体，不能一概而论，要具体到个案，具体问题具体分析。比如布局不合理，比如经营管理没有跟上，比如刚刚开业，培养人气还需要一段时间，等等。是有很多问题，但并不绝望。我相信随着城市逐步发展，作为省城的凝聚力会不断增强，周边地市州乃至更远的高端人口，都会被吸引到省城，蜀都市的人口会有一个空前的膨胀，完全可以消化目前这些正常的城市综合体，支撑更多的大盘、更高的房价。"

"房价再涨，我们将来哪里买得起？婚都不用结了。"投资部的小姑娘半真半假地玩笑，含蓄地支持她的董事长。

"肯定买得起，因为我们公司工资的增长幅度肯定会跑得赢房价的。"张德超适时地插话，化解可能的对立和矛盾。这是他的拿手好戏。

三十分钟后，他们坐到了国资委的会议室。

有的谈判，一方会在谈判前做一些安排，希望能够给对方一定的压力，促使对方做出某种有利于自己的变化和抉择，这一次，叶山河不希望刺激对方，甚至刻意把所有的人都挤在一辆巴士内，淡化他们作为资方的存在感。但是，他们坐到会议长桌的两边时，某种迥然的差异还是通过他们的衣着，第一时间被主持会议的副市长凌明山和市国姿委主任董浩峰看在眼里。

山河集团这边统一是深色的西服，职业装；晶体管厂那边大衣、羽绒服、夹克，样式各异，颜色多彩，有的还戴着帽子。山河集团人员坐下后就鸦静无声，沉默等候；晶体管厂这边寒暄招呼，热闹非凡。凌明山跟董浩峰对看一眼，面无表情，可是在心里都摇摇头，不禁叹气：光是看这做派，孰优孰劣，一目了然。

等到晶体管厂这边去洗手间的回来，声音渐渐安静，董浩峰才重重咳嗽一声，冷冷道："我们开始开会吧。"

他首先介绍凌明山和双方参会的重要人物，接着宣布会议议程，然后请凌明山讲话。

这是叶山河第一次跟凌明山见面。

上一次，凌明山坐在现场办公会一堆官员里，泯然众人矣。

凌明山是春节后才从中央某部委空降到蜀都的，一直没有跟山河集团发生交集。叶山河现在第一次这样近距离观察这位分管经济的副市长，只见他比旁边的董浩峰高出一头，一张宽堂大脸却瘦骨嶙峋，双手放在桌子上，身子微微前倾，目光炯炯地看着长桌两边的谈判队伍，似乎随时准备站起来扑向谁，有一股虎虎的威势。

凌明山轻轻拍拍面前的麦克风，开口说话："17年前，我去重庆调研。重庆钢铁公司有两台蒸汽机，这是清末张之洞为汉阳兵工厂从英国引进的，当时还在大轧分厂隆隆地运转。两台蒸汽机一台7500马力，1905年制造，一台1887年制造，6400马力，抗日战争期间这两台机器从武汉被运到重庆，作为轧钢机的动力，一直工作到20世纪80年代。机器已经很破旧了，热效率只有4%，还要经常维修，动力科的负责人说，如果改用电动机做轧钢机的动力，仅节省能源和维修的费用，一年就是180万元，但需要投入技术改造费475万元。为了申请这笔费用，从60年代末就向上级打报告，到我去调研的时候还没批准。近20年的等待，仅多消耗掉的能源和维修费就达3000多万元。"

所有的人都被这位副市长与众不同的说话方式震住了，被这个故事抓住了。

"这是为什么呢？或者说责任在谁？谁都有责任！但是，谁都可以理直气壮地说，我的责任不大。因为在过去计划经济时期，工厂生产什么、生产多少、用什么方式生产，都由国家决定，工厂的一切技术改造，甚至连盖一个厕所，也得报上级批准，盖上几十个图章才能得到资金。这种看似严格的管理，实际却已经僵化教条，严重阻碍了企业各个方面的运转，这就是我们现在从中央到地方，已经深刻认识到的问题，已经正在逐步进行的工作，也是今天我们坐到一起的原因。"

所有的人都轻轻嘘了一口气，佩服凌明山转得漂亮。

"改制，这是不能再拖的工作了。"

副市长朗声宣布，一脸正气凛然。

"每拖一天，政府都要为此支付大量的资金利息，比资金利息更让人痛心的损失是时间，还有老百姓对我们的信任。

"这个会，是我们上次现场办公会的继续，这个会也是第一个，晶体管厂也是第一家进入实质谈判的国有企业，所以市委市政府都相当重视。我来的时候，哲光书记还专门打了电话对我进行指示，所以今天我们只能成功，不能失败。媒体的朋友你们今天要辛苦一下，要从多角度挖掘，近距离地报道，做好文章，做大文章。好了，下面镜头对准我们今天的主角，叶总、鲁厂长，你们谈。"

凌明山说话铿锵有力，加上他的举止神情，极富感染力，而且言简意赅，让叶山河大生好感。可是最后那几句客套话，尤其是"只能成功，不能成败"让叶山河顿感失望，这种好大喜功的做派，倒是跟陈哲光一脉相承，也跟他的空降身份完全匹配。

叶山河长吸一口气，把这位看起来极具个性的副市长暂时置之脑后，专心面对对面的晶体管厂队伍。

叶山河他们今天一共到场十五人，谈判桌上坐了六人：叶山河、张德超、刘小备、高阳、梅本直，再加上旁边担任记录的徐朵朵。

晶体管厂也来了十二三人，也有六人坐了谈判桌上，除了担任记录的一个年轻人外，其余几人叶山河已经在脑海里跟资料上的身份对过号，分别是党委书记、生产厂长、经营厂长、采购供应部长，也算是阵容整齐，旗鼓相当。

董浩峰请晶体管厂先介绍情况。

鲁伯雄侧身双手捧向党委书记："请我们宣书记先发言。"

宣书记叫宣传，这时举起双手，略略往下虚压，再拿过座位上的麦克风，调整角度，缓慢开口说："今天，能够参加这个会，我感到非常高兴。为什么呢？因为这个会承前启后，继往开来，意义重大，影响深远。这个会，对于我们晶体管厂，对于晶体管厂一千三百多名职工都具有非常重大的意义，甚至，对于我们整个蜀都市国有企业，对于蜀都市委市政府，都具有开拓性的、里程碑式的重大意义。其他的我就不多说了，也不说开了，在这里，我就简单谈谈我个人的三点看法……"

他这一番做派，除了晶体管厂有限的几个人，所有的人都在心里感到愕然，但是每个人脸上都装作浑若无事的样子，凝神倾听这位宣书记的三点看法。

叶山河静静地看着相距不过五尺对面这位肃容老者摇头晃脑的滔滔之言，心中猜想鲁伯雄玩这一手的真实用意：想让他们知难而退？他还有些什么手段？

他感觉到刘小备微微侧头看他，但这不是希望从他这里得到什么暗示，而是某种个人意义的观察，因为叶山河已经告诉过她，今天没有他的明确指示，她不能擅自行动。张德超肯定也在认真思考，但他也肯定不会觉得有多大压力，因为这次谈判主要由叶山河负责，刘小备协助，他只是一个旁观者的角色，已经约定无论他有什么意见，不管是对手的破绽还是自己一方的建议，都不用在谈判时表露，回去之后再做讨论。

突然之间，叶山河感到莫名的孤独。

他很想转过头去看看徐朵朵，但他知道自己绝不能这样做。

好不容易宣书记才结束了他洋洋洒洒的发言，大家礼貌鼓掌，鲁伯雄请他们的经营厂长做情况介绍。

都是整个项目组熟得不能再熟的数据和文字，经营厂长再次用了整整十分钟朗诵一遍。

叶山河注意到，凌明山的表情渐渐严峻起来。

经营厂长像做完报告一样用"谢谢大家"四个字结束，晶体管厂那边整齐地鼓掌，山河集团这边看着叶山河举手，才一起礼貌地鼓掌。

董浩峰面色也不太好看，冷着脸宣布下面由晶体管厂厂长鲁伯雄发言。

鲁伯雄的发言倒很简短，场面地感谢市委市政府的关心，承认晶体管厂目前发展处于瓶颈期，期待与山河集团进行合作。

叶山河注意到他的用词是"合作"，这是一个清楚无误的信号，他想主持这次改制，拥有话语权，不想交出手中的权力。

接着董浩峰宣布由山河集团这边发言。

这个时候，叶山河决定改变一下预定的安排，不再按部就班，而是短促突击。

他跟鲁伯雄一样，首先真诚地感谢市委市政府的决策和决心，转头向凌明山和董浩峰致意，提了几个有关山河集团的数字，显示了山河集团雄厚的资金实力、人才储备和川棉一厂的成功案例，表达了山河集团对于这次改制的信心，然后请企划部经理刘小备解说山河集团关于这次改制的一些建议。

他在来的路上考虑过，如果由他来主讲，可能会缓和一些，但是现在，他决定把刘小备推到前面去，他相信她的直接是此时最好的选择。

刘小备站起来，对着所有的人一一点头致意，然后坐下，开始冷静、从容地抛出他们预案中的上策。

叶山河面无表情地听着他的企划部经理干巴巴地念出一条条方案，面无表情地扫视着对面的晶体管厂众人，看着他们开始不安，不再安静。当刘小备念着"所有企业员工，包括管理人员，经过培训重新安排岗位"时，每个人都骚动起来，除了鲁伯雄。

刘小备念完，起身对大家点点头，坐下。

有几秒钟的沉默，董浩峰咳嗽一声，正要说话，凌明山伸手制止了他，另一只手拿过身前麦克风："我先说两句。"

大家都把目光转到他身上。

"等会儿还要赶回市政府,参加另外一个会,所以我先跟大家说抱歉,要先离开。"

凌明山面无表情地看着大家,又像是谁也不在他的注视之中,他的脸上也没有丝毫抱歉的意思。

"但是走之前,我先说说我的意见。"凌明山停顿了一下,"我听了晶体管厂三位厂领导的发言,也听了山河集团叶总和刘经理的意见,我认为,山河集团这次拿出来的方案具有非常大的诚意,尤其是对于晶体管厂职工的安置解决,非常可行。我建议,你们就在这个方案的基础上进行更加详细的讨论,落实到具体细节上,争取尽快拿出一个正式的方案来。我会时刻盯着,陈书记也在等着你们的讨论结果。"

所有的人脸上都露出吃惊的表情,包括叶山河和鲁伯雄,每个人第一时间都在想:这是什么意思?这是这位凌副市长自己的意思还是陈书记的指示?

凌明山转过头:"董主任,接下来的工作就要多麻烦你了。一有结果,立刻向市里报告。"

他站起身,有些发愣的董浩峰才反应过来,急忙站起来点头:"应该的。凌市长您放心,一有结果就向您汇报。"

凌明山举起双手对众人:"你们继续谈。"把董浩峰用力按回座位,"不用送我。"

董浩峰没有防着这个动作,差点闪着,屁股一沾座位像装了弹簧似的站起来,冲众人摇手:"你们谈,我送送凌市长。"追着凌明山的背影出去。

几秒钟之间,两个主持人已经消失在走廊,凌明山走的时候连手都没有跟他们握,众人不由得面面相觑,不知所措。

好一会儿董浩峰才回来,坐下后摇摇身体,说道:"凌市长刚才提的意见,非常具有建设性,对我们这次对接会具有很好的指导意义……大家,就接着讨论吧,哪一方先来,鲁厂长?"

鲁伯雄看着董浩峰,扫视山河集团众人,慢慢地压低麦克风,看着董浩峰说:"董主任,要不今天我们就先到这里吧?我们先回去讨论一下叶总他们的方案。"

董浩峰可能还没有从刚才凌明山的发言与离去中回过神来,沉吟一下,说:"也行。鲁厂长,你们回去马上进行认真讨论,有什么不同的意见,需要补充的,方案中没有提到的,都说出来,双方要开诚布公,这样才有利于下一步的磋商。"

这一波国企改制，你们晶体管厂是走到最前面的，行动最快的，一定要打响头炮，用优秀的成绩向陈书记汇报。叶总，您还有什么？"

"我们目前要说的，都在方案里。"叶山河平静地说，"我们等候着鲁厂长他们的想法，也期待下一次对接会。"

"对，鲁厂长你们加快速度。就这两三天吧，两三天应该可以了，先给我一个意见报告。下周我们安排时间举行第二次对接会。"

开会前叶山河叫了钱小白过来。

只是，他没有想到会议会结束得这样快，前后加起来，只有五十分钟。幸好钱小白已经把车停在国资委外面的路边停车区，叶山河叫了张德超跟他一路。

得过且过，晶体管厂这事静待厂方意见，或者说他们已经出招，等着鲁伯雄还击，至少这两三天不用再考虑这件事，叶山河准备解决另外一件事，就是山河集团的"老人们"。

张德超坐了副驾。

这是他的习惯。即使他带着司机出去，他也同样坐副驾。

上车后，叶山河对钱小白说："听涛舫。"

张德超转过头对叶山河一笑，转过头去。

叶山河问："超哥你咋看凌明山这个人？"

私下里，叶山河从来不改他对张德超的称呼。

"凌副市长？"张德超皱起了眉，"这个人不好对付吧？他一上来背那些数字挺唬人的，有点古怪，不太像是我们以前接触过的官员。当然，他是空降兵，朝中肯定有人，这件事对我们来说重要，可是对他，不过是一个工作而已，所以他不耐烦了，转身就走，不会顾及……"

"超哥你看得准，"叶山河及时接上话，"凌明山是不耐烦了。他对于晶体管厂他们那些小孩子似的套路感到不耐，可能觉得既丢脸又讨厌，所以后面鲜明地表态。"

"他这是帮了咱们。"

"是的，完全没有想到。"叶山河真诚地说。

他和刘小备以及晶体管厂项目组所有的人，都以为今天会有一场艰难的唇枪舌战，讨价还价，甚至还准备了中策让叶山河最后拍板。谁知道半路杀出程咬金，这位莫名其妙的副市长，居然二话不说就为这次谈判定了调子。

固然，凌明山的意见只是一个建议，他之上还有陈哲光，但是这样的事按照惯例，凌明山当众说出的话，基本上就是晶体管厂这次改制的大框架，所有的人、事、物、权都会在这个在框架内磨，不会有大的变化。这就是说山河集团准备的上策竟然一下子就成为事实，根本就没有经过艰难复杂的讨论和让步，实在是出乎所有人的意料，无论是叶山河还是刘小备、鲁伯雄还是董浩峰。

"这算不算不战而胜？"张德超咧嘴笑道。

"我们是少了麻烦，但是客观来说，晶体管厂按照这个调子改制，对于国有资产，对于晶体管厂一千多名职工，只有好处，唯一不好的是以鲁伯雄为首的少数几个厂领导，也就是今天坐在我们对面那十来个人。"叶山河沉吟着说。

哪怕是钱小白值得信任，还是小心地先说几句政治正确的话，这是叶山河一贯的小心谨慎。

"老凌有意思啊。不说套话，不说空话，开口就是解决问题，三下五除二，快刀斩乱麻，我老张服。"张德超悠悠说道，"有可能的话倒想交他这个朋友，闲来无事喝上两杯。"

"如果政府决策者都这样，那么政府工作的效率，也不会让咱们望而生畏了。"叶山河嘴上心里都赞同张德超这话。

他想，怪不得有人说国外的精英都在商场，国内的精英都在官场。官场之中果然大有人才，凌明山刚才肯定一眼就看穿了整个晶体管厂改制的关键，同时厌恶鲁伯雄一伙的作态，才断然拍板决策。

凌明山是一个人才，虽然，他处理问题的方式似乎有点粗暴。

自然，陈哲光也是人才，他处理问题的方式，跟凌明山似乎也有异曲同工之处。

"不管怎么说，这不算是天上掉馅饼，也是瞌睡遇枕头。凌明山说了，董浩峰不敢违背，鲁伯雄再怎么不甘心，也就翻不起什么大浪了，好事。"张德超长长地吐一口气，放松身体，舒服地躲在座位上，看着前面的街景。

真的万事大吉吗？鲁伯雄就真的认了？叶山河在心里问自己。

他默然半晌，然后说：

"所谓全力以赴就是：第一，拼尽全力；第二，想尽所有办法；第三，用尽所有可用资源。"

"你是说鲁伯雄会拼尽全力,想尽办法,用尽所有资源?"

"我觉得他不是轻易认输的人。"叶山河看着张德超,静静地说。

"那……"

"静观其变。"

"凌明山的话他也敢不听?"张德超打断了他。

"他肯定不会跟凌明山正面对抗,但他可能动用他所有的资源,让凌明山改变主意,收回意见。"

"他那个组织……"

因为钱小白在场,张德超吞了半截话回去。

"不管什么路数,该来的总会来。咱们就等着他出招就是。"叶山河拍拍张德超的座背,"反正我们一开始就准备了一场艰难的谈判,慢慢来。"

汽车停在听涛舫门口。

第十二章　兄弟金钱

两人下了车，直接走到以前的座位。

茶客一般都要吃了午饭才出来，现在座位基本都是空的。两人坐下，都有种熟悉的陌生感。

"两杯特花？"张德超问。

"好吧。"叶山河迟疑一下，答应。

如果说叶山河跟以前相比有一个明显的个人享受上的不同，那就是茶。

这些年，他喝的茶越来越好，喝的地方也不断变化，以前喝过一阵福建的铁观音，但是喝完后总觉喉咙发干。他问了云南一个茶叶专家周重林，周重林告诉他，现在茶商为了让茶叶更香，品相更好，有可能在烘焙工艺上做了改变，或者有了新的添加剂，每个人的体验有所不同。叶山河从此不再喝福建茶，改喝云南朋友专门特制的高山茶，价格一路攀升，有时自己都感到奢侈。但是现在，他觉得应该跟张德超再喝一下以前那种便宜的大众茶。

曾经相当长的一段时间，他和张德超、宋长生喜欢泡在这里，杨迁是外省人，还没有被西川这种慢生活的节奏同化，敬谢不敏。听涛舫以前是一个半露天的茶座，临锦江，下游几百米，就是蜀都有名的九眼桥，在陈哲光掀起的城市建设中，听涛舫改造成为一座崭新的中档茶楼，同时又是一座廊桥，保留了名称。他们有几次坐车经过这里，都想着空闲就来坐坐，可是一直没有时间，或者说是机会。

服务生过来，张德超说了茶名，服务生怔了一下，再次打量两位客人，小心地说："对不起，我们没有特花，要不你们叫素毛峰吧？"

两人一愕，相视一笑，张德超说："那我要杯碧潭飘雪，特级，给他来杯龙井，也是最好的。现在应该上新茶了吧？如果有新茶，就上新茶。"

"先洗一下茶。"叶山河叮嘱道。

服务生答应一声，面露喜色地转身急步离去。

蜀都的高档茶楼，服务生推茶一般都有提成，他本来已经不抱希望，可是突然之间两位客人恢复了跟他们衣着气质匹配的选择，他能够从他们这两杯茶中提到好几块。

"看起来要喝特花，只有路边的茶摊了。"张德超呵呵笑着说。

"时间流逝，时代向前发展，这是无法违背的客观规律，也是经济规律。"叶山河准备把话题直接往他想要的方向引。他们彼此都深深了解，直接也许更好。

"所以必须适应时代的发展，无论是公司，还是人。"张德超心领神会，"不适应者就会被淘汰。"

叶山河心里一怔，没有想到张德超如此反应，难道他早就想过了这些？他努力克制着自己的表情，暂时虚晃一枪，说道："所以我们能够接手晶体管厂，所以鲁伯雄我们要踢他出局。"

"有一天，你会把我当成鲁伯雄吗？"

这个念头在张德超脑中一闪而过，击中了他，立刻，他被自己吓住了：他怎么可能这样想！他怎么可以把自己放到鲁伯雄的位置上去！

他转过头去看窗外缓缓流逝的江水。

这是因为他自己对叶山河产生了抵触和不满吗，或者用他们江湖中的话来说，有了二心吗？

为什么会这样？

因为刘小备？因为那一千万？

一个女人、一千万，就让他大乱心神，产生这样荒唐的想法吗？

仿佛一只有力的手扼住了他，他的呼吸急促起来，想挣脱它，想站起来，想要爆发……

"先生，您的茶。已经洗过了。"

服务生救了他。他把两杯泡好的茶放在他们面前。

这个行动打破了张德超的白日梦魇，把他惊醒，他长长吐了口气，感觉额上出汗了。

"超哥，怎么了？"叶山河感觉到了张德超的异常。

"没什么，可能昨晚没有睡好。"

"警方怎么说？"叶山河误解了张德超没有睡好的原因。

"昨天通了电话，说传讯了公司的相关人员和他的妻子，没有什么线索。"张德超伸手去拿茶杯，太烫，只好放弃，"他既然决定了跑，肯定会把所有的线索都抹得干干净净。他当过兵，不比一般人，有应付警方追查的办法。算了，不想他了，就当是……蚀财消灾。"

"老宋和杨迁他们知道吗？"

"老宋当然知道，杨迁还没有告诉他。"

"不告诉好。"叶山河及时转移话题，"超哥你觉得今天刘经理的表现如何？"

"什么表现？"张德超一时无法从刚才的情绪和话题中拔出来，没有跟上叶山河的思维。

"我有一个想法，如果最后拿下晶体管厂，让她去做总经理。至少，前期让她去过渡一下。当然，你将担任董事长。你看怎么样？"

刚才在车上，因为钱小白在场，这番话放到了现在。

"啊。"虽然早有心理准备，张德超还是吃惊地张大了嘴。

他心里第一反应不是惊喜，不是意外，不是狐疑，而是强烈的羞愧。

刚才，他还对叶山河那一句话在心里反应强烈，可是叶山河现在却坦诚地准备让他去独当一面，而且配备了目前集团公司的最佳人手。虽然，刘小备现在的身份有些特殊。

他默然半晌，待到情绪平静下来，忍不住再次浮起那个无法避免的疑问：叶山河真的不知道他和她的特殊关系吗？

"你如果觉得刘小备跟你不对付，那么整个集团公司除了纺织品公司那里，你想要谁去跟你配合，都可以考虑，要谁就安排谁过去。"叶山河误会了他长时间的沉默，认真地说，"但是我觉得，抛开感情因素，刘小备目前是最合适的人选。她的才干足以带领晶体管厂走出困境，创造辉煌，再做一个'川棉一厂'。"

叶山河的话给了张德超思考的余地和台阶，他装作不情愿地说："那我先考虑一下。"

两人喝茶，有一会儿各自想着心事。

"你还记得有次跟人下棋?"张德超问。

"下棋?象棋?"叶山河反应过来。

张德超笑,叶山河脸上露出尴尬的表情:"连输两盘。"

"所以后来你就再也没下象棋,改下围棋了。"

两人不禁莞尔。

很多年以前,他们在这里喝茶,张德超闲着无事四处走走望望,看见一群人围着下象棋,过去观战,一时心急支招,对局者不乐了,要他坐下来下棋。张德超不想失了锐气,说我不行,我朋友行,转身叫叶山河。他知道叶山河象棋厉害,从小就有天分,曾经得过县冠军。

叶山河被拉过去,年轻气盛,也不推辞,傲然坐下。对方打量着他说:"小伙子精神,棋肯定下得好,要不让我个车?"

叶山河自然不会,说平下。那人突然翻转表情,傲慢地说:"那我让你个车。"

叶山河愕然,众人轰然叫好,那人趁势说我们加点小彩,叶山河愤怒地应战。

因为情绪,再加上对方让了一车,叶山河自认必胜,想急于拿下对方好好羞辱一下,有些轻敌,开局不久就看漏一步,被对方一子擒双丢了一马,叶山河追着对方兑车,哪知对方阴险,将计就计,叶山河双车都被自己送入虎口,不能两全,白丢一车,当即溃败。叶山河不服,要求两人平手再下,可是此时心态失衡,发挥欠佳,本身棋艺也非对手,开局不久即陷入困境。叶山河回过神来,知道自己现在这种状况再下十盘也是输,于是干脆认输,交了十元人民币赌资,两人灰溜溜离去,隔了好几天才有勇气重新回到听涛舫喝茶。

"祸乃福所倚,不下围棋就不会认识蒋中,也就不会有这次合作。如果顺利的话,这款游戏会让我们赚到以亿计的利润现金。"叶山河悠悠地说。

张德超主动提到了旧事,他非常乐意。这本就是他今天的主题。

"我们现金还不够多吗?"

"是多,太多了,好几个亿趴在账上,每天还在增加。"叶山河摇头,"得想办法把它花出去。"

"看中什么新的项目了?"

"除了你知道的游戏项目、晶体管厂,我还有一个非常想做的项目。"

"大项目还是小项目?"

"大项目,一次性可以把我们的现金用完。"

"也好。免得像晶体管厂这样累人的项目，做十个都……不如一次搞定。什么项目呢？房地产？"

"是的。蜀都饭店。"

张德超停顿了一下："原来……是蜀都饭店。我跟他们喝酒的时候，听见好多人都在说，想不到你也看上了。"

叶山河略微一怔，忍不住感到沮丧。

他以为只有自己全力以赴，看来是一厢情愿了。这样好的项目，这样引人注目的城市地标，只要有几分商业敏感的人都不会忽略。

"春节前我就在打它主意了。"叶山河坦白地承认。

"不好打？想打的人多。"

"其中有一个人，已经跟我见过面了，威胁我不许参与。"叶山河决定把一些信息告诉张德超。

"谁？"

"钟守信。"

张德超一惊，脸上的表情变了，怔了怔，干笑道："他怎么威胁你？你该带我去。以后让我跟他打交道吧。"

叶山河心里一暖："好，以后有钟守信我叫上你。但我不是让你跟他打架。"

"我知道轻重，我们现在都不是年轻人了。"张德超笑笑，表情转为凝重，"真想拿下蜀都饭店？"

"真想，但未必拿得下。你也说了，想拿下的人很多。"

"有没有考虑过什么有效的办法，保证我们能够拿下？"张德超迟疑着问。

他这句话说得谨慎，不是因为觉得采取所谓的"有效"办法有什么不妥，而是怕因为他直接提出来了触碰到叶山河的底线。从本质上看，张德超处理问题的思路跟钟守信相差无几。

"没有考虑，也不准备考虑。"在原则和底线这些问题上，叶山河从不含糊，"但是我希望能够在一个公平公正透明的情况下跟别人竞争。所以，如果我不得不考虑那些'有效'的办法，也只是为了保证这次竞拍不受影响。超哥，你知道我的习惯，如果有问题，咱们宁可不做，宁可走慢点，走稳点。"

他停顿一下："超哥，趁着这工夫，咱哥儿俩也说几句交心的话，你这几年已经远离那个圈子了，就别想着再沾那些了。不仅蜀都饭店没有必要，你那战友，也

187

没有必要。"

张德超的表情阴沉下来。

叶山河在心里叹了口气，知道这话张德超不太爱听，但此时此刻，他必须跟张德超坦诚相待："钟守信的事很麻烦，按照一般的考虑，现在我们山河集团只有你合适去对付他，也只有你能够对付他那些江湖伎俩，但是，有这个必要吗？十多年前，我们让了他，结果呢，我们并没有因此赚不到钱，我们依然有我们赚钱的地方和办法，我们慢慢发展壮大，一步步走到现在。他呢，进了监狱，虽然他现在出来了，还是依靠从前那套赚了些钱，但他心里有我们踏实吗？警察随时可能对他动手，他那些朋友，手下那些兄弟随时都可能出事，把他牵进去，无论他多么狡猾，他都无法撇得干干净净，所以现在，即使在蜀都饭店这个项目狭路相逢，我们也用不着跟他正面对抗。如果我们也是只知道逞一时之勇，十多年前，我们就可能跟钟守信两败俱伤，一起进去了。如果我们做任何事情都首先去考虑什么'有效'的捷径，以后捷径就会成为唯一的路，所以关于蜀都饭店我的考虑是，一定是要争取，但我们绝不跟钟守信正面冲突。"

这些年，即使在公司开会，叶山河也很少说这么长的一番话，尽可能言简意赅，张德超也知道这点，明白叶山河的决心和用心。他点点头："我听你的，我不理他。"

"你有事做，晶体管厂肯定是一个大麻烦。"叶山河松了口气。

"做事呢，我倒是不怕麻烦，只是这几年我都没有具体做过什么事了，除了喝酒，真还成了酒囊饭袋，就怕把事弄砸了。"

"琐事刘经理去做，你就是一个拿鞭子的角色。"叶山河话音一转，"超哥，你觉得我这个安排，老宋和杨迁会怎么看？"

这句话意味深长。

看起来是在问让张德超去主持晶体管厂这个项目两人会有什么反应，但是问这句话就似乎带着某种特殊的意思，同时，只问了这两个人，毫无疑问是想交流他们四个老伙计之间现在的情感和关系。

但是这句话背后还隐藏着叶山河另外一个用心。这句话首先就不知不觉中把张德超和叶山河拉到了同一个立场，张德超情不自禁会受影响，用叶山河的立场去审视宋长生和杨迁。

"他们应该没有什么问题吧？都是好兄弟，杨迁肯定会幸灾乐祸，说我这几年耍得太好了，应该找点虱子给我爬。"张德超不解地说。

"超哥你说得对。杨迁会有这样的想法，但你想过没有，他为什么会有这样的想法呢？"

"老叶……"张德超皱起了眉，"你是不是对杨迁……有什么不满。"

"没有不满。我考虑的是我请你去做晶体管厂，他们会不会认为，我是因为觉得你这几年耍得太好了，去年分红又分得不少，所以要让你承担一些工作和责任？"

"啊？"

张德超张大了嘴。叶山河的考虑完全出乎他的想象，怔了一下才缓慢地说："老叶你怎么会……杨迁他们怎么会这样想呢？大家都是好兄弟……"

他说不下去了。

去年分红，是山河公司成立以来分得最多也最认真的一次。以前都是象征性的，总经理级别多少，分公司经理多少，部门经理多少，但是去年，没有股份的部门经理、分公司经理有大幅度的增加，而他们四个，再加上段万年和许蓉，完全按照严格的股份进行分配。张德超分了约四百万，叶山河分了两千多万，宋长生三百多万，杨迁只拿了不到两百万。集团公司所有的人都知道他们四个是山河集团的创始人，可是宋长生和杨迁拿的比许蓉和段万年都少，他们心里会怎么想？

人心隔肚皮，他们虽然友情深厚，但是财帛更动人心，谁知道他们心里会不会产生不满和埋怨？肯定有，只是多少的问题。自己不是也对叶山河产生过不满吗？

张德超看着叶山河期待的表情，叹了口气，说："我还真想不到他们会怎么想。"

"或者我多心了，不该考虑这些。超哥你也别误解……怎么说呢？我想这些就是怕他们误解，误解我们之间的关系，误解我们四个人之间的关系。但我现在，又真不知道该如何来跟他们说，跟你说，这种事越解释越解释不清，要说凭感情呢，又有些忽悠人，所以今天趁着我和你在这里喝茶，我先说出来。超哥，你说如何才能够解决这问题？"

张德超沉吟一下，呵呵一笑："要不，咱们还是找个地方，比如以前经常去的'老地方'好好喝两杯，喝高兴了就啥事没有了。"

"'老地方'？不知道那家餐馆还在不？就算还在，可能都换了好几茬老板了。"

"那个老板娘，呵呵，肯定早嫁人了。"

"喝高兴了说，肯定没有问题，但我担心喝高兴了，他们碍于我们兄弟感情和义气，会……吃亏。"叶山河认真而严肃地说，"比如我想让他们多拿一些分红，或者说调整薪水，给他们加薪，他们肯定会用公司章程规定来拒绝……哦，说到这里，超哥，你觉得我们公司现在这个股权结构合理吗？老宋和杨迁他们的股份是不是低了一些？包括超哥你自己也不高，需不需要我们四人，再把许总和段总叫上，讨论一下，进行调整？"

这才是今天最重要的问题！

"怎么可能？"张德超抬手挡在他和叶山河之间，仿佛叶山河马上就要把公司股份递给他一样，"公司股份当初是大家你情我愿做成这样的，十多年都这样，不可能现在赚了大钱了，就要耍无赖，厚着脸皮伸手要钱，别人会如何看我？看我和杨迁老宋？许总和段总会怎么看？"

叶山河非常高兴张德超的反应，但他得继续把自己的戏演下去："超哥，你这么想，我敬重你，感激你，但是，老宋和杨迁他们也会这样想吗？"

他直愣愣地盯着张德超："我这两天都在想这个问题，超哥，我今天就想跟你把话说透。"

"兄弟们当然把话说透好。老宋和杨迁……我不是……我个人觉得，他们肯定跟我一样，大家当初创业的时候都说好了，不可能好好的就反悔吧？这点我可以打包票，股份这种想法，你让他说，他也说不出口。"

"说不出口是一回事，但是，不担保……"叶山河沉吟一下，"比如，杨迁有天突然走到我的办公室，说叶总，我想自己创业。"

"自己创业？山河集团难道不是……他也有份儿啊。你是说分家？他装修公司做得好好的，那边还有单独的奖金，还有薪水，吃饭用车可以签字报销，一切都由他说了算，他还有什么不知足的？"

"宁为鸡头，不为牛后。老话总有它的道理。他是装修公司的总经理，但他可能会觉得自己还不是老板，他有股份，但……体会不到真正老板的感觉，所以希望出去闯一闯。甚至，他可以出去开一家同样的装修公司，反正业务、资源、人脉等都熟得不能再熟了，为什么不可以自己做？"

张德超的脸色冷了下来，不是因为叶山河说得直接、冷酷，而是叶山河说的竟然跟他和刘小备的策划类似，他再次感到不安：叶山河到底知不知道他和刘小备的关系？

"超哥，我的话可能说出来不好听，但我这两天在心里憋了很久，而你，是唯一能够听我说这话的人。而且，我考虑过了，说出来，比大家藏着掖着好，是不是？"

"当然，兄弟，你这样做是对的。其实，这话该我先来说，首先应召集我们四兄弟在一起好好交流一下思想。"张德超被感动了，"说实话吧，春节前我也有过想法，赚了这么多钱，我也分到不少，可是人都是有贪欲的……唉，不说了，过去了，反正我老汉说过，命里有才有，命里无不强求。我他妈的还有什么不满足？兄弟，不遇上你，我可能还是一个混社会的，混得再好，也不如现在这样过得舒心，活得踏实。我，够了！兄弟，做生意，我也服你！没说的，这样吧，杨迁和老宋那里我去跟他们说说，我出面比你出面好。"

"好。"叶山河深深地看着他，"兄弟同心，其利断金。"

这天中午，叶山河拒绝了张德超马上召杨迁和宋长生来大家喝个一醉方休的建议，说自己要去找许蓉，请她对付钟守信。这是一个充分的理由。

两人分手，张德超打车去了杨迁公司，他准备中午跟杨迁好好聊聊。现在，他身上肩负着叶山河的重托，同时，他心里也藏着事，准备跟杨迁好好聊聊。

在感情上，四个人中，他跟后面才加入的杨迁其实更好。

叶山河按照他对张德超所说，去了许蓉的蓉和集团总部，也就是蜀都百货大厦十七楼。

| 第十三章 | 零售商

    晶体管厂的事暂时放在一边，由着刘小备他们去完善方案，以静制动，现在，他必须着手解决纺织品公司和蜀都饭店这两件大事了。而纺织品公司还可以暂时缓一缓，但蜀都饭店，得先跟许蓉碰一碰，如果许蓉有空，再把段万年叫过来。

    当电梯升到十七楼的时候，叶山河突然记起前几天的现场办公会、陈哲光的楼层和房间号，反应过来这似乎有某种相通之处。

    他走到许蓉的董事长办公室，门紧闭着。

    一位员工从远处的办公室中出来，过来招呼："叶总，我们许总在五楼，百货公司那层。"

    "我去找她。"

    电梯到了五楼，电梯门一开，叶山河立刻感到一种强烈的战争氛围。

    是的，是战争。

    几个职业装的年轻女孩蜂拥进入，一边慌张地按楼层号，一边互相叫喊："给我按个二层。""记得，十五分钟给我打电话。""我先过去，你等我报价。"

    这幢大楼叶山河可没少来，一般都是直接上到十七楼，蓉和集团总部，到许蓉的办公室里跟许董事长讨论各种问题。这层楼看来是百货公司的办公楼层，他还是第一次来。

    长长的走廊时不时有匆忙的身影从一个办公室迅速地闪到另外一个办公室，拿着文牒和资料夹，时不时有人从办公室探出头来大喊一个人的名字，听到应声后迅速缩回，跟着被叫的人立刻从某间办公室奔出来，冲入召唤的办公室。

    叶山河缓步而行，所有的办公室门都开着，里面空着或聚了几个人在热烈讨论，或在聚精会神地对着电脑屏幕办公。走过几间办公室，一个女生低着头急步出来，差点撞在叶山河身上。

"您好。"叶山河招呼。

"您好。"女生抬起头，探询而戒备地看着他。

"您知道许总在哪儿吗？我是她朋友，我找她有事。"叶山河温和地询问，从容地解释。

"中间，再往前走五个门，左边，办公室。正在吃饭吧。"

"谢谢您。"叶山河点点头。

办公室的门打开着，许蓉正跟几位看似经理主管的男女一起坐在会议桌前，对着面前的盒饭狼吞虎咽，四周的墙壁上粘贴着各种跟价格、人流、销售相关的图表分析。叶山河出现在门口的时候，就有人发现了他，但没有理会。叶山河在门口站了三十秒，许蓉才看到他，抬起头看见是叶山河，没好气地说："装门神啊！进来。"

叶山河进门，走到许蓉对面坐下："在想事？"

"不想事想你？帅哥了不起啊？"

许蓉火气很大，身边的男女都轻声笑了起来。

"我还没有吃饭呢。有多的盒饭吗？"叶山河问。

许蓉转身看旁边一个小伙子，小伙子站起身："我过去问问。"

许蓉看着所有的人："你们现在休息，放松一下，一点半回来。"

所有的人都站起来，收拾面前的盒饭，默默地往外走去。

叶山河看看手表："这是不是你就准备给我四十分钟的接见时间，还包括吃……盒饭？"

"四十分钟少吗？战争中分分钟就可以改变胜负的结局。"

"你这火药味，比战争还要令人紧张。"

"叶总，你现在是饱汉不知饿汉饥，站着说话不腰痛。你是赚了钱了，舒服了，轻松了，不体谅老姐我在水深火热中。你在河上，当然体会不了老姐我在河中扑腾的慌张。"

"我好像记得蜀都百货公司我们山河集团也有股份。"

"你记得就好，那你早该过来帮我了。"

"我不过来了吗？今天上午才开了晶体管厂的对接会，我饭都没吃就过来了，还不够忠心耿耿？赴汤蹈火？"叶山河振振有词，"可是许总，你就给了我四十分钟？"

叶山河一向觉得，自己本质上是个讷言的人，除非必要，他可以整天整天地不说话，也不在意别人怎么说。比如段万年，任凭这位飞扬超脱的段董事长如何舌灿莲花，指点江山，笑看世人，他一概沉默相对，微笑应付，但是有两个人，他就是喜欢跟他们争论，甚至故意针锋相对，一个是智通，一个就是许蓉。

许蓉正在反击，小伙子拿了一个盒饭进来，放到叶山河旁边："不好意思，叶总，只好将就一下。也可以现在给您叫。"

"不用麻烦，这就很好。"

小伙子点点头，对许蓉也点点头，出去时带上了门，只留一条细细的缝。

"他不知道我们当年吃馒头榨菜的时候，有一盒郫县豆瓣就是奢侈了。"叶山河拿过盒饭，先尝了一下，然后开始像许蓉一样大口咀嚼。

"现在真不是谈事的时候。中午这两个小时，是一波客流高峰期，周围写字楼的白领们会趁着这一段休息时间出来逛逛，他们是城市购买力的重要组成部分。"

"白领？"叶山河默然。

他做山河广场销售的时候，是不是忽略了这个群体？山河广场没有住宅，但是以后的房产销售，这个群体是不是该作为优先考虑的群体？甚至，是不是可以调查他们的喜好需求，迎合他们推出专门的户型？

"走神了？"许蓉不满地问。

"我突然想到一个问题，我可以问不？"叶山河反应很快。

"你还有什么问题不可以问我的？"

"那我可问了啊。"叶山河的表情诡异起来，"你把你的办公室设在十七楼，我还记得你以前手机号，车号什么的，必须选8，最好还是几个8，什么时候你突然换成7了？有什么讲究？"

"七上八下吧。做生意，都希望赚了还赚，往上走，所以不求发，只求上。"许蓉淡淡地说。

"这样啊。"

叶山河想到了陈哲光，陈哲光似乎也喜欢这个数字。

他又想到了爷爷。

爷爷说做事不可满，月盈则亏，水满则溢，似乎也是这个道理。

第十三章 零售商

可是，这是不是也是说，一个人的贪欲不可太过？比如他现在面临的股份难题，无论是张德超他们还是江林他们，他是不是都显得满且盈了？

"你是受了陈书记影响吧。"叶山河突兀地问。

许蓉吞咽几下，才缓缓说："是的。有次陈书记带着我们几个去青城山，道长说的。"

她对叶山河，基本事无隐瞒，倘若隐瞒，那就是绝对的机密。叶山河对她，差不多也是如此。

她和陈哲光关系密切，当初拿下蜀都百货大楼，曾经被陈哲光树为榜样，报纸电视连篇累牍地宣传，私下里经常一起聚会出游。但叶山河基本不跟陈哲光发生交集，有时必须参与的活动，叶山河都让张德超代表，同样地，许蓉知道他和张红卫交情很深，她也从不主动去交往这位二号首长。这不是什么领地划分，而是觉得没有必要。他们都经过了韩信点兵、多多益善的初级阶段，除了金钱的积累这一项，基本上都在做减法，同时，真有必要的时候，可以资源共享。

"然后你就改风格了，不喜欢8喜欢7了？"

"对接会开得如何？"许蓉猛扒拉两口，把盒饭收拾一下，往旁一推，换了话题。

"这不专门过来向你汇报嘛。"叶山河一边说话，一边吞咽饭菜。

他一向是主张食不语，非常不适应这种说话方式，但是没有办法。

"情况怎样？"许蓉起身去了饮水机。

"很好，好得令人不敢相信。"

"怎么个好法？"许蓉倒了两杯水回来，放了一杯在叶山河旁边，认真地看着叶山河，判断他是不是在开玩笑。

叶山河喝了一口半温的开水，简单说了一下上午对接会的情况，问："你觉得凌明山这人如何？"

"上面下来的官员，都心气很高，想做大事，因为底气很足，所以敢于拍板，只是希望他不要眼高手低，虎头蛇尾。"许蓉一边喝水一边缓缓评论。

"很有个性。"叶山河补充，"我喜欢有个性的官员，有个性的人。"

"但是在官场中，有个性并不是值得表扬的优点。官场不像商场，是专门磨砺个性，容不得个性的地方，官场讲究的是四平八稳，做官不为怪……"

"陈书记不是很个性吗？"叶山河打断她。

"陈书记是个特例……反正……"

"所以凌明山也说不定是个特例。其实管他个性不个性,只分析对我们是不是好事,我觉得是个好事。至少,敢拍板的官员比拖延推诿的庸吏好,这几年你没有感觉到吗?机关的效率提高了,服务态度转变了。"

"要不要我把你这些赞歌转达给陈书记?再加上那位凌副市长?"许蓉冷冷地问。

"好啊。我是要唱凌副市长的赞歌,我们都应该唱。"叶山河故作严肃地说,"这么半路杀出一条好汉来,纳头便拜,助我成大事。"

"你就知道跟着老段学贫嘴。"许蓉皱眉,"这个凌副市长这样拍板,有效?"

"当然,作为分管副市长,他这样说了,肯定应该这样办。"许蓉不等叶山河说话,自问自答,"但是现在的事,没有什么是一定的,咱们也别先只顾着乐,也得想一想万一生变,怎么应付。"

"许总盼咐,小弟自然不敢大意,也不敢盲目乐观。许总放心,我们做了相对的预案,静观其变。凌明山说了要尽快出结果,董浩峰定的,下周谈第二轮。"

"那就由你全权去做吧。反正我让你去参加那个现场办公会,就是让你全权负责,你说了算。"

"你这比陈书记还摊派。"

"我让你去参会,你以为我冒失?"许蓉不满地问。

"我哪敢责怪大名鼎鼎的许总?我充分理解了组织安排的光荣任务,也圆满地完成了组织的期待。"叶山河把饭盒一推,喝了口水,"晶体管厂其实不算什么问题,再怎么也不会是个坑,而且,顺利的话我们可以赚点钱,所以我也不再埋怨陈书记的摊派了。我只有一点,就是那个厂长是个麻烦,当然整个厂领导班子都不用最好。"

"不用就不用吧,你谈判的时候坚持这一点就行了。国资委他们肯定会同意的。"许蓉轻描淡写地说。

叶山河迟疑一下,决定现在暂不透露陈哲光那天说的关于鲁伯雄的幕后关系网,虽然只要许蓉愿意,她也可以轻易弄清这一点。

"希望如此。还有一点,就是总经理人选。如果拿下了晶体管厂,谁来负责操盘?毕竟这也是一个不小的企业,我们得预先找到称手的人可用。"

"人你定。我说你全权负责，不仅人，人财物都由你这个董事长定，你怎么还磨叽这个问题？"许蓉不耐烦地说，"抓紧时间，你只有二十分钟了。"

"我定可以，我没问题，问题是我手中没有人。"叶山河看许蓉的表情不像是恐吓，一点半真有可能赶自己走，赶紧严肃地说。

"这是个麻烦。管理人才好找，但是既懂管理又懂专业的人难……所以你当年能够发掘江林那伙人，也是奇迹，算老天帮你忙吧。啊，对啊，现在赚钱了，他们应该跟你提条件了吧？"

叶山河一愣，随即苦笑。

许蓉的思维还真跳跃，他还想跟她虚缠几句，半推半就地介绍一下预备人选刘小备，可是她一下子就跳到了自己这几天一直的隐忧，击中了纺织品公司的核心问题。连许蓉都能够想得到的事，自己以前居然忽略了。看来身在局中，真是不识庐山真面目了。

"还没有，但应该要提了吧。"

许蓉敏感到叶山河的不对："有麻烦了？"

叶山河坦白地说："有麻烦，但是没事，我自己能够解决。"

"需要帮忙的时候招呼一声，毕竟我也有股份。"

"肯定的，但这事不急。今天跟你碰面主要是晶体管厂，先说另外一件事吧。这件事也特别重要，我想跟你商量一下。"

"特别重要，呵呵，能够让老弟你说出这四个字，真不容易，我是不是应该紧张起来？"

"我准备竞拍蜀都饭店。"

蜀都饭店？

许蓉眯上了眼沉思。

她当然知道蜀都饭店要拿出来竞拍的事，只是最近一直被跟新世界百货的对抗纠缠得分不开身，现在叶山河说他看好这个项目，以他的风格，说出"准备竞拍"这四个字，差不多就是准备拿下这个项目了。这个项目体量不是一般地大，应该近十亿，虽然是分期投入，但一旦介入，至少这一两年，无论是人力财力，重心都会集中在这个项目上，她该怎么做呢？

"这个项目是好项目，谁都看得到，但竞争的人一定多，你有没有什么预案？"

叶山河双手交叉一起，明白许蓉这个所谓的"预案"是指有没有什么有效的办法从众多的竞争者中脱颖而出，张德超也问过同样的问题。他们似乎都对他太迷信了。

他摇头："没有。要说有，就是充分了解，精心准备，全力以赴。但是你也知道，竞争者多，别人也会这样做，有的比我准备得还要早还要充分，举个例吧：前……三天前，周一晚上，钟守信把我堵在蜀都饭店，差点摔杯为号，上演全武行，他让我退出。"

许蓉霍然睁眼："还有这事！钟守信？还真是十处打锣九处在啊。"

"他最近跟你有交道？"

"一直都有交道。我的事多，他也喜欢到处插手，自然会碰面。但是这么多年，还算彼此克制，相安无事吧。"

"那是因为你，他对别人，可不会克制。"

"其实这种人就是欺软怕硬，你跟他对着来，他硬你更硬，他自己先就尿了。"许蓉呵呵地笑了，"其实你自己也完全对付得了他，不过，你本身……受你爷爷影响，现在你又有钱了，首先就不想跟这种人交道。然后呢，你怕死，甚至怕受点伤，怕闹点风波，怕被人注意。你就是低调，万花丛中过，片叶不沾身。"

"姐你说对了，我是真的怵这种人。"叶山河坦白地说，"我跟姐你说这事，也是希望你跟他谈谈，告诉他大家公平竞争，蜀都饭店这次参拍的人不少，搞掉几个十几个都无济于事，还不如……"

"你可跟别人不同，钟守信盯上你也算是……慧眼识英雄了。"许蓉笑，"你说了，我肯定会跟他谈，不过，他不会听的。他不喜欢跟人讲道理，只迷信实力。"

"所以只有希望姐你以实力'说服'他。"叶山河手指互搓，"但是姐，有一句话我得先跟你说，如果他不听你的话，那也无所谓，你也别跟他斗气，他喜欢玩那套社会招数，咱们不奉陪，咱们守法。姐，真的，听我的好吗？"

"真心还是假意？"

"姐，看你说的……我肯定是真心。如果你跟他斗气，弄出麻烦来，这不是我害了你吗？我是始作俑者啊。"

"放心，姐现在是堂堂省政协委员，哪会跟他要社会上那套？姐也不会误解你，你跟我说这些，不是想让我出头，当什么枪。这是生意。你跟他谈，肯定谈不好，我出面，合适得多。"

"姐你明白就好。"叶山河如释重负，"我就知道您不会想多，所以我才敢来见你，说这些。"

"不过，蜀都饭店真是一个好项目，我以前也考虑过，只是春节一过，就陷到百货公司这块，一直腾不出手。你能够出面竞拍这个项目，很好，我肯定支持，我想这个项目多投一些。"

"好啊，姐你想投多少？"叶山河没有丝毫停顿，脸上露出微笑的表情。

"三成，30%吧。"许蓉说。

"那我叫段总也多投点，15%。我还有个想法，准备给予到时主持这个项目的项目经理一定的股份，0.5%左右如何？"

叶山河反应很快，答应得也非常干脆。

"这个项目体量可能接近十个亿，0.5%也是小五百万，是因为纺织品公司吗？"

许蓉的反应也很快，联想丰富，一下子就想到了叶山河这是为什么。

"是的。房地产开发这块这几年其实一直是由我在主持，包括很多具体的事务，但是路明生也有很多的功劳，成长也很快。山河广场开发完毕后，已经足以独当一面，如果我不能留住他的话，他就可能被别的房产公司挖走，或者主动跳槽。他的情况特殊，你也知道，不是公司老人，所以无法打感情牌，而且他当初从国企跳过来，就是想多赚点钱，同时证明自己的价值，只有用钱才能够留住他。当然，这样最好，大家都轻松。但是要给他股份吗？这一点我还没有想好，这阵我正在做一个通盘的考虑，包括江林这些对公司有功的人，一定要给予公正的回报，这之前先给他考虑一点项目红利，比如说0.5%的干股。"

"你的考虑是对的，我这次跟新世界打仗也深深地明白了这一点。新世界早有预谋，一下挖了我好几个人过去，都是业务骨干，弄得我首先就乱了阵脚，一开战，更加狼狈。我这边啥秘密都没有，对方像躲在壕沟里，我像站在城墙上等着被对方用枪点名，不然这战也不会打得这样窝囊。"

叶山河皱眉："可不可以起诉对方不公平竞争？"

这种恶意挖人的方式非常歹毒，虽然《公司法》和《劳动合同法》都有相关规定，但是竞业禁止在国内目前还没有广泛实施，甚至很多企业和企业家根本就没有这个概念，所以才会有这种商业乱象出现，叶山河一向深恶痛绝，却无可奈何。他又想到自己为什么被钟守信盯上，也是因为胡志远首先出卖了他的信息。现在商业环境越来越复杂，也越来越残酷，看来还要有一段相当长的野蛮生长时期，才会慢慢过渡到理性、健康的商业经营。

当然，商业从来都是复杂的、残酷的。

"没有必要。新世界背后是哈市帮。姐不怕，现在已经把局面慢慢扳过来了，比前一阵好多了，我相信他们撑不了多久了。姐这么多年，什么事情没见过？"许蓉夸张地豪气。

叶山河默然。许蓉点到为止，哈市帮背后有陈哲光支持，起诉肯定没有什么结果，即使有，等到仲裁或者判断下来，也可能水寒三秋了。何况，还有执行力度的问题。

"知道这一次我为什么想多投一些？姐不是因为要去跟钟守信谈要挟你，相信你也不会误会。我想多投一些，实话说吧，是看你在山河广场这一战赢得漂亮，我以前忽略了房产行业，认为它周期长，资金压力大，但是现在我认识到我错了，所以想借此进入这个行业。我看好这个行业，这个行业我认为，至少十年会持续增长，因为这座城市肯定会继续扩大，而且这个增速可能会超过绝大部分行业。"

叶山河压抑住自己内心的吃惊："姐你高见。欢迎许总进入房产行业。"

一般来说，他们三人间有个默契，如果谁看中某个项目，都会向其他两人通报，由他们决定投资与否，如果要投，额度一般在百分之五到百分之十五之间，现在许蓉突然要求把投资份额增加到百分之三十，一则表明她对这个项目的看好，二则显示她将对这个项目不会像以前那些投资一样纯做投资，不参与管理，她会投入相当一部分时间、精力、资源到这个项目的整个过程。也就是说，像她说的那样，她要借此介入房产行业。

叶山河第一反应不是拒绝而是反省：自己是不是有些谨慎或者误判？他在对房产行业前景患得患失时，刘小备和许蓉却相当看好。或者，这就像炒股一样，当大多数人都看好，跃跃欲试准备进入时，他是不是应该及时抽身而退？

那么，蜀都饭店呢？

蜀都饭店肯定还是要做。任何时候，即使整个行业不景气，其中也有能够赚钱的佼佼者，或者说，无论整个蜀都房产行业将来如何，蜀都饭店这个项目肯定是个能够赚钱的项目。

然后他才想到许蓉投入百分之三十意味着什么。

首先他的预期利润被削减了，其次是他在这个项目中会失去一定的话语权，事无巨细，都应该向这位第二股东协商，无论他们的关系如何，必要的程序必须走，这会增加很多不必要的麻烦。

当然，许蓉的加入会增加拿下这个项目的可能性，同时分担这个项目的风险，减轻叶山河的担忧，对于整个项目来说，相当有利。

还有一点，叶山河无法拒绝。这不是因为他们关系密切，而是如果叶山河拒绝的话，许蓉很可能自己注册一家房地产公司参与竞拍。

她做得出这样的事！

所以他只能一口答应。

"那我以后名片上又要增加一个头衔了。"许蓉笑了。

这是叶山河今天第一次见她笑得这样舒心。

许蓉的名片上印着很多头衔，甚至连省工商联常务理事这样的头衔都印在上面，在名片背面整齐地列满，跟钟守信的名片相映成趣。相比之下，倒是叶山河的名片中规中矩，老老实实地印着山河集团董事长兼总经理，并且留了手机、办公室电话。

"要不看情况，如果你这里的事了了，那边又拿下了，你干脆亲自挂这个项目的董事长和总经理。"叶山河热心地建议。

"还有事吗？"许蓉再次看表。

"我没事了，要不再说说你的事。"叶山河认真地问，"还要打？"

"你瞎啊，不打我这几天闲得没事窝这儿吃盒饭？"许蓉不满地瞪他，"现在已经刺刀见红，这一周，最多持续到下周，应该见出分晓。所以说现在是关键之战。"

"谈判不好吗？"

"你以为我想打？我每时每刻都想这他妈烧钱的事立刻停下，可是对方不停，我怎么能停？零售业看重现金流，一旦对方价格战打赢了，以后就会形成一种概念，他新世界比我蜀都百货价低，到蜀都广场来逛的人，首先就会去他那儿，然后就是恶性循环……"

"有没有因为觉得对方扫了你大姐大的面子？"叶山河打断了她，换了一个角度问。

"什么大姐大？我有脾气，但不会跟钱过不去。"许蓉脸沉了下来。她不喜欢有人提她那些觉得上不了台面的陈年旧事，更因为现在跟新世界的竞争让她烦心。

所谓关心则乱，蜀都百货差不多可以说是奠定许蓉在西川商界地位的重要产业，也是许蓉个人奋斗历史上的得意之作。她对它情感深厚，容不得人伤害，一旦有人挑衅，她的反应就是坚决反击，看现在这个势头，很可能成为一场"倾城之战"，不分出胜负，决不罢休。

可是，新世界就会认输吗？

来者不善，新世界当初能够在陈哲光的支持下，在蜀都市最中心的蜀都广场修这么一幢新世界大厦，绝非善茬，现在又首开降价大战，有备而来，哪会轻易认输？

叶山河沉吟一下，觉得许蓉还是有些失措，用力过猛。对方有备而来，就不应该仓促应战，能够避战，就当高挂免战牌。虽然，他对于零售行业没有太多的经验，但这种战略层面的考虑，许蓉应该有吧？

"我觉得还是谈一下，谈一下，总比不谈好。我忘记我还没有问过姐你，你们谈过吗？"

"谈？有什么好谈的！他要打，我就打。人家铁了心要跟你打，你想谈有什么用？热脸去贴冷屁股？"许蓉愤愤地说。

叶山河承认她说得有理，但是，他的原则是不到黄河不死心，到了黄河也不死心。

"谈一谈吧，谈一谈又不会有什么损失。首先提出谈，会让人觉得丢份儿吗？"叶山河柔和地坚持说。

"做生意，当然要的是里子，但是，面子有时候也很重要。"许蓉冷哼，"要谈，也要打了再说。不把对方打痛，他不会乖乖地坐到谈判桌上来，谈也谈不出一个好结果。"

叶山河再次默然。看来这些问题许蓉也想过了，但未必正确。

以战促谈，想法是好的，但是如果只是纯粹为了面子，为了争取一个主动——实际上，后坐到谈判桌上来的，未必有多少主动。商业谈判，是以实力为基础的，这样一天天耗下去，每天都是上百万的损耗，何必呢？

"你们这种降价战争，有点像房产开发中的工程竞标，起初大家拼命杀价，但是最后拿下项目一看，根本已经没有利润了，于是又去和出标方扯皮，申请追加项目经费，这还算好，总找得到目标。你们呢，打到最后一地鸡毛，想哭都找不着人……"

"能哭还行,只要能赢。最怕不战而降,最后无声无息地死了连个泡都不冒。"许蓉打断了他,脸上露出断然的坚决。

"那么,陈书记愿意看到你们这样互相厮杀吗?"叶山河决定最后刺激一下。

许蓉停顿一下,克制情绪,缓缓地说:"我这两年跟他关系不再像以前那样了。你知道,他不同意,蜀都广场不会再修这么一幢商业大厦。"

"那他还要点你的名搞摊派,你还要去捧他的场?"

"所以我才让你去,我不想跟他碰面。"

"你不怕得罪他?"

"正是因为得罪不起,我才让你去,不然就干脆不去了。"

"姐你还是第一次跟我说这些,既然这样了……姐,我倒有个想法。"叶山河灵机一动。

"说。"

"姐你有没有想过,你主动跟新世界谈判,这也可以说是向陈书记委婉地……释放某种信号?"

"谁说我想跟姓陈的服软了?"

许蓉瞪着叶山河,叶山河摊开双手,面无表情地回应她。许蓉伸手拂了一下她的额发——这个动作对她而言非常少见,然后声音低了下来:"你说得有道理。那就谈?"

如果说这个女人有什么让叶山河佩服的,就是这种令人惊诧的迅速反应,果断决心,从善如流。也许正是因为这种品质,帮助她从一个小摊贩一步步走到了现在。

"谈之前,先做好预案。我建议的方向是合作。"

"预案我会让他们做,但怎么个合作法?共同定价?互相监督?结成联盟反过来跟供货商谈?"

"这些当然可以,但只是战术层面,而且我不懂,也不了解这些,我指的是战略层面的。"叶山河沉吟一下,坦白地说,"你没有想过,相比结成同盟,结成约束力不大的商业同盟,结成更深的利益同盟,比如股票互换,不是更有利吗?"

"让新世界占我蜀都百货的股,这绝不可能。"许蓉的声音陡然提高。

"你也可以看成是蜀都百货占了新世界的股份。"

许蓉沉默。

叶山河毫不留情地继续说道:"蜀都百货肯定还是你控股。你想想,你能够在蜀都百货占股,新世界为什么不可以在你的蜀都百货?他们拿出的钱就跟你拿出的钱不一样?这其实不是重点所在,重点是,你一直没有承认新世界的位置。你一直以为整个蜀都广场都是属于你的蜀都百货的,这里的人流,购买力都只能由你独享,这不现实。现实的是新世界已经牢牢地扎根在蜀都广场了,除非来场地震,只震掉新世界大厦,或者政府下达行政命令不许新世界经营百货,这显然是不可能的。所以,姐,你得承认现实,面对现实,理性对待,只有这样,才能够摆正心态,以后无论打,还是谈,都不会走火入魔,心态失衡。"

许蓉默然半响,才缓缓说:"你说的,我也知道,只是一直不承认。其实从新世界大厦一规划到图纸上,我就输了。"

"也不是说输了,姐你以前开店的时候,不也是被人竞争过也去竞争过别人?这是正常的商业活动和商业现象,作为一个商人,坦然面对就行了。现在的情形是很不利,只要摆正位置,还是可以找出有利的办法的,好比炒股中的止损。或者,说不定还能够扭转局势。"

"那你说……"许蓉突然住口,看看门口,指指自己的手表,"你该走了。"

叶山河随着许蓉的目光一看,门已被悄悄推开了部分,刚才在会议室吃饭的几位蜀都百货的主管已经站在门口静候。

叶山河站起来:"我先走了。"

他来这儿的目的,差不多已经达到,蜀都百货他也真帮不上什么,只要许蓉转换思路,以她的精明能干,应该能够找到一条彼此妥协的办法。

他上了电梯,在这个封闭的空间里,他突然反应过来,为什么换了别人,他就能够冷静、理性地提出这样建议,包括出让蜀都百货股份,可是这事真要换成自己,他是不是也能够接受这样的建议呢?或者说,换了纺织品公司,他能够忍受出让股份这样的妥协?

他走出电梯,穿过熙攘的人流,走到蜀都百货前的街道上,拨打杨迁的电话。

| 第十四章 | 烧鸡公配豆瓣

此时此刻，杨迁和张德超正对坐在三环外一家农家乐装修的烧鸡公店里举杯。

快下班的时候，张德超直接出现在他的办公室，那架势一看就有大事，杨迁赶紧交代正在汇报工作的设计部经理几句，跟前台打了招呼，跟着张德超两人离开公司。因为知道要喝酒，所以杨迁没有开车，两人拦了出租车，来到这里。

随着山河集团业务蒸蒸日上，张德超这些年出入豪华堂馆如履平地，不免有些老手颓唐，经常半真半假地跟杨迁开玩笑说，他现在一上桌子就腻，还真怀念以前那些几十块钱就可以吃得舒服踏实的小店，所以杨迁投其所好地安排这个偏僻幽静之地，也好说话。

桌上摆了一盘凉拌黄瓜、一碟油酥花生米、一筒郫县豆瓣，他们叫的烧鸡公还在锅里，没有上桌。

杨迁知道张德超喜好，一进店就问有没有郫县豆瓣，前来迎客的老板愣了一下才小心地问："两位老板，请问你们要……这个豆瓣……"

杨迁笑着解释："老板你不用多心，菜我们还是要点的，只是我这位大哥喜欢添这个味。你有没有？没有我们就换家店。"

老板松了口气，笑着说："哥老倌你这话问的，哪个开川菜馆的不要郫县豆瓣？不用郫县豆瓣做的川菜那不地道，不正宗。我们厨房肯定有，不过呢，肯定是开过封的，我马上叫人去外面给你买一筒新鲜的来。"

杨迁看看外面，计算路程，正在迟疑，张德超接口道："你去买吧。不过我等不了，你先把开了封的豆瓣拿来我们用，新买的你还给厨房。"

老板看着两人衣着光鲜，张德超气度不凡，不容拒绝，呵呵一笑："大哥您说了算。不过，这个吃烧鸡公下豆瓣，倒还真是，真是……少见。"

杨迁点了菜，老板一路笑着去厨房先拿了花生米和豆瓣出来，张德超先拿起豆瓣闻了一下，再看看颜色，说是三年的。

郫县豆瓣跟西川盛产的白酒一样，也分年限，一般来说，酿制一年的豆瓣酱基本成熟，可以用在串串、火锅和炒菜，豆瓣酱的年份越久，酱香味越浓，生涩的辣味越淡，要做正宗美味的川菜如麻婆豆腐、回锅肉等，最好选用三年四年的豆瓣酱。张德超对于郫县豆瓣这种独特的爱好来自当初一个人逃亡蜀都那段穷日子，朝不保夕，天天担心警察找上门来，窝在出租屋里不敢出去打工，数着钱用。有时一天就吃一碗白饭或者两个馒头，后来无意中买了一筒郫县豆瓣，美味异常，足足帮他撑了一个月。从此以后，他就丢舍不下。

杨迁加入山河装修公司后，叶山河不好亲近，张德超跟他最为要好，结婚前两人几乎天天一起吃饭睡觉。杨迁记下了张德超这个爱好，每次吃饭，只要不是应酬，他都会主动替他先叫上一筒半筒，走的时候如果方便，还要把剩下的豆瓣带回家去。

杨迁倒酒，两人就着花生米和黄瓜，干了几杯，一瓶啤酒还没完，张德超果然有话要说，一开口就把杨迁震住了。

他先说的是他被战友黑了一千万。

杨迁表面上没有什么吃惊，内心却是波澜起伏。

一千万！

张德超就这样轻易地把一千万人民币转到战友账上，像把一个一次性打火机随手丢给朋友用，尤其是，张德超居然一张口就向公司借了一千万，而叶山河居然毫不犹豫地答应了，他居然一点不知道！

公司赚钱后，杨迁做过简单的估算，山河集团现在的资产怎么也得说有十来个亿吧。更重要的是，集团下属各个公司都运行良好，具有持续赢利的能力，将来肯定会赚更多的钱，他在公司的股份折算下来，也是好几千万。

自然地，他的妻子也替他算过这一笔账，估量他那点以前被忽略的股份的价值，同时重新估量他这个人的价值。实际上，早在去年纺织品公司扭亏为盈，雄鹰集团跟山河集团签订战略协议，确定入驻山河广场，山河广场项目肯定会顺利竣工，他在家里的地位就发生了根本的变化。她对他基本不再打骂，一向对他不甚感冒的丈母娘，也关心起他的生活，替他买过衬衣。大舅子小舅子都经常回家，回家之前先要打电话确认他是否在家，坦诚地表明只想跟他一起聚聚，聊天喝酒。

来蜀都生活十几年，他早已习惯了西川的风土人情，也习惯了这种坦白的势利。现在，他一直盼望着的变化终于发生，他的心思自然也会随之变化。

实际上，他的心思远比张德超灵活，甚至在他们四个山河集团老人中，他也是最早发觉他们四个人的关系可能发生某种深刻变化的人。但是跟从前一样，他是四个人中实力最弱，也是最晚加入的人，他觉得自己没有什么话语权，甚至根本不能表露，只能等待着其他三人来决定。这真是无可奈何。

虽然如此，他并不觉得有什么难受，因为他已经觉得很满足了。

他一向就是个容易满足的人。他能够在他妻子家长时间地默默忍受岳父岳母数落，忍受两个舅子埋怨，忍受妻子打骂，就是觉得只要能够跟妻子在一起就足够了。

但是现在，张德超随便一借就是一千万，随便一丢就是一千万，表情看起来有些懊恼，但感觉不到他是真正痛苦，杨迁无法不想：我是不是也可以向公司借一千万呢？我能不能这样随便借到一千万呢？

虽然，他的地位和股份都肯定无法跟张德超相提并论，但他有他的优势，比如这几年他管理的装修公司，因为他的专业和名声，每年利润都以千万计。而张德超只是吃喝应酬，这样的工作，任何人都可以胜任，以叶山河的英明，肯定会看到他的贡献和作用，那么，他是不是可以因此提出某些想法呢？

提什么？

提高股份？提高薪酬？多发奖金还是？

我在干什么？我怎么就不满足了？

杨迁霍然一惊，他被自己刚才一瞬间的众多想法吓坏了。他难道忘记了，没有叶山河，就没有他现在这个家，也没有他现在这个杨总！

他居然人心不足，利欲熏心！

可是，他难道就不该吗？

不要太多，一点点就好，一点点也是一种鼓励啊。

可是，一点点就真的能够满足吗？

一旦迈出第一步，后面是不是就会毫无困难、心安理得地继续下去？

杨迁脸上表情变幻不定，张德超误解了他是在替自己担忧难过，安慰说："没事，一千万虽多，但是现在不同以前，现在一千万对你和我来说，都还不至于伤筋动骨，只要公司稳步发展，将来就是一个亿两个亿，都能够随便拿出去。"

"那是。"杨迁说。

举杯，两人碰了一杯啤酒。

张德超随口问了一些装修公司最近的情况，杨迁拣了一些回答，但是心里却在嘀咕：张德超什么时候关心过装修公司的业务？他整个山河集团的经营都几乎不会过问，刚才他故意有点有面、有轻有重地回答，但张德超根本就没有去分辨去思考，这证明张德超的心思根本就没在这个问题上，那么，他的心思在哪里呢？他突然来找自己，分享这个一千万的秘密，这肯定不是无聊之举，也不是想找他倾诉，按照常情，与人分享自己的秘密，是为了增加彼此的信任和亲近，但是他和张德超的关系还不够信任和亲近吗？还有一种可能，就是为了某种伤害铺垫？

杨迁再次心念急转。

一人一瓶啤酒下肚，两人情绪都松弛下来，杨迁重新开了两瓶啤酒，张德超正在准备措辞，寻思如何开口，这个时候，叶山河的电话打了进来。

杨迁一看来电，吓了一跳，小声说："叶哥的。"

私下里，他们还保持着兄弟相称，杨迁年龄最少，叫张德超为"大哥"，叶山河为"叶哥"，宋长生为"老哥"，这种不自觉或者自觉的细微区分体现了这三个人在他心里的某种不同。但是现在电话还没有接，他这种自然而然的紧张程度，让张德超又好气又好笑："接啊。"

杨迁按了接听键，并且用的免提。

叶山河问他在哪里、跟谁，杨迁一一老实作答。

叶山河站在蜀都百货前面的广场上不禁愕然，张德超跟他分手时明明说了马上去找杨迁交流，替他"打探"，可是他竟然忘了，刚才还想着怎么跟杨迁交流一下。

现在张德超已经和杨迁在一起了，他这么打一个电话过去干什么？不放心张德超还是有什么其他的想法？

就在这么一愣神间，他又发现自己犯了一个错误。他本来可以自然地跟杨迁随便说件事，或者安排他一个什么工作，可是这么突然停顿，显然是对杨迁的回答感到吃惊，这有什么吃惊的？

他看着从他身边匆匆走过的那些衣着光鲜，许蓉嘴里所谓的附近写字楼里的白领，可能是自己这两天心里塞的事多了，才会犯这样的错误。

尤其是今天上午，首先是对接会，变化古怪，接着连续两场谈话，虽然不是钩心斗角，但要考虑对方的感受，体会对方的心思，用词语气都要斟酌，特别心累。他在心里叹了口气，索性坦白地承认说，他这几天忙昏了头，刚才超哥跟他说了来找杨迁，他忘记了。叫他们吃好，聊好。

张德超一直凝神在听，等到叶山河挂了电话，杨迁疑惑地看着张德超，张德超突然发现自己脑中一片空白，不知该如何跟杨迁往下说。

他不是不想对杨迁说他上午跟叶山河喝茶时的交流，而是他还没有来得及，他已经说了一千万的事做了铺垫，现在正想开口把话题回到这上面来，但是叶山河这个突如其来的电话把他一下子逼到了一个非常尴尬的境地。

杨迁会怎么想？原来他来找杨迁竟然是他和叶山河早已商量好的，他是不是和叶山河已经达成了某种秘密协定？——而这个猜疑竟然不是毫无根据，事实情况竟然相差无几。

可是，这相差无几，实际上却相差千里！

可是，他该如何向杨迁解释呢？

他呵呵地笑了起来，端起酒杯，杨迁赶紧端杯，两人碰杯，一饮而尽。

就是这么一个动作，张德超重新掌握了局势，恢复到那个耿直豪迈的大哥。他指着杨迁说："明白我来找你的原因了吧？"

杨迁似懂非懂地点点头。

张德超笑："你点什么头？你不明白。"

杨迁也笑："那是。"

张德超晃动着手指："这事解释呢，还说不太清楚；不解释呢，我们兄弟间会生误会……"张开五指挡住杨迁，"你先别说，听我说。"

他把他跟叶山河刚才喝茶的事，一五一十地说给杨迁听，包括叶山河的原话，甚至表情。

化解误解的最小成本，就是说实话，这一点，是他从叶山河那里学来的。

"明白没有？老叶觉得应该调整一下股份，是我觉得不用，然后我呢，就自作主张地来问你话。至于老叶那个电话，可能他刚才是忙昏了头，忘了这茬。"

张德超一口气说完，自己端了酒杯喝了一半，喘息，可是一个疑问涌上来：刚才那个电话真是叶山河忘了吗？

以叶山河做事的缜密，出现这样的事情很少见，但也不是没有可能，但这么小

209

概率的事就让他们碰上了，而且还是这样一个古怪的时刻，实在是叫人难以释怀。

杨迁也端起了酒杯，发愣。

张德超再一口干了剩下那半杯啤酒："想啥呢？事情就这么个情况，我就是约你出来问问你的想法。"

"什么想法？"

"就是老叶想调整股份，你觉得呢？"

"大哥你咋想的？"

"我咋想的？你脑袋平时挺灵光的，咋今天卡了？"张德超放下酒杯，自己给自己斟满，"我刚才不是说了吗？我觉得没有必要。山河集团是当初咱们从装修公司开始，慢慢发展起来的，当初股份就这样的。如果说现在赚钱了大家就嚷着要股份，那当时为啥不承担风险，多承担点股份呢？"

"那是。"

杨迁有些口不对心，被张德超看了出来，他盯着杨迁："你……是不是还真有什么想法？"

杨迁脸上闪过惊慌、羞愧的表情，却不回答。

张德超愣住，他没有想到杨迁的反应是这样的。一瞬间，他心里一阵混乱，恼羞、愤怒、怜悯、不解、失望各种心情一齐涌现，半晌才不甘心地问："你是咋想的？"

"我要问问媳妇。"

杨迁随口答道。

然后，他们都被他这个答案惊呆了。

整个山河集团公司，再也没有比张德超更熟悉杨迁的妻子，更熟悉杨迁的家庭了。

杨迁的妻子叫宋玉，娇小甜美，是这座城市土生土长的典型女孩，最早父母取的名字叫宋玉莲，她上初中时觉得太过俗气，逼着父母去派出所改了名字。高考成绩一般，上了西北一所艺术类学校，学习装修设计，然后，遇上了杨迁。

杨迁是中原豫省人，第一次见到宋玉，一听到她开口说话，就被她那种娇娇柔柔的声音迷住了，奋不顾身地展开疯狂进攻。杨迁相貌清秀，但是身材瘦小，虽然他们学校女生居多，他还是属于那种容易被女生忽略的平庸同学，而宋玉当时至少还有几个追求者，自然不会把杨迁看在眼里。

第十四章　烧鸡公配豆瓣

俗话说，上帝给你关上了一扇门的同时，也会给你开一扇窗。杨迁没有身体上的优势，但智商很高，从小就是聪明鬼，现在追女生派上了大用场，首先是做周密的调查，厚着脸皮请教跟宋玉熟悉的同学了解宋玉的各种情况，然后从容地有的放矢，小心出击，每每能够投其所好地对宋玉表示关心，替她做事，送她礼物，这种润物细无声的功夫慢慢积累，逐渐在宋玉心中扎下了根，占据越来越重的分量。在经过一次沮丧、伤感的失败恋情后，宋玉半推半就地默认了杨迁，两个人一起上课，一起去食堂和图书馆，一起去看电影，牵手走过校园。

杨迁没有沉醉于这种表面现象，清醒地认识到他们这种感情并不牢固，甚至这种感情不能称为"恋爱"，最多只能叫依恋，所以毕业时，他做了一个惊人之举，毫不犹豫地放弃其他选择，跟着宋玉来到西川，在蜀都找了一份跟专业毫无关系，但薪水不错的工作。

宋玉对于杨迁的追随无可无不可，她早有打算，校园情感是一回事，结婚过日子又是一回事，进入社会后每一位从象牙塔出来的大学生，第一课就是面对和接受现实。杨迁一无钱二无权，在蜀都更无资源和人脉，她看不到他有什么可能出人头地，而且，他还不够帅。他要来蜀都，那是他的自由，她对他从来没有任何承诺，自然也不会承担任何责备和义务，当然，倒可以享受一些权利。

最初半年，因为宋玉父母的强烈鄙视和阻拦，他们的关系降温至普通朋友关系，除非宋玉特别无聊又没有约会，杨迁才有可能获得跟宋玉去看看电影、坐坐咖啡馆什么的荣幸，可以拉拉手、搂搂腰，但绝不可能回复到以前那种亲热程度。杨迁再次发挥他的聪明和坚韧，首先尽最大可能地讨好宋玉的哥哥和弟弟，跟哥哥谈事业谈人生，陪弟弟泡酒吧跳沙舞，消融他们的反对态度，同时能够从他们嘴里知道关于宋玉、关于宋玉父母最新的情况，对症下药地讨他们欢心。

知己知彼固然是非常高明的战略战术，但是决定战争胜负的，依然是实力。

在宋玉父母眼中，这个厚着脸皮的外地穷小子，早就被他们宣判了死刑，肯定不会成为他们的家庭成员。宋玉的想法也多半如此。所以，慢慢地，他们倒是不约而同地表现得宽容了，他再上门时，也懒得再说过分的话，只是带着怜悯的微笑看着他在他们家中忙碌，对每一个家庭成员赔笑脸：宋父、宋母、宋玉、宋玉大哥、宋玉大嫂、大哥大嫂的孩子、宋玉弟弟、弟弟的女朋友……一个不落地给他们带礼物，如果不出意外，这一场艰苦的求爱肯定将以宋玉突然遭遇她人生中某个白马王子告终，但是，叶山河出现了。

或者说是，叶山河发现了杨迁。

叶山河他们的装修公司接了一个装修业务，是杨迁所在证券公司的门市。杨迁在证券公司办公室工作，有事无事爱到各个部门晃荡，抱着学习的态度，看到叶山河跟张德超在那里比比画画，好奇地探头过去看他们设计的装修图纸，一时嘴快，提了几条中肯的意见。叶山河欣然采纳，随手丢了一包五牛牌香烟给他。

倘若事情就此结束，杨迁还是杨迁，一个证券公司的普通工作人员；叶山河还是叶山河，一个小装修公司的小老板。但是，有些鸟是关不住的，它们的羽毛太绚丽了；有些锥子是藏不住的，它们的锋芒太锐利了。叶山河晚上请杨迁喝酒。

就在一家蜀都街头巷尾随处可见的苍蝇馆子里，几杯啤酒小肚，几句简单的交谈，叶山河目光炯炯地盯着杨迁，毫不犹豫地发出邀请，希望他加盟他们的装修公司。迟疑了几秒钟，杨迁决定接受。

这是一个重大的人生抉择，但并不草率。

首先他在证券公司混得并不好，也不是正式员工，并且因为不是金融专业，上升空间不大，如果他的人生不发生巨变，他和宋玉的"爱情长跑"也不会发生巨变，基本可能无疾而终，所以，他渴求改变。

然而，经过跟叶山河的交谈，他突然清醒过来，意识到这个社会正在发生某种深刻的变化——他这两年完全被这场艰苦的爱情长跑折腾住了，没有更多的心思来关注身外的世界。房地产行业蓬勃发展，如果没有钱进入这个行业，那么，做它的配套生意，家庭装修，似乎应该很有前景，而且，跟他的专业对口。

最后，也是最重要的一点，他觉得这个小小的装修公司并不赖。叶山河虽然年轻，但举止沉稳；睿智果断，张德超豪爽义气，极有气势；宋长生谨慎细致，平易近人。都是值得合作的伙伴。

当然，最让他佩服的还是叶山河。

这个第一眼看起来就让人觉得舒服的年轻人身上，似乎有一种雍容的气度，一举一动都极富魅力，仿佛显示他来历不凡，或者是身份特殊，或者是见过世面，玩过大钱，比起他们证券公司大户室那些神情俨然的富人来，毫不逊色。杨迁不由自主地想听从他的指挥，跟他一起做事。

总而言之，这个小小的装修公司是一个让他觉得生机勃勃的集体，他无法拒绝诱惑，希望加入他们。

然后，他就加入了他们。

杨迁被叶山河封为装修公司的技术总监，取代了以前那位自学成才的土技术员和叶山河这群臭皮匠，他没有辜负这种信任，立刻展现了相当水平的专业技能，从证券公司的装修业务开始，整个装修公司的水平和风格都上了一个台阶，开始缓慢进入名声和客户积累阶段。

然后杨迁的运气来了，宋玉的哥哥遇上了税务问题，弟弟在酒吧跟一群混混结了梁子，事情有扩大的趋势。叶山河立刻安排宋长生和张德超同时出马，替杨迁打赢了这两场几乎注定要损失惨重的战争，再加上杨迁身份和收入的提高，杨迁和宋玉的关系再次热络起来。这一次，杨迁在张德超的撺掇下，无耻地让宋玉怀上了，最后，叶山河代表公司领导出面，替杨迁求婚。

生米熟饭的现实，再加上叶山河描绘的公司未来和杨迁个人的辉煌前程，宋玉父母终于同意了这桩无可奈何的婚事，并且容许暂时无力买房的毛脚女婿住进他们家，将近八年的艰苦抗战，杨迁终于修成正果。

宋玉父母对于叶山河和宋长生并没有更多的印象，倒是因为对于小儿子的宠爱，进而对于孤身前去面对十几个社会混混的张德超感激不尽。再加上张德超为人大路，能够圆滑地处理方方面面的关系，不似叶山河的矜持和宋长生的淡泊，他在公司最得杨迁信赖，在宋家与宋玉父母相处甚好。有一段时间张德超只要没有应酬或者聚会，就会提着酒菜去宋家蹭饭，与宋家上下关系异常密切，甚至后来有了妻子，也经常被宋玉父母叫他带上妻子一起过去吃饭。

正是因为这种关系，所以张德超几乎了解杨迁的一切家庭关系，包括他在宋家一直很受歧视。虽然最近一年来有所改变，但基本还是属于被欺压的对象，没有经济大权，经常挨打受骂，但是令人奇怪的是，杨迁却是毫无不虞，甘之如饴。段万年曾经开玩笑地说，杨迁这种情况叫什么"是得哥儿莫"（斯德哥尔摩综合征）。

所以杨迁这时候突然鬼使神差地冒出这么一句"问我媳妇"，应该是他的某种真实想法，但是他要真问了，以他媳妇的见识，毫无疑问会希望重新调整股份，幅度越大越好。

"你媳妇是你媳妇，我现在问你自己如何想的。"张德超转过目光，看着眼前的酒杯，闷声闷气地说。

"我，我听大哥你的。"杨迁听出了张德超话中的不快，赶紧表态。

"唉，老弟，不是哥逼着你这样说，实在是，怎么说呢……"

服务生端着他们的烧鸡公上来，张德超住口，两人帮着把花生米和黄瓜移到旁边，把硕大的瓷盆放在桌子中间。等服务生一走，张德超刚想说话，改了主意，拿起筷子，招呼说："趁热，尝尝。"

两人各夹了一块鸡肉，连吹带晃，折腾着下肚后，又碰了一杯，张德超才缓缓说："杨兄弟，实话说吧，你的心情哥理解，公司现在是赚了大钱了，但是做人呢，咱们要守得正，不能这时候提要求。尤其重要的一点，即使股份要调整，也不能由你来提，要提，也应该由老叶，由我来提。"

"我明白了。大哥你对我好，我知道的。"杨迁颤抖着，伸手给自己倒了一杯，"大哥，我敬你一杯。你不喝，我喝。"

他一仰头，一饮而尽。

张德超表情复杂地看着杨迁，没有说话，伸手拿起豆瓣筒，倒了一些在碗里，夹了鸡肉先蘸蘸豆瓣酱加味，一边咀嚼一边沉思。

刚才烧鸡公上来，打断了张德超的话，正是那一停顿，张德超突然想到自己。固然，他没有想过要叶山河调整股份，但是，他同意刘小备私下注册一家公司，这跟要求股份有什么差异？甚至还不如直接提出股份要求光明磊落。他有什么资格批评杨迁？不过是五十步笑一百步。所以，他改了主意，安抚杨迁，并且说出那样掏心窝的话。

"大哥，我得跟你说件事。"杨迁把空酒杯放在桌上，目光看着远处，"也可以说跟这件事有关。"

"说。"

"财帛动人心，此话真他妈不假。从去年中秋过后吧，也就是纺织品公司第一笔利润划到集团公司账上，我回家多嘴了一句，小玉父母，当然还有她，就像换了人似的，开始对我好起来了，到了元旦前公司分红，一家人态度变得就像公司的员工对我一样，恭敬中带着紧张，巴结吧。"

"这很正常，也是好事啊。"

"好事？"杨迁呵呵一笑，"好事不好事倒还不清楚，但是最近，小玉对我看得特别紧了，手机要查，应酬时要打几个电话查问在哪儿、跟谁，要说她这么在乎我，我是不是应该很高兴才对？可是不知道为什么，我突然间倒觉得有些不自在起来，好像，怎么说呢？我突然发现，我好像不再……不太……不是，不像从前那样爱她了。"

杨迁的目光还是看着远处，他沉浸在自己的诉说中。

张德超伸手想举杯，却又停住。他想说"很正常"，又觉不妥。但真是很正常吧？男女之间似乎永远都是这样，你在乎我时，我不在乎你；你对我笑了，我又心在别处了。他想起自己那个对他一直信任加放任的妻子，她跟宋玉的态度恰恰相反，但结果似乎相差不大。

突然间，他又想到，杨迁为什么要跟他说这些？是因为他对杨迁说了一千万的事，又说了刚才那两句掏心的话，所以杨迁要分享这样一件似乎是掏心的秘密来等价回报？这说明什么？说明杨迁对自己刚才掏心的话感到某种莫名的恐惧还是某种莫名的隔阂？这是不是表明他们之间不会再像从前那样亲密无间，或者说，自己从来都没有正确认识到他跟杨迁的分享关系？

张德超突然有些沮丧。他只是豪爽，并不笨，平时懒得动这些心思，但现在，他觉得以后遇事还是应该多考虑一下。

一切都是因为公司赚钱了，赚大钱了。

"还有一件事。"杨迁突然开口，收回目光看着张德超，"我还是说吧。"

"说。"

"就在刚才，你来找我之前，我接到一个电话，你猜一百次也肯定猜不到是谁的。"

"刘小备？"

张德超举着筷子静听，本来不想说话，可是不知怎的，这个名字鬼使神差地脱口而出。

杨迁怔了一下："不是她。"停顿一下，又古怪地笑了，"不过也差不多。"

张德超本来被自己说出的名字吓了一跳，正要掩饰，可是杨迁这句话又吊住了他："什么意思？"

"徐朵朵。"杨迁得意地看着他。

"小徐。她干什么？"张德超暗中松了口气，脑中一瞬间闪过好几个念头，都马上予以否定。

"其实也没有什么，她给我打电话说，要给我介绍一个人，她的初中同学，想要装修一个茶艺馆，请我帮忙。"

张德超皱了皱眉头："那你帮吧。如果需要优惠的话，就尽量优惠吧。小徐人不错，到了总公司这么久，从来没有麻烦过人，待人特好。"

徐朵朵是他亲自安排召进公司，送到叶山河办公室的。他一直不知道叶山河跟徐朵朵的真实关系、他们是如何认识的、现在怎么样，他曾经一度怀着隐隐的愧疚和不安，只是看到徐朵朵一直都很快乐和满足，他才渐渐地放了心。

"那是。"杨迁赶紧点头，"她这也算是为公司拉业务，介绍生意，按照惯例，可以有一定比例的提成。但我问过她，她慌张地拒绝，我听得出来，她应该没有这个打算。"

"你跟她那个同学联系过没有？我猜小徐肯定没有想过从中拿啥好处，她没有这个胆量。应该是她那个同学有想法。"

张德超决定要动脑子的时候，他就能够想到很多，如果不是跟他有关，他就能够立刻抓住关键。

"没有。我等着她打过来。"杨迁迟疑着，"那我要不要主动给她打过去？"

张德超也迟疑起来，他们这一刻都想到了徐朵朵背后那个人、她和那个人可能的关系，都在想这笔装修生意有没有什么意义。

杨迁的电话响了，他看了来电，正是徐朵朵给他留的那个电话。

第十五章　段总之风雅

叶山河捏着手机，在蜀都百货前面的人行道上站了很久，直到钱小白把车滑过来，摇下车窗呼唤他。

这是很少的情况。

叶山河上了车，想对钱小白说话，又觉得无话可说。

汇入滚滚车流后，钱小白问："叶总，往哪儿？"

"先走。"叶山河拿出电话，打给段万年。

嘟的一声，通了。叶山河松了口气。

段万年接了电话，叶山河不等他说话，抢先一字一字地说道："不管你在哪里，我现在都要过来。"

他的语气平静，却有种恶狠狠、不容拒绝的气势。

段万年那边显然愣了一下，接着呵呵地笑了起来："好，好，叶总你过来吧。"

他说了地址，叶山河转给钱小白，三十分钟后，他们经过狭窄的乡间小道，到了一座树木掩映的小院前。

一个身材颀长的女生站在院门外，一动不动地犹如一座雕塑，直到车停在她身边，她才转过头，看着刚刚下车站直身体的叶山河，小心地问："叶总。"

女生相貌清丽，阳光洒在她的脸上，连带她的长发，都像镏了金，她的声音柔柔的，拖着尾音，配合着她脸上淡淡的表情，整个人有一种说不出的慵懒味道，令人心动。

"您好，我是叶山河。"

他正迟疑该不该伸出手去，女生已经转身过去，缓步进院。

女生款款而行，缓步走过院中曲曲折折鹅卵石铺成的小径，叶山河情不自禁地盯着她的背影，想象她裹在长大衣里面曼妙的身体。女生走到屋门前，慢慢推开那道装修得奇异不规则的木门，回头对叶山河淡淡一笑，当先进去，站在门口，等到叶山河接过木门上那个青铜面具似的把手，才又当先而行。

这是一个六七平方米的小空间，竖着扭曲的树枝作为衣架，旁边墙壁上有各种奇形怪状的抓手，有两张小巧别致的藤条沙发。叶山河有些愕然，把本来的大堂缩小做成衣帽间，这样的布局似乎有些少见。

女生推开左首一道纱门，眼前蓦然开朗，是一间宽阔的画室。四周地下、墙上画架，陈列着几十幅大大小小的油画，有的还是半成品，当中一个工夫茶台，却没有椅子，地下铺着一张宽大、厚实的绒毯，段万年和几个人围着茶台席地而坐，有点榻榻米的味道。

一个长头发的年轻人正在给他们做工夫茶，看见叶山河进来，淡淡一笑，点头致意，段万年招手示意他过去。

叶山河心中释然，看来这里是一个画家的工作室，怪不得一进院门，所有的布置和饰物都显得非常别致。他也听说过这里正在打造一个艺术家村，开出了很多优惠条件来吸引全国的艺术名家。

他走过去，脱掉鞋子，接过女生递过来一个草编的蒲团，垫在身下，挨段万年坐下。做工夫茶的长发年轻人递了一杯茶过来，叶山河道了谢，段万年给他介绍，长发年轻人是此间的主人，全国知名的青年油画家李克克，在全国拿过很多大奖，作品被很多收藏家和博物馆收藏，他刚刚三十出头，前途似锦。

另外两位茶客都是商人。身材矮胖一位是天海贸易的董事长，叫马力，身材魁梧，坐在地下像一堵墙；另一位是泸泰投资的总经理章义，鼻子肥大，目光阴沉。

那位女生叫艾琳，是李克克的妻子，也是一位跟李克克相当的知名油画家，他们是同学，她在这里也有自己的工作室，就在小道对面。

叶山河一一派发名片，连艾琳也递了一张。

回收的名片中，李克克的名片特别有特色，比普通名片大了整整一倍，上面只有画家练就的黑色艺术签名，除此之外，一片空白。相比之下，钟守信那个自命不凡的名片设计得非常多余而且庸俗。

马力的名片背后列着公司的经营范围，叶山河据此推测主要是做电力机械。他很多年前的名片上也仔细地列上自己的工作项目，希望跟每个接受他名片的人有业务往来。

　　章义的名片大气、简约，两个字发音都不同，名片上写着"泸泰"想来根据地应该在距离叶山河家乡江州不远的泸市。

　　艾琳没有回他名片。叶山河微微感到失望。

　　段万年他们继续刚才的话题，是关于收藏，主要关于国际国内的书画市场行情，以及投资回报的一些个人感受。段万年主导讨论，马力和李克克加以补充，章义偶尔用一两个语气助词参与，艾琳则一直安静地坐在一边，偶尔伸手替李克克把沏好的茶递给各位，这个时候，叶山河就会情不自禁地盯着她白得有些发青的手腕，在心里叹息。

　　收藏书画，叶山河以前接触的一些成功的商界人士，甚至包括陆承轩这样的人，都喜欢把自己的部分闲钱置换成为一些他们认为将来会升值的作品，但是叶山河从来没有考虑过，现在听段万年他们说话，似乎三人都是收藏界的资深人士。几分钟后，叶山河梳理出他们的结论：随着整个社会富裕程度的提升，收藏将会有一个大的爆发；藏品的选择中，书画作品将优于其他诸如玉石、瓷器；书画作品中，现代书画优于古代书画，一则因为金额，二则因为造假；现代书画作品中，未成名而将成名的书画家作品，相比已成名的书画家作品有更大的升值空间。

　　这可能就是三位业余收藏家今天聚到李克克这里的原因。显然，他们希望在这个蜀都市委市政府着力打造的艺术家村里，购买到包括李克克、艾琳在内的书画作品原始股。

　　叶山河对书画作品不感兴趣，心中又有事，一边听他们侃侃而谈，一边在心里对这几个人进行漫无目的的分析。

　　马力面相憨厚，但表情笃定，言谈举止有一股说不出的气势，倒不像是商人而是一位手握实权的官员，他这号人和他的贸易公司都没有听说过，但是这些年能源大发展，首先是电力，又是垄断行业，其中的体量和利润都不可小觑。他能够跟段万年走在一块儿，而且段万年没有任何轻看他的迹象就是明证。

　　章义和他所在的那个泸泰投资叶山河同样也是第一次知道，但是相比之下，段万年似乎对章义比对马力更加看重，章义表现出来的态度也隐隐有种高高在上、屈尊俯就的味道。叶山河摸不清他的来头，但是章义的面相森严，两眉之间的印堂狭窄，鼻梁凸起，这种人不好相与，也不知怎么会和一向择人的段万年搅在一起。

　　他悄悄地给徐朵朵发了短信，让他在网上查一下马力、章义二人和他们的公司情况。

李克克是典型的艺术家，头发衣着都很有范，整个人流露出一种阴郁的气质。除了叶山河进门时他对叶山河微微笑了一下，一直保持着那种淡得没有的表情，说话的时候平静得没有情绪，似乎他只是这个世界的一个旁观者、局外人，而忘记了他是这个屋子的主人，眼前这些茶客，极有可能是他的画作的购买者。李克克相貌英俊，坐着比段万年三人高一些，叶山河推测他应该比自己还要稍高一些，想象他和艾琳走在一起，即使熙攘的人群也无法淹没他们的出众，只会衬托他们的鹤立鸡群，所有看见他们的人，肯定都会由衷地赞一句金童玉女，佳偶天成。

艾琳这样的人，叶山河第一次遇上了难题。她像一潭静水，看不透她的内心，却又诱惑着人去探寻，或者，应该向里面丢一块石头，听听回声？她脸上的表情、气质都和李克克非常相似，像是一个模板印出来的，他们是在一起后才互相影响还是一直都是这样的？他们应该是艺术上的同行和知音，但是，生活中他们会和谐吗？两个太相似的人在一起，他们的生活是不是会缺少某种激情，很难擦出火花？搞艺术的人不是需要火花的激情吗？谁能够给他刺激？叶山河自问，然后确定自己不能。

或者，段万年可以吧？

叶山河胡思乱想，想到这里突然一个激灵，抬头看着段万年，果然这位一向云淡风轻的段总今天非常投入，比平时更加卖弄他的渊博，也更注意他的言谈举止，这跟他平时玩世不恭的态度大相径庭。

绝对有情况！

"老叶，又在发什么呆呢？"段万年点点叶山河面前的茶台。

"我听，你们聊。"叶山河淡淡地说，"很受启发。"

"唉，你这个庸俗的商人，早该来接受艺术的熏陶了！今天算你有缘，既然来了，我们也就勉强接纳你成为我们的一分子。等下你就先纳投名状，做做贡献，收购几幅当代名家的画作！告诉你，就是等你，不然我们早就转移阵地，去小艾的画室了。"

"走吧，我们去艾美女的画室看看。"马力仿佛被提醒，立刻建议道。

叶山河心中好笑，就知道段万年不会这么好心地关心他，段万年关心他只是为了找个话头去艾琳的画室。不过，他也想去。

"那我们去小艾的画室参观一下吧。"

第十五章　段总之风雅

段万年首先站起来，走到地毯边穿鞋。这个不容抗拒的动作影响着所有的人都纷纷起身，叶山河故意排到了最后。

几分钟后，一行人进入乡村小道对面的小院。房屋的建筑和布局跟李克克的工作室相同，布置装饰略相异，主要体现在风格上。

李克克的工作室还有一些花里胡哨的小东小西，有一些暖色调的装饰，艾琳的工作室却是简约而冷暗，也没有茶台，椅子也没有几张，似乎并不准备接待团队拜访。唯一体现主人情趣的，可能是依墙而建的一个古典风格的壁炉，壁炉前对放着两张老式沙发，中间一个树雕小桌，桌上有各种饮料，还有好几种酒。

叶山河想象冬日雨夜，两个人坐在壁炉前，默默对饮。

艾琳带着大家参观她工作室摆放的一些画作，这时候，她不得不对一些作品做简单的介绍，叶山河挨过去，不是想增长一些绘画知识，而是想听听她的声音。

众人随着她慢慢沿着画室移步，一堵墙还没转完，段万年已经淡定地宣布有两幅画他必须要收藏。当艾琳介绍到一幅题名为《秋日私语》的画时，段万年再次宣布对它情有独钟。

这幅画的名字首先让叶山河想起那首名曲，但是这幅画的风格完全跟那首名曲的意境不搭。画面的主体是树林，树林中隐现一个女人的背景，所有的树木和树枝都奇怪地扭曲，像章鱼的触须，整体色彩灰黑，女人穿着暗黄的大衣，跟艾琳身上那件完全一样，背影也像，叶山河完全理解段万年的决定。

但是艾琳说这可能不行。

她柔声解释，这幅画还未完成的时候已经被人订了，过几天就会来取画。

承诺与信誉在叶山河的理念中是很重要的东西，他想可能对于正在冉冉上升的画家也是一样，他们必须注重自己的名声。正在替段万年感到惋惜，突听段万年毫不在意地说："没关系。我可以不要这一幅，但可以请小艾再画一幅，完全比照这幅的样子。我只有一个要求，我的收藏价一定要比这位藏家的价格高一千元人民币。"

一千元只是一个象征性的零头。

众人都有些瞠目结舌，连艾琳和李克克都忍不住露出了好奇的表情，段万年得意扬扬地说："等小艾红了，成为国际一流的油画大师时，这件事肯定会成为画坛一件趣事广为流传，我段万年的名字也将随着小艾名留千古。即使自己不能伟大，也一定要与伟大同行。"

众人一起莞尔。

马力鼓掌笑道:"我现在算是明白段总为什么能够笑傲西川商界这么多年了。"

众人参观完毕,就站在画室聊天,段万年瞪着叶山河:"身入宝山,岂有空手而归之理!"

"正想向主人求一幅画。"叶山河指着墙边画架上支着的一幅未完成稿,"不知能否割爱。"

这幅画是一个肌肉扭曲的男人背着一个巨大的石碾状物,男人双手反托,像是不堪重负,又像是在飞,风格依然暗黑,却因为黑色用得特别多像是有暗火闪烁。因为没有画完的原因,男人的面目还没有定型,非常模糊,画名也没有题,用了一个按序排列的《镜像17》标着。

"未完呢。"艾琳看看画,看看他,说。

"这样就好。"叶山河认真地说,"可以吗?"

艾琳迟疑起来。

"我觉得可以。"段万年挥手替她和他做了决定,"叶总还年轻,不像我这种老头子了,所以叶总看到的,正是这幅画有很多种可能。人生,就是一种可能性的艺术。叶总大有慧根啊,这是要抢我的风头啊。"

叶山河双手合十:"多谢。"

离开的时候,艾琳看着钱小白把几幅画作搬上叶山河和段万年的车,眼中第一次有了感情。

她转过身,对叶山河说:"叶先生,我可以提一个请求吗?"

"不客气,您说。"

"如果我以后办画展,能否请您把这幅《镜像17》借给我展出?"

"没有问题,肯定的。"

艾琳迟疑一下,又说:"叶先生,其实,这幅画我搁了好几个月了,不知如何画下去。今天你这样做,好像是最好的处理。"

"一饮一啄,皆是缘分。"段万年插话说,"他今天不给我打这个电话,或者说我今天不来这里……不说了,反正你们应该懂。"

叶山河让钱小白自己开车回公司,他上段万年的车。

刚刚在副驾坐好,手机微微振动,一看是徐朵朵的短信。

这么长的时间才回复,这不是徐朵朵的工作作风和工作效率。

叶山河一看，短信很短，基本没有什么有用的信息。叶山河略一思忖，开口问道："这个马力和章义是什么来路？"

马力和章义的车在他们前面，他们也各自买了两幅画，正小心地放在后备厢里。

"马力他父亲是省电业常务副局长，他这公司半公半私。章义那公司背后是泸市特曲，刚刚成立，正在寻找体量大的项目。"

段万年简明扼要地介绍，目光锁在后视镜里那个纤纤身影。

叶山河咽了咽口水，果然都不是易与之辈。

马力这种半公半私的公司，赚钱的业务转移给私人，亏了就放到公司账上，是天下第一等好事，十年前很多官办公司都这样操作，这些年渐渐少了。章义的公司来头更大，泸市特曲是全国名酒，前几年改制后更是飞跃发展，可以说整个泸市的经济就是酒业支撑，而整个泸市酒业，又靠泸市特曲支撑，几百种品牌的杂酒都寄生或者依附在这个名酒上。这样的企业现金流超级好，自然要寻求其他的投资渠道，自然，一般体量的项目，也不会入他的法眼。

突然之间，蜀都饭店闪过他的脑海。他忍不住说："他不会要参与蜀都饭店的竞拍吧？"

"对，这是个好项目，老章也吃得下，我要不要给他提个醒？"段万年听懂了叶山河话中的那个"他"，笑道。

"说风凉话。段大哥，开车吧，再不走干脆留在这儿了。"叶山河没好气地说。

马力和章义的车都接连启动，开出一段距离了，段万年不情不愿地发动车子，慢慢跟上。

"你说，咱们是不是还真是同一类人，不走寻常路？"叶山河问。

"怎讲？"

"你强要人家画同样的画，我要人家的半成品。"

"有道理。"

"老实说，买幅复制画，真是为了什么画坛趣事？"

段万年没有回答。

"你真觉得他们将来能够红？能够成为名家？"

"现在每个行业，最不缺的就是人，每个人都有机会，每个人也都随时被人淹没。"段万年没有直接回答，含糊其词。

"那么，你是为了减轻她的工作强度吧？"叶山河不依不饶地追问。平时，他是一个心里藏得住事的人，但是今天，不知道为什么就是想马上弄个清楚明白。

"她身体不好。"

"这你都知道？"

"我看出来的啊。你没有见她的皮肤，不只是贫血啊……"

叶山河忍不住转头去看段万年，看着他两手紧紧地握着方向盘，呆滞地看着前方，完全没有平时的嬉笑从容，心中明白了，这位段总已经深陷进去。

这可不是好事！

他不是为段万年担心，这种风流浪子，中年老男人早已经历尽千帆，百炼成钢，再怎么折腾也伤害不了，他是为那个女油画家艾琳担心。

段万年的品性，可以说这座城市再也没有比他更了解的了，喜新厌旧，见异思迁，激情荡漾而不持久，爱情广博而不专一，他的世界是千山万水，可是她，却可能固守那间小小的画室，那方以米尺论的画框，他和她之间是不对称的。

她就像一件精美的瓷器，段万年捧起她就可能会失手打碎她；她就像一朵娇柔的花朵，段万年采撷之时很可能就是她枯萎之时。

可是，他却无法阻拦段万年，甚至，他自己心里，是不是也激荡过涟漪？

我见犹怜，何况老奴？

"你是在做一件伤天害理的事，"叶山河努力让自己的声音平静，"宁拆十座庙，不毁一桩婚。"

"如果他们的婚姻，或者说爱情是美好的，我根本进入不了；如果他们之间本来有问题，那怪不了我，我只是像医生一样把他们之间的脓挑破。有时候，他们还应该感谢我。"

段万年淡淡地说。虽然，叶山河听得出他的心虚，听得出他故作的轻松和无赖。

如果说段万年身上有什么真正让他觉得难以接受的，就是他的这种生活态度，这种不检点，这种忽视别人生活和感受，只考虑自己的利己主义。他帮助别人的时候，也是因为觉得这个人能够和可能回报他。

同时，他也不接受段万年这个理由。这种冠冕堂皇的说法正在广泛流行，在各个行业各种情景，倒置因果，对于像叶山河这种内心还保持着传统道德的人来说，每每感到深恶痛绝而无可奈何。

还有一点，他无法接受那样一双璧人被金钱其他因素击倒的同时，也存在那么一点妒忌。他内心深处，也对这个刚刚见面的女油画家有那么一点点喜欢。

叶山河恶狠狠地说："你这段优美动听的话，翻译过来是不是：苍蝇不叮无缝的蛋？"

"恶心。我从来没有见你这么讨厌我呢，从来没有见你说这么无聊的话，怎么了？你知道我刚才在画室里最大的冲动和后悔是什么吗？你可别想歪了，我后悔当初没有投这个艺术家村。当时蜀都市委市政府找过我，我觉得没有什么前途，盈利模式不好，现在想来，即使不赚钱，能够认识这么多……有气质的艺术家，不也是一件很有趣，很有意思的事吗？"

段万年表情生动地侃侃而谈，叶山河听他前面一转，还以为他现在发现了什么好的盈利模式或者商机，可是再转回来，还是回到他的本性，忍不住气愤地说："是女艺术家吧？"

"别总是以批评的态度来对待……这件事吧？"段万年不满地说，"换个角度来看，我这段时间是不是因此会在蜀都待得多一些，方便咱们喝茶？"

叶山河默然，他不得不承认他说得对。段万年在蜀都，的确让他觉得安心，即使他什么建议也不提。何况，当许蓉抽不开身时，段万年是唯一能够跟他进行畅通交流的人。

"说说吧，今天遇到什么事了，非要见我？"

"上午开了对接会，非常意外。"

叶山河简短地说了对接会情况，尤其是凌明山。

"这个人有意思，有空倒要见见。"段万年兴奋地说，"看来西川官场，除了陈书记外，又多一个人物。老叶你不患得患失是对的，不管风吹雨打，我自岿然不动。212厂这事你不用多想，以静制动，见招拆招就是。"

"我是这样想的，212厂不用费心。需要费心的是我那几个老兄弟。"

叶山河说了他跟张德超喝茶的情况，以及从许蓉那里出来误拨的电话。

"你看侦破电影吗？"段万年突兀地问。

"什么意思？"

"我们看侦破电影的时候，一旦看完，就会觉得嫌疑人有点愚蠢，但是在看的时候，在看完之前，也一样云里雾里，不知道谁是敌人谁是朋友。"

叶山河还是不解，没有说话。

段万年叹了口气:"老叶,我们认识这么多年,你考虑过如何处理我们之间的关系吗?"

"没有。我们之间有什么需要处理的吗?"

"要说没有,其实也有,但只要你觉得没有,那就真是没有。"段万年意味深长地说。

"你为什么想调整股份?是因为你觉得你得到太多,还是因为这些钱不干净,有原罪?既然股份当初就这样确定的,就没有必要调整;既然这些钱是干净的,你就应该拿得心安理得。当然,你这样古怪的人,有原则,仁心义肠,大慈大悲,愿意与民同乐,那也由得你,但你得注意方式方法啊。有些事,可以做,不可以说,你即使真想调整股份,也得顺其自然,别以为能够料敌先机,风止于青蘋之末。你是受到纺织品公司江林那边的压力,才会产生这样的想法吧?没有必要。做生意当商人,有时候要抢占商机,有时候也要料敌从容,见子打子,别自己先乱了阵脚。"

"精彩。"叶山河轻轻鼓掌。

他承认段万年说得有理。他对段万年就从来没有担心过,那么,张德超、宋长生和杨迁他们,是不是也从来没有对他担心过,或者说有过某种别样的心思,但基本可以忽略,不会造成重大的改变?相反,若是段万年神经兮兮地要跟他套热乎,担心这些年叶山河为他"打工"而需要弥补什么,叶山河反而会产生其他的心思。所以他不能先自乱阵脚。

他对于他和张德超他们之间的关系过于紧张了,实际上,他们之间的关系不同于他和江林,他不应该并在一起来考虑和处理。

叶山河突然间有种大彻大悟的感觉,他根本就不应该跟张德超他们谈什么,真要发生什么,就慢慢等着,到时再坦然应付就是了。

"段大哥,说到这里了,我再问问,你为什么这几年,怎么说呢,好像懒于打理生意?"叶山河斟酌着词句,问。

"兄弟,你就直接问吧:守成有余,创业不足?是这个意思吧?"段万年呵呵笑了起来,"我不是大失锐气,是根本没有锐气了。我前二十年,已经把家族生意做到了这个地步,做到了西川顶级,还要求我做什么?做到全国最好?做上富豪榜?做到世界五百强?这条路没有尽头的,兄弟!我自问对家族、对社会、对朋友与合作者,都有了一个过得去的交代,所以现在,我要对自己有一个交代,就是对自己好，通俗点说，就是好好享受生活。我这个答案你满意了吧？"

"不满意。我承认你说得有道理，但是，我们是商人。"叶山河坚持说。

"商人，呵呵。"段万年不屑地，"兄弟你看过三国吧？"

"段大哥你指什么？"

"读后感啊。"

"智谋、权术、人心。这本书写的是争夺天下，实际上，也可以说是一本经典商业教科书。"叶山河沉吟着回答。

"唉，你这人忒无趣了。一门子心思都在商业上。"段万年叹气，"我来说吧，《三国演义》写的不是英雄史，而是人生幻灭。"

"幻灭？"

"《三国演义》可谓是杰出人物最多的小说，每一个人出场的时候，无不光芒万丈，精彩纷呈，甚至连董卓何进、公孙瓒刘表这些人物都相当出彩有趣，可是呢，再热闹的开始，再英雄的登场，消失的时候要么离奇要么窝囊要么悲愤，甚至就是默默无闻，仅仅一个字：卒。你看吧，庞统，一出场还以为他是正主呢，可是突然间就死在落凤坡了，他才是真正的'出师未捷身先死'；马超，当年西凉兵可是威慑天下，可是仅仅交代了一句病死；吕布，第一勇将，怎么样，才开篇，乱世的大幕才拉开，就憋屈地死在白门楼；张辽、赵云、周瑜、吕蒙、孙策甚至刘关张，可都是热血澎湃怀抱梦想，可是宏图未展，大业未成，就像烟花一样一闪而没，乱世还在继续，誓言犹言在耳，可是他们改变了什么？做成了什么？所以我说这本书是写幻灭。"

这一番长话说完，车里弥漫着一种抑郁的情绪，良久，叶山河才缓缓说道："你是说无论多么精彩的开篇，都不过是黯淡收场，人生幻灭，四大皆空。你这是智通的套路啊。"

"智通喜欢玩弄玄虚的机锋，不喜欢话语落到实处。"段万年似乎也不喜欢这种氛围，岔开话题，"蜀都饭店考虑得怎么样了？"

"没认真考虑过。"叶山河老实地回答。

"老叶啊，你这人啥都好，就是有时太……古板吧。割不正不食，可是商场，商业本身就是充满悖论，你要得到利益，就相当于从别人手里抢钱，所以一个商人讲什么道德是很可笑的事。真要讲道德、应该是讲他的商业道德，契约精神这些，而不是讲什么悲天悯人、先天下之忧而忧……"

"你说得有理，我会考虑的。当然，我还是会坚持我的底线和原则。"叶山河淡淡地说。

"唉，不说你了，还是说那个项目吧。"段万年夸张地叹气，"你想想，地铁线一号线过两年就会通了，整个蜀都市向东向西都有一个巨大的扩张和发展，处在这条线上的蜀都饭店肯定是一个人人争抢的香饽饽，不用点非常手段，如何能够从众多的竞争者中脱颖而出？"

叶山河苦笑，绕了一下，段万年还是没有放弃对他的"谆谆引导"。

"去哪儿？"他问。

"你没有其他安排吧？那就跟我走吧。"段万年神秘兮兮地说。

| 第十六章 | 叔侄情深

这个时候，蜀都市委常委、组织部部长丁明全离开了市委大楼，前往红照壁。

经过宽窄巷子时，他让司机停车，独自下车，汇入熙熙攘攘的游客之中。

但他并没有跟随游客进入宽巷子和窄巷子，而是在门口拐向旁边一条小巷，步行几十米，上了一辆停在路边的车，然后沿着蜀都大道往西，在一环路口向南转弯。

有那么一刻，这辆车和段万年的车在一环路高升桥路口面对面地停在第一位等待绿灯。段万年开车一向谨慎，而丁明全这辆车是因为司机惶恐，知道车上坐了贵客，所以宁停三分不抢一秒。

这辆车是晶体管厂经营厂长吕子健的车，也是晶体管厂最好的车，但是大部分时间还是鲁伯雄在用，今天专门用来接丁明全。幸好如此，否则以段万年的观察力和记忆力，一眼就能够认出这位组织部长的座车来。

绿灯亮了，两辆车缓缓起步，擦身而过，他们的缓慢惹得后面好几辆车不满地按响喇叭，但是两辆车的乘客都稳重过分到无动于衷。

十五分钟后，丁明全到达省交通学校旁边一家渝州的会所，二楼包间，鲁伯雄躺在床上正在看电视。他在这里已经等了丁明全足足五个小时。

上午从国资委出来，鲁伯雄一行回到厂里，开了一个简短的会。

大家都很沮丧，凌明山是一个完全没有想到的地雷。他们下定决心跟山河集团进行针锋相对的较量，一定要在这场关系每个人命运的战争中竭尽全力，争取胜利。所有人的时间、精力和资源都用在这次改制，对于这场谈判做了精心准备，连发言顺序、发言内容和方式都事先一一彩排过。可是凌副市长横空杀出，轰的一声把所有的人炸翻当场，锁定了整场战斗的结局。

看起来是他们弄巧成拙，一番做派惹怒了这位副市长，他才断然做出了对整个晶体管厂非常不利的宣判，可是，这不是正常的程序吗？还有，他凌副市长站在什么立场去了？他是政府的副市长还是商人的副市长？这么断然地指定一个对国有企业非常不利的谈判框架，他这是放任国有资产流失啊！

可是，他是副市长啊！

所以人都把相同的怨恨在心里翻来覆去折腾，可是没有人说出口。一则因为凌明山是分管副市长，高高在上，对他们来说，凌明山的话，几乎就是规定；二则他们知道现在埋怨是没有用的，当务之急是要找出应对办法，可是他们都没有。

鲁伯雄对党委书记点点头，党委书记会意地首先简单总结了这次对接会，强调还是有一定成绩，但还需要努力，然后说了几句慷慨激昂的套话，看着毫无反应的众人，自觉无趣地结束，会议室再度冷场。

鲁伯雄双手压在桌上，微微用力，咳嗽一声，不得不开口，鼓舞大家，尘埃未落，信心不失。然后再号召大家考虑一下，现在有什么办法，应该做些什么。

办法肯定是有的，但未必管用，应该做什么也轮不上他们，所有的资源和人脉都已经充分发动和使用，不可能现在再翻出一张能够对付一位强势副市长的牌来。即使有，现在翻出来，说明什么？说明你与现在这个团体有隔阂，有所保留，以前没有尽全力。这种行为在睚眦必报的鲁伯雄眼里，更加严重。

鲁伯雄心里叹气，完全明白他这群"兄弟"的心思，经过十多年的较量，现在他们完全臣服于他，唯唯诺诺，不敢再生二心。但同时，他们也养成了完全依赖于他的工作惰性，大事小事都要听他拿主意，生怕担什么责任。一家国营企业完全蜕变成为一个机关，一群本来该定位为商人的精英完全退化成为唯上是举的庸碌官员，的确让他头疼不已。

他只得振作精神，镇定自若地告诉他们，凌明山虽然是分管副市长，但也未必就由他说了算，他相信市委、市政府还是希望看到晶体管厂的改制有序，健康地进行，希望看到一个有利于国家、工人、资本等各个方面的结果。他鼓励大家，要继续相信政府，相信工人，相信晶体管厂几十年的历史和发展，绝不能丧失信心。

他让办公室主任在厂里食堂安排好酒好菜，再拿几条烟分发，反正现在前途未明，自然要充分利用尚在手中的权力享受这种名正言顺的福利。散会后他再跟党委书记交流了一下，请党委书记向上级党委汇报，请示、请求支持，然后，对党委书记说要出去活动，就不参与聚餐，请他鼓舞团结同志们，最后，独自驾车，穿过大半个城，从东北到西南一头扎进这家会所。

说是会所，其实只是一家装修高档的洗脚城。

洗脚与按摩是最近这几年才兴起的一种休闲方式，高档的叫洗浴中心，廉价的直接叫洗脚房，几乎适合所有的阶层。鲁伯雄几年前跟经营厂长一起在外省被供应商拉去体验了一次，就迷上了这种享受方式：卫生、安全、舒适，可以一边享受一边想事。像他这种年龄，酒啊，色啊，真的就像穿肠毒药、刮骨钢刀，倒是这种消遣，结束后一身轻松，疲劳恢复，实在再好没有了。

这家会所是他的一个战友投资的，他在这里放心，大堂经理也熟，每次来都会给他安排一个年轻、幼稚的乡下妹子，他有兴致时，可以毫无负担地利用她们的无知和恐惧占占小便宜。

他也没有欺骗党委书记，他来这会所，也真是为了"活动"。活动的对象，就是他的远房侄子，市委常委、组织部部长丁明全。

以前他向丁明全提过几次改制的事，相信丁明全也可能向陈哲光提过，但他没有把希望寄托在这里，而是认真做准备，希望通过堂皇、合法的程序把晶体管厂揽入囊中，他甚至想过了，如果资金一时难以到位，他可以去借高利贷。所以他一直没有认真地要求丁明全，但是现在，是该打这张牌的时候了。

整个晶体管厂领导班子，都不知道他这张牌，不知道他和组织部长有这层隐秘的关系，甚至连往丁明全指定账号打过款的财务科长都不知道，他一直小心地隐藏着，就是为了在关键时刻发挥关键作用。

当年还是某局局长的丁明全要替领导办一件大事，领导的孩子出国读书，需要一笔美元，那时候外汇指标紧张，渠道也相当有限，丁明全试着给鲁伯雄打了电话，刚刚提升为晶体管厂厂长的鲁伯雄二话不说，立刻指示财务办理。他们有外贸业务，指标和渠道都不是问题，但是那时候鲁伯雄还没有在厂里树立一言九鼎的权威，倘若有人了解真相，捅了出去，他这个厂长肯定立刻要沦为阶下囚。

丁明全完全明白其中的利害关系，他也是没有办法，而且也因为顺利办了这件事，他由局回到机关，由点到面，进入官场快车道，紧跟着领导的步伐连升几级。自然，他记下了这份重情，对这位远房表叔充满感激，春节，如果没有特殊的安排都会亲自上门拜年，平时也会约鲁伯雄聚会，但是鲁伯雄一般会拒绝。拜年可以收下那些象征意义的礼物，但吃饭，鲁伯雄认为这会让丁明全消减心中的感激，所以一次也没有参加，像丁明全这样的权力人物，他必须像守财奴那样仔细地积攒他的感激，以备在最需要的时候发挥作用。

所以，他在享受了一个年轻小妹的认真服务后，喝了两开茶，惬意地躺在床上，计算上班时间，拨打丁明全的电话。

丁明全在会场上看见电话在无声地闪烁。今天是市委常委会，讨论好几个问题，有大有小，但都不是关于人事的议题，跟他无关。遵照会议纪律，每个参会的人都把手机调成静音，但是对于能够参加这个会的人，一般人都会先发短信看看是否方便接听电话，如果直接打电话进来，不是要事就是要人。

他看了来电，知道这是他肯定会接到的电话，虽然，不能说是他一直在等，但他中午通过自己的渠道听到关于这次对接会的情况后，他就知道鲁伯雄一定会给他打电话。

至于他关心这个看起来跟他不相关的对接会，自然是因为鲁伯雄，更是因为陈哲光。实际上，他必须关心陈哲光的一举一动，想来其他常委也是一样。

陈哲光太过强势，不仅市委，连同市政府，基本上事无大小都要他拍板定夺，党委工作中重中之重的组织人事工作，自然也不会例外，所有的人事变动安排，都要由陈哲光一一过目，很多人还要叫来当面考察。有时候，丁明全自嘲地想，他现在在陈哲光眼里，只怕就是一个干部处长的作用。

他并不因此有多大怨恨，因为宣传部长并不比他好更多。陈哲光有时连二版三版的稿子也要亲自过目。还有市长、几个副市长，几乎所有人的工作，陈哲光都要替他们分担，每个人都表面恭敬，私下里哭笑不得地佩服他们的书记精力过人。但同时，他们也得思考，如何与这位书记共事，或者说相处，而相处的基础，就是必须紧跟书记，了解书记所有的行动和思想，所以中午知道这事后，他就一直在考虑如何行动。

这段时间，国企改制是陈哲光亲自抓的一个重点工作，晶体管厂作为第一个推出来的企业，不是试点，而是头炮，头炮必响。所有可能破坏这次改制的行为，都是陈哲光不能容忍的，都可能受到陈哲光的打击，所以虽然知道鲁伯雄的期望，丁明全也只是趁着陈哲光心情大好的时候，提过一次。鲁伯雄的情肯定要还，但是相比破坏自己在陈哲光心中的形象，他肯定不会选择去捋虎须，经过一中午仔细分析，他觉得可以出击，因为，凌明山出现了。

这位副市长居然在那样的场合如此贸然地表态，这不符合程序。

权收于上，功归于上，他一个副市长，虽然分管，但连常委都不是，居然敢这样不经请示，擅自决策，他是不是有些太自以为是？藐视同僚？

分析当时的情形，丁明全几乎可以肯定是凌明山临时起意，陈哲光事先是可能打了电话或者当面指示，向凌明山强调这次对接会的重要性，但肯定不会明确指示他怎么做。因为这种企业改制涉及的问题相当多，不是一次两次就能够达成多方共识的，陈哲光自己现在也肯定没有什么明确的概念，所以只能是凌明山临场的反应和决定。

这也是凌明山这段时间展示的工作作风。

这位来势汹汹的副市长，通过这段时间有数的几次接触，丁明全明显地感受到了凌明山对他的轻蔑和不满，也许市委和市政府的其他人多少也有这样的感受，丁明全甚至能够猜到一些这位副市长心里如何想的。凌明山自命不凡，看不起这些土生土长、一步步从基层上来的本土派同僚，认为他们见识有限，境界不高，他们都应该为他让路，或者配合他开展工作。

这本不算什么。谁都知道这位空降副市长前途远大，下一步极有可能会接任常务副市长，或者到其他市州做市长甚至书记，资历积累到一定程度会稳步上升，成为省部级领导，独当一面，但是那也得有一个程序和时间吧？至少现在，你还是市政府新人，排名靠后，这样盛气凌人是不是有些过了？下车伊始，就大放厥词，对蜀都市委市政府各个方面的工作都毫无顾忌地提出自己的意见，甚至在上次市政府常务会上，凌明山因为对下面区县的工作效率不满，批评之余上升到对市委组织部的工作进行指责，这种既得罪下面区县主要领导，又得罪同僚的话，也只有凌明山才敢说。

这话立刻传到丁明全耳里。令人诧异的是陈哲光改天也用了凌明山的话来批评丁明全，当时丁明全虽然呵呵笑着谦虚接受批评，但在心里种了根刺。他自然希望找到机会，也在对方心里种一根刺，所以经过一中午的深思熟虑，决定从这里进行进攻，肯定能够击中凌明山，也能够击中陈哲光的痒处。

不仅是为了鲁伯雄，也是为了他自己。

他算清楚了，他这次出击，看似唐突，其实风险很小。

退一万步说，陈哲光真对凌明山有明确的指示，凌明山是拿了陈哲光的圣旨，照本宣科，那也无所谓，他不会批评凌明山在对接会上的决定正确与否——他跟鲁伯雄立场不同，目的也不同。只会批评凌明山这种不经请示和集体讨论的"独断"

言行，从这个角度出发，陈哲光无论如何都不会对自己产生不满，而且他批评得越激烈，越显示自己跟书记保持一致。

这是一石三鸟。

在通盘考虑决定行动后，丁明全又考虑到了另外一个问题：利益最大化。

既然这事由鲁伯雄而起，那么，他是不是该从鲁伯雄那里拿到一些合理的报酬呢？

答案是肯定应该。

为官二十多年，他自认还算一个中规中矩、管得住自己的人。不是他不想，而是觉得当小官收小钱，还不如继续往上走，当大官再收大钱，就是这个理念支撑着他一步步走到现在。前年被任命为市委组织部长后，他仔细梳理了一下自己的人生，结论是这个职务差不多是他仕途的顶点了。主要是因为他的年龄，也是因为他的人脉、资源。

那么，按照他的人生计划，该是收割的季节了。

但是令人遗憾的是，这两年组织部门重要人事任命，都由陈哲光一人说了算，能够拿出"大钱"的目标客户，都对他这位组织部长保持礼貌的微笑和尊敬，而不会拎着猪头来拜他的庙门。而那些小鱼小虾，他暂时还没有兴趣。

他身边也围绕着一些商人，其中不乏蜀都乃至西川实力雄厚、鼎鼎大名的角色，但他和他们之间缺少信任的基础，吃吃喝喝送送拿拿可以，但是涉及现金，尤其超过一定金额，他还不敢伸手。他对商人，一向保持着根深蒂固的怀疑。

但是，鲁伯雄不同。

当鲁伯雄向他透露改制消息，希望他在适当时机给予关照后，他立刻明白，鲁伯雄想借这个机会真正把晶体管厂拿到手中。这很正常，国企改制有时候就是一场资本与权力的狂欢，尤其是前几年，可以用肆无忌惮来形容。鲁伯雄虽然落后一步，但还不算太迟，而这个管理层收购，也是现在国企改制中最常见，也最有操作空间的方案。

西川全国闻名的一家名酒企业，前几年改制，资产竞价，一家以饲料闻名全国的民营企业出价十五亿多，但最终败于管理层的三点几个亿，这里面隐藏着相当复杂的博弈。

现在，鲁伯雄终于迈出这一步，看起来是随势而为，却是他这么多年的全力经营、精心准备的结果，丁明全自然希望他能够顺利成功。同时，他几乎没有经过思考，就做出了决定：他必须在其中插一脚。

这就是他的大钱。

他跟鲁伯雄有信任的基础。以前那笔交易十多年风平浪静，恍若未曾发生过一样，更重要的是，鲁伯雄从来没有提起过，也几乎没有向他提过任何要求。

固然，这是因为鲁伯雄好钢要用在刀刃上，会在某个关键时刻向他索求回报，但丁明全并不因此而觉得他这位远房表叔阴险，相反相当欣赏。这跟他的人生理念相似：与其四处伸手，不如做把大的。

而且，鲁伯雄如此处心积虑，说明他对于这个项目看好，会投入全部的时间、精力和资源来做，他更值得参与，从中分一杯羹。

但是后来，鲁伯雄没有再跟他提过此事，一直到现场办公会、对接会，丁明全虽然失望，也不能主动去问鲁伯雄，幸好现在，峰回路转，鲁伯雄终于开口。这是鲁伯雄人生的豪赌，但同时，丁明全也认为是他的机会。

他拿起电话，走出常委会议室，接听电话。

他没有等鲁伯雄说话，就抢先说他正在开常委会，会一开完就过去跟他碰面。他让鲁伯雄先找一个地方，安排司机来接他，说了一个具体的地点。

他没有跟鲁伯雄说废话，他觉得只有这样才能够体现他们之间特殊的关系。虽然，一位市委组织部长跟一位企业负责人这样交流有些不合常理，但是，这一次很特殊。

鲁伯雄的司机接他到会所，他微微皱了下眉。这种地方不太合他的意，不是安全的问题，而是档次。

他进了房间，支走跟着进来服务的服务生，叫服务生暂时不要打扰他们，有事他们会呼叫。

然后，他站在略显狭窄的房间中间，首先直截了当地说："上午你们的对接会，我听说了。"

鲁伯雄从床上坐起来，示意他坐。

丁明全坐到另外一张床上："我知道出现了一些意外情况，所以，我认为，为了更好地完成市委、市政府制订的国企改制计划，为了保证晶体管厂改制有序、健康地发展，鲁厂长，您应该向陈书记当面汇报您的想法，把改制过程中遭遇的阻力、困难，都详细地向陈书记汇报，请陈书记支持、定夺。"

鲁伯雄微微怔了一下，他没有想到丁明全即使在这个只有他们的房间里，还保持着这样一副公事公办、正气凛然的模样，但是马上反应过来，点头，表示同意。

这也跟他预想的办法完全一样：对付权力，只有一种办法，就是用更大的权力。能够制止凌明山的，只有陈哲光。

"我准备马上向陈书记汇报一下，看陈书记的意思。但是鲁厂长，您先做好准备。"

"好的。"鲁伯雄沉声答应。

这个时候，丁明全停顿了一下，环顾四周，做了最后的确认，然后，他用手指蘸了鲁伯雄的茶水，在两张床之间的茶几写了两个字：干股。

他没有跟鲁伯雄客气，像他多年跟鲁伯雄打电话求助一样。

鲁伯雄点点头，说："谢谢丁部关心。感谢。"

他也伸出食指蘸了茶水，在茶几上写了一个数字：10。

丁明全点点头，伸手抹去茶几上的字迹，站起来："我先走了，不打扰鲁厂长休息。"

鲁伯雄站起来，丁明全走到门口，制止鲁伯雄，摇手说："再见。"

"再见。"

丁明全出门，关门。

从他进入房间到离去，整个时间不到五分钟。

鲁伯雄躺回床上，心情复杂。

他明白丁明全的做派，是不相信他，怕他万一安排了录音或者其他什么仪器，所以说话义正词严，他不介意，这正说明丁明全对这件事上心，应该会尽力去办。同样地，面对丁明全的索求，他没有任何迟疑地开出了天价。他希望这个价格能够说服一位市委常委、组织部长去对抗一位强势的分管副市长。出价虽然肉疼，但这建立在鲁伯雄拿下晶体管厂的基础上，否则，这个数字的价值为零。

那么，看来他是有机会和这座城市最有决定权的人面对面讨论晶体管厂，以及他自己的命运了。他该怎样说呢？

丁明全的话中藏有深意：他首先把凌明山的表态定义为"意外情况"，这就带有某种倾向性；后来说到了"有序、健康"，这就是在说这一次对接会有些不太有序和健康；然后他又特别强调了"阻力"，这几乎就是直接对凌明山的否定了，把凌明山的意见看成是对这次改制的阻力；最后，说到了"定夺"，这已经不是暗示，而是明确告诉他，凌明山说了不算，要陈哲光说了才算。

鲁伯雄长期担任国企领导，熟悉官员那套特殊的话语隐含的真实意思，自然也明白丁明全的用心，只有一点疑惑的是，丁明全这么旗帜鲜明地支持他，仅仅是为了干股？他特别诱导自己把矛头指向凌明山，有没有其他的居心呢？

思考一阵，鲁伯雄轻轻叹一口气，为了拿下晶体管厂，无论如何，他现在都只有按照丁明全的指引去做，至于其他，那是以后的事。

第十七章　有钱人

丁明全上车离开会所的时候，段万年他们到达京川宾馆。

段万年没有直接倒车开进去，而停在路边，然后跟叶山河缓步进入。

京川宾馆也是西川一家老牌酒店，1987年开业，一个四层高的回字形建筑，有点像放大的四合院，以前是西川靠前的高档酒店，接待过不少重要来宾。现在高档酒店越来越多，竞争激烈，京川宾馆前几年重新装修，因为地处西边，叶山河少有过来。

段万年带着叶山河来到蜀汉堂宴会厅前，接待的年轻女孩微笑着问："您好，您……"

"我是邓总的客人。"段万年微笑着回答。

"这位先生……"年轻女孩转头看叶山河。

"他是我的客人。"段万年继续微笑，温和地回答。在年轻、漂亮的女孩面前，他基本都是这副做派。

年轻女孩迟疑起来，为难地看着段万年。段万年正要调侃几句，旁边一位身材丰满的中年女士闻声转过头来，略作夸张地惊喜招呼道："哎哟，段总，您也来了。"

"邓总召唤，自然要来。"段万年伸手过去接住她的手，"今天亲自服务？"

"您不说了，邓总的事，必须全心全意。"中年女士娇媚的笑，转向叶山河，"这位是？"

"叶山河，我的朋友。"

"叶……总，欢迎。"

中年女士把手伸给叶山河，叶山河接住，只觉得温软滑腻，柔若无骨。

年轻女孩看经理如何表现，恭身延请："两位先生，请。"

"我们先进去了。"段万年说。

"好呢，你们先请，我在这里招呼一下。"中年女士伸手延请，姿态优雅中带着性感。

两人进门。

叶山河忍不住问："政治局会议，这样严格？"

段万年笑笑："自己看。"

叶山河抬眼一看，宴会厅已经按照冷餐会布置，中间桌椅搬空，边上一排铺着红绒的长桌，摆放着各种饮品和菜品，服务员立在四周表情恭谨，大厅中间，东一堆西几个零散地站立着三十余位男女，个个神情俨然，衣冠楚楚。

叶山河本来还想调侃几句，可是一看这氛围，不由自主地沉默不语。他先去了洗手间，回来取了一杯白水，看着段万年站在一角跟一位道长交谈，缓步过去。

段万年笑着介绍："叶总，这是高老师，你没见过吧？"

"幸会。"

叶山河自小跟爷爷在一起，知道跟道士招呼不能双手合十，就微微点头。

高道士身子挺立，两手抱拳举于胸前："无量寿福。"

他的左手抱右手，寓意是扬善隐恶。有的说法是行军礼时，右手拿着武器，左手抱盖于握着武器的右手背上，表示尊敬和和平；有的说法是楚人尚左，道家始道老子是楚人，故以左边为大边，以左手为善、右手为恶。

叶山河心中好笑，整个大厅众人衣着各异，但说独特，还真只有这位高老师，也只有段万年不在乎别人观感，坦然地陪着道士聊天。还有，也只有段万年这样称呼道士为老师，他想到那一句"翩翩一只云间鹤，飞来飞去宰相家"，正想调侃两句，段万年意味深长地对他笑笑，说："高老师来自青城石笋堂。"

高道士淡淡道："翩翩一只云间鹤，飞来飞去宰相家。"

叶山河吓了一跳，刚刚反应过来这高道士就是陈哲光交往密切的青城道人，突然被人念出心中正想到的诗句，不由得大惊，脸色都变了。

段万年看在眼里，笑得咧开了嘴，倘若不是顾及周围的人，只怕要声震四野。

叶山河嗫嚅着正要开口，高道士淡淡一声："失陪。二位好聊。"

他转身往那边去了。

叶山河长吐一口气，怔忡道："真是神人啊。"

段万年故作不屑道："猜中心事了？小技耳。人家本事多着呢，不然我会叫他老师？不然他能入陈书记法眼？"

叶山河点头："服。"

停顿一下，疑惑地问："可是他怎么知道我心中想的？"

"知道天外有天，人外有人了吧？"段万年淡淡地说，"今晚带你来，就是让你见见世面。"

"见人？"叶山河环顾四周，问。

"人即世面。"段万年问，"这里面你认识几个？"

"蓝光的兰总，还有刘总……"叶山河再次打量所有的客人，"那位是易……讲三国那位？"

"当然是他，现在全国红得不能再红的红人。每次在机场，都要在很多显示屏上看他铿锵有力地卖弄。"段万年怜悯地看着他，"老叶，我不得不说你的圈子太窄了。除了商人，圈子外的人你好像一个也不认识？即使商人，你也认识得不多。"

"有请段总帮忙介绍一下各位来宾。"叶山河不以为然地一哂。

"呵呵，那好，却之不恭。"段万年笑笑，"先介绍一位重量级的吓吓你。挨着兰总往左数第三个，高大魁梧、满脸笑容那位，你不认识吧？那么我问你，西川首富是谁？你可能只知道是做饲料的老刘。老刘是不错，但是有很多潜伏在水下的巨鳄，资产是个谜，或者并不比老刘差呢。"

"谁？"叶山河忍不住感到好奇。

"他也姓刘。"段万年小声说了一个名字。

叶山河倒抽一口冷气，不得不在心里承认段万年说得有理。

这个人的资产货真价实，即使叶山河最膨胀地估算自己，他的资产比起这个人来也要差几个数量级多。但是叶山河并不羡慕，相反，他很庆幸自己来到省城后，一开始就决定约束张德超，不涉偏门，只走正道。同时，如果可能的话，叶山河希望自己永远不认识这个人，不跟这个人打交道。

因为这个人，就是叶山河最厌恶，也最怵的一类人，他们不讲商业道德，不守商业规则，利用手中另类的力量巧取豪夺，贪婪疯狂。倘若说钟守信是一条毒蛇，这个人就是一只恶虎。

第十七章 有钱人

"跟他说话的人你也惹不起。他们之间的商业往来，或者用'交易'这个词比较准确，动辄以亿计。但我说你惹不起，不是说他的钱，而是……"段万年握了握拳头，低头靠近叶山河，小声说了一个名字。

"知道了。"因为极度震惊，叶山河这一次的表情反而平静得多。

"好吧，下一位介绍一位小人物，那边那个，挨着穿红裙美女那个西装男，我没有跟他打过交道，只知道他姓熊，他的生意是卖草种。这是你绝对没有接触过的生意吧？你可能觉得小，但小不小你听了再说。好多年前，他在西川搞了一个以他公司冠名的绿色研讨会，当时叫研讨会，现在可能要换成时兴的叫法：论坛。我想告诉你的是，出席这个研讨会的有当时的西川省委书记、中国饲料工业协会常务副会长、中食产业董事局主席等人，然后，在西川省政府的大力推广下，各地畜牧局均购买了这个人公司的牧草种，免费下发给农民。厉害吧？"

"政府买单，厉害。"叶山河老实地承认。

"下一位厉害不厉害你自己判断，就是西装男遮住那位，姓何，现在是《蜀都商报》的社长，《蜀都商报》就是他一手搞起来的。你知道现在陈书记两手抓，其中一手就是文宣造势，都在传说他很可能进入官场，出任蜀都市宣传系统主要领导。"

"厉害。"叶山河不得不再次承认，同时承认自己孤陋寡闻。

"词穷了？那么这一个你也必须承认他厉害。"段万年笑笑，"我们一般觉得某人生意做得成功，就是厉害，可是有些人生意做败了，你还不得不承认他厉害。这个人就是这样的人。"

"光是听这样的介绍，我可能就要承认他厉害了。"

"这个人姓陈，算起来跟我是一拨出道的，他的公司最早扩张就是收购国企，据说是蜀都体改委发文001号，够早吧？第一个吃螃蟹的人，1997年就A股上市，1997年你在做什么？"

叶山河忍不住插嘴："1997年我已经把我人生赚到的第一个一百万三下五除二花光了，两手空空。"

"也是有辉煌过去的啊。"段万年笑，"不过1997年我已经觉得钱是数字了，真的。"

"我相信。"叶山河点头。

"继续说我们陈董事长吧。公司上市后，连年亏损，然后被停市，同时，还因为做假账，被证监会处以二十万罚款，五年内禁止进入证券市场。这不是结束，故事才刚刚开始。你看陈董事长现在的印堂，闪闪发亮，就知道他现在的日子和心情。为什么呢？因为，就是他这样一家资产状况、经营状况糟糕至极的企业，蜀都市国企高新发展居然为它提供担保，据说有一年，高新发展就为他的公司在银行借款提供连带责任担保好几次，数额巨大，这个后果是，由于陈董事长的公司难以偿还贷款，银行起诉后，法院几乎每年都查封高新发展的资产抵债。"

叶山河张大了嘴，虽然在报纸电视网络上看见过类似新闻，可是这样的事真实发生在自己身边，还是觉得吃惊。联想到自己两年前有一段时间，因为纺织品公司连续亏损，山河广场修建抽干了公司所有资金，每天晚上睡到床上，都觉得非常不踏实，总觉得在微微摇晃，好像有余震。每天早上起床，都要打起精神，强装镇静去公司，实际心中非常忧虑，甚至惶惑，担心资金链断裂，担心工地出事，担心宣传推广不到位，担心纺织品国际市场继续恶化，担心装修公司，担心生物制剂厂，担心这，担心那……为什么别人做生意就不一样呢？公司垮了就垮了，欠债就欠债，输官司就输，照样生活得很好，照样走到哪儿都有人捧场，尊敬一点不会减少，这是怎么一回事？

一瞬间，叶山河有点不太真实的感觉。

"惊呆了吧？算了，给我换换口味，这一次，介绍一个真正无权无钱的人物。"段万年有趣地看着叶山河表情变幻，示意他往后看，"你转头动作别大，她反应敏捷着呢。就是站在那儿取饮料那个女的，你先说说对她的感觉，怎么样？"

"有一股勃勃的劲，运动员？"叶山河用眼角余光瞥着那个年轻的女孩，问。

"好眼光。不过，她穿着运动服。那不是休闲服，谁都会猜她是运动员，你猜得出她从事什么运动吗？"

叶山河摇头。这间屋子非富即贵，一个年轻的运动员在这里来做什么？可是看她的神情，根本就没有什么怯场的样子，反而有点不耐和不屑，她是世界冠军？什么项目？

"乒乓球。"段万年揭开谜底，"而且她也没有得过世界冠军，在国家队只打过陪练，退役后到省队当教练助理，本来是一个平平无奇的普通人，但是前几年我们张书记突然对乒乓球产生了兴趣，省机关事业管理局向乒乓球队要人，她被安排去陪打，每天下午陪一小时。后来打乒乓球的省领导越来越多，乒乓球队又抽了几个人过去陪练，但不知为何，大家都喜欢跟她打。突然之间，她就成为西川官场一个奇异的存在,一个广受追捧的人,几乎所有的市州领导,都希望跟她拉上关系,通过她的嘴了解省领导的各种信息,也通过她的嘴向省领导传递特定的信息。你说这事奇幻不奇幻?这人奇妙不奇妙?"

叶山河点点头,心道:原来是她。

张红卫跟他提过这样一个人,还半真半假地抱怨,说很多以前找他的人,现在都去找她了,因为她不在体制内,也不在机关内,半点顾忌也没有。别人只要对她好了,问她啥就答啥,要她如何给领导说就如何给领导说,已经在省委省政府两边传为令人哭笑不得的奇事,今天终于对上了号。他忍不住转过身子仔细打量,觉得她姿色平平,想来是她陪练技巧到位的原因了。

"大开眼界了吧!今天不虚此行了吧!老叶啊,你的事业呢,从此上了一个台阶,圈子自然要跟以前不同,你别倔,这是自然,没有办法对抗。今天这里算是卧虎藏龙,牛人毕聚,随便哪个人的背后都有一个江湖。"

叶山河默然。

不虚此行?算吧。大开眼界?算吧。段万年有一点说得对,就是他现在的事业上了一个台阶,有些人和事的确发生了变化,圈子什么的,倒是其次,他实在应该好好梳理一下、反省一下、思想一下,调整新的思路,找到新的办法,采取新的方式。

他正要说话,突然一阵微微的骚动,他们转过头去,一个中等身材、浓眉大眼的中年男人,带着一位司机模样的年轻人走了进来,一路跟人招呼,走到那位正红遍全国的易学者身边,伸出双手跟易学者握手,很多人慢慢围了上去,把他们围在中间。

叶山河观察仔细,只见这人穿着对襟唐装、老式布鞋,眼大有神,眉角飞扬,发际浓密,下巴方正,这是性格坚毅的面相;双耳贴脑,说明他善于倾听别人意见,甚至包括异见,但是一旦形成主见,就会始终坚持,难于改变。这样的人,天生就是做大事、成大事的人。

段万年轻轻说:"认识他吧?他就是今晚的主人,这个局就是他组的。"

叶山河摇头:"不认识。"

段万年怔了怔,摇头叹气:"我知道你低调,不喜与杂人交往,但你连他都不认识,也实在不应该的。"

"又是一位潜在深水的资本大鳄?"

"完全猜对了！"段万年冷笑，"真要把他评为西川首富，也没有多少人反对。"

"看来首富真是烂大街了，这么小小一间屋里，我就认识了三个首富。"叶山河还以冷笑。

蜀汉堂宴会厅层高十余米，平时可容纳两百余人同时用餐，可不算小。叶山河今天情绪不对，故意抬杠。

"好吧，我不跟你争，你自己判断。你不认识他，但你肯定听说过他的名字、他的事迹，他姓邓，现在西川商界送了他一个带尊称的名号，我说了你就知道他是谁了。"段万年淡淡地说，再次俯身靠近叶山河，说了四个字。

叶山河表情一愕。

其实，段万年说出他姓氏的时候，他就几乎猜到了这个人是谁，当他真正听到那个四字外号，还是忍不住在心里感到震惊。

今天真是一个奇异的日子，这里也是一个奇异的地方，他竟然能够同时遇到这么多名震西川，甚至在全国都赫赫有名的人物，他不知道是该感到庆幸，还是该苦笑。

相对这个人，他重造川棉一厂辉煌、打造山河广场的成绩，简直就像是小孩子过家家一样，根本不值一提。这个人做过的事，随便拿一个出来，都是叶山河目前难以企及的传奇。

不说体量，单说前几年，这个人就被蜀都市政府授予"建设成都杰出贡献奖"，获奖理由是"从1997年至2004年，为蜀都带来240亿元直接经济收入"，这令叶山河望尘莫及，同时，顿生某种幻化感觉。

他想到自己一贯秉持藏器待时的风格，在这个人的辉煌面前，显得做作和小气。

"震住了吧？老邓不仅在西川项目吓人，在云南，以及美国、南太平洋群岛都有令人震惊的大项目。"段万年瞪着叶山河，表情沉重地说。

"你今天带我来，是为了打击我，还是激励我？"

"别自作多情，跟你丝毫没有关系。"段万年冷笑，"正好你给我打了电话，正好老邓叫了我，我不得不来捧个场。"

"老邓老邓，说得热闹，好像人家正眼也没有瞧你一下。"

他们一直看着老邓那里，老邓一进来就众星捧月，成为众人的焦点，跟这个握手，跟那个招呼，一直没有注意到外围的其他客人。但是叶山河这句话刚刚说完，老邓就抬起头来开始照顾刚才没有照顾到的客人，第一眼就望向他们这里，举起手来，明明白白地向段万年招呼。

段万年举手回应，老邓点点头，招手示意他过去，然后又转向其他人，举手示意。

"走，过去我给你介绍一下。"段万年邀请道。

叶山河缓慢而用力地摇头，缓缓道："如果他觉得你是个重要人物，他应该走过来而不是招手叫你过去，同样的道理，如果我需要走上去跟他结交，我认为没有必要。"

"哎哟，老叶，廉者不受嗟来之食，志士不饮盗泉之水，哈哈哈，着相了吧？你斤斤计较这一节，反而显得你心中其实没有放下，倒不像我，过去就过去，心中霁月，才是真正的超脱。"段万年拍拍叶山河的肩，"那我不强迫你。我过去招呼一下。"

叶山河怔住，实在没有想到这一节也被段万年打了个漂亮的反击。他呆呆地看着段万年得意扬扬地过去，人未走到就左挥手右微笑，自如地跟那些人招呼调侃，如鱼得水。蓦然之间，叶山河若有所悟。

段万年曾经是他高不可攀的偶像，随着他的不断快速成长，尤其是同时赢得纺织品公司和山河广场两场关键战役后，他还是尊敬段万年，口口声声叫他大哥，心里却已不知不觉地发生变化，不再认为段万年是遥不可及的追赶目标。可是现在，他才发现，他和段万年之间，还是存在着巨大的差距，这种差距，不能仅仅用钱来衡量和填补。

正想着，身后一人轻轻唤道："叶总。"

叶山河转头一看，是杨陌，赶紧招呼道："杨……兄弟好。"

不知怎的，竟有些惊喜的感觉。

"我跟陆老师联系了，他很爽快地答应了，我今天刚刚把聘书寄出，这事非常感谢叶总从中牵线。"杨陌干巴巴地说。

"应该的。"

叶山河打量杨陌，一身工作西服，看起来很像是从办公室直接来到这里。他来了，陈哲光也要来？杨陌应该不敢独自公然出现在这样的场合，那么，他就是陪着陈哲光来的，他现在在这里，陈哲光又在哪里呢？

但是他问不出口，也没有问的理由和必要。他等着杨陌说话，可是这个主动过来招呼他的市委书记大秘，却是木然站在那里，再不说话。

叶山河一愕之后随即恍然。杨陌过来招呼他，不是因为发现了熟人所以过来招呼，而是和他一样，对这些人、这个场所、这个氛围感到有些格格不入。满厅的人他自忖身份都不愿招惹，又不想一个人立在那里被人注目，所以过来装作跟叶山河说话站在一起。

叶山河心里好笑。不过，杨陌因为陈哲光的缘故，哪怕再不想待在这里也不能逃跑，他可以。杨陌提醒了他，这些人个个都是一方神仙，都很厉害，他大部分都无法相提并论，可是，这有什么呢？他们走阳关道，他也有独木桥，他并不指望他们施舍和恩赐，他也拥有自己的一片天空，即使不大，但完全属于自己。而且，他也并不羡慕，他将来，也有可能到达这些人的高度。

他从刚才的震惊和迷幻中清醒过来，他可以不跟这些人交往，可以对这些人说不，离开了这些人，他依然可以做得很好。他准备等段万年回来，就悄悄离开这个本就不属于他，误闯进来的名利节场。

段万年很快就回来了。

一看他往这边走，杨陌悄无声息地往餐台走去，似乎是想去取食，实际却是不愿与段万年碰面。

"佩服，交际明星。"叶山河半真半假地表示羡慕。

"没有什么好佩服的。这种场合，大家都演戏，看起来亲热。"段万年淡淡地说。

回到叶山河身边，段万年丢弃刚才在那边的做作和夸张，回到他本来的样子。

"能够让我们段大哥演戏，也是罕见。"

"看来我走的这段时间，你的心情还没有平静下来。好吧，那就再刺激你一下。"段万年笑，"你知道吗？老邓刚才告诉我，他想打造另一个'巴厘岛'。准备在西太平洋租一座小岛，租期二十年，投资十亿美元，注意，是美元，建一个四千个房间的度假村，配套赌场和高尔夫球场。"

"的确是大手笔，好胃口。"叶山河言不由衷地赞道。

"但我却一点也妒忌不起来。"段万年不理他，自顾自地说下去，"你看我今天去艺术家村，说是扶持年轻艺术家，其实是在演戏，心怀叵测。可是人家老邓，那是真的做艺术，收藏绘画，赞助艺术家出书，做艺术活动，1999年就投资建了蜀都现代艺术馆,做'世纪之门'艺术展览,做蜀都现代艺术双年展,这个展览现在是国内影响最大的现代艺术双年展之一,他把全国顶级的艺术家,都约到蜀都来。"

"看来这个比你年轻得多的老邓,是你的偶像。"

"你将来,也可能是我的偶像。"段万年严肃地说,看不出他是在开玩笑。

"我听说一个电影公司老板画的画,都能够卖出一百万人民币。"叶山河冷笑。

"那是在慈善晚宴,特殊场合。"段万年不屑地反击,随即叹气,"你知道刚才我跟高老师讨论什么吗?"

"拜水都江堰,问道青城山。高老师自青城而来,自然是问道了?"

"否。我是下午到艺术村受了刺激,恰巧你又来,提到了晶体管项目,我受了启发。陈书记不是爱提什么'工业向园区集中'吗?改制后的晶体管厂肯定会迁走,那么剩下的建筑诸如厂房、宿舍怎么办?全部推倒建一座毫无趣味的现代化新城?我看意义不大,是不是可以在原来废址的基础上,不做大的手术,只做小的修饰,打造一个大型的艺术园区?"

叶山河略一思忖,赞叹道:"老段,行啊!这个想法不错。就算称不上天才的创意,也绝对是奇妙的构思。而且,我觉得这个项目很现实,具有可操作性。"

这种模式其实很多大城市早已经做了,比如北京的798、宋庄,就是利用人们对于过去那种旧工业时代的怀念,利用旧工业时代的废墟,因地制宜地打造一个开放性的平台,艺术家们可以自由入驻,一些配套的服务也可以集中,比如徐朵朵他们的众筹茶艺馆,都可以放进去。

"是啊,我也觉得不错。来的路上,我还沾沾自喜,碰到高老师,心想还真是缘分,正好请他向陈书记吹吹风,这事也跟他相关。如果陈书记感兴趣,觉得可以做这件事,由他来振臂一呼,我再呼应,就可以事半功倍了。可是刚才一听老邓的设想,突然又觉得自己小打小闹了,有点索然无味。"

高明的政治家都会把他的意图,说成是民众的意愿,同样的道理,精明的商人,也会把自己的谋划包装打扮成政府的工作。段万年虽然这几年不沾事,到底还是一个优秀的商人。

"怎么能够这样想呢?有人做大事,就有人做小事,这世界本来就是如此。"

"道理是这样,可是我还是感到沮丧。"

叶山河默然。他才不会相信段万年心里会真沮丧,今天这样上心,可能是因为那个女油画家了。倒是自己，才是真正感到沮丧。

人家张口就是几十上百亿，玩的是美元和全世界，自己还在折腾几千万体量的晶体管厂，而且缚手缚脚，重要的是，他看到了他们之间的最大区别，那就是：他是在寻找项目，老邓是在创造项目。

寻找项目受制太多，落了下泉；创造项目是无中生有，不战而胜。

倘若是刚才，他可能会消沉很久，可是在段万年离去那段时间他想明白了，每个人都有自己的命运，做好自己那一份就行了。至少，目前应该这样。

九万狂花如梦寐，一片冰心在玉壶。他想到挂在办公室，每天可见那副集句对联，今天所见，便绚丽迷乱，而他，应该抱元守一，不忘初心。

他正想开口告辞，突听段万年话音一转，呵呵一笑，道："可是，即使如此厉害，老邓，再厉害的商人也还是商人，商人嘛，历来就是……呵呵，还真是天外有天，人外有人，他今晚费尽心思组这么一个大局，张罗这么多人来，你知道是给谁捧场吗？"

"谁？"叶山河的好奇心被吊起来了。

"一个小女孩，十八九岁吧，现在还是大四学生，她想在成都为她的音乐剧《光阴典当》做一个巡演。"

"如此年轻，就能够巡演自己的作品，也算是相当厉害了。不过，能够让老邓这么张罗，只有两种可能……要么是她的男友厉害，要么是她的父母厉害。"叶山河沉吟着说。

"正确。成都巡演，只是她全球巡演中的一站；这部音乐剧由她作词作曲导演，央视一档节目专门为这部音乐剧做过专题片，满是溢美之词。这一切听起来是很厉害，但真正的原因，是小姑娘有一个厉害的父亲。"

"你会告诉我她父亲是谁吧？"

"当然。"段万年耸耸肩，"但你别吓着了。"

他环顾四周，没有人注意到他们，也没有人会听到他们的谈话。段万年俯身，嘴唇差点就挨到叶山河的耳朵了，他用叶山河刚好能够听见的声音，说了一个名字，然后，在后面加上这个名字的另一种称呼：

国师。

叶山河微微皱眉。这个人的名字他完全没有听说过，"国师"是外号，还是带有某种意义的尊称？

"北京来的？"他试探着问。

"是。这个称呼是圈内人给他的。刚才高老师你觉得神奇了吧？国师跟他相比，就好日本的大相扑和小相扑了，那才是神奇呢！据说这次申奥，国师就提前给某些领导做出了准确预测，名震京华。国师这几年一直深居简出。他在北京前马厂胡同买了两幢楼，一般都是别人去拜见他，很少出门见客，这一次，为了她的女儿，专门来到蜀都。"

"那我们是不是应该深感荣幸？"

"要看你怎么看了。好多人都想见国师一面，这些人中好多人都比你叶董事长厉害几个数量级。"

叶山河突然无声地笑了起来。

"你笑什么？以为我骗你？"

"你不会骗我。但他，国师有可能骗。"叶山河冷冷地说。

段万年摇摇头："我理解你的意思，但你呢，思想固化，太爱较真，这不是简单地什么骗不骗，这是一种深刻的现象。你可以换一个角度看，比如，把他看成一个平台，各取所需。何况，人家也不差钱，他做的生意，比我和你加起来，都要大上一个两个数量级。说钱没意思，这么介绍吧，我说你见过他，你肯定不相信。但是，你还真见过。中央电视台的春节联欢晚会上，导播的画面扫过观众席时，镜头总会有意无意地给他一个特写，十年来几乎每年如此。"

"我理解。"叶山河看着以老邓为中心的那群人，淡淡地说，"比如一个空盘变蛇的魔术，参与这个游戏的人，不会在意他这个蛇到底是如何变出来的，他们只在意他除了蛇，还能够给他们变出他们想要的东西。我笑的原因有两个：第一，我觉得高老师应该非常矜持，不应该来参加今天的聚会，王不见王，大家都是同门，为什么要来捧你的场？难道还像官员一样，有区级的差异？第二，我想起我爷爷。他如果出世，说不定也能够混个国师的头衔。"

段万年拿手指着叶山河，半晌，才憋出一句话："我承认你说得对。可惜你爷爷不出世，也可惜以前不是现在，没有现在这样的环境和条件，时也命也，没有机遇，哪怕身怀经天纬地之才，也埋没于蓬蒿之间。"

"陈哲光今天也要来捧他的场？"叶山河突然反应过来。

老邓再厉害，也无法指挥一位省委常委、市委书记，陈哲光出现在这里，肯定是因为这位国师，而不是因为老邓张罗了这一群奇奇怪怪的"厉害人物"。在西川，在蜀都，再厉害的人物，在一位市委书记眼里，至多只是可以合作的对象而已。但是国师就不同了，国师可能是独一无二的，再说陈哲光喜欢这些。还有，反过来说，在国师眼里，全国省城市委书记有好多。

"他来了？他肯定要来！"

"刚才杨陌过来跟我打了个招呼。"

叶山河扫到杨陌在最外围跟蓝光的兰总说话。兰总刚才在老邓那儿，应该是他看见了杨陌，主动过去的。想到杨陌主动过来招呼自己，而资产甩自己几条街的兰总却主动过去招呼杨陌，他心里感到的不是得意，而是一种莫名的不安：或者，他那些原则和理论，是不是真的应该改变一下了？

"陈哲光如果来了，肯定也不会出现在这里，说不定，此时他和国师已经在什么洛阳宫、建业宫哪个房间里，相谈甚欢。"叶山河说。

"那就是了。怪不得大家在这里等了这么久了，正主儿还不上场，再摆谱也不是这样的，毕竟是他女儿来开堂会，今天是请了大家来捧场。"

"说曹操，曹操到。"叶山河嗯了一声。

大厅突然寂静，所有的人都一齐望向刚从门口走进来的两男一女。

走在最前的是一位中年男人，应该就是所谓的国师，后面跟着的年轻女孩是他的女儿，最后跟着一位壮硕的男子可能是司机或者保镖。

男子走向老邓那群人，老邓迎了两步，易学者微笑着不动，众人两边分开，男子走进圈子，跟熟人招呼，由着老邓介绍新朋友。一阵寒暄热闹后，老邓走上旁边临时搭建的一个小型舞台，高举双手示意众人止语，然后开口说话：

"欢迎大家大驾光临，给我邓某人面子，在此深表谢意……"

叶山河仔细观察这位西川声名赫赫的红顶商人，说话声音很大，语速很快，像机关枪扫射，宽堂大脸微微涨红，脖子愈加显得粗大，眼睛也瞪大着，似乎是激动，又似乎是紧张，而且，说的是西川话，不是普通话。这不像是一位阅人无数、见惯场面的大人物的讲话风格，但肯定能够给人留下深刻印象，即使他的讲话空虚无物，没有实际内容。

"我就喜欢老邓这一点，接地气，不装。"段万年悠然自得地审视着台上慷慨激昂的老邓，总算找回到一些良好的感觉，转头看叶山河一脸认真，以为他在听讲，继续道，"老邓这个人嘛，还有很多你意想不到的，呵呵，比如，你看他很多时候嘴里都习惯性地叼着雪茄，其实，他跟大多数土生土长的蜀都人一样，喜欢川菜火锅,吃饭无豆瓣不欢。跟你那个副总张德超一样。"

老邓说完开场白,介绍易学者上台。

易学者一开口就抑扬顿挫,表情丰富,跟《百家讲坛》那副夸张的样子完全一样。

他首先感谢老邓的邀请,说老邓来做这个组织工作非常适合,因为他和国师从根本上来说,都是艺术家。

然后,他说他和国师以前都是在新疆长大,有非常多的相同经历和感受,他和国师现在对人生、对历史、对世界、对宇宙,也有很多相同的认知和思想。

接着,他说他跟蜀都非常有缘,刚刚出了一本《蜀都方式》引起了很大的争议,这很好。做事不怕赞美,也不怕批评,最怕没有反应,默无声息,那就像一拳打空,或者一拳打在空气里。能够引起争论,就会吸引更多的人来关心蜀都,关注蜀都,关注这座城市的发展和变化,这是他送给蜀都的一份厚礼,蜀都市委市政府应该给他授予荣誉市民的奖章。

最后,易学者总算回到主题上来,说他非常荣幸能够受到邀请参加国师女儿的音乐剧巡演。

"看过《蜀都方式》吗?"段万年问。

"看过。但没有认真,只是粗略扫过。"

这很自然,这本书谈的是蜀都的城乡发展的一些做法和思路,叶山河现在扎根在这座城市,自然关心方方面面的政策以及相关情况,只是没有注意到作者居然是以研究历史著名的易学者。

这本书刚一出来,就被一些城乡学者质疑,这些专家纷纷发声,质疑以历史研究为主的易学者是否适合写这个话题,以及是否有为蜀都主要官员背书的嫌疑。易学者回应称:"关于农业问题,我的确是外行。但正因为是外行,我获得了专家以外的角度。我相信我懂得的和我所写下的,一般老百姓也都看得懂。"他对媒体坦言,自己之所以对这方面兴趣十足,因为他为城乡统筹发展前后的现实对比所振奋。

段万年叹了口气:"高老师刚刚说'翩翩一只云间鹤,飞来飞去宰相家',这句自嘲倒是适合易老师。"

台上换了国师讲话。

叶山河仔细观察这位身怀异术的厉害人物,从外表上看,只是一个粗犷的中年人，体形略胖，脸黑，衣着并不讲究，灰色的夹克，就像你在乡下随随便便会碰到的一个男人，和"国师"似乎理应拥有的"鹤发童颜"的形象大相径庭，但是他的目光坚定，表情亘一，说话字斟句酌，缓慢而有自己独特的节奏，几句话就能够抓住人，带入他的语境，的确不是易与之辈。他的腮骨突出，鼻梁略歪，且多杂纹，这是谨慎、多疑之相，不仅难以相处，而且容易纷争。对这种人最好的选择是退避三舍，各走各路。

叶山河拿定了主意。

国师在台上套路地感谢，然后不遗余力吹捧女儿。只有在这时候，他才稍微剥落面具，露出真情。一位礼仪小姐捧着一个托盘缓慢在人群中穿行，托盘上放着一沓沓连排的票，每一位客人在她经过时，都伸手去拿。

段万年取了之后，看着叶山河。

叶山河淡淡地说："我想先告辞。"

"但你先……这是音乐剧的演出票，多少由你。"段万年示意他取票。

叶山河迟疑一下，伸手拿了一张，因为是连排，应该有十多张。

礼仪小姐走后，叶山河问："要付钱吗？"

"当然不用，但你要付人。到时安排你公司的员工去看就行，得着正装。"

叶山河把票递给段万年。

段万年打量叶山河脸上的表情，读懂了他的心思，苦笑一下，接过票，跟自己的合在一起。

"我跟他们都不熟，我就悄悄溜，不用告辞。"

"你不强迫你公司的员工，我也不会强迫你，但你也不用强迫我。"段万年虎起了脸，"你先走吧，我还要再待会儿。"

意外的是，叶山河走出蜀汉宫，走出京川宾馆站在路边拦车。

这个时候，正是高峰期，滚滚的车流映衬下，孤单站在路边的叶山河显得既孤单又无助。他也许应该叫酒店帮他叫车，或者再待会儿跟段万年一起走，但他就是不想再多待一秒，他也不后悔。

他现在心里充满了各种各样的情绪，他没有注意到，一辆普通牌照的轿车从他的身边滑过，车里的两个人都看清楚了站在路边的叶山河。

这两个人就是陈哲光和杨陌。

第十七章　有钱人

叶山河没有猜错，刚刚市委书记和国师在建业宫一个套房里，进行了简短的交谈，彼此都对对方进行了微妙的试探。

陈哲光是被老邓接着，引到这个房间，介绍了双方的名字后，老邓就去了宴会厅，把剩下的时间交给两位大人物自由发挥。

十分钟后，陈哲光告辞。

他在走廊的时候，接到了丁明全用办公室座机给他打来的电话。

丁明全向他汇报了一个对于组织部长来说是毫不相干的工作，关于今天上午的对接会的。

丁明全尽量用不带情感和倾向的表述介绍了上午的对接会，尤其是凌明山的断然表态，让刚刚开始的对接会戛然而止。最后，组织部长说鲁伯雄是他的一位远房表叔，以前对他很照顾，所以鲁伯雄请他向陈书记转达他的请求，他希望当面向陈书记汇报一下他关于这次晶体管厂改制的想法。

陈哲光几乎没有考虑，就说好，丁部长你转告鲁厂长，我对他这种坦诚的工作态度表示赞赏和支持，同时欢迎他来。明天上午九点前我有时间，你叫他八点半到我的办公室吧。

丁明全表示感谢，马上转告。

对接会的事，凌明山离开国资委就向他做了汇报，他未置可否。跟着就接到了董浩峰的电话，说了整个对接会的详情，他也没有发表意见，但是马上指示宣传部，让他们告诉电视台，这条今晚要上的报道只强调政府速度、工作效率，对于具体内容进行虚化。现在看来，他没有急于明确态度是正确的。或者，他就一直在等着丁明全主动给他打电话。

倒不是说要因此对丁明全做什么，现在整个市委班子如臂使指，他用不着对他们玩什么权术，他只是太忙了，还没有来得及对这事进行全盘而仔细的分析。

他很满意丁明全的态度和忠诚，他在表述对接会时虽然努力克制自己，还是隐约透露了对凌明山的不满，或者说，他打这个电话就是这个态度。

尤其是丁明全提到了大局，这是含蓄地提醒凌明山这种乱表态的行为，不符合规矩，有些逾权，侵犯了班长的权威。当然，这肯定有一点挑拨的味道在里面，但这符合陈哲光对他们的期待，希望他们互相攻讦，只对他一个人负责，把他一个人供奉在权力的核心，围绕着他这个市委书记进行工作。

同时，丁明全接任组织部长后，基本上还是一个比较合格、让他满意的助手。

他的意图，总是能够得到很好的贯彻执行，丁明全从来没有提过任何相反的意见，单从这一点上来说，他都应该安抚一下丁明全，给鲁伯雄半个小时的时间。

他收了电话，叹了口气。

这就是一位市委书记的生活，总有无数莫名的人和事来分去你的时间和思考，但是对于一位权力人物来说，这是一种甜蜜的烦恼、一种劳累的快乐。

现在，陈哲光疲惫地靠在后座沙发上，重新把心思回到刚才的见面和国师这个人，同时，也在权衡他们这次见面的意义。然后，他漫无目的的眼角余光瞥见了那个挺直的身影，他觉得熟悉，忍不住坐直了身体，看清楚是叶山河。

他也看见了杨陌在盯叶山河，但杨陌聪明地没有回头，也没有说话，装作什么也没有看见。

他忍不住在心里好笑：说曹操，曹操到。刚刚才接到关于这个人的电话，就在这里碰到了——这跟刚才叶山河在宴会厅里的调侃竟然如出一辙。

但是叶山河怎么会出现在这里？市委书记开始思考：他也是来参与这个聚会？那他为什么要提前告辞？他竟然没有带司机，这是什么情况？

他对这个年轻人一直有着一种奇怪的好感，叶山河虽然实力还不算强大，距离这座城市的顶级圈子还有差距，但是叶山河给他的感觉竟比与他平时来往的所有人还要自信。对，不仅是自信，还带着自恃和自傲，似乎就像是那种天生要在最后冲线的英雄一样。

他出现在这里，不算什么，每个人都有自己的渠道，他也可能通过他的关系走向国师，但是突然之间，权力人物的固有思维发挥作用：权力的优势之一就是信息的不对称、资源的独占，如果国师这种稀缺资源将与无数人共享，虽然，这是不可避免的，那么，何以体现他这市委书记的优越呢？

他对叶山河的观感有一些改变，有了一些厌恶。

他简单地思考了一下，让杨陌跟凌明山、叶山河和鲁伯雄打电话，让他们明天八点半到他的办公室等候。至于如何跟他们三人会面，单独还是同时，谁先谁后，谁和谁一起，他明天再临时决定。

第十八章 明山同志

周五一早,陈哲光提前十分钟到达位于羊市街19号的蜀都市委大院。

他从车上下来,走过院子,步伐矫健,神采奕奕。

这是他一贯展现在人前、精力充沛的形象,有媒体采访时问过这个问题,陈哲光回答说,一是篮球,二是道教文化。

打篮球是他唯一喜欢的体育运动,这跟省委其他领导喜欢对抗程度较低,身体不发生接触的乒乓球运动截然不同,而道教文化,则不仅影响他的身体,还包括他的思想、他的施政。

离蜀都市区六十多公里的青城山,是道教文化的发祥地,第五洞天,也是陈哲光每年必去的地方。他喜欢住在青城后山的泰安古镇,那里有一家香港公司投资的酒店,古色古香,小而精致。

陈哲光主政蜀都后,蜀都官方多次举办国家级的道教文化节。前几年,年逾百岁的原蜀都市道教协会会长蒋大师,在第二届中国(蜀都)道教文化节上表演龙门太极拳及太极扇子功,演出后,陈哲光特地向他请教养生健康秘诀。而长期在天师洞打卦问卜的高姓道士,则摇身一变,被聘为蜀都市城市形象提升协调小组的文化顾问。蜀都市中心的蜀都广场改造工程启动时,陈哲光特别做出指示,要求蜀都广场文化景观工程要抓住文化主题,"充分体现蜀都道教蜀文化特色"。

但是令人感到古怪的是,作为道教文化的推崇者,陈哲光的某些施政纲领却大相径庭,尤其是在治理蜀都的最初阶段,既非"无为而治",也非"道法自然",或者,这是陈哲光认为的一种特殊的平衡;或者,正是因为"术"上的南辕北辙,才选择了"道"来作为某种弥补。

三分钟，陈哲光完成了从下车到进入办公室的过程。

作为西川省城，蜀都市最高权力人物，他不在常委楼办公，而是选择了在市委宣传部所在的一栋两层小楼办公。一楼是宣传部，二楼就是他的办公室。

这似乎表明了这位市委书记对于文宣系统的倚重。

这不仅是形式上，而是落实在具体行动上，这几年，陈哲光交流了很多媒体人士到宣传部来工作，有传闻《蜀都商报》的社长将直接出任市委宣传部的主要领导。

陈哲光的看法是，只有在媒体一线工作过的人，才拥有跟媒体打交道的宝贵经验和正确途径。实际上，那些被他点名交流过来的人，也没有辜负他的期望，对于媒体关心的问题，他们会以最快的速度放出来，通过媒体发射向全国、全世界，而对于敏感信息则有精准预判，不让外界知晓。

依靠这些媒体精英的努力，蜀都这几年虽然经历了大地震、"甲流"入川、"'6·5'公交车燃烧"以及"拆迁自焚事件"，最终都有惊无险，安全度过，他们完全跟得上他的思维，能够充分领会他的意图，成为陈哲光施政最有力的臂膀之一。

所以每天陈哲光到达办公室第一件事，就是阅读即时整理出来的舆情简报，然后才开始一天的工作，在这间三十多平方米、刷着老式红漆、木头装饰都有些变形的屋子里，接待了各方来客，有官员、商人、媒体记者、各路专家等。

但是今天，首先要接待的，是八点半准时到达的凌明山、鲁伯雄和叶山河，他们都坐在接待室的沙发上。

这是一个尴尬的时刻，尤其是凌明山。

他本来是裁判员的身份，现在却跟两个运动员一起在起跑线等待发令枪响，但这是陈哲光召见，他不得不来，不得不委屈地跟一个浑身铜臭的商人和一个暮气沉沉却贪婪的庸吏坐在一起。从某个意义上说，他们在市委书记眼中，地位是一样的。

三人中凌明山最早到达，叶山河进来时，凌明山有些吃惊，他瞬间明白今天陈哲光的召见为何，再看见鲁伯雄进来时，凌明山眉头皱了皱，他嗅到了某种不太美妙的味道。他冷漠地对叶山河的招呼点头，没有理睬鲁伯雄和蔼的微笑问好，然后，杨陌进来，招呼鲁伯雄，陈哲光第一个见的人是他。

这是什么意思？凌明山心里涌起怒意，但没有表露出来。

五分钟，杨陌进来，走到凌明山身边微微俯身，轻声道："凌市长，陈书记请您。"

凌明山面无表情地看他一眼，也不说话，站起身，昂头前行。

陈哲光的办公室门开着，凌明山走进去。

陈哲光没有坐在办公桌后，而是坐在沙发上，鲁伯雄打横坐着。陈哲光伸手示意，凌明山冷着脸在另一边的沙发坐下。

这架势再次把他和鲁伯雄放在相同的位置。

"鲁厂长，你把厂里的情况先说一说。"陈哲光淡淡地对鲁伯雄说。

凌明山心中冷哼，晶体管厂的情况有什么好说的？又有什么要说给他这个分管副市长听的？有必要吗？又不是要他亲自去接手！可是鲁伯雄一开口就把他震住了。

"昨晚，有一对夫妻，互抱着从楼上跳了下来。"

鲁伯雄干巴巴地说，茫然地看着茶几上的杂物。

凌明山差点跳起来：这是非常严重的恶性事件！

是因为改制？因为自己昨天的拍板？那要承担什么样的责任？有什么样的后果？

以前在部委里面历练出来的镇定功夫和官员的基本素养帮助了他，他控制住了自己，面无表情地坐在那里，恍若不闻。

"幸好，只是三楼，妻子无事，丈夫受了轻伤，摔折了腿，去医院包扎，现在躺在家里，说不想在医院花冤枉钱。"

凌明山再次怒气勃发，忍不住就想跳起来大喝过去：有这样汇报工作的！你讲相声啊？还抖包袱。他克制了自己，继续保持那副漠然表情，心里却在翻江倒海：那么这是真跳楼还是假跳楼？鲁伯雄在这个跳楼事件中做了什么？是不是他安排的？以此逼宫？

实际上，五分钟前，陈哲光第一时间跟他的反应相差无几，思想也是如此。

鲁伯雄一进办公室坐下，不喝水不客套没有过门，直截了当就那样干巴巴地说工人跳楼，抑扬的顺序也是如此。

陈哲光脸沉下来，表情森严地问："然后呢？"

鲁伯雄听懂了陈哲光的意思，这本来就是他精心准备用来对症下药，打击这位强势的市委书记的绝招，也是险招和死招，不死不休。他镇定地回答："我们做了大量的安抚工作，他们夫妻现在情绪稳定。同时，我们跟每个人、每个知道这事的人都打了招呼，谁也不许出去乱说，尤其，在现在这种，特殊时期。"

陈哲光同样听懂了鲁伯雄的意思：倘若改制不能让他们满意，可能会有更多的恶性事件发生。作为一位手握大权的市委书记，他当然不会被一个小小的企业负责人威胁到，但是，鲁伯雄"特殊时期"这四个字击中了他。

刚刚过去的全党最重要的会议上，他落选中央候补委员，这是一个非常大的坏消息，但同时，他一力推行的城乡统筹，得到了中央的肯定，国务院正式批准在蜀都市设立全国统筹城乡综合配套改革试验区，陈哲光在蜀都四年多的"自费试验"，上升为国家战略，这是一个非常大的好消息。两种截然相反的态度，让身在局中的陈哲光怔忡不已，这一阵他展现在公众场合，依然是铁腕强人，但是暗中暂停了某些过激的工作，他得看看再说。

"鲁厂长，你说这件事有什么意思？"陈哲光冷冷地盯着鲁伯雄。

"说明改制，跟我们企业的每一个人利益攸关，甚至到以性命抗争的地步。"

鲁伯雄还是那副要死不活的样子，慢慢地、轻轻地说，他的眼光静静地看着陈哲光，毫不退缩，也不闪躲。

这是两个人的强硬意志对抗，市委书记的权威在这一刻失去了它应该有的力量，鲁伯雄显示了他的决心。他这种人，到了这种年龄、这种地步，为了这个项目，可以付出一切，职务、声名，甚至可以牺牲自由、生命。

所谓无欲则刚，有欲更刚。

陈哲光在心里叹了口气，决定满足眼前这个老人。固然，他跟他的权力是不对等的，但真要对抗到不顾一切互相伤害，他的付出和这个老人的付出，他认为也是不对等的。他没有必要冒这个风险。

"那你是怎么想的呢？"他放缓了语气。

"陈书记，我打个比方吧，如果说晶体管厂是一艘大船，我就是船长，这二十年来我享受了船长的绝对权威，那么，弃船时必须最后离船。改制我不反对，我举双手赞成，但是为了晶体管厂一千多职工的利益，我认为我必须要站好最后一班岗。无论谁将来接手这艘大船，我都希望它好，同时，我要尽我自己的力，全力帮助这艘船顺利交接，继续航行。我考虑了一下，就按现在行政岗位的惯例五年一届吧，有这么个五年，我和现在厂的领导班子，能够把工作经验、营销渠道、各种资源、各种关系全部转交给新的领导班子，能够把新人顺利地带上路，保证晶体管厂的继续发展，前程广大。"

"无理取闹，必有所图。"陈哲光冷冷地说。

"稳定压倒一切。一切为了国家和人民，这是我们所有共产党人的一致要求和希望。"

因为彼此地位悬殊，因为情况特殊，他们都毫无顾忌地说真话。

陈哲光打电话给杨陌，让他叫凌明山进来。一旦做了决定，就不做无谓的纠缠，不过，倒可以借此敲打一下这位初来乍地、锐气十足的副市长。

凌明山进来后，陈哲光故意让鲁伯雄再次重复一次那个跳楼事件，他在一边仔细地观察，清楚地看见了凌明山表情变化的整个过程，但是并没有因此轻视这位副市长。相反，他脑海中突然闪过一句话：有缺点的战士，终究是战士。

凌明山距离一位成熟、睿智的官员，可能还需要相当长的一段时间来历练，但他的气势、素养、能力和激情，都是陈哲光欣赏的。尤其重要的是，他看出了扎根在这位副市长心中的理想主义，这才是一位优秀官员，甚至是一位政治家非常难得的宝贵品质。

"鲁厂长，你先回去吧。"他示意鲁伯雄离开。

等到鲁伯雄微笑着对两位市领导躬身离开，陈哲光才缓缓开口：

"明山市长，去年底，我带队去江浙考察，你还没有来，接待方的一位官员，组织部长，姓蔡，说了一句话，我记忆深刻。

"他说，热带金鱼养在鱼缸里，不管养多长时间，始终不见生长，然而放到水池里，两个月时间，原本三寸的金鱼却长到一尺，这就是鱼缸法则。"

凌明山的反应很快，这个道理也很简单，说的是金鱼的生长环境很重要，有限的鱼缸包括水量影响了鱼的发育。应该是比喻这次改制，有些企业需要放到市场的大鱼缸里，才能够茁壮成长，但是，这需要强调吗？不是众所周知的道理吗？

同时，他还体会到了陈哲光对他少有的称呼。

平时，市委书记都称呼他为"凌市长"，这是一种公事公办的口气；称呼"明山"或者"明山同志"，他们都知道彼此关系还没有亲近到那个程度；陈哲光现在选择了这个称呼，似乎取法其中，隐约透露出某种善意，凌明山的情绪平息了一些。

"我们这个国家，也是属于起步晚、底子薄、基础差的落后国家，我们这些年的发展过程，基本上就是一个向先进国家不断学习、不断追赶的过程。理论上说，我们有一些后发优势，但是因为各种原因，我们这个学习和追赶的过程并不尽如人意，很多方面不仅没有追赶上，反而差距越来越大。这里面，就有我们这个学生没有做好的原因。

"说学习也好，借鉴也好，抄袭也好，白猫黑猫，能够逮住老鼠就行，可是结果呢？老鼠没有逮住，屋子倒是弄得乱七八糟。

"你看看，我们当年抄苏联模式，没抄好，抄出来个三年天灾人祸。后来，我们抄西方，什么中体西用，什么全盘西化，可抄来的东西不好用，水土不服，走样，于是加上个中国特色，到了现在，加入WTO，总算摸到一些路子了。

"这几年，改革的重心和重点是企业改革。这是中国市场化改革进程的需要，是加入WTO的需要，更是改革深化的需要。中国市场经济进入到今天，特别是加入WTO以后，要按照国际通行的经济规则办事，要从制度上彻底改变计划经济的'游戏规则'，其中最重要的，是政府角色的根本转变。"

凌明山心中冷笑：市委书记这个弯绕得够大。批评行政干预？剑指昨天对接会自己的拍板？

"这方面我有一些想法，比如，首先，政府扮演的某种市场主体的角色要改变。到目前为止，国有垄断部门和国有经济部门，政府还在扮演着部分的主体作用。第二，政府的职能要转变。我们一再讲政府要履行公共职能，什么叫公共职能？制定规则、执行规则就是公共职能的重要内容。第三，在中国经济转轨进入到今天，无论是政府的角色转换、作用发挥，以及当前社会稳定的需要，都把政府改革提到比企业改革更为突出的位置。我把新阶段的政府改革概括为三个需要：加入WTO的需要、中国市场化改革进程的需要、改革不断深化的需要。"

凌明山恍然，市委书记是在宣讲他过去的事迹啊。

当初陈哲光刚担任蜀都市长，去西川大学下属的制药厂视察，问厂里的领导："你们有什么困难？"

厂长当初要建新厂房，要找政府批地，跑了两年，盖了83个公章，还没有审批下来，正憋着一肚子火，又是学者出身，说话比较直，就说："我们困难多得不得了，可能政府部门办不了。你们管的只是收税，所以每到年终你们就扯着口袋收税就行了。"

陈哲光听得一愣，他这些年来可能还从来没听过这么直接的话，问："你怎么这样说话？你跟我说，是哪个部门给你卡住了？"

厂长说："不是哪一个部门，是这个体制，因为有很多环节，这个部门也在跑，那个部门也在跑，时间就很长，就拖下来了。陈市长，这么给你说吧，为了搞清楚政府的审批要求，我们找了七八个人画了一张流程图，一步一步该怎么办，结果画了五天才画好。"

陈哲光大为震动，把那张图和那些盖满公章的申请材料带走，挂在自己的办公室，挂了整整一面墙，他盯着那一面墙，数了一下，最少需要118道审批流程。

此时此刻，只要他陈市长大笔一挥，批示一下："所有相关部门立即办理，不得拖延。"此事马上就能得到解决，但是陈哲光决定要借此机会搞一个大动作，来一场全面的体制改革。

盯着那张图看了几天之后，他挑了13个"管得最宽"的部门，也就是所谓的强势部门，比如规划、国土、建委这些单位，让他们写报告说清楚自己这个部门到底要负责管理审批什么东西。每个部门交上来的报告都很厚，读很久才能读完。十几天后，陈哲光琢磨出来八个字：规范化服务型政府。

在陈哲光的倡导下，蜀都市政府成立了"建设规范化服务型政府领导小组"。陈哲光亲自任组长，亲自操刀，一刀下去，砍掉了758项审批项目，占蜀都市所有审批项目的70%。计委、建委的审批项目减少了70%以上，公安局减少了64%，工商局和规划局减少了20%~30%。后来又陆陆续续砍掉一些。

经此整改以后，陈哲光算了一笔账：原来制药厂要地的审批需要118个公章，现在只需要20个了，原来办了两年办不下来，现在可以在68天内办好。

由此，蜀都市政府对外宣传中，自豪地声称："在全国同类型城市中，我市的审批项目是最少的。"

所谓同类型，就是全国15个副省级城市。

一个西部省会城市，审批项目比深圳、广州、杭州等几乎所有沿海大中型城市的审批项目都要少，这确实很厉害。后来蜀都成了中小企业的创业天堂，世界500强投资数量排名前三的副省级城市，跟这个有很大关系。

而陈大市长一炮打响，不仅是在西川，在全国都名声响亮，"由点及面，借题发挥"——不是发现一个问题解决一个问题，而是从某个具体的问题当中分析出来背后的体制原因，从根子上对体制机制进行改革，以根绝此类问题，陈哲光充分展现了他的能力和铁腕，得到了更高层面的肯定。

凌明山自然了解陈哲光这一光辉过去，他来蜀都之前，就认真搜集过他这位班长的各种资料，可以说，他没有选择去条件更好、更适合他发挥的沿海城市而选择了西部的蜀都，有相当一部分原因是因为陈哲光这位极具个性的班长，凌明山对他充满好奇，希望近距离地观察他，跟他共事。

凌明山忍不住抬起头，用眼角的余光扫视四周墙壁，那张审批流程图早已不在，被换下放到什么地方去了，可是这位市委书记当年的光辉事迹却已经写成报道，永久地存在于报纸、电视、网络。

"我读过陈书记关于规范化服务型政府的相关文章。这是一个相当经典的提法。政府的一个重要功能是为企业服务，而不是过多的行政干预，我非常赞同，在工作中也将作为一个行动准则。"凌明山说。

"中国改革，是一场滔天的大潮，所有中国人的命运都为之巨变，无论是幸运儿还是失意者，也不管是执掌方向的掌舵者，还是随波逐流的普通百姓，都是这场巨大历史话剧的一部分，每个人的方向都应该一致，利益应该相同。而作为其中应该承担更大责任的我们，更应该战战兢兢，如履薄冰，因为任何轻率和任性，都将可能对我们的改革、我们的事业造成巨大的、不可挽回的损失。"

陈哲光并没有就此放过他，而是继续深入、发挥，凌明山叹了口气，不得不承认自己的错误："是的，每一位执政者应该深思熟虑，戒骄戒躁，昨天，我在晶体管厂对接会上的表态有些贸然了。"

"明山市长，我不是批评你，相反，我很欣赏你这种勇于做事、敢于拍板，同时也能够承担责任的态度。但是，"陈哲光话音一转，"对国有企业的产权改革是一项复杂的系统工程，如果缺乏创新的思路、周密的策划、稳妥的实施，将很难取得理想的效果，甚至可能留下改革后遗症，所以，我们每一步都必须十倍、百倍地小心谨慎，步步为营。"

陈哲光平时不苟言笑，说话声音低沉，在开大会或者有媒体出席的会议，他一般都在埋头读稿，不多说一句话，但是在内部讨论或决策的场合，他则一改形象，说话一针见血，咄咄逼人，一旦认定某个意见，就不容违背和反驳，有一种不可阻拦的气势。

这也算是凌明山第一次跟陈哲光正面交锋，当然，说交锋并不准确，因为他们的力量并不平等，是陈哲光单方面对凌明山的打击，凌明山毫无还手之力，只有老实认输。当然，凌明山也从这一次面对面的交流中，得到了某种难得的经验，这对于一位缺乏基层工作经历，却心存高远的官员来说，非常宝贵。

陈哲光也在这一次交锋中得到了他想要的效果。

他打击了凌明山的锐气，让这位锋芒毕露的空降官员明白，整个蜀都市委市政府班子，必须形成一股合力，只能一个声音。某些时候，拍板可以，也很必要，也不是事事都非要他市委书记才能够拍板，但是，拍板之前必须请示。

同时，陈哲光也没有因此减少对凌明山的欣赏。鲁迅曾说"有缺点的战士终究是战士"，陈哲光在蜀都大张旗鼓、高歌猛进的时候，并不希望成为孤家寡人，而是希望他的同僚能够跟上他的步伐，成为他的战友，跟着他一起前进，而凌明山看起来比其他的同僚更胜任这一点，更合他的意。

他在前几年刚刚成为这座西南大城的市委书记，面对请来给蜀都做策划的城市营销专家王志纲，他略带忧虑地说，关于蜀都的美谈听得太多，"但蜀都骨子里还是有一种不思进取、自我循环的情结，怎么突破这个看不见的瓶颈？"陈哲光认为唯一的办法是大破，大破才能大立，而要完成这一行动，最急需的不是资金，不是政策，而人才！

凌明山符合他心中对官员的要求，是一个人才。

第十九章 驱虎吞狼

叶山河在接待室里，一直在思考。

他没有想到今天会是这么一个情况。

昨天傍晚，好不容易拦到一辆出租，那一刻的感觉竟然有些像溺水的人抓住了救生的船，他好久没有这样尴尬地站在路边拦车，也好久没有那样无助的感觉了，以至于他上车踏实地坐到后座，感觉到出租车迅速离开，竟然有种逃跑的感觉。

他不得不承认，那个聚会，那个他口中不屑的名利节场，对他的刺激很大，压力也很大。

然后，他的电话响了，是杨陌。

他接听电话，以为杨陌会问他去哪儿，会跟他说些事或者再次拉他做陪伴，但是杨陌一开口那副公事公办的语气立刻让他从刚才的情绪中惊醒过来，立刻振作。

杨陌让他明天八点半准时到达陈哲光的办公室，因为情况特殊，杨陌特别叮嘱，可以提前几分钟，但不能迟到，陈书记要见他。

挂了电话，叶山河再次对司机说了地点，更改了目的地。他刚才，还想去办公室坐会儿，很多时候，他喜欢一个人独自坐在办公室落地玻璃窗前，看着灯火阑珊的城市，一个人静静地发呆，但现在，他觉得自己应该回家。

他可以舒适地躺在床上，完全放松，想一些事情。

四十分钟后，他回到家，烧了开水，泡了一包方便面，草草填了肚子后狠狠地冲了个澡，然后上床躺下。

但诡异的是，他今天经历了太多的人和事，开始思考时第一个出现在他脑海中的，却是一个完全意想不到的人：

第十九章　驱虎吞狼

晓可。

他想控制自己，让思想回到今天的人和事上来，可是没有成功，叹了口气，索性放任自己去思念她。

她现在在哪儿？过得如何？以她的个性、能力和勤奋，应该获得相应的回报，但是一个女人，孤身漂泊，又是异国，无论如何，都是他心中永远的牵挂。

可是，他又有什么办法呢？

即使他现在有一点钱，也根本于事无济，他和她之间的问题，根本就不是钱。

他和她，都个性刚硬，他还有一个温和的外表，晓可可是表里如一，有一种个性洁癖。还有，他们都太骄傲了，有时候明知稍微说一两句软语温言，就能够改变局面，可是，那时候他们都太年轻，都不敢表现柔软的一面。

或者，这么多年过去，他们再见面的话，能够相处得好一些？

或者，他们都再也回不去了？

良久，叶山河才能够微微调整一下睡姿，丢开那个难忘的人、那些难忘的记忆，开始思考今天的一些人和事。

关于张德超和杨迁，他应该听从段万年的意见：放下。

有些事情，过分重视反而着相，容易用力过猛，走火入魔。有些东西，不去触碰反而更好，随其自然，水到渠成。他因为江林而联想到张德超，看起来很必要，其实没有可比性，而且，股权这一项，几乎是整个商业活动的基础，怎么可能轻易去动？叶山河有些好笑，自己前几天实在是有些杯弓蛇影、莫名其妙了。

他回忆了一些他们四个山河集团的老人，觉得应该对他们充满信心，同时，即使他们有别的想法，也应该看成一种很自然的事，不应谈虎色变，惊慌失措。他慢慢觉得心里踏实了一些。

他总算跟许蓉见了一面，而且效果还不错。

首先说服了这位个性强硬的大姐大改变主意，尝试谈判。然后，她答应了去狙击钟守信，而且还答应了不再使用以前那种以暴制暴的方式。一切都按照叶山河的意愿在进行。

当然，叶山河还是很清醒，蜀都饭店是一个相当复杂的项目，不可能一蹴而就，钟守信不再针对他，也只是这个项目迈出第一步。可能沾手这个项目的，大有人在，而且都不是易与之辈，比如今天那个聚会中随便来一位，都将是强劲的对手。

他现在还能够清楚地感受两个多小时前身在蜀汉宫那种无形的压抑。

好多年来，他都没有这样了，可能是一下子见到了那么多厉害的人吧？

但段万年是那个圈子中的人，他不是，这说明他现在在这座城市，还远远不够……

他想起十多年前在江州经营书吧的时候，看过一本小说，好像叫《作家忏悔录》，一个作家进入城市的三个阶段：挣扎城市，占领城市，征服城市。他现在只能说勉强占领蜀都，过了挣扎的阶段，距离征服这座城市，还有相当遥远的距离。

这一段时间，其实他心里相当踌躇满志，虽然还是保持着低调和沉静，但那股精气神，会不自觉地流露，可是，今天这个聚会，彻底打击了他。

想到段万年在其中的如鱼得水，他并不羡慕，但一股激愤慢慢酝酿，觉得自己的斗志再次凝聚。

然后又想到了段万年偶然灵感迸发，闪烁出来的艺术园区，要不，就叫东郊记忆如何？

然后，又想到了那两个年轻的油画家，好一双璧人！

突然间叶山河明白过来，他为什么刚才有一瞬间那么思念晓可，正是因为受了艾琳的刺激。她们都身材高挑，晓可安静下来的时候，神情跟艾琳竟然有几分相似，他现在才反应过来。这也是他为什么一见那个年轻的女油画家，就莫名地心动。她像一把刀子，突然刺破了他长期压抑的情感；又像一道闪电，击中了他一直小心掩藏的柔软之地。

他再次吐气，硬生生地把思路转到今晚必须思考的问题上来。

晶体管厂。陈哲光。

他想到今天上午从国资委出来，他还以为这周内可以暂时不用考虑晶体管厂的事，可以在这个周末轻松一下，腾出手去对付另外一件事，哪知突然之间，这个刚刚推开的球又荡了回来，逼得他不得不再次伸手接住。

可以肯定，陈哲光叫他去不会有别的事情，只可能跟晶体管厂有关。陈哲光为什么叫他，肯定跟今天上午的对接会有关，也肯定跟鲁伯雄有关。

那么，球荡回来了，接得住吗？

这就是他现在必须面对的问题。

这也是他今晚抛开一切回到家里，独自一个人思考的原因。

当真正的问题到来时，能够指望的，只有自己。

第十九章　驱虎吞狼

他想过刘小备，可是现在叫她做什么？她能够帮他提供什么建议？现在面临的不是参考意见，而是决策。

他将面对的，是比凌明山更加强势，具有绝对权力的市委书记。甚至，他考虑到了，可能明天在陈哲光的办公室，就是晶体管厂这个项目的尘埃落定。

他真没有想到这么快。

他失算了。

他想到了鲁伯雄的不甘心，可能反击，但他按照一贯的思路，以为鲁伯雄这些国企的官员，做事的效率，至少会在下周才会反馈到他这里来。他没有想到具体到个人，具体到生死攸关的时刻，每个人都会爆发出巨大的能量，反应的程度和速度，都会超出想象。仅仅几个小时，鲁伯雄的反击就达到叶山河能够想象得到的最高高度、最强强度。

而且，陈哲光立刻做出了反应。

他不知道鲁伯雄用了什么办法，但陈哲光既然如此迅速，说明鲁伯雄的办法有效，而且，几乎可以肯定，是对山河集团不利的。

那么，他又该如何应对？

陈哲光是一个强人，如果他一旦做出某种决定，基本是不可能改变，这一点跟凌明山一样，对付这种权力人物唯一的办法，只有更大的权力，鲁伯雄能够找到陈哲光对付凌明山，他能够找谁来让陈哲光改变决定？张红旗？他能够让一位省委书记听从他？痴人说梦！他不仅没有那个资格和实力，而且没有那个必要。就算他能够巧妙安排，通过张红卫让张红旗进入某种套路，但这也将付出巨大的代价，跟可能的回报不成正比，他是商人，要算这个账。至于让张红卫这些人出面充当说客，那是非常愚蠢而可笑的想法，根本于事无补。

以权力对付权力，真的就是唯一的办法？

他仔细梳理整个过程，梳理晶体管厂这个项目的方方面面，突然，像一道闪电划过，他突然想起两三个小时前他和陈哲光应该都在京川宾馆，极有可能擦肩而过，陈哲光为什么要到那里呢？国师不是他的上级，不是比他更有权力的大人物，可是他为什么要过去捧场呢？

叶山河受到了启发。

他从床上起身，打电话给刘小备，叫她把相关的资料传给他，他准备用一个夜晚的时间来进行准备。

现在，他坐在这间老旧的房间里，最后一次把陈哲光这个人的个性和目前的整个大环境结合起来，认为这是除了权力对抗之外，另外一个可能的办法。

或者，这算昨晚那个聚会带给他的福利，刺激了他，帮助他跳过项目本身，保持距离对项目进行分析思考，而没有局限于项目本身，就事论事。

杨陌进来，示意他过去。

他站起身，向走在前面沉着脸的凌明山点头示意。

凌明山没有理他，这是一个不好的兆头，但是此刻，叶山河没有受到更多的影响。昨天晚上他就想到了今天可能出现的局面，甚至想到了三个人当面辩驳，现在，他有自己的底牌，虽然不是底气十足，但也不是一无所恃。

"叶总，辛苦了。"

陈哲光从沙发上站起来，伸手示意叶山河坐。

这个举动让正在退出办公室的杨陌略感诧异。即使凌明山刚才进去，陈哲光也岿然不动，固然，可能要用上这位山河集团的董事长，但一位市委书记没有必要如此笼络。

"书记您辛苦。"叶山河一瞬间也转过跟杨陌差不多的念头，他走过去坐下。

陈哲光坐回座位，也没有叫杨陌倒水，直截了当地进入主题。

"我也没有想到这样快就跟你再见。凌市长劲头很大，鲁厂长又反映了情况，所以干脆把你们都叫过来了解一下情况，看看下一步怎么办。"

"请书记指示。"

"你先有个思想准备。我先说件事，"陈哲光看着他，"晶体管厂昨晚一对夫妻从楼上跳下。"

鲁伯雄用这一招来威胁他，他不会跟这种小人物小伎俩介意，但不妨碍他随手拈来敲打凌明山，"说服"叶山河。而且，他也跟鲁伯雄一样，话说到这里就停住。

叶山河脸上闪过吃惊的表情，随即黯然。

"真是不幸。"他轻轻摇头。

他当初从学校分配到江州印染厂，不到一年工厂破产，把所有的人推向社会，自谋生路。他们厂一对年轻夫妇，技术员，被厂里的工人称为知识分子，猝然面对失业，无计可施，夫妇四处打零工，生活穷窘，正在上学的孩子几个月吃不上肉。有一天丈夫打工回家经过肉摊，一时鬼迷心窍，偷肉，被屠夫抓个正着，暴打一顿，勒令站在市场曝光，丈夫哀求，诉说实情，屠夫怜悯，让他带着他想偷的肉回家，夫妇抱头痛哭，然后肉中下毒，一家三口，一起自杀。

那时候叶山河正"挣扎"在江州。爷爷不会给他任何资助，他也不会讨要，经常身无分文，挨饿受冻，听了工友转给他的这个故事，心中有泪，却也只能一声长叹。

想不到现在，他再次听到这样的事，因为现在他的顺利与富裕，这种刺痛来得更加深刻和真切，更加猛烈，几乎让他失控。

但是他努力地控制住了自己。

"我们的改革开放，给广大人民群众带来了富裕的生活，但这个过程中，还有一些普通的老百姓，生活没有得到完全的改善，甚至连基本必要的保障都没有。再加上一些特殊的原因，比如现在的改制，他们不理解，一时没有想通，平时积累的情绪突破了个人承受极限，就会做出冲动的行为，这是悲剧，也是我们执政者的耻辱。"陈哲光表情沉痛地说，"我感到痛心的是，很多时候，这种悲剧发生了，人们却似乎不再惊动，习以为常，这种现象是不允许的，尤其对于我、我们来说。"

"山河集团会首先拨出专款，安置所有暂时无法上岗的工人，解决他们的后顾之忧。这一条写在我们并购条款的第二条。"叶山河平静地说。

"你们的对接会，凌市长的意见你怎么看？"陈哲光突然转换话题，转换表情。

这是一个古怪的问题，同时，无论如何回答，似乎都不会讨好。当陈哲光已经明显表露他会否定凌明山的意见时，无论他赞成谁都不明智，尤其，他自己还在局中。

但叶山河断然回答："我非常欣赏凌市长，非常赞成他的意见。"

"在一个低的层面，市场经济有它无可替代的作用，但在宏观层面，政府将发挥它的巨大作用，甚至是决定作用。你能够否认蜀都这些年的发展繁荣，政府在其中的巨大作用吗？不能，从这个意义上，我个人也赞成凌市长，欣赏他。"

陈哲光喜欢荡开一笔、不断转折的说话风格，尤其是不在公众场所、不在大会的时候。他声音不高，语速从容，但一双眼球微微外凸的眼睛定定地盯着对方，有一种抓人的力量。

叶山河做好了被市委书记批评的准备，对陈哲光这样高高举起，却一直悬而不决，心中好笑，这跟段万年有的一拼，也不接话，只是静静地看着陈哲光，不露锋芒，也不畏缩。

"但是，现在出现了新的情况。工厂中有人出现了过激行为，我们不能忽视，更不能把它看成个案，而应该坦然面对。同时，要对此警醒，从大局出发，从稳定出发，所以，我们要调整思路，算经济账，也算政治账。"

陈哲光看着叶山河，正气凛然地说。

"理解。请书记指示。"叶山河镇定地说。原来转在这里。

"具体到晶体管厂，可以从实际出发，不搞一刀切，对于晶体管厂的管理人员，可以适当吸纳，这也是一个稳定交接过程。总的来说，对于晶体管厂以后的发展经营，也有一定的好处，叶总你说是不是？"

叶山河沉吟着。

这的确是所有谈判条款中，最不能让他接受的，但是陈哲光说出来，他肯定也不能直接拒绝。

"从政府这个角度出发，我们要担当起监督者的角色，这些管理人员希望继续为晶体管厂服务，发挥余热，这种态度很好。但我们也不能听任他们空口无凭地说，还希望他们拿出具体的承诺来，要求他们承担相应的责任。所以我们要求他们也要筹集一部分资金，真金白银地投入到这次改制中，在改制后的企业里承担一部分股份，叶总你说这样如何？"

叶山河的心沉了下去。

鲁伯雄的胃口真是大啊，不仅要继续掌握晶体管厂的经营权，而且要冠冕堂皇、名正言顺地拥有晶体管厂的股份，那不叫"承担责任"，而是"拥有股份"，那以后，只要他是股东，他就永远跟晶体管厂有关系，晶体管厂，就可能永远无法按照山河集团的经营思路发展。陈哲光连问两句，他不得不开口回答："理解，但是这样的话，执行起来……"

"有困难吗？"陈哲光问。

"有。"叶山河沉声回答。

他不是官员，官员这种时候一定会响亮地回答说没有。

"说说，一条一条地说。"陈哲光和蔼地说，心中不快。

他这是平衡了一下双方的利害关系做出的决定。他对叶山河提出这个方案，绝对不会说其他原因，而只会从政治的高度出发，同时，他既然提出了，按照惯例，这就是市委书记的指导意见，或者说是最终方案，叶山河就应该一口答应。但是现在，叶山河看样子准备拒绝，或者另有打算。

"陈书记您刚才说了两点，人和股权，我也接着您这两点说。

"先说现在晶体管厂厂领导的使用，我不反对他们继续在改制后的厂里继续工作，但是按照我们的预案，所有的人都应该经过一段时间的培训，摒弃一些以前的不良作风，接受一些现代企业的管理思想。然后问题出来了，如果他们经过培训后不能胜任新的工作呢？还有，他们在改制后的厂里担任什么具体职务呢？

"然后股权。他们要占股，我也不反对，按照以前的模式，国资委还要占一部分，或者，还可能有其他的投资人，那么，这个股权结构怎么分配呢？谁来控股？"

"这些细节问题我不过问，你们山河集团跟晶体管厂谈。董主任主持协调，凌市长是分管市长，你们有分歧时，可以向他反映，由他拍板决定。"陈哲光不耐地挥手。

"这些问题是细节，但也是这次晶体管厂改制的关键，请陈书记明示。"叶山河柔和地坚持。

"你还真是个打不死的程咬金。"陈哲光笑了笑，"好吧，我就给一个我的个人建议，仅供你们参考。首先是控股，肯定由山河集团来，51%也好，80%也好，由你们自己谈，不让民营企业控股怎么体现这次改制的决心？其次是用人呢，既然山河集团控股，董事长总经理肯定由你们的人担任，但是晶体管厂这边也要适当考虑，比较重要的管理岗位也要给一两个，双方的管理人员各占一半这个比例应该行吧？"

"陈书记，晶体管厂是这次十几家企业走在前面的吧？"叶山河不答反问。

"第一家。"陈哲光肯定地回答。

"所以我们山河集团希望在市委、市政府的领导下，打响第一炮，交出一份亮丽的答卷。"叶山河迎着市委书记的注视，缓缓说道。

这是对陈哲光刚才那个问题的回答，也是一个坚定的承诺。

陈哲光微微点了点头，真是个不错的年轻人，能够坚持，但有分寸。问："你有什么要求？"

这是一个很有内涵的问话，既可以说是接着刚才的话题问的是关于晶体管厂改制，也可以看成是市委书记对他叶山河的一种回馈，可以满足他的其他方面的条件。

叶山河一瞬间就做了决定，沉吟着说："正好在这里向陈书记汇报一下山河集团的工作。山河集团的山河广场项目已经顺利完成，纺织品公司运转良好，从去年开始赢利，山河集团总体形势不错，资金充足，所以，我们下一步准备参与蜀都饭店的竞拍。"

"欢迎山河集团参与蜀都城市建设，这是个好项目，叶总有什么想法？"

陈哲光玩味地看着这位极富个性的董事长，倘若叶山河说出请他出面打招呼的话来，他会报以微笑，礼送出门，从此不会让叶山河出现在他的视野。

"我希望陈书记过问一下这件事，但是，"——陈哲光心中冷笑，幸好这个"但是"来得很快。"——我不是想请陈书记出面替山河房地产打什么招呼，我只是希望有一个公平公正透明的竞拍环境。"

"叶总受到了什么威胁，或者阻挠？"陈哲光反应惊人。

叶山河沉默。

"或者叶总知道什么内幕？比如这个竞拍可能存在着暗箱操作？"陈哲光又问。

叶山河摇头。

"我明白了，应该是前者。"陈哲光沉吟着说，"如果叶总看好这个项目，又遭受阻挠，我看这样吧，我可以让国资委下面哪家公司出面跟叶总一起参与竞拍，山河集团绝对控股就行了。"

"陈书记您为什么要这样做？"叶山河认真地问。

"为守法企业保驾护航，是政府应该做的，也是必须做的。"

"但是，陈书记，我恐怕不能答应。"叶山河缓慢但坚定地说，"我追求公平，公正，但不能因此给别人造成不公正不公平，如果我接受了这个特殊的照顾，就失去了我的初衷。"

陈哲光给予的回馈相当丰厚，如果他真的与国资委的公司联手参与竞拍，这相当于在山河集团头上罩了一顶保护伞，固然会因此多了一层保障，但也会引得众人注目，这跟他一贯的商业理念相违。还有一个原因，是因为昨天的那个聚会，不知为什么，让他隐隐觉得畏惧，他不想步老邓的后尘，也成为一个红顶商人。

陈哲光一怔，以手击节，赞道："好。那么，叶总，你有没有一个恰当的办法来解决你提出的这个问题呢？"

"我没有想过，也可能想不出，但是有专门做这个工作的部门和官员，我相信他们，以他们的智慧，能够解决这个问题。"需要的时候，叶山河也可以圆滑地打打太极。

"我记下了，我会过问这个问题的。"陈哲光认真地说，伸手从茶几上拿起纸笔，记下备忘。

叶山河心中暗赞。这个人能力出众，胸怀广阔，勇于任事，敢于担责，为官则是一方能吏，如果经商，绝对也会成为顶级商人，可谓人中之杰。用爷爷的话来说，碰上这种人，最好为友不为敌，"此诚不可与争锋"，但是此时此刻，他不得不跟陈哲光相抗。

"陈书记，关于晶体管厂改制，我还有一点想法。"

陈哲光愕然抬头，看着叶山河：不是刚刚已经达成默契了吗？

"你说。"他把纸和笔放回桌上，身子往后舒服地靠在沙发上，看似放松，其实是一种严密防御的姿态。

"周一现场办公会，您说了一个'职工持股'，我个人非常感兴趣，会后想了很多，也做了一些资料和准备，希望能够在这次晶体管厂的改制中体现，或者说是实践这一想法。"

"继续说。"陈哲光露出感兴趣的表情。

"我的考虑是，每一位晶体管厂现在的职工，不管改制后能否上岗，都拥有对改制后新公司持股的权利，这个股份以缴纳现金的方式体现，每一位工人有一定数量限制，比如从一万到五万，或者五千到三万，完全遵从个人意愿，这是第一步。

"第二步是，拥有股份的工人，可以建立权益保护委员会，也可以借用以前的工会，性质类似现在正在兴起的小区住宅业主委员会，推举工人代表，不仅可以参与以后新公司的管理，甚至连正在进行的改制谈判也可以参与，进行监督，行使权力。

"这个思路的核心是，让改制后的公司成为真正工人当家做主的公司，工人们拥有相当的管理权力，真正体现我们制度的优越性。"

叶山河侃侃说完，陈哲光盯了他一会儿，才淡淡道："叶总，你的政治素养、政治觉悟比很多官员都高，看来，选择晶体管厂作为突破口，没错。"

市委书记在高度表扬，语气却是淡淡的："我想问问，工人们缴纳的股份资本金从何而来？叶总你要知道，晶体管厂这几年效益不好，只能勉强维持，大部分家庭生活拮据，不要说三万五万，三千五千都可能有难度。"

"我考虑过这个问题，也有一些还不成熟的解决办法。"叶山河表情笃定地说，"现在家庭条件困难不能缴纳的，都可以通过这次改制解决。如果改制后不能上岗，他们可以用他们获得的一次下岗补偿中的一部分缴纳；继续上岗工作的，可以向金融机构贷款，以薪水担保，每个月扣除，因为上岗职工的薪水肯定有一个大幅度的提升，所以他们完全有能力支付这笔每月的扣款，这相当于按揭；同时，山河集团可以为此向银行担保，或者以改制后的新公司集体担保。

"宣传的时候，可以适当地提到，不仅股份每年有分红，如果以后新公司发展得好，争取上市，这些股份就是原始股，升值空间极大。"

这就是叶山河昨晚的思考结果。

当晶体管厂明显出现变数，要煮成一锅夹生饭了，既不能抽身走开，又不能完全自我地发挥，他决定借力打力，改变山河集团与晶体管厂原领导层直接对抗的局面，引入第三方势力，或者能够形成缓冲带，甚至拉到一个有力的盟军。

这个策略的基础是山河集团与工人们利益一致。

如果晶体管厂原领导大公无私，全心全意地投入改制后的新公司工作中，大家团结一致向前进，那么就是你好我好大家好，没有什么问题。但是据目前来看，这种可能性不大；相反，晶体管厂以鲁伯雄为首的前领导层形成了一个利益团体，他们不甘心失去手中的权力，希望在改制后的新公司中继续巧取豪夺，损公肥私，那么，这必然就会损害山河集团的利益，同时也会损害工人们的利益。如果这时候，工人们具有话语权，由他们出面跟鲁伯雄等领导层进行抗争，效果会好得多。

他相信自己对工人们的整体认识，相信他们的力量，也相信其中的商业原则。

同时，能够通过职工持股把工人们跟改制后的新公司捆绑在一起，毫无疑问会降低整个项目的风险，在不能掌控整个局势的情况下，这是相当于为山河集团在这个项目的投资买了一份保险。

陈哲光脸上的表情慢慢舒缓开来，点头说："这个想法相当有新意。为什么呢？刚才你说的时候，我就在想，回到根本的问题，我们的改革开放是为了什么？我们的国企改革是为了什么？形式不重要，国有和民企可以并存，姓资姓社也不争论，重要的是要让普通老百姓过好日子。具体到晶体管厂，就是要让所有的工人同志们通过改制，获得更大的收益，一句话，薪水比以前拿得更多，保障更大，生活得更好。

"你现在提的这个职工持股的方案，非常好，细节可能还有很多地方值得商榷，但是大方向是对的。职工持股，对于晶体管厂的所有工人同志，是一个非常好的解决办法。首先是情感上，他们大部分人为晶体管厂辛苦工作这么多年，奉献了大半辈子，不能因为改制就冷酷无情把人一脚踢走。我们是要讲经济规律，但我们同时也要照顾人与人的情感，共产党人也有七情六欲，政府对于我们的工人同志、农民兄弟，有时候要承担无限责任。同时，让他们参与到生产经营的管理中来，获得一定的话语权，既是对他们的尊重，也是充分发挥他们的工作积极性和主动性，发挥他们主人公精神，是对他们的安慰，对于社会稳定的大局是相当有益的。"

叶山河微微点头，心里松了口气。他精心设计的方案获得了满意的效果，得到了市委书记的首肯。昨天晚上他就明白，他无法用更大的权力去对付权力，但能够用政绩这个诱饵去击中陈哲光，投其所好，现在看来，完全成功。

"有一些东西我一时之间还想不到，想不完全，但我先表个态，我支持叶总你这个想法。你把这个想法先向凌市长、董主任做个汇报，听听他们的意见，然后按这个思路去做，大胆去做，我支持你。我会跟他们通气的。"

陈哲光用力地说，脸上露出真实的高兴表情。固然，他一眼可以看出叶山河的某些用心，但他才不会在乎鲁伯雄和叶山河彼此的钩心斗角、利益争夺，比起鲁伯雄的"威胁"，他当然更欣赏叶山河这种独辟蹊径的"自救"。同时，他从这个想法中看到的是更高层面的意义和影响。

他想到春节进京拜年，老首长问他：一位官员，在前进的道路上，最有说服力的是什么？他回答说是政绩，老首长称赞他回答正确，说首先必须要有政绩，溜须拍马那一套已经被淘汰，一位官员没有政绩，好比一位商人没有信誉，很难走得远。所以他这几个月，没有被落选中央候补委员击倒，拳法没有乱，而是加倍地埋头苦干，希望做出更多的政绩，为自己的晋升增添砝码。尤其西川政坛马上面临大震荡、大洗牌，叶山河这个时候提出这个想法，虽然是脱胎于他在现场办公会上那番翻自上边的讲话，但经过这么一充实，很有可能成为一桩亮丽的政绩。甚至，他可以看看晶体管厂改制中职工持股的效果，如果好的话，可以扩大成为一个施政的重要措施，写进他的履历中去。

"我要给你安排一个任务。"他用不容置疑的口气命令说。

"请书记指示。"

"我要让电视台和报纸马上对你做一个专访，同时，安排媒体对晶体管厂改制进行追踪报道，你必须配合。我说的是，你不能让其他人鱼目混珠地顶到前面来，你是董事长，你出面才有说服力，你要亲自接受采访，在电视和报纸上露面。"

叶山河愕然，然后哭笑不得地苦起了脸。

"我可以拒绝吗？"

"不行。"

"我可以拒绝一部分，比如电视？"

"一点都不行，这个不容许讨价还价。"市委书记的语气斩钉截铁。

他停顿了一下，看着苦恼且尴尬的叶山河，柔声说道："叶总，我了解一些你的想法，过于低调未必正确。这是一个酒香也怕巷子深的时代，任何一个企业都需要树立自己健康向上的形象，而其中，企业的领导者、掌舵者是一个重要的元素，如果大家对山河集团的董事长都不了解，大家如何相信这个企业？具体到晶体管厂，如果你不亲自跟广大工人同志交流沟通，他们如何相信你？相信这个改制能够成功？如何愿意拿出钱来缴纳这部分资本金？不要小看这一万两万，这可能是他们的家底，是他们所有的财产和希望，所以，你必须要展示你的个人魅力、光辉形象去影响他们，让他们团结在你的周围，这也是为了晶体管厂。"

叶山河默然。

现在，他的心里充满恐惧和畏惧。

他隐约感觉到，他的生活发生了某种质的变化，需要做某种相应的改变，但是没有想到会以这种方式突破。

他第一反应是拒绝和逃避，心念电转后，想的还是拒绝和逃避，可是此时此刻，他该如何拒绝一位市委书记的"无理要求"呢？

陈哲光看着叶山河，看着他脸上的表情变幻，心中除了高兴外还增加了得意，他觉得自己用这一招来对付这个看起来总是镇定自若的年轻人，再好不过了。他知道叶山河现在心里波涛翻滚，委实难决，他决定再给叶山河加上最后一击。

他身子微微后仰，微凸的一双眼睛在镜片后紧紧地盯着叶山河，说："叶总，我问你一个问题，你这一生想赚多少钱？你这一生，赚钱是为了什么？"

叶山河一惊，他完全没有想到陈哲光在这种时候突然问出这样一个问题来，竟然把他问呆了。

如果这个问题由别人来问，或者不是这样一副略带轻蔑的表情，叶山河完全无动于衷，波澜不惊，可是由市委书记接在这么一番谈话后抛出来，竟然有点振聋发聩、当头棒喝的味道了。

叶山河一时无语。

第二十章 合伙人制度

陈哲光上午要去战旗村，这是预定的行程。

战旗村是他推行城乡统筹最早最有成绩的一个村，也是他树立的一面旗帜，通知了一大帮媒体记者九点一起出发，但是叶山河"临时"提出的"职工持股"引起了陈哲光的兴趣，激发了他的讨论热情，所以耽误了将近十分钟。

作为对叶山河这一意见的反应，陈哲光"临时"决定，让电视台再派一个采访组来，《蜀都商报》作为第一跟进的报纸也要分出一名记者，马上对叶山河进行深度采访。

采访的内容、提纲什么都没有准备，无论是采访者还是被采访者，都是一片空白和茫然。但是记者们早已习惯了陈哲光这种工作方式，按照陈哲光的模糊指示，围绕着国企改制和职工持股从各个方面对叶山河进行轰炸提问，他们这样做的目的是有备无患，素材收集越多越好，到时市委书记无论从哪个方面出发，他们都能够跟得上。

叶山河几次都涌起拂袖而去的冲动，但是理智告诉他，比起上电视成为新闻人物的恐惧，这种失礼的行为更会成为惊耸的新闻。

超过一百分钟的漫长时间过去了，将近十一点，所有的人，记者、主持人、叶山河都疲惫不堪，无精打采地互相道别。叶山河走出市委小院，一坐上自己的汽车，立刻恢复他的镇定和自持，打电话给张德超和刘小备他们，让他们立刻召集晶体管厂项目组，马上开会，讨论这个项目的最新情况。

四十分钟后，所有的人都集中在公司的小会议室，叶山河喝了两口徐朵朵沏好的茶，平复一下情绪，缓缓开口，简短说了一下陈哲光的要求，当然，冠冕堂皇地换成了市委、市政府的指示，同时，他也不会透露一点关于这次见面的关键信息。

有一段时间的沉默。

张德超和刘小备是因为早有预料，其他的项目组成员虽然震惊，但他们没有资格发表什么意见。

"刘经理，你说说。"叶山河开始点将。

这也是他现在唯一可以依赖的大将。

刘小备沉思着，有好几秒钟没有反应。张德超差点忍不住要提醒她，刘小备才轻轻吐出一口气，缓缓开口，语出惊人："我认为是好事。"

这句话达到了她想要的效果，所有的人，包括叶山河都看着她，吃惊、诧异、怀疑等神情各异。

"很简单，如果完全按照我们谈判的上策，我们完全接手，改制后的晶体管厂由着我们自主经营，实际呢，效果不会很好，因为我们全是新手。固然，可以从以前的中层干部和技术骨干中提拔一些，这肯定有一个磨合期，彼此的信任度、情感，还有营销渠道等都需要重新建立，生产和经营肯定都会有一个相对的滑坡，更别企望马上有一个腾飞。相反，让鲁伯雄他们继续管理经营，做生不如做熟，的确比我们一上来就全盘接手好。"

"既然这样，那我们为什么还要什么上策中策下策，不如直接下策？"有人怯怯地问。

"我说的好事，是指对晶体管厂好，但对我们山河集团未必好。这很简单，因为我们失去了话语权，并购变成单纯的投资。"刘小备说。

众人沉默，刚刚轻松的气氛再次压抑起来。

"刘经理话还没有说完？"梅本直问。作为山河集团的办公室主任，是集团的大管家，联络协调中心，他几乎所有的大会小会都会参加，但一般很少发言。

"是的。我说对山河集团未必好，意思是也未必不好。"刘小备态度收敛了一些，"既然是投资，那么，晶体管厂管理经营得好，我们的投资也将回报不错，利益是一致的。简单说吧，就是我们暂时失去一段对改制后晶体管厂的完全控制，但能够换来晶体管厂的健康发展，茁壮成长。鲁伯雄他们要求的是五年，我们可以利用这一段缓冲期培养人才，发展人才，毕竟晶体管厂的经营管理，需要一定的专业素养，这算是时间换空间吧。"

气氛立刻活跃起来，大家纷纷小声议论起来：

"也是，干一届就干一届，不就是五年吗，我们熬得过他们。"

"说不定也真要五年，说不定一年半年我们就上手了，他们不得不让路，或者，有什么情况发生……"

"那得在制度上……对他们有约束一些。"

张德超转过头看着叶山河，笑道："既然无可奈何，那也只得这样了，就算是将就他们的骨头熬他们的油。"

叶山河对他点点头，问刘小备："那我们需要做什么呢？"

"按照市委市政府新的框架，我们这个项目的重点，或者说是前提，是鲁伯雄他们尽心尽意把这个厂搞好，不能再像以前那样人浮于事、损公肥私、低效高耗等，最主要的，我们要把改制后的新企业管理制度精细化，要对任何人，从上到小、从管理层到普通工人都要有明确的约束力、清楚的权责。"

"有困难吗？困难呢？"叶山河问了两个问题。

"困难肯定是有的。鲁伯雄他们一伙人，先不说私心贪欲，光是他们以前那套散漫的国企作风，就需要扭转，而这个扭转必然困难。还有工人，打破大锅饭思想后，有一个适应期。但是，董事长和总经理不是我们的吗？重大决策还是由我们掌握，这里面就有相当大的操作空间，何况，我们还有职工持股这一招。

"所以关键在于，我们在谈判过程中，尽量完善细节，尤其是涉及管理经营，在以后的工作上，用制度说话，尤其是对于管理层的约束，只要监督机制足够完善，让鲁伯雄他们去做。我相信在相当长的一段时间内，鲁伯雄他们会尽责，会努力的，毕竟他们也有投资，他们也希望靠赚钱获得利润。从这一点出发，能够激发他们的工作热情，有这个基础，我甚至认为，鲁伯雄他们相当于另外一个江林团队。在管理这个厂方面，鲁伯雄并不比江林差。"

叶山河面无表情地看着企划部经理侃侃而谈，心中却是想的另外一件事：她什么时候变得这样精明，而且有境界了？以前是故意隐藏，还是这些年有了脱胎换骨的成长？或者说，她希望去晶体管厂，所以做足了功课，有各种预案，所以现在才能够一语中的？那为什么上次开会前，她竟然连基本的材料都没有看？

不过，无论如何，他都承认他的企划部经理说到了问题的本质。

在回来的车上，他也想到了，陈哲光的意志不可违背，只能在有限的范围内腾挪了。然后，换个角度来看，这也并非多大的坏事。只不过让鲁伯雄一伙拿走一部分利益，但加上鲁伯雄一伙的合力，可能把晶体管厂的蛋糕做得更大。更重要的是，这个项目并不算什么，无论胜败，都对山河集团影响不大，尤其是经过了昨晚那个聚会后，他的确受了刺激，这个项目不值得他做更多的纠缠。

"我赞成刘经理的分析，以及我们对这个新情况的应对。我的想法跟刘经理差不多。"他缓缓开口，为这个项目做最后定调，"刚才在车上，我考虑过了，董事长和总经理由我们出任，我现在就正式宣布，如果没有什么意外情况，能够顺利控股晶体管厂，改制后的晶体管厂董事长由张总提任，总经理由刘经理出任。"

他带头鼓掌，所有的人都鼓起掌来。

"接下来，将和晶体管厂方进行新的细节的谈判。重点还是在人。我前面的考虑的是，生产厂长肯定给他们，但要努力争取经营权，现在看来，经营权暂时不要也没有什么。财务肯定是我们的，这是基本原则，相信他们不会做这种无理要求，当然，也要做好思想准备，做好各种可能的预案。其他的部门，该争取还是要争取，至少要在谈判时锱铢必较，不做轻易让步。

"刘经理也说了，我们的重点在监督机制上。实际上，这就是严格按照《公司法》来，从这个角度出发，职工持股对我们相当有利，因为他们也会跟我们一起监督管理层。团结广大工人，跟工人们结成利益共同体，这是我们的重要策略。

"这个项目，从现在开始，就完全由张总和刘经理负责，我不再过问了。"

叶山河看着所有的人，做了最后宣布。这也是他的真实想法。

这个突如其来的项目，从周一开始，纠缠扰乱了他整整一周，跟其他事搅在一起，让他这几天都一直没有真正平静下来。

而他，现在需要的是安安静静地思考。

有两件事需要他解决，一是纺织品公司江林团队的股权，一是蜀都饭店的竞拍，这一周他根本就没有时间来认真思考这两件对于整个集团公司都相当重要的事。目前为止，他都没有找到特别有效的办法，所以他急需从其他琐碎杂事中脱身出来。

晶体管项目体量一般，只是因为陈哲光的重视，政治意义高于经济价值，被放大了，他才不得不近身缠斗至此，现在，终于结束了。

让徐朵朵叫了盒饭，大家填了肚子后，叶山河召开了另外一个会。

还是在小会议室。

叶山河、张德超、宋长生、刘小备、梅本直和路明生带领的山河房地产骨干团队，众人坐得满满的，徐朵朵不得不坐到了靠墙的椅子上担任记录。

叶山河严肃地宣布蜀都饭店项目正式启动，由路明生担任项目负责人。

同时，叶董事长宣布，集团公司将实施一种新的项目管理模式。从此以后，所有的项目，承担项目的负责人和团队，都将拥有该项目的股份。具体到现在的正在进行的两个项目，晶体管厂项目和蜀都饭店，刘小备和路明生都将拥有针对新项目成立的股份制公司2%的股份，同时，每个项目的管理团队也有2%的股份，由团队中的骨干成员分配，名义是技术入股。

但这个股份有一个约束，首先是必须保证项目实施完成，其次是从拥有项目股份开始，五年内不得离职。同时，期满后离职，还有一个禁业期限。

叶山河以前的考虑是项目分红，昨天中午他跟许蓉讨论的时候也是这样考虑的，但是经过昨天晚上那个聚会和今天上午跟陈哲光的见面，他决定改变主意，加大力度。

要么不做，做就做个痛快。

他甚至在称呼上也做了调整，在会上宣布，他们不再是经理人，而是合伙人，以后，他们和集团公司、下属各公司的现有股东身份平等，都是公司的合伙人。他们这种制度，以后就叫合伙人制度。

实际上也就是赠送股份，捆绑人才，并非他的首创和独创。爷爷以前经常说起他们那时候如何如何做生意，就提到了合伙人制度，尤其是当掌柜变得很重要时，东家就得注意拉拢，不让他被别人挖走，而这时候唯一的办法就是占干股，让掌柜象征性地出点钱拥有生意股份，变成合伙生意。西川现在还有一个词叫"打平伙"，意思是说大家凑钱吃吃喝喝，就是从这里来的。

叶山河按照一贯的风格，面无表情，语气平和，可是他的话像一颗炸弹丢在这间不大的屋子里，所有的人首先是一惊，然后骚动起来，左顾右盼却不知说什么，也不知跟谁说。连张德超、刘小备、路明生都不能再保持镇定。

张德超第一反应是叶山河为什么不事先跟他通通气，但是转念想到昨天他们在听涛舫喝茶，提到了这一节，也算是通气，只是这个2%的额度如何决定？他不是嫌叶山河给得多了，而是觉得这事这么断然推出来，多少有些独裁和武断。再转念一想，既然叶山河拿了主意，他，杨迁、宋长生肯定都不会反对。再说，这事目前主要涉及刘小备和路明生，他更加不会反对。

张德超和刘小备的目光一碰而过，两人眼中都含义复杂。路明生看看叶山河，再看看其他的人，慢慢确定这事的真实性，然后，他的脸上慢慢浮现笑意。他心中一直压了很久的一块石头，终于掀落了地，轻松下来。

实际上，他这段时间都在考虑离开山河集团。

有好几家房企都向他抛出橄榄枝，包括实力雄厚的国企和全国排名前列的民企，开出了令人心动的高薪。单是从待遇上来看，任何人都会立刻做出明智的选择，但是他却一直难以下定决心，觉得和山河集团有种什么东西难以割舍，或者说，他的董事长身上有着某种魅力吸引着他，让他觉得离开叶山河是一种不能接受的事情。

这是一种正常的情感。

十年前，路明生还是一家国有钟表公司的中层干部，供销科副科长，因为能力出众被科长所妒恨，不断找机会给他穿小鞋。

钟表店在蜀都市最繁华的春熙路有一个二层门店，周围门店不知什么时候都装修得华丽潮流，所以公司决定装修一下，跟上形势。这个任务交给供销科长，科长随手就给了路明生，但额外增加一条要求，费用必须控制在二十万元内。

这肯定是一个无法完成的任务。

门面面积超过四百平方米，钟表店一向讲究富丽堂皇，要上档次，还有货柜也要换新，路明生如果比着二十万元的预算进行装修，出来的效果肯定糟糕，要讲效果钱又不够，明知是科长为难，却又无法拒绝。那几天，路明生拜访了好几家装修公司，绞尽脑汁想了好多方案，都无法解决问题，最后，抱着死马当活马医的态度，在门口贴了一张招标告示，一边继续到处想办法。

这个时候，杨迁刚刚加盟叶山河的小团队，注册了正规的装修公司，开始稳步发展。杨迁和张德超承担了大部分工作，从设计、材料到具体装修，叶山河有更多的时间用来拓展业务。这天下午，他漫步经过人潮熙攘的春熙路，看着那些找不到铺面或者租不起铺面，密密麻麻排在街边摆地摊的小贩，想着工友们经常互相打趣说的那个梦想："要是有一间春熙路的门面，老子就守着房子吃租金，一辈子享清福了。"感叹这条街遍地流淌着金钱。或者，正是从这个时候开始，他心中扎下了房地产开发的模糊念头。

然后，他看到了这张张贴在街面的招标告示。

一开始他并不以为意，虽然他正在到处寻找装修业务。

基于最简单的判断，这张招标告示贴在这种人流量惊人的街面而无人问津，绝对不是什么有油水的业务。他阅读了告示内容后，加深了这种判断：四百多平方米，即使不紧跟潮流、摩登时尚，就按现在这个档次装修，二十万元也远远不够。

但是叶山河并没有轻易放弃，而是花了二三十分钟从各个方面仔仔细细地观察这间外表普通的钟表店——看起来人流量不大，建筑陈旧，但是它有一个无可比拟的优点，地理位置很好。

这是自然，这条街上每一间门面都可以说地理位置很好，但这家钟表店旁边有一条小巷，相当于一个三岔路口，与众不同。

叶山河就在路边找了一个公用电话，按照招标告示上面留下的联系方式，拨打路明生的小灵通，不通，换了传呼，等了好一阵，路明生才回了电话。

叶山河首先报了自己的名片，表示了合作意向，然后从容地在电话中按照自己的思路向路明生了解各种信息，最后，他得到了一个非常重要的信息：钟表店二楼还有和下面店面同样面积的库房，一直闲置。

叶山河向路明生发出面谈邀请，二十分钟后，他们在蜀都大道对面商业广场后面的悦来茶馆见面。

简单几句交流后，他们都基本了解了对方是一个什么样的人，路明生坦诚地说，这个价格不是一般人能够做出来的。

他这样说，一则显示自己诚实，反正对方肯定也清楚，也是一种以退为进的战术，同时还略有激将。但叶山河根本就没有在意这些，他也坦诚地说，的确是一般人无法按这个价格做出来，但是，如果蜀都市有一家装修公司能够完成这个任务，那就一定是他们山河装修公司。

叶山河要求路明生给他一天的时间，保证从现在开始，到明天这个时候，都不能接受别人的接标，他回去用这一天的时间做个方案。

他掏出钱夹结账，顺便让路明生看清他钱夹中所有的现金，然后，他把所有的现金的大头，五百元交给路明生作为保证金。如果明天这个时候他没有跟路明生联系，就表示他放弃这个装修业务，这五百元保证金就归路明生所有。

路明生有点发蒙。但叶山河仪表堂堂，绝对不是骗子，同时，他这个招标告示已经贴了两天，罕人问津，偶尔一两个电话打进来，关注的重点都是问他能不能提高预算金额，所以他现在没有理由拒绝叶山河这样合理的要求，为自己保留一个希望，同时毫无风险。

叶山河回到公司，迅速召集张德超、杨迁、晓可和公司其他业务骨干，召开诸葛亮会，最后，拿出了一个非同寻常的方案。

第二天一早叶山河就约了路明生，他和杨迁在昨天喝茶的悦来茶馆跟路明生再次碰面，叶山河一开口就把路明生震住了，他说："我们准备接下这个装修业务，但是，分文不收。"

叶山河的方案不仅装修免费，而且免费帮助钟表公司装修二楼库房，免费帮助钟表公司出租，租金跟同类街面二楼看齐，如果找不到承租人，就由山河装修公司自己承担租金，从装修完毕那一天算起。作为回报，叶山河希望钟表公司在一楼划一块，按现在经营面积的三分之一给他们使用，不收租金。期限为三年。

路明生一脸震惊地听完了叶山河这个匪夷所思的方案，心里充满无限的钦佩。

粗一听，完全是天上掉馅饼，不仅一楼装修免费，而且二楼也装修了，同时还能稳当地收取二楼租金，付出的只是一楼一百多平方米店面的三年租金免收。但是，换一个角度看，因为一楼的租金是二楼的租金好几倍，山河装修仅仅付出装修费用，以及每个月少量的租金，就获得了一楼一百多平方米和二楼四百多平方米的使用权。

或者，算具体账吧，哪怕是一楼二楼总的装修费用合起来超过一百万，单是一楼一百多平方米一个月正常租金也好几万，这三年下来山河装修也是赚多了。至于二楼，装修出来不愁没人租，不说亏赚，扯平至少是没有问题的。

他首先是懊恼，自己不是一向很聪明，怎么就没有想到这样的办法？看来是被二十万元吓住了，身在局中，一下子就走入了思维的误区了。那么，现在怎么办？

拒绝，然后自己找人这么干？看来不行，叶山河那样一副笃定的表情，不可能没有什么仗恃，如果拒绝了他，又按他这个方案操作，哪怕是思路相同，叶山河找到公司去透个风，正愁找不到自己把柄的科长，还不把自己吊着拷打？

那就接受，跟他们合作。至少，他们帮自己解决了难题，也不亏。

路明生决断极快。

叶山河一脸坦然地看着他，看着这个年轻的副科长表情变化，心中松了口气，然后，等着对方开口。如果他想提什么额外的要求，比如现在流行的"回扣"，一旦流露这种意思，他准备起身离开，让杨迁跟路明生谈。但是令叶山河略微诧异的是，路明生开口说的却是另外的事情。

路明生先赞扬了这个方案非常好，他个人同意，然后坦白地说，他只是具体经办人，他上面还有科长，科长上面还有分管副经理，还有经理。路明生热心地建议，他认为，要让公司同意这个方案，应该直接去找经理，直接迈过科长和副经理。

叶山河点头，说公司的情况他们不了解，就按路科长说的办，也请路科长引见安排。

路明生没有客气和推诿，立刻带着他们去了经理办公室。

路明生已经想清楚，相比越级汇报的后果，不能完成装修任务更加严重。如果他按部就班地向科长汇报，再经过副经理到经理，这个方案肯定会半途夭折。

叶山河做了充分的准备，完成了一次完美的表演，他给经理讲解那个别致诱人的方案时，表情、语气、语速以及层次推进和节奏都掌握得恰到好处，无可挑剔，再加上路明生看似客观、实则倾向的补充和诱导，经理立刻同意了这个方案。

叶山河和钟表公司迅速签订合作协议，迅速进场，一边施工一边在报纸打广告宣称，优惠出租钟表店摊位。

——路明生看出了叶山河他们装修方案明亏暗赚的高明，但还是没有看到这个方案最精髓的地方。

春熙路的店面不能光用租金来衡量，而是一种稀缺资源，无数想在这里开店的人，都无法找到合适的铺面或者根本就没有闲置的铺面。叶山河他们把钟表店划给他们的一百多平方米隔成了一米一米的摊位，目标瞄准街面上那些地摊主。

叶山河敏锐的目光、天才的构思得到了满意的回报，他们推出的这种小摊位大受欢迎，地摊主们蜂拥而至，纷纷准备搬至钟表店的柜台摊位。因为叶山河推出摊位的同时提供了配套的优惠政策，租期越久越优惠，大部分摊主都选择半年付，甚至年付租金，整个摊位柜台还没有装修好就被抢租一空，山河装修迅速收到大量预付租金，完成了整个店面的装修，付完二楼出租底价后，仍有不菲结余。

这个时候，叶山河独排众议，否决了张德超、杨迁希望在二楼继续复制这种分割式零租的摊位和柜台，而是进行超级豪华的整体装修。他认为地摊主位已经被一楼消化得差不多了，二楼面积更大，短时间无法再吸引足够匹配的地摊主，不如向另一个方向发展。

晓可接手了二楼的经营，以她的名字命名店名为"晓可"，她从广州进了一批服装，开了一家女性高档服装店，率先在店里配置了沙发、饮水机、音响等，一开业就生意火爆，很多顾客在春熙路逛累了，都会想到去"晓可"休息。晓可又率先推出会员制，不打折，但消费积累到一定额度，可以参加时装会、郊游、音乐会等充满小资情调的聚会，大受欢迎，增加了晓可服装店的凝聚力。一时间，"晓可"成为整条春熙路崛起的新贵，引领潮流，同时也给山河装修公司带来巨大的现金流。

正是通过晓可服装店和一楼的摊位分割转租，路明生深深地了解到叶山河团队的精明和魅力。半年后，面对科长一再紧逼，忍无可忍的副科长跟叶山河进行一次长谈后，提出辞职，进入山河装修公司，并且被立刻任命为刚刚创立的霓虹灯厂的总经理。

户外装修业务中有大量霓虹灯广告，利润空间很大，叶山河决定自己开了一间霓虹灯厂，他安排路明生过去负责。因为通过这半年来的交往，了解到路明生的品性和能力，但是起决定因素的，可能还是叶山河下定决心拿下钟表店装修，他们第二次在悦来茶馆见面时，路明生没有提起"回扣"，反而帮助他们想办法。这不是还人情，而是叶山河一贯的用人思想：好的道德就是好的生意。

按照叶山河一贯的作风，进入一个行业，一定要有自己的优势，他和路明生认真讨论后，决定不打价格牌，而是以服务来吸引客户。他们借鉴空调行业令人耳目一新的售后服务，同时户外霓虹灯广告又经常损坏的特点，打出了"终身保修"的宣传，这在当时是很诱人的承诺，立刻震响整个行业，客户纷至沓来。为了不受"半边字""断脚字""砍头字"的尴尬宁愿付出大价钱，霓虹灯厂立刻成为叶山河手中又一张盈利丰厚的好牌。

两三年后，霓虹灯技术不断升级，或者被更加先进更加时尚的户外招牌取代，几乎所有的客户都没有完全享受"终身保修"，而这时，路明生因为表现出众，被叶山河提拔为新成立的山河房地产公司担任总经理。

因为钟表店装修业务让山河装修在春熙路一炮震响，接着在这条蜀都最繁华的商业街又接了好几个装修业务，多多少少都按照这个思路在装修业务外赚取了一些利润，这愈加诱惑了叶山河心中的地产野心，然后，春熙路旁边的蜀都大道修建过街地道，叶山河本来是去竞标装修，但是一来二去，贪欲勃发，再加上段万年踊跃，决定倾尽所有资金入股，参与这个地产项目，注册了山河房地产公司。

这是惊险的一跳。

他们完全没有地产开发的经验。他们团队中除了叶山河以前都没从事过行业，没有相关的专业知识，而叶山河，仅仅十几年前在房地产公司打过工，仅仅工作过一个月，连入门级的知识都没有。但是，叶山河做了决定，并且再次展示他那惊人的说服力，让整个团队支持他的决定，并且全身心地投入到这个新的行业中来。

这种看起来非常冒险的商业行为，在叶山河一路走来的历程中出现过几次，每一次，叶山河都抓住了那一闪即逝的机会。

过街地道的修建是承包给建筑商的，但是销售，在段万年的支持和运作下，其他几位大股东放弃语话权，完全让作为新手的叶山河来操盘。叶山河再次使用化整为零的战术，把过街地道分割成小块的面积出售出租，独创"防空洞模式"，售卖之时，一度万人空巷，超高的订购率打破了蜀都的地产销售记录，也让初次亮相的山河房产一举成为当年的房产黑马，名震蜀都。

接着，又做了两三个类似的项目，销售业绩都非常不错，虽然体量在顶级的房企眼中不值一提，但山河房地产迅速成长壮大，成为叶山河名下最赚钱的企业，奠定了山河集团的基础。而路明生，也慢慢成为蜀都房地产界一名知名的经理人。

这么一路走来，他把叶山河视为生命中的贵人，不是他为山河房地产贡献了多少，而是觉得自己在叶山河身上学到了不少。就算奠定他在业界地位的山河广场，很多人都认为是他的业绩，实际上他知道，大部分都是叶山河在那里决策，他不能无耻地据为己有，同时以此作为筹码去兑现更多更现实的利益。

但是，让他继续保持目前这种状况，他心里还是有些不甘，山河广场的成功，无论如何还是刺激了他的野心和欲望，春节时叶山河普发的大红包也不能满足他，熄灭他心里的欲望之火。他想过向叶山河提一些要求，却不知如何说出口，也不知该提哪些。

但是现在，叶山河突然之间推开了这道门：合伙人！

再也没有比这个更温暖、更实惠的方式了。

有一瞬间，他差点掉泪。

叶山河看着他和刘小备，把他们的表情尽收眼底，很明显，路明生比刘小备更加激动，这似乎也很自然，因为刘小备那个项目的体量不大，几千万，她那百分之二，折算下来不过一两百万；而蜀都饭店项目，粗略估计就是好几个亿的投入，算下来路明生的身价立刻上了一个档次，这个时候，只怕别的房地产公司再对他提什么"百万年薪"，只能微微一笑了。

但是叶山河已经考虑过了，这跟他们的贡献是相匹配的。

虽然刘小备这几天的表现令人刮目相看，但路明生和山河房地产的亮眼业绩是有目共睹的，刘小备应该满足。而且，他给了她这个机会，她以后做出了贡献，他也不会薄待她。

叶山河让路明生这两天尽可能搜集有关蜀都饭店的资料，越多越好，并且迅速分门别类，进行初步归纳总结，下周一，他们先开一个碰头会。

他特别点了刘小备的名,要她也要做这个工作。虽然晶体管厂项目是她的主要工作,但是目前,她还兼着企划部经理,在新的企划部经理到位之前,这部分工作也要做。她不仅要做蜀都饭店的工作,还有其他的,比如他前几天安排的"我为公司献一计",这个周末是截止时间,他要求她在周二,最迟周三就要把山河集团下属各个公司所有的员工反馈的意见整理出来。

第二十一章　领导英明

散会后，叶山河回到自己的办公室，疲惫不堪。

这几天并没有什么繁重的工作，也没有重要的、必须血战到底的应酬，主要是心累。

他深深地靠在办公椅背上微微摇晃着，茫然地看着对面墙上那副集句对联：九万狂花如梦寐，一片冰心在玉壶。说是一回事，可是真正九万狂花，呼啸扑面，有谁能够自信守得住那一份清静？

单是一个陈哲光，就足以让绝大多数人跌倒了！

幸好，面对市委书记的意志，他没有完全束手无策，多少坚守住了阵地，扳回了一些。只希望刘小备在接下来的拉锯战中再磨回一些，晶体管厂项目也就差强人意了。

但无论如何，晶体管厂这事应该就这样了。他有些厌恶地准备抛开它，置之脑后，不理不问。

现在，他可以集中精力全力着手解决蜀都饭店和纺织厂了，那么，该从哪里着手呢？

他突然反应过来，徐朵朵还站在一边看着他。她没有像平时那样，给他沏好茶就悄悄退出。

"有事？"他转过头问她。

"没事。"徐朵朵条件反射般地回了一句，可是她脸上的惊慌表情似乎被他这句普通的问话吓了一跳似的。

叶山河盯着她："你有事，说吧。"

"哦，这个，这……幅画，你没有说挂在哪儿，我不知道……"徐朵朵吞吞吐吐地说，明显是搪塞。

叶山河随着她的目光，看见昨天在艾琳那儿买回的那幅《镜像17》，搁在沙发旁边的墙边。

他沉吟起来，一时还真想不着合适的地方摆放这幅风格奇特的油画。办公室显然不适合，他的卧室也不想，迟疑一下，说："挂到会议室去吧。不要挂投影那两个对面，挂在一边就行了。"

"好的，我马上跟梅主任说。"徐朵朵点点头。

"说吧，还有什么事？"叶山河又问。

徐朵朵脸上露出难为情的表情，期期艾艾地不说话。

叶山河手指轻轻敲击桌面，敲了两下，说："那我猜猜？"

"好，你猜。"徐朵朵解脱似的笑了起来。

"是不是你们那个众筹茶艺馆要交钱了？我答应借你十万元，这两天忙得晕头转向，就把你的大事落下了？"

"啊。"徐朵朵张大了嘴，又迅速把手指压在嘴上。

她非常吃惊，又有些微的喜悦。这个周末众筹款每个人都必须到位，她作为发起者安千千的朋友，自然不能失信，让安千千为难，但是叶山河似乎忘记了这件事，这几天都不再问她。

她想过向其他人借，但是似乎不是一个好办法。公司内部比如张德超这些人肯定会借给她，但是，叶山河迟早会知道，公司外面，她除了安千千外，甚至找不到一个可以开口的人。最后，她不得不鼓起勇气，决心抓住这个看起来唯一的机会，提醒叶山河。

因为明天，是公司两周前就通知了的春游，整整一天都要在郊区度过，这种活动，叶山河一般不会参加。同时，除了非常特殊的情况，叶山河一般不会打电话给她，这就意味着她现在不开口，明后天就更加困难。

但是，叶山河一下就说了出来。她看着他，不知道他是真的现猜的，还是早就看出来了。

她的表情完全是一种自然的反应，赏心悦目，叶山河看在眼里，心里一乐，顿时感到轻松起来。他觉得，就是这一刻的轻松，也值这十万。

"转账？"他问。

"是的。我把卡号给你，大家都把钱转到这个卡号上。卡是安千千的，你见过，建设银行那个大客户经理，我的初中同学。"

徐朵朵拿出写着卡号的一张小纸片，同时还有一张签好了名的借条，放到叶山河面前。

叶山河看着借条，抬起头看着徐朵朵笑了，然后拉开抽屉，把借条放进去。

"不。"叶山河说，"我转给你，你再转给你同学。"

周六上午，九点。

山河集团和晶体管厂的原班人马重新出现在国资委的会议室，同样由市国资委主任董浩峰主持，凌明山副市长出席了蜀都市晶体管厂改制工作第二次对接会。

叶山河轻松度过一个周末，不再考虑晶体管厂的事的愿望再次化为泡影。昨天下午快下班的时候，董浩峰亲自打电话来通知他们，说是凌明山的指示，而且要求叶山河必须亲自到场。

叶山河只有苦笑，什么时候政府工作效率变得如此之高？

可是无可奈何。

他只得让徐朵朵把张德超和刘小备叫到办公室来，三人简单商量了一下，确定明天谈判的原则和策略，同时也确定叶山河不参与，完全由张德超和刘小备两人决定。晶体管这样的项目，没有必要把所有的人都捆绑住。

但是今天这个会，一开始，他就明白他不可能置身事外。

凌明山一开始就主导的整个会议，他开章明义地宣布，晶体管厂改制，得到了市委市政府的高度重视，哲光书记昨天下午跟他专门围绕这个话题研究讨论了一个小时，对于这次改制的方向和战略有一些调整，然后，他说了职工持股的新思想。

叶山河一开始是带着轻松的心情聆听凌副市长慷慨激昂的讲话，欣赏对面晶体管厂领导们的表情，但是慢慢地，他的表情也凝重起来，因为凌明山在他那个职工持股的设想中又大大地前进了一步。

凌副市长在高度强调了职工持股的意义后，顺理成章地宣布，这次改制，要充分发挥广大工人同志在其中的重要作用，他们才是企业的主体。所以，这次改制，要以职工持股为主，整合资源，吸纳包括社会资金在内的各种资金，市委市政府初步把这种模式称为"1+N"的模式。

叶山河愕然。

明明是山河集团和晶体管厂原管理层的斗争和妥协，现在好了，他们都沦为配角，他提出职工持股，多少有些坐山观虎斗的意思，现在倒成了，请神容易送神难了。他盯着那个一脸凛然的凌副市长，心里感叹，个性果然是以才干做底气的，官场之中，精英比比皆是，很多时候，他们不是不知不能，而是没有表现出来，没有像凌明山这样直接、粗暴。

他看对面，鲁伯雄一干人也是一派茫然中带着沮丧，只有这次对接会新增加的工会主席脸上带着一丝冷嘲、一丝得意。叶山河心中一动，看来这个工会主席以前在厂里是个边缘化的人物，既然以前被鲁伯雄排挤，现在就会顺理成章地成为鲁伯雄的对手。尤其是以前的秩序打破，大家正在平等地构建新的游戏规则，鲁伯雄不再对他具有压制性的权力，他必然会借此机会做出某种反击。

这是好事。

凌明山也在打量着面前这群刚才正襟危坐、现在惴惴不安的商人，心中充满不屑：不管你的张良计，还是他的过墙梯，再怎么折腾，到头来还是抵不过一力降十会。他甚至想起了刚刚学会的西川俚语：几个跳蚤就想拱翻铺盖。

昨天中午，陈哲光在红旗村午饭的时候给他打电话，简单说了职工持股的事，叫他下午四点到陈哲光的办公室交换一下意见。他在之前也接到了叶山河和董浩峰的电话，敏感地意识到职工持股这个操作的特殊意义，还打过电话，向他在北京的两个朋友询问了一些问题，也正想向陈哲光做个汇报。

结果不到四点，他就迫不及待地来到市委书记办公室，两个人进行了热烈的讨论，越说越是投机。突然间凌明山灵机一动，说，叶山河明明驱狼吞虎，偏要冠冕堂皇地说工人同志是主人公，我们就借势而为，真正发挥工人同志的主体作用，以工人同志为主探讨一种新的改制模式？

陈哲光拍案叫好，两人最后初步确定把这种模式称为"1+N"，充分发挥政府在改制中的主导作用，发扬工人同志的主人翁精神，以晶体管厂为实践，看看效果如何，是不是可以总结出一种新的改制模式出来。

市委书记和副市长心里都充满激动，马上让董浩峰打电话给晶体管厂的工会主席，让他暂时承担这一重任；同时，通知相关人员，明天上午开会。

凌明山此刻把这一张牌打出来，叶山河心中明白，山河集团可能会失去对晶体管厂的控制权了，晶体管厂的改制前途莫测，不知道会变成一个什么样的怪胎。他突然想到，也许他当初就不该选择晶体管厂，而是应该选择其他的诸如啤酒厂这样技术含量低、简单易行的项目，老老实实地配合就行了。

想到强势的市委书记和强势的分管副市长，他突然又想到，许蓉当初选择啤酒厂，是不是因为陈哲光只喝哈啤，她想把蜀都啤酒厂接过来跟哈啤联合？

他接着想，或者，即使他当初在现场办公会上，选择的是蜀都啤酒厂，以他的性格和思维，再加上两个强势的官员，说不定同样会按照现在的路径煮成一锅夹生饭。

性格决定命运，性格也决定生意。

凌明山抬眼环视所有与会人员，问大家有什么意见没有。

当然没有。

凌明山接着宣布接下来的工作安排。

首先是工会主席要把这次会议精神马上向下传达，保证让晶体管厂所有的工人同志都要了解、清楚和支持，每一个工人同志都将是改制后新公司的股东，对新公司的所有经营活动都有监督权利。工人同志的股份，不仅每年有分红，也是新公司的原始股份，将来如果上市，有巨大的升值空间。要迅速组织工人同志中政治觉悟高、政治素养强、业务能力突出、具有一定商业知识的积极分子，成立工人权益保护委员会，参与到改制工作中来。同时，关于职工持股的细节与具体金额，也要迅速拿出一个具体、细致的方案来。

然后是山河集团这边，安置职工的专款必须马上到位，解决职工持股资本金的银行也要迅速落实，同时，要跟马上成立的职工权益保护委员会加强沟通，建立一种长效机制，配合他们制订职工持股方案。

最后，是几句鼓舞人心的话，显示了市委市政府，尤其是凌副市长对于这次改制工作的志在必得、踌躇满志。

凌明山结束他的讲话后，董浩峰接着套话。

叶山河看见鲁伯雄那边一片表情黯淡：凌明山竟然连提都没有提他们一下，似乎要把所有的工作都交给刚刚冒出来的工会主席去做，要让他们配合。

虽然，他们都知道这是不可能的，但凌明山这种太过鲜明的态度，还是让他们觉得丧气。

工会主席以前因为个性，不受待见，被鲁伯雄安排去毫无油水的清水衙门，厂里的大事小情都不让他沾手。现在，他突然成为这次改制的重要人物，甚至可以说是关键人物，这让他们瞠目结舌，再想到这么多年工会主席对他们毫无疑问的怨恨，又让他们忧心忡忡，尤其，工会主席还是一个相当有能力的家伙。

这是自然。自恃有才，工会主席当初才高自大，不愿被鲁伯雄无条件驱使，自然不被鲁伯雄所喜而受打压，但是现在，他们地位平等，工会主席肯定会发挥他的才干，全心全意来做这个权益保护委员会。上有市委、市政府重视，下有工人撑腰，工人权益委员会将变成一股强势的力量，尤其，管理层将会成为他们首当其冲的目标，突然之间，鲁伯雄他们觉得腹背受敌，前途未卜。

实在没有想到这个改制一变再变，成了现在这个样子。

但是无可奈何。

董浩峰几句套话说完，要求大家按照市委、市政府的指示下去思考讨论，尽快拿出具体方案来，预定下周二进行晶体管厂改制第三次对接会，到时持股职工会派出代表参与，三方共同讨论改制。

宣布散会后，鲁伯雄一伙垂头丧气地离开。鲁伯雄虽然自始至终面无表情，但谁都看得出他的失落，感受得到他心中的郁闷和愤怒。

叶山河心中也不快乐，虽然他表现出来的是一副淡定自如的样子。

他感觉自己失误了，以为想到了一招绝妙好棋，却被陈哲光和凌明山随手拈去，反将自己套入局中。

凌明山在会后亲自走过来对他表示感谢，同时希望山河集团努力配合，开动脑袋，继续支持市委市政府的工作，圆满完成这次改制。他甚至没有理鲁伯雄那一伙人。一个主持对接会的副市长，本来是充当裁判员的角色，这样鲜明地表现自己的态度，的确非常有个性。

叶山河只有努力挤出一点微笑，回应凌副市长的盛情，坚定地答应，保证完成这个艰巨而光荣的任务。他注意到了凌明山的用词。

"配合"毫无疑问地表示此次改制，市委市政府希望由马上成立的职工权益委员会来主导，至少，名义上是这样的。还有，"开动脑袋"，这似乎是对叶山河提出职工持股方案的肯定，但这时候听在叶山河耳中，多少有点嘲弄的味道。他想起忘了哪里听来的一句台词：要不是兵力不够，谁喜欢用奇谋啊。

更让他懊恼的是，凌明山一转身，几个记者就围住了他。

这一次，记者们是有备而来，不仅准备了关于职工持股的专业问题，而且对叶山河、山河集团做了相当多的资料搜索，摆开架势要对叶山河做一个深度采访。

叶山河再次有种聪明反被聪明误的郁闷，他一直低调为人，喜欢隐在幕后运筹帷幄，现在可好，他的很多往事都被记者们翻了出来，而且被记者们自作主张地跟现在联系在一起，展开各种想象，再向叶山河求证。木匠做枷，搬起石头砸自己的脚，他却不得不打起精神，应付这些刁钻、精明的记者。

采访者见多识广、阅人无数，被采访者目中无人、八风不动，这一场势均力敌的较量一直持续到中午，才告结束。

这个时候，只有钱小白一个人留下来陪他。张德超、刘小备、梅本直、徐朵朵和几个年轻人按照预先的约定，早已前往龙泉，参加公司组织的郊游，叶山河上了车，一时之间竟然没有去处。

第一想到联系的人肯定是段万年，但不知怎的，他不想这时候联系段万年，不仅仅是因为中午段总可能还没有开手机，还在高床大被地酣睡；第二个可能的去处是高峰寺，但今天是周末，智通那里肯定人海如潮，他不想去凑热闹；其他如蒋中、张红卫倒是可以约约，但是，他思忖一下，决定先不忙。他突然想起一件事，一个人，觉得应该去见见他。

这个人是胡志远。

就是挂着咨询公司的招牌、干着暗中替人打探消息的胡二娃，把叶山河的信息出卖给钟守信，差点因此在蜀都饭店上演一场全武行。

一个小时后，他到达胡志远的办公室。

因为事先打了电话，胡志远特地叫了简单的饭菜：回锅肉加番茄鸡蛋汤。

能够记得住每一位顾客的重要细节，是这位"私家侦探"练就的本事。

"十多年了，胡总就没有换过办公室，没有换过电话，连身上这件西装，我都拿不准胡总你是照着以前的样式买的，还是一直就是那套。"

叶山河坐下，看着胡志远给他盛饭，接过他递过来的筷子，慨叹着说。

"身外之物，换与不换，又有什么意义？重要是心里的感受。比如叶总，十年后还是那个电话，可是很多人，即使十年前就在通信录上记了这个电话的人，现在打，也要考虑一下自己的身份，因为，叶总不是十年前的叶总了。"

胡志远笑道。

他是一个典型的蜀都男人，瘦小、精明，能说会道，善于钻营，没有事业就被人称为"街娃"，有点小钱就立刻"绷"起自诩成功人士。叶山河十多年前曾经动过心思招揽其入伙，最后还是把胡志远摒弃在外。

"这是自然，每个人都会变的。"叶山河看着这个有时聪明得过分的中年男人。

叶山河开始吃饭，然后缓缓说："我以前请你打听蜀都饭店，应该知道我的目的吧？"

他懒得跟胡志远绕圈子，索性开门见山。

"想参与蜀都饭店的竞拍吧？"胡志远淡淡地回答。

"钟守信几天前把我堵在蜀都饭店，威胁我，要我退出蜀都饭店竞拍，说消息是从你这里知道的。"叶山河伸手夹了一块厚实的回锅肉，大口吃饭，一边吃一边说。

"我还以为叶总又有什么生意要让我跑腿呢，还提前打电话叫我叫送菜，白搭一顿了。"胡志远脸上露出失望的表情，仿佛根本没有意识到叶山河前面那句话代表着什么意思。

"我就想问一下，钟守信还从你这里问了些什么？"叶山河放下筷子，认真地看着胡志远，温和地问。

胡志远对视着叶山河的目光，半响，才缓缓地说："除了蜀都饭店，我什么也没有说。他问了，我说不知道。但是蜀都饭店我只能说，他的枪抵在我的头上，不是指当时，而是随时。我如果隐瞒了蜀都饭店这事，以后他有可能知道实情，而其他的事，他应该查不出来。"

叶山河默然。他完全理解胡志远这番话，也理解他的苦衷。虽然，胡志远现在也可能在撒谎欺骗他。

但他只能选择相信胡志远。

同时，他觉得胡志远关于他的问题的回答是可信的。胡志远没有必要向钟守信王婆卖瓜式地提供其他的信息，这不能给他额外的奖励，以胡志远的性格，老江湖作风和蜀都人的精明，他应该替自己隐瞒。而叶山河以前找过胡志远给他办事，虽然不是违法，但终究不宜人知，尤其是对手，无论钟守信还是其他人，一旦知道，都可能利用这些个人隐私来对付叶山河，打击山河集团。所以叶山河觉得应该来见见胡志远，不是问罪，而是亡羊补牢地对胡志远进行叮嘱。

他怎么可能跟胡志远这种人计较？

"如果钟守信，或者其他人，再向你打听我的一切事情，请你为我保密。"叶山河认真地恳求道。

胡志远的表情终于绷不住，有些尴尬起来："叶总，看你说的，蜀都饭店的事，那是没法……他自己就在做。这样吧，叶总，我向你保证，没有任何人能够再从我这里知道你的……或者，换个说法吧，我们以前打过两三次交道，我保证从此以后，没有任何人会知道这事。哪怕是有人用枪指我的头。"

叶山河看着这张小脸，不知道该不该相信，但他只能做到这一步了。

他倒了半碗番茄汤，美美地一口喝掉，满足地放下："那我告辞了。"

"叶总，等下。"胡志远慌忙拦住想要起身的叶山河。

他只迟疑了一下，很快地说："叶总，需要目前我所知的，想参与蜀都饭店竞拍的名单吗？"

"不需要。"叶山河没有任何犹豫。

他要名单做什么？

他又不是钟守信，没有那个能力按图索骥地一一"劝退"可能的竞争对手，他也从来不会做这种事，从来就没有想过这种操作。

他如果这样做，跟他所厌恶的钟守信有什么区别？正像他几天前拒绝暴雪大中华地区总裁何自全的另类邀请一样，违背商业原则的事，他绝不做。

"叶总是万人敌，一向要堂堂正正在千军万马中斩将夺旗，这份义气我是知道的。"胡志远笑，"我倒不是想让叶总坏了规矩，而是想，做个弥补。"

"弥补？"叶山河审视着对方，"好吧，我接受。你可以跟我说说你所知道的，关于钟守信的事，无论是好事还是坏事，无论是真事还是传说，包括他的朋友，他……交往过的人、得罪过的人，只要跟他有关的，都说给我听听。"

"这件事可不简单哟。"胡志远脸上露出为难的表情。

"我可以把它当成一件你的业务。"

"这样的业务……虽然略有风险，但是开店的不怕肚大，没有把上门的主顾推出去的道理，是吧？我接了。"胡志远表情舒展，笑了。

"这件业务其实相当轻松，我都想要求打折了。"

"我已经请过你吃饭了，现在再请你喝茶，喝好茶，这样行吧？扬子江中水，蒙山顶上茶，我这茶就来自蒙山顶，清明前的新茶。"胡志远得意地说，"反正钟守信的事，我还真知道不少，我这个工作，就是靠搜集小道消息。咱们泡上茶，一边喝一边慢慢说。"

胡志远的咨询公司只有两间办公室，其中一间是胡志远个人的办公室，现在他们就在这间屋。

叶山河不知道他有多少雇员，不过肯定不会太多，而且这种业务，不需要坐班，所以倒也不需要多大多好的办公场所。

叶山河记得以前有一个小姑娘，中江人，胡志远介绍说是他的中江表妹，在公司类似办公室文员。今天没有看见她人，不知道是没有上班，还是胡志远换人了，或者是为了接待叶山河支走的。

胡志远简单收拾了一下，把剩饭剩菜扒拉到一边，说等会儿旁边餐馆的人会来收拾，然后烧水沏茶，开始给叶山河一件件地讲钟守信的故事。

下午两点二十分左右，段万年的电话打进来。

"我不管你在哪里，三点钟我要见到你的人。"

段万年用两天前叶山河给他打电话时那副口气回敬叶山河。

叶山河的反应也跟段万年一样，呵呵笑着："好，在哪儿。"

段万年说了地址，挂了电话。

叶山河看看时间，问了胡志远几个问题，起身告辞。

第二十二章　资本大鳄

段万年约的地方在东湖公园。

叶山河肯定无法按照段万年规定的时间到达，但他并不急。

很多年前，爷爷就对他强调了慢的价值，这些年来，他也逐渐有了体会，有些喜欢这种"正在消失的艺术"。

宁停三分，不抢一秒，不仅是很有道理的交通规则，也是很有意思的商业趣向。叶山河在商业决策和商业运作上，有时相当果断，有时又故意以慢制快，谋定而动。

三点十分，叶山河到达东湖公园。

东湖公园新建了一个美术馆，正在展出几位青年国画家的作品，在美术馆旁边，有一个不小的咖啡馆，临湖，段万年他们就在那里。

一共有七八个人，围着一张硕大的茶桌，但没有做工夫茶，而是各人自叫饮料。

叶山河一进去，段万年就愤怒地指责，再次重申他那个等人从来不超过十五分钟的原则，叶山河赶紧向众人告罪，段万年装作勉强的样子，让他入座。

然后段万年先把叶山河介绍给众人，身份是这个项目的投资合伙人，又把众人介绍给叶山河，除了叶山河见过的泸泰投资的章义，都是跟文创产业相关的企业，不是董事长就是总经理，还有一位蜀都市政府副秘书长。叶山河忍不住有些发愣：段万年这一次是认真的，而且，效率很高。

段万年继续介绍他的整体构思，相当庞大，内涵丰富，有时候，他会点名，让相关的人说几句，对他进行补充，包括那位姓龙的副秘书长，也解释过蜀都市关于文创项目的政策。叶山河敏锐地感觉到，在座诸位中，邱为可能将是这个项目最重要的合伙人。

因为段万年点他的名最多，因为这个美术馆和这间咖啡馆是他的产业，更因为他说话时那种主人翁的味道。

邱为的名片上印着和美集团董事长，产业有服装、娱乐、创意餐饮、广告传媒、空间设计等，他跟叶山河一样，三件套的西装，英挺沉稳，头发用摩丝做了一个略略高耸的造型，增添了艺术范儿，他说话的时候，缓慢、有力，像是在为他说的每句话做保证；看人的时候，目光炯炯，像是一眼能够刺穿内心，有种咄咄逼人的锋芒；偶尔目光收敛，沉默注意眼前那杯青茶时，又有点渊停岳峙的气势。

叶山河给徐朵朵发了短信，让她查一下邱为和和美集团，虽然，他知道她现在正在龙泉郊游。但是有点意外的是，徐朵朵很快就回了短信，发来了比较详尽的资料。

邱为跟叶山河同年，毕业于西南师大美术系，名下产业众多，去年成立集团公司，做过很多大型文产项目，比如三国文化主题体验区、《金沙物语》大型歌舞、三星堆文化史诗剧《青铜面具》等，在西川文创行业是数一数二的。

叶山河佩服段万年交友广阔，要什么人有什么人，也承认要做这个项目，的确需要邱为这样的人和公司来支持，就是不知道段万年最后会采取一个什么样的合作方式。不过无所谓，他不会参与这个项目的任何经营管理，跟段万年对他的信任一样，这个项目，他只投资。

但是段万年没有放过他，点了他的名问他有什么考虑。

叶山河说："我昨天考虑了一下，这个项目，或者说这个平台，可以考虑叫作东郊记忆。"

所有的人都看着他，差不多有一分钟的沉默。他们都是见多识广、胸有城府的人，没有必要，无论是显示自己高明还是显示自己愚蠢，都不会轻易表态。

段万年扫视众人，笑了笑，用斩钉截铁的语气宣布："好，咱们这个项目就叫东郊记忆。"

依然是一片沉默。

段万年笑道："师出有名，大家不该鼓个掌吗？"

章义第一个举起双手，轻轻鼓掌。"这个名字不错。我个人认为，光是这个名字，就价值一个亿。"他缓慢，但有力地说。

众人纷纷颔首。

邱为说:"这个名字我安排人马上就去注册。但是叶总提供了这个名字,如何折算股权?"

他看着众人问,表情一点不像是在开玩笑。

"我说了,它值一个亿。"章义淡淡地说。

众人面面相觑,叶山河也有些发怔,正要开口说话,段万年说:"好了,这个等会儿再讨论。我们继续讨论几大板块,是我们每个人都各自负责一个板块,还是按照功能进行招商?"

叶山河起身走到湖边。

前面的框架他可以了解一些,毕竟要投资,但现在具体到经营管理,他觉得没有必要参与了。他的事也不少,没有必要再给自己增加一些烦恼,说不定他忍不住再开口,又要像刚才那样尴尬。

那个东郊记忆的名字,什么一个亿的,他才不会在乎,也绝对不会接受。一分钱也……还是可以接受的。毕竟这是一个荣誉。

他看着这平静如镜的蔚蓝湖面,蜀都四月的蓝天倒映其中,他向远处眺望,城市森林像一道无法逾越的包围,身体和心灵都被禁锢了,但是,距离很远,连人声车音都因为距离而变得缥缈而虚幻。阳光煦暖,像情人的手,轻风微拂,像情人若有若无的耳语,一时间,叶山河有些出神。

"叶总,你认为蜀都的房地产开发,现在是一个什么样的状况?"有人在他身后问。

叶山河转过头,是章义。

这是他们第一次单独说话。

在艺术家村,叶山河内心对章义的观感不太好。

毫无疑问,章义是一个强人,但是阴沉自负,这样的人不好相与。这也可能是他刚才一看见章义坐在咖啡馆就决定不具体参与段万年这个铁了心要做的项目的原因。他不知道段万年如何考虑的,段万年识人之明并不弱于他,段万年邀请章义,可能是因为这样的项目,牵涉到方方面面,不像房地产开发那样相对单纯一点,必须集思广益,整合方方面面的资源,必须接触方方面面的人。但他不同,他可以避开跟这样的人共事,只做投资,跟投。

但是,有些人是你躲避不了的,比如钟守信。叶山河曾经两次对他退让,但是蜀都饭店又碰上了。又比如,章义。

不知怎的,叶山河一瞬间想起看过的一本武侠小说中的一句话:草原虽然广大,可它容不下两个英雄。

他甚至面对钟守信,面对钟守信的直接逼迫也从来没有这样的感受,可是现在,他突然有种莫名其妙的不安和紧张。他看着章义面无表情的脸,直接地说:"章总若是想进军房地产,我个人觉得,任何时候都是时机,都不会晚。"

"那就是说,叶总继续看好这个行业了。山河广场做完了,叶总下一个项目是什么?"章义淡淡地问。

这个问题有些过分,带着种高高在上的意味,这种高高在上,跟段万年经常忽略对方的感受有些相同,差别是段万年是真正不在意,而章义有些做作。

"其实这不是我的观点,是我的企划部经理的观点。我的观点是谨慎乐观。"叶山河没有回答对方的问题,接着刚才的话题自顾自地说下去,含蓄地表示自己的不满和抗拒。

章义完全接收到了叶山河的情绪和话意。他玩味地看着叶山河,还是保持着那副淡然阴沉的表情,说:"你的企划部经理是个人才,如果我们泸泰进军房地产开发,我要争取把她挖过来。"

章义这样毫不掩饰他的意图,是一种赤裸的轻蔑。

叶山河温和地对他说:"失陪,我想沿湖走走。"

他不想再跟这个人纠缠、没有意义。

刚才他还在想章义为什么突然跟他交流房地产,是不是段万年真的跟他说了蜀都饭店这个项目,章义来试探他。尽管如此,他还是坦诚地表达自己的看法,包括刘小备的观点,但是现在章义这种态度,他觉得不可理喻,断然放弃。

这个世界上有很多这样的人,充满侵略性,随时准备进攻身边的人,有时根本就没有任何目的,纯粹出于一种自我的情绪需要。各个层面各个圈子都有,从国家总统到街头混混,从社区到丛林,爷爷不是心理医生,但认真剖析过这种人的心理,要么是自卑,要么是德位不符,总之他们时时刻刻想证明自己。

这种行为这种人都很可笑,但同时都很危险,最好的办法就是远离他们。

"我也正好想散散步。"章义说。

叶山河心里一愕。

他以为即使章义此刻想做某种挑衅,但作为泸泰的总经理,面对叶山河这样直接的拒绝,多少应该有点体面,最好的反应就是拂袖而走,谁知竟然如此无赖。

第二十二章　资本大鳄

"这样好的阳光，的确适应散步。不知章总往哪边走？"叶山河问。

"往哪边走有区别吗？"章义反问。

"有的。"叶山河道，"我习惯一个人散步。章总往哪边走，我好选择另外一边。"

章义的脸色难看起来，盯着叶山河冷笑一声："叶总聪明，但聪明人有时也会犯傻。就这么一个湖，无论你往这边走，还是往那边走，终究会在哪儿碰上。"

"有所不同的。"叶山河淡淡道，"哪儿碰上，哪儿分开。"

他伸手延请："章总，请。"

"我改主意了。"章义冷冷瞪他一眼，转身往咖啡馆走去。

看着这位章总经理沉稳有力的步伐、矮而健壮的背影，不知怎的，叶山河心里再次涌起那种非常不安的感受，或者，不该跟这种人计较，刚才实在有些斗气？是因为上午的对接会，还有胡志远？

每临大事有静气，可就是这么一点小节，也让自己按捺不住啊。叶山河对自己非常失望。这种情绪之下，他决定不告而别，离开这里。

他走出公园，看见路边一个露天的茶座，因为偏僻，人不太多，心中一动，决定就在这里等上一个小时。倘若段万年叫他，他可以托词说在散步，走回便是；倘若这段时间段万年没有电话，多少说明这个项目讨论不再需要叶总，他可以坦然离开。

叶山河躺在沙滩椅上，想象着自己躺在广袤的海滩上，把身边的人声车声都当成风声潮声，眯上眼昏昏欲睡，直到电话铃声把他从迷蒙中惊醒过来。

他一看来电是许蓉，接了电话，许蓉就问他现在是否有空。

"什么事，这么急？"叶山河揉揉额头，开动脑袋。

"我跟那帮人谈了，达成了一个初步意向，想跟你和老段碰一碰。"

叶山河的手僵在额头上，完全清醒过来。许蓉说的那帮人，自然是所谓的哈市帮，谈的自然是蜀都百货，连初步意向都谈好，这节奏，可是真快。

他又想到段万年，前天才有想法，今天就已经呼朋唤友，市政府副秘书长亲自到场，连初步框架都拿出来了，也是惊人的速度。再想到自己，一个晶体管厂项目，周一才接触，今天周六，已经开了两次对接会，情节转折几次了。

还真的是一入商场深似海，从此此身不由人。或者说，有时候不是自己想快，是别人推着你快，是这个社会推着你向前。以前经常宣传什么深圳速度，这些年，连西南这边的城市节奏，也变得这样瞬息万变、目不暇接了。

"我和段总在一起。在东湖公园，他想做一个文创项目，召了几个人在这里谈，我是过来凑数，架子已经搭起来了，段总看来铁了心要做。我现在在外面喝茶，他们在咖啡馆里，我进去跟他说？"叶山河言简意赅地说。

"他主持？这个老段，不过他想做事是好事，这两三年他的确太清闲了。等会儿我问问他到底是怎么一个情况。你进去吧，不用你跟他说，我跟他打电话说。"

叶山河略一思忖，许蓉给他打电话，段万年应该不会推托，这里虽然有一桌人，但是段万年在不喜欢应酬上跟他相同，多半谈完就散，那么晚上他们三个铁杆应该聚一下了。他们也好久没有聚了，似乎春节后就没有。即使春节那一次，也不仅是他们三个，还有其他的人。

"那好，等会儿见。"叶山河愉快地挂了电话。

他重新进入公园，但没有回到咖啡馆，而是站在外面湖边，能够让咖啡馆那群人看见他。

不到二十分钟，那群人就站起身，各自走向停车场。显然是段万年接了许蓉的电话，草草宣布今天东郊记忆第一次筹备大会胜利结束。

段万年跟大家告别后，独自走向叶山河，有些不满地埋怨："呃，你就算不想参与，也可以徐庶进曹营，坐在那里也算是给我助阵嘛。你这样阴阳怪气地站在外面，别人会不会想你对这个项目另有想法？不看好？"

"我不喜欢章义。"叶山河直截了当地说。

段万年怔了一下，呵呵笑了："叶总，你现在，不是二十年前的热血少年啊，还书生意气。商场上有喜欢哪一张钱不喜欢哪一张钱？都是一样的面值，同样流通。"

"你把他看成钱，我不反对，但我无法跟他做朋友，也希望你别跟他做朋友。反正，有他的时候，我不想参与。"叶山河严肃地说。

"居然管起我来了。不是你的自由止于我的鼻子之前吗？算了，上车。"段万年淡淡地笑着，不置可否。

叶山河来的时候，不知道里面有停车场，让钱小白把车停在外面，现在上了段万年的车，打电话叫钱小白不用等他了。半个小时后，他们到达蜀都大厦十七楼许蓉的办公室。

许蓉那个年轻的女司机兼秘书正在做工夫茶，许蓉坐在沙发，神情悠然，看见他们进门,指了指座位,两人坐下。

"看来是真悠闲了。"叶山河慨叹道。

许蓉现在的神情是真的放松,跟前两天那种箭在弦上的紧张截然不同。他不知道到底谈得如何,但能够不打,彼此妥协,是他喜闻乐见的。

许蓉示意,那个年轻女秘书站起身,对大家点头示意,退出办公室。

许蓉看着门被仔细掩好,苦笑道:"打了将近二十天,亏了七八千万,还只是账面上反映的,你说不悠闲下来怎么办?"

"早知如此,何必当初"这样的话肯定不能说,叶山河笑道:"谈成了就好。是个什么情况呢?"

"这个不忙,先说说叶总的事。"段万年说。他现在坐到女秘书的位置上,在做工夫茶。

"我有什么事?"叶山河不解地问。

第二十三章　三人成虎

"你的事多着呢，咱们一件一件来。"段万年拿过叶山河刚刚饮尽的茶杯掺茶，"先说你这个人的性格。"

"我性格不好吗？"

"好。跟人第一次见面时，会显得有些冷漠，保持距离，但是外冷心热，是个绅士，对人温和，基本不会恶语相向，也不会主动算计别人，倒是会莫名地发发善心，虽然，有点自认高明的优越心理在里面。总的来说，还是一个善良、正直的人。"段万年侃侃而谈，这些话随口而出。

"这不好吗？"

虽然觉察到段万年肯定有转折，也预感到会往什么地方转折，叶山河还是故作疑惑地问。

"做人不错，作为商人，则未必好。"段万年冷冷宣判。

"明白。有句话是这样说的吧？在华尔街，如果说你是个好人，也就是说你是一个无能无用的人。但是江山易改，本性难移，这是没有办法的事，老段你又不是第一天认识我。"叶山河委屈地说。

"以前是因为你是好人，跟你做朋友，但以后，希望你……不是做坏人，而是要有一些狼性，才能够保证我们继续合作愉快。"

"到底是做朋友，还是单纯的商业合作？"

"都一样。"段万年头一扬，"因为你这几年走得太顺了，步子也迈得太快了，有些东西应该跟上。"

"我最近做错了什么吗？"叶山河委屈地问，"不是来小聚一下，随便讨论一下项目，怎么变成了一个批斗会？"

"不算做错，也算做错。比如张德超。"段万年喝茶，品味。

叶山河默然。这的确是一着昏棋，幸好前几天段万年及时点醒了他。

"不是说你不该借那一千万，也不是说你不该想调整股份，而是，慈不掌兵，商人不是慈善家，你刚刚有点钱，你那点钱，还真算不得什么大钱，拿在手里就觉得烫了？是不是觉得全世界都在盯着你，觉得你与众不同？觉得有种与全世界为敌？暴发户了？心里不安？觉得要与民同乐，讲哥们儿义气？我还真不知道你为什么会突然冒出这样的想法来，真是奇也怪哉！"段万年端着茶杯，睥睨着他。

"我是想到江林，才考虑到张德超他们。"叶山河辩解。

"完全不同的两码事。"段万年断然反驳，"江林是大势所迫，你不得不给他们股份，否则你的纺织品公司就会翻天覆地，但张德超有什么？他，还有你那几个老哥们儿，就算一下子全部离开公司，也不会掀起多大的风波。民营企业不能搞一刀切，不搞大锅饭。"

"我不……太喜欢你这种唯利是图论。"

"从某种意义上说，经商就是从别人的口袋掏钱，你靠收购川棉一厂迈出了重要一步，但是你要这么下去，不能拒绝人，不具备狼性，收购你的人，可能已经在你身边潜伏了。作为商人，就是唯利是图，做好你的企业，就是商人最大的责任感，也就是最大的慈悲。"

"段哥，我们是不是跑题了？"叶山河讨饶，转头向许蓉求助，但是许蓉微笑着看着他们斗嘴，不动声色。

"目前来说，我们整个商业环境非常不规范，大家玩的还是丛林游戏而不太讲究商业规则，所以你也得适应大环境，这好比一个部落首领，未必要德艺双馨、以德服人，但一定要争强斗狠、勇武过人。还有你那个商业理念，低调做人对不对？有道理，但再有道理也是有条件有局限的，时移世易，有些东西需要做一定的调整……"

"是不是到了展示才艺的环节？今晚我们仨在一起是一个'我要上春晚'的节目吗？"叶山河打岔道。

"这个就很好啊。"许蓉突然插话说。

她在一旁观战，这时有些兴奋地指着电视屏幕。两人随着她的目光看过去，都是一呆：叶山河正在西川新闻上侃侃而谈。

是西川新闻，不是蜀都新闻。

因为一直是静音，所以第一眼看过去，叶山河像是在演默剧。

许蓉的办公室跟很多老总的办公室不太一样，比如，她就住在十七楼，卧室就在办公室隔壁，有一个类似酒店套间的空间。叶山河也有，但叶山河仅仅是把它当成偶尔休息之处，简约实在，许蓉则是舒适和奢华。因为这个原因，她理所当然把办公室当成了半个客厅，不仅有工夫茶，有麻将桌，有电视，卧室那边还有一个被装饰门隔开的小厨房。

段万年哈哈大笑起来："快把声音调出来。"

许蓉没动，叶山河抢先一步把遥控器掌握在手，啪的一下关掉，说："官样文章，没啥好听的。"

段万年大怒，无计可施，眉头一转，又笑起来："我叫人给我录个回放，哈哈，老叶你这个光辉形象，还怕人瞻仰啊？不过也真巧了，正在教育老叶不能低调，就……"

"不是巧，我是专门调到这个频道的。"许蓉说，"昨晚小叶就上了新闻，我今天就是想让你们看看。刚才一直在翻频道，不过，昨天蜀都台，今天是西川卫视，看来陈书记要把一个小项目提升到，嗯，某种代表意义啊。"

"连续采访啊？叶总要成电视明星了。"段万年更加快乐。

叶山河一看手表："该吃饭了吧？怎么解决？"

他感觉到气氛不对，希望换个地方换个气氛。

许蓉笑："就在这里解决。我已经让小苏去安排了，有回锅肉。"

小苏就是那个年轻的女秘书。

"回锅肉不够。这个采访是陈书记安排的，始作俑者是许姐！还不是许姐你叫我去参加那个现场办公会，然后就一步一步掉进坑里。"叶山河苦笑，"我也不知道昨天就播了新闻。"

"你不知道吗？我也是公司的员工告诉我的。"许蓉说，"你公司的员工可能以为你知道，所以不用再在你面前多事，灯下黑吧。没事，我有好酒，补偿你。"

"好，今天陪段哥许姐喝个尽兴。"叶山河兴奋地说。

他突然也想喝酒。今天是周末，这周又发生了很多事。

"酒要喝，话还是要说。"段万年不依不饶。

"段哥今天是要彻底把我批倒批臭了。"叶山河摇头叹气。

"要接地气，任何舶来品都要跟中国特色结合起来。评价一个政治人物，不能以道德去衡量，同样这个道理也适合商人。生意场上，不管好意恶意，只要它是生意，以道德去考量一桩生意，好比通过X光去欣赏人体的美。商人的本分和责任，就是赚钱，这是根基。"

段万年旁征博引，气势汹汹。

"你是批评我刚才在东湖公园的失礼吗？"叶山河忍不住反击。

"以你的脾气，应该是章义挑衅，他这个人就是这样。这样的人，你以前没有遇见过吗？既然以前能够容忍，这次为什么不能？"

办公室的门被轻轻敲了敲，然后推开，小苏领着两个年轻女孩进来，每个人手上都有一个托盘。

三个人走过来，小苏把茶几上的工夫茶具移到一边，把托盘上的菜一一放到茶几上：夫妻肺片、麻婆豆腐、水煮肉片、宫保鸡丁，当然，也有叶山河专属的回锅肉，全是最普通的西川特色菜。

但是酒不普通。

许蓉去厨房的酒柜拿了三瓶白酒过来，其中两瓶是西川闻名全国的名酒，而且是陈年老窖，另外一瓶洋酒属于段万年。

"白酒是泸市特曲的酿酒大师沈大师送我的，上面有他的亲笔签名。我们都是省政协委员，民建的。洋酒，是洪市长考察欧洲带回来的，绝对真酒。"

"要不要把小苏她们叫来一起？"段万年一边开酒，半真半假地问。

"收起你那逮猫心肠。"许蓉怒斥道。

"收起你那些狼性吧。"叶山河开心地帮腔。

"唉，这种事情，谁是狼谁是羊还真说不一定。"段万年深深地叹息，给自己倒了满满一大口杯。

许蓉举杯："先碰一个。"

段万年说："人头马一开，好事自然来。"

叶山河怔了一下，赶紧说："身体健康，万事如意。"

三人都笑了起来。

夜色降临，城市的灯光开始闪烁，从十七楼的落地玻璃窗看出去，他们像是身在天堂，俯瞰人间。

许蓉简单说了跟哈市帮那些人谈判的情况，明后天就准备进入实质性的谈判，所以今天把他们两位股东叫过来讨论一下细节。

段万年和叶山河都表示他们不管。许蓉笑，看得出他们都是认真的，这也是他们的惯例，除非特殊情况，不会过问对方主导的具体事务。

许蓉说正式谈判时，希望他们都参与，坐着不说话装神也行。

叶山河抢先说段总可以去，但他不行。他的理由是哈市帮可能也会参与蜀都饭店的竞拍，不想早点跟他们碰面。

段万年怒斥他又在"藏"了。但许蓉同意，说老段就你了，不许跑。你出面比小叶有分量。叶山河装模作样地叹气，段万年郁闷地举杯。

他们喝酒的口杯是宽口方杯，倒满有三两，因为只有三个人，他们就不单独敬酒，每次无论谁举杯，都同饮，一小会儿，就干掉了第一杯。

"知道刚才我为什么要跟你说那些话吗？"段万年一边倒酒，一边问。

"什么话？"叶山河心里哀叹，明知故问。

"关于你的性格和理念，为什么要专门提出来跟你说？因为，你肯定是我们仨中，将来最出色，成就最大的……"

"这点我相信。小叶你是商人世家，骨子里就流着经商的血，天生就比我这种半路出家的人强，跟你这样的人合作，比那些像业余选手的暴发户更值得信任。"许蓉由衷地说。

她想到过去这二十天，她跟新世界百货的纠缠，真是莫名其妙的愚蠢啊！幸好叶山河说服了她，改弦易辙，通过中间人向哈市帮释放谈判意图，对方立刻回应，进展意外地迅速，第一次见面就做了很大的退让。当她说出叶山河那个换股意见时，对方几乎是不假思索地表示同意，基本上达成了换股协议。有时候她想，要说她在这座城市奋斗了三十年有什么收获，除了钱之外，就是交到了几个了不起的朋友，其中，最重要的就有这两位。

"就是这个考虑。如果可能，我和许总都希望你走得更远，我们愿意跟他一起前进。"段万年用一种少见的认真神情说。

"你们又不是不能动的老头子老奶奶，什么就靠我了！再说我这点小钱，段哥你刚才也说了，不值一提。我要不是这两年运气好，都没有脸面跟你们两位大哥大姐坐到一起。"叶山河举杯。

"现在你上来了，而且快得让我吃惊，了不起，小叶。"许蓉感慨地说。

"还是差很远，真的，许姐，前天段哥带我去参加了一个聚会，全是西川顶级的大佬，各行各业各个领域都有，我真正发现了跟他们的差距。不说那些人，就说段哥，段哥现在想做事，自己就创造了一个项目，东郊记忆，我给取的名。我呢，是寻找项目，比如蜀都饭店。段哥是自己创造项目自己做，别人抢不去的，我呢，要像狗一样去抢那块众目睽睽的骨头，这就是差距。"

"老叶，你这话，只有一点点道理，我也跟你说真话吧，我现在觉得自己暮气沉沉，没有野心。你知道吗？商场上，或者人生吧，有时候最重要的成功因素是什么？野心。我知道我自己的问题，无法出世也不想入世，只能悬在半空。人过了四十岁之后，开始逐渐相信偶然的力量，半真半假地知道自己的能力所及，有时连这一点也开始怀疑，觉得自己到底可以干什么、以前干了什么，想起十年前的样子，就有一种幻灭感，所以需要找点东西来转移情绪……"

段万年小口地抿着酒，缓缓地说。他不再是那副云淡风轻的神情，换了痛苦思索的哲人模样。

"许姐，段哥轻视你呢。要我，就不能忍。"叶山河挑拨说。

"是啊，以前我也是雄心勃勃，觉得自己能够摆平任何事，这座城市哪个行业哪个地方都有自己的关系，想认识任何人都能够找到路子，可是越往上走，倒有些……江湖越老，胆子越小了，常常觉得事情不好把握，是不是因为老了？"

许蓉没有理他，却接着段万年的话说，似乎也被带入了某种情绪。

"别打岔，我刚才那个话题还没有说完。"

"啊！还有？"叶山河气极反笑，"敬请段总指导。"

"你很聪明，聪明的人解决问题有很多办法，然后呢，就不喜欢用笨办法，不屑与人斗力，结果最后变成斗不来力。但是商场之中，尤其是我们现在，很多新出现的事、很多新出现的人，很多时候很多地方都没有规矩。要立规矩，要么是政府出面，但政府无暇顾及之时，还得靠自己。没有力量，无法立威，立规矩。"

"比如这次哈市帮。"许蓉插话。

"还是说我要有狼性吧？我记下了。我悔过，我改正。"叶山河再次举杯。

"不管你是不是真心受教，我还有一个意见要给你提。"段万年停杯，看着叶山河，"攘外必先安内。萧墙之内，慎之又慎。"

"这又是什么套路啊？请段哥明示。"

叶山河疑惑起来：是说张德超，还是暗指徐朵朵？他知道什么，还是看出了什么？从哪里看出来的？徐朵朵有什么事吗？

"有些事，说破，就不灵了。"段万年表情诡异地摇头，"我今天是喝了酒，所以提醒你一下，自己慢慢体会吧。好了，说完了人，咱们现在开始说事。"

"说事。"许蓉立刻赞成。

她才懒得管这两个人神神秘秘的私生活，她喜欢做事，天生就是一个闲不下来的实干家。

"先说那个212厂吧，叶总汇报一下工作。"

"好。"

叶山河放下酒杯，简短地说了这一周来，关于晶体管厂的两次对接会和其中曲折的转折，特别是凌明山和陈哲光的介入和态度。

"真复杂啊。"段万年感叹。

"麻雀虽小，肝胆俱全。"许蓉说。

"庙小风波大，池浅王八多。"段万年加上一句。

"看来我让小叶去做这事，是找对了人。小叶适合这种工作，比我和段总都强。你提那个职工持股也有创意，总算没有丢我们仨的脸。"

"国企改革，如果没有权钱交易，没有暗箱操作的话，的确过了以前那种大甩卖的黄金时间了，但是政府现在还要强调'国退民进'，号召民营企业大干快上，强拉硬派，风都能够把人吹进去，可是一进去，牛都拉不出来，强挣出来，也得脱皮割肉。咱们以后少沾这样的事。"段万年总结说。

"那天陈哲光叫我去他的办公室，临走时突然问了我一个问题，他说：'你这一生想赚多少钱？你这一生，赚钱是为了什么？'"

叶山河缓缓说道，问话的时候模仿了陈哲光的语气，段万年和许蓉都是一怔。

"他是想送你一顶高帽子，让你觉得应该承担一个企业家应该承担的社会责任，然后让你觉得晶体管厂必须接下来。"许蓉说。

"义不容辞，当仁不让，请君入瓮，关门打狗？"叶山河笑。

"那么，你怎么回答的呢？"段万年感兴趣地问。

"没有回答。我对他说，我没有想过，容我想一想，再给书记答案。"

"这就是你的聪明之处，但未必是最佳选择。"段万年沉吟着说。

"你是说我该正面回答他？可是我当时真的不知道该如何回答，我也真的没有认真想过这个问题。"叶山河委屈地说。

"老陈这个问题，看起来简单，好像也是每一个生意人早就想过百八十遍的问题，可是真问过来，还真不好回答。"许蓉说。

"你该反问：你想当多大的官？你当大官是为了什么？"段万年说。

"啊，还有这一招！"叶山河故作愕然，"我反应可没有你快，也不像你，我没有这种勇气、胆量和觉悟。"

"你行的，我看好你，总有一天……"

"别说废话，我的工作汇报了，两位领导有什么指示？"

"要啥指示？谁说汇报就要做出指示？我们只是听听，该怎么做，还是你自己决定。你办事，我们放心。"段万年得意地笑。

"许姐？"叶山河转头看许蓉。

"职工持股是好事，但是，说个通俗的比方吧，黄鳝泥鳅能够拉扯成一样长？那些国有企业的职工，他们真的能够做一个合格的股东？过惯了衣来伸手饭来张口、旱涝保收，伺候都伺候不起，你还想通过他们去对付鲁伯雄，可能有些难度。"

"用制度约束他们，用利益刺激他们，目前想到的，只有这些。"叶山河说。

段万年和许蓉沉默一下，举杯。

"下面说蜀都饭店？"段万年说，"这可是老叶看好的项目，还差点被人黑一道。"

"陈书记让我接晶体管厂，又要让鲁伯雄他们继续参与经营管理，让我提条件，我请陈书记关注一下蜀都饭店，他答应了，这是晶体管厂项目的一个意外收获。有了市委书记的介入，希望这个项目能够有序公平地竞争，这是大的方面。小的方面就没有什么好说的了，我昨天才刚刚成立项目部，让他们先收集资料，下周一准备正式启动，再做方案。"叶山河说。

他没有说出自己通过胡志远向钟守信透露陈哲光关注蜀都饭店项目。

"那还是老规矩，你办事，我们放心。"许蓉笑。

"蜀都饭店可以暂不讨论，但是两位大哥大姐，不如说说对于现在房地产这个行业的看法。"叶山河热切地看着许蓉和段万年。

"你心里没底？"许蓉问，"我说了我去对付钟守信。"

"不是他，也不是……"

"那是？"

叶山河沉吟一下，说："资本总是涌入利润高的行业，房地产行业这十多年高速发展有目共睹，很多人都看好这个行业，跃跃欲试或者大举进入，可以预见，接下来几年，这个行业将面临愈来愈激烈的竞争。同时，房地产行业周期长，资金量大，山河广场这样的项目，现在看到了成绩，可是去年前年，差点把我弄崩溃。所以我觉得山河广场是一个特例，一是运气好，二是前期工作到位，比如重九这样的企业支持，缓解了很大的资金压力，否则很难如此顺利。我个人觉得，做房地产项目，有时就像是豪赌……"

"刚刚才批评了你，要有野心，千万不要有小富即安的思想。"段万年插话。

"看来段哥是看好这个行业了？我的感受是，随着这个行业的发展规范，会越来越讲究规模效应，你看吧，最早是修楼，接着是盘，接着是小区，是广场，是城市综合体，以后可能要造城了。我看了北上广那边，包括一些特殊的地方，真的有房地产企业在造城，这就需要更加庞大的资金实力。当那些恐龙级的资金流向这个行业后，在这些超级企业面前，我们这种小的房地产企业的生存空间会不断被压缩，上去很难，下去又没利润……"

"还是一个字：怕。"段万年指着他道。

"我还正想也组建一个房地产企业，进军这个行业，小叶你这样一说，我也……"许蓉苦笑。

"许姐我不是故意吓你啊，这真是我最近的想法。现在房地产行业，我个人感觉实在是太热了，大家一拥而上，几乎成了一个全民游戏，我怕哪天政府出台一个什么一刀切政策或者下决心调控，就可能立刻雪崩。常将有时思无时。"

"理论解释不了的实践，只能用'奇迹'一词来概括。房地产行业现在的确是一个奇迹，老叶你没有问问你那个叔叔，著名的经济学家，他的意见是什么？"段万年说。

"他研究的领域不在这里。好像是什么宏观经济和微观经济，大部分是理论，不涉及具体行业。"叶山河说。

"不可能。"段万年否定，"研究中国现在的经济，任何人都不可能绕过房地产行业。"

"他们那些经济学家，说的话跟火车站摆地摊算命差不多，模棱两可，随你去猜，反正最后跟结果对照，总有它有理的地方。"许蓉说。

"许姐，我可是丑话说到前头，你要进军房地产行业，我不反对也没有资格反对，但是不思进先思退……"叶山河说。

"重要的还是看具体项目吧。哪怕大势再好，也会有项目做死的。城南好多城市综合体现在都奄奄一息。"段万年说。

"所以我说山河广场是个特殊呢。地理位置好，又意外得到了很多支持。"叶山河说。

"萨缪尔逊说，人类有一种本能——把成功列在自己名下，而将失败归咎于他人。特别是政府。老叶好样的，没有因为做成了一个项目而膨胀，认为自己无所不能，认为这个行业遍地黄金，还是保持着敬畏心理。相反呢，很多人，比如那些所谓的股神，这一宝押中了就自诩料事如神，破财时就大骂政府放任暗箱操作，其实，是因为他们并没有深入地进行市场研究。"段万年笑。

"那么，政府调控真的会来吗？"许蓉问。

"许总啊，你怎么问出这样的废话呢？你还是堂堂蜀都商界的大姐大。"段万年冷笑，得意地说，"任何经济政策都不会永恒不变，经济手段也会因为时间的不同而迥然不同，甚至相反。比如以前政府希望老百姓多存钱，平抑需求，现在中国政府和发达国家政府一样，希望老百姓多多花钱消费。从这个意义上来说，政府的调控肯定会来的，许总你应该问什么时候来，调控的力度有多大，这样看起来比较专业一些的问题。"

"就你能！干了。"许蓉举杯。

说话间两人第二杯酒下肚，各自一瓶酒都下了一半。现在又各自斟上第三杯。

"为什么刚才我说老叶以前可能走得更远，是有道理的，不说那些虚的，光看现在做的事。"段万年又把话题绕到叶山河身上，"我这几年基本没有做事，我前天决定要做东郊记忆，让投资部统计一下，盘盘家底，吓了我一大跳，万年集团居然投了好几十将近百个项目……"

叶山河和许蓉一起插话："厉害。""比我还多。"

"许总你不同，你是经营管理，我是投资。你的每一个项目，基本上都在亲自管理，就像蜀都百货，还要亲自上阵肉搏。我不同，我突然发现，我竟然没有一个项目可以说属于自己。"

"这好像也没有什么不好啊，只要投资赢利就行。现在这种纯投资的公司很多啊。"叶山河说。

"马上你就知道了。"段万年苦笑，"我称赞老叶，就是老叶做事能够沉下心来，比如纺织品公司，一坚持就是七年，差点打个抗战了。山河房产，这一路走来，差不多都是亲力亲为。许总，老叶，你们说，到了我们这个地步，要有个质的飞跃，或者说量级的财富增加，怎么办？"

许蓉和叶山河互看一眼，没有说话。

"上市。虽然上市不是唯一的办法，但是是目前比较好的办法。我那些乌七八糟的项目根本就拿不出手，要上市也是别人主导，想摊薄就摊薄，想排挤就排挤，老叶呢，纺织品公司现在是牛气冲天，只要坚持两三年这样的势头，财务报表好看，上市分秒搞定。而目前看来，这两三年如果没有什么大的国际冲突，纺织品公司轻而易举可以维持这种势头。还有山河房产，虽然目前不显山不显水，但这一路走来的项目，个个业绩亮眼，就算目前还不够上市，倘若有的大公司想上市，想借你的流水，卖个壳都要上亿吧。还有正在做的晶体管厂，不要看它体量小，但它很特别，专业性强，而且可以扯上军工，做好了可是热门，现在明白了吗？"

"明白了，谢段哥替山河集团规划未来战略。就按这个做了。"叶山河故作诚惶诚恐的表情。

"是这个道理。我也想了一下，我这边还只有蜀都百货可以做一个题材，但百货行业烂大街，放到全国，根本排不上号。"许蓉举杯，"老段想得深远。"

三人都喝了一大口。

今晚似乎心情凑到一块儿了。叶山河这边，晶体管厂的事，总算尘埃落定，虽然不很满意，但也了却一桩事，后面可以慢慢磨；许蓉是身心轻松，二十多天的紧张焦虑一扫而空，那种一睁开眼就知道今天又要亏上几百万的日子总算过去了；段万年是松弛的弦再次绷紧，有一种"大匠于今有活"的充实。他这几年放任自己，实在是因为没有让他动心的项目，再加上老手颓唐，索性什么也不做，可是归根结底，他还是一个商人。

"东郊记忆怎么一回事？现在该说说你了。"许蓉说。

"我准备申请把那一片厂区都拿下来，包括老叶他们的晶体管厂在内，做一个开放性的平台，请一流的设计师来设计规划，按功能有机划分区域，任何跟文化相关的项目都可以进来，办公、基地、服务、展示等等。也就是一个跟艺术家村，三国文化体验区类似的大文创基地，里面加入一些文化基因……目前考虑的是怀旧，但是它在蜀都，在西川都将是体量最大，将来也很难有人超过。现在还只是一个模糊的构想，等完善后会给你们两位股东送方案的。"段万年扬扬自得地说。

"这个投资规模大吧？我一下还看不透。"许蓉问。

"主要还是看政府采取哪种方式参与,我这边先计划募集十亿的资金。当然,这是前期,项目启动以后再分期分批投入,里面还有一个调整与升级的问题,反正比较复杂。"

许蓉看着兴高采烈的段万年,跟叶山河有了一样的判断:这个项目段万年看来是认真的了。

她站起身,走到窗口,向东眺望。

段万年和叶山河也起身过来,段万年指着那一片在灯海里略显黯淡的所在,深情地说:"要有光。然后,那儿,就会亮起来。"

叶山河受他感染,情不自禁地鼓起掌来。

他看着窗外,看着那些闪烁如繁星的灯火,看着这一座由灯火构建的不夜城。人类在这个星球上自立为神,就是因为他们建立了城市,接入了光明,有光明的城市,就是人类的天堂,而现在,他们就在天堂之中。

他转过头看段万年,凝视那张流光溢彩的脸,心想认识他真好。

段万年刚才对他所有的说教,他都用一种玩笑或者故意夸张的表现应付,可是在他心里,他觉得段万年完全击中了他。甚至可以说,段万年狠狠地一刀刺入,破了他的心障,他因此丢开了某些东西,再无羁绊,可以坦然地大杀四方。

有一种情绪,似乎从这一刻开始滋生,或者说,是从这一个夜晚开始发生变化。

他想到很多年前,他一无所有地来到这座城市,每每看见那些远超江州的高楼,经常忍不住仰望良久,而现在,他把它们踩在了脚下。

这似乎是一种象征,表示他对这座城市的征服。

可是,他真的征服了吗?

他感觉到了酒精在他的身体内燃烧,年轻时那种拍着胸脯大声叫喊"我要打赢你们"的热血似乎又回来了。

一年而所居成聚,二年成邑,三年成都,三年就可以建立一座城市。给我三年,我也可以建一座城市,完全属于自己的城。

叶山河在心里无声地笑了起来。

他举起手,手里无杯,可是心里有酒。

一杯敬城市,一杯敬自己,一杯敬未来。